中国海洋大学"985工程"

海洋发展人文社会科学研究基地建设经费资助

民间文学研究新视野

李扬 著

中国社会科学出版社

图书在版编目（CIP）数据

民间文学研究新视野/李扬著. —北京：中国社会科学出版社，2019.8
ISBN 978 - 7 - 5203 - 5131 - 7

I. ①民…　Ⅱ. ①李…　Ⅲ. ①民间文学—文学研究—中国　Ⅳ. ①I207.7

中国版本图书馆 CIP 数据核字（2019）第 209056 号

出 版 人	赵剑英
责任编辑	安　芳
责任校对	张爱华
责任印制	李寡寡

出　　版	中国社会科学出版社
社　　址	北京鼓楼西大街甲 158 号
邮　　编	100720
网　　址	http://www.csspw.cn
发 行 部	010 - 84083685
门 市 部	010 - 84029450
经　　销	新华书店及其他书店

印　　刷	北京明恒达印务有限公司
装　　订	廊坊市广阳区广增装订厂
版　　次	2019 年 8 月第 1 版
印　　次	2019 年 8 月第 1 次印刷

开　　本	710×1000　1/16
印　　张	21.25
插　　页	2
字　　数	315 千字
定　　价	98.00 元

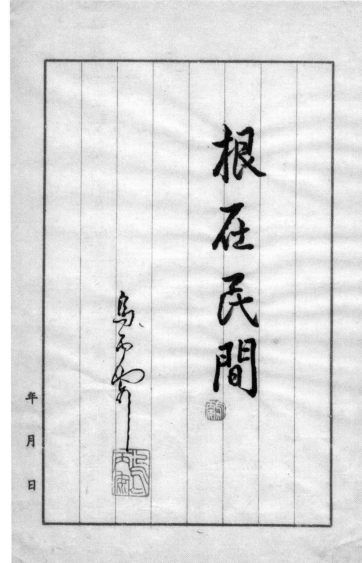

根在民間

目　录 CONTENTS

民间文学研究

目 录

民俗学研究

电影·小说·戏曲

书评·教学·交流

民间文学研究

"不死药"与昆仑神话

同任何地方的神话一样，中国古代的神话，也有其产生、发展、流传的过程。伴随着社会的不断发展，神话本身也必然发生种种演变，大量的非原始神话因素开始渗入神话本身。这种非原始神话因素包括许多方面，但其共同本质都是一种脱离神话产生的物质和社会基础，脱离神话的思考，脱离原始人思维方式的因素。

然而，在我国的神话研究中，往往忽视了这些非原始神话因素，笼统地把这些掺进神话的"杂质"同真正的原始神话相提并论。这就势必阻碍我们从神话学的角度对我国的原始神话进行科学的研究。把这些非神话因素从神话中分离出来，研究它与神话的关系，这是我们进行神话研究所必须走的一步。

中国古代神话中常常出现的"不死药"，正是形形色色非原始神话因素之一，但它似乎并未引起人们的重视，有的文学史教科书把包含"不死药"的神话不加分析地当作原始神话来引证、论述；有的学者也认为它是神话中固有的东西，因而不自觉地导致了一些不正确的结论。究竟如何看待神话中的"不死药"，它与原始神话的关系如何，正是本文试图探讨的问题。另外，对同"不死药"问题有联系的中国神话两系统问题，也提出自己的一些看法。

一

要弄清究竟"不死药"是不是原始神话中应有的东西，首先，让我们看看原始人的生死观与"不死药"所显示的生死观有什么区别。

社会物质条件和人类思维的发展，决定了原始人对外界折射、反映的方式和形式。对于生存其中的客观世界，原始人有自己的认识、解释和各种各样原始宗教的观念。同样，对人类自身机体与精神活动的认识，使原始人对生、死这个与人类自身关系重大而又直接的神秘问题，做出了自己的解释，形成了原始人的生死观。

灵魂观念，是原始人生死观的核心。新英格兰的民族称灵魂为Shadow，印第安人称之为Otachup，加利福尼亚的尼特拉语称之为Piuts，托列斯海峡的土人们称之为"马利"，孟加拉的德拉维人各部族称之为Roa，中澳大利亚北部各部族则把灵魂叫作Ungwulan……尽管名称不同，对其形状、存在方式的描述也不同，但其本质却都是一种可以超肉体而存在的无形物质的精神实体。而它的产生根源（梦、失神、疾病、昏厥等），自然会导致原始人产生灵魂不死的观念。这种观念认为：灵魂有自己的生活世界，这个世界同原始人生活的世界并无多大差别，甚至是同一的。灵魂也有其对人类的影响力，使人善待恶报，得福受祸，以各种方式与活人接触。总之，灵魂不死，灵魂不灭，它支配人体而最终脱离人体，这可以说是全世界不同地域、不同民族原始人类所具有的一种普遍的、共同的或极为相似的观念。

死的观念又是与生的观念息息相关的。一方面，原始人相信灵魂不死；另一方面，无论我们从古籍资料还是从当代世界各地残存的原始部族中，都很难发现原始人有"肉体长生"的观念。其原因是什么呢？

闻一多先生认为："在人类支配环境的技术尚未熟练时，一个人不死于非命，便是大幸……可见那时的人只求缓死，求正死，不做任何非分之想。"① 这个论断是有一定道理的。我们如果进一步探究原始人的思维发展状况，或许可以找出更多的内在原因，来说明解释原始人为何相信"灵魂不死"而没有希冀"肉体长生"的"非分"观念。

第一，如前所述，原始人不能正确认识人体的生理结构和机体关系，认为灵魂是支配思维和感觉、支配生命的东西。原始人对于肉体本身并不是十分关心的，对于造成死亡的真正原因也并不关心，往往认为是灵魂离去的结果。例如，亚马逊人认为灵魂可以通过嘴离开肉体，人死以后就永不复回。许多材料表明，原始人相信灵魂具有多重性，但"如果主要的灵魂离开了身体，患病的人就必定死"②。总之，原始人的思维"不去在文明人叫作自然原因的那种东西里面寻求解释，而是立刻转向超自然的东西"③。因此，原始人祈求灵魂长生而并不存在肉体长生的愿望，灵魂是第一位的。中国古代的羌族就宁可牺牲肉体去换取灵魂升天，可为一证例。

第二，事实上，原始思维决定了原始人对生与死之间根本区别的认识是颇为含混不清的。人死了还可以某种方式继续活着（大量的原始殉葬现象正是这一观念的体现）。"人死只是摆脱了自己的有形躯体和改换了住址而已，其余一切则依然如故。"④ 生死之间似乎没有明确的界限，生人死人之间关系密切、互相影响。例如，在阿兰达部落里，称灵魂为"伊隆塔里尼亚"，它们像活人一样地生活、打猎和吃禽兽的肉，有时抢走被人打伤而未打死的动物，甚至爱跟人们开玩笑，偷走他们的一些小东西，有的故事讲到他们偷女人的故事。在类似这种观念的支配下，原始人就失去了产生肉体不死愿望的依据。原始人对死亡的恐惧，与其说是对死亡这一生理现象本身的畏惧，倒不如说是对死后灵魂将给他们带来的危险和损害而感到恐惧不安。例如，卡米扎罗依人、恩加里戈部落、维拉久里部落、沃扎巴卢克部落中有缠扎死者尸体的原始习俗，吉尔伯特河流域的居民有折断

---

① 闻一多：《神仙考》，载闻一多《神话与诗》，中华书局 1959 年版，第 153 页。

② F. Boas, *The North-western Tribes of Canada*, Reports of the British Association, 1891, p. 461, 转引自 [法] 列维 - 布留尔《原始思维》，丁由译，商务印书馆 1981 年版，第 79 页。

③ [法] 列维 - 布留尔：《原始思维》，丁由译，商务印书馆 1981 年版，第 351 页。

④ A. B. Ellis, *The Ewe-speaking Peoples*, p. 106，转引自 [法] 列维 - 布留尔《原始思维》，丁由译，商务印书馆 1981 年版，第 297 页。

死人腿脚的习俗，这都是害怕死者出来危害活人、惊扰活人观念的表现。这也从一个侧面说明了原始思维对生与死的认识，在这种思维的基础上，很难单独地产生出肉体不死的愿望来。

随着社会的发展，人类思维的进步，这种生死观脱离了它赖以产生的社会历史背景，脱离了那种很难为我们现代人所理喻的原始思维方式，而以一种信仰和观念的形式对后世有着深远的影响。人们对客观世界和自身的认识大不同于初始社会，或许是这种带有原始宗教色彩的影响的波及再加上对不可抗拒的自然规律的逐步认识，人们对生与死也只好持一种无可奈何和达观的态度。"夫有始者必有卒，有存者必有亡……故古人学不求仙，言不语怪，杜彼异端，守此自然，推龟鹤于别类，以死生为朝暮也。"① 然而正是生产力水平的提高，人类对客观世界和自身认识的提高，思维的进步和完善，一方面是"守此自然"的生死观；一方面隐约渐生出了肉体长生不死的愿望：

《齐叔夷镈》：用旂眉寿，霝命，难老！②
《鲁颂·泮水》：永锡难老。③

最明显的例子是下面这一个：

齐侯……饮酒乐，公曰："古而无死，其乐若何！"④

这种观念的出现，反映了人类祈望肉体长生的愿望（当然这种愿望首先出自那些霸业需要或物质生活享受欲望支配下的王公贵族们），从而奠定了"不死药"产生和发达的社会思想基础。战国时候燕齐沿海一带，神仙传说骤然大盛，方仙道风行一时，并不是偶然现象，"不死药"也就应

---

① （晋）葛洪著，王明校释：《抱朴子内篇校释》卷2，中华书局1980年版，第11页。
② 参见《齐叔夷镈》，载闻一多《神话与诗》，中华书局1959年版，第154页。
③ 参见《诗经》，载闻一多《神话与诗》，中华书局1959年版，第154页。
④ 杨伯峻注：《春秋左传注》，中华书局1981年版，第1420页。

运而生。它渗进了中国的神话，带来了一系列值得探讨的课题。对"不死药"这里我们首先要强调说明的只是：它是一种非原始神话因素。其原因是显而易见的：首先，"不死药"并非原始巫医或巫术的东西，它是能使人服用后立刻成为长生不死之仙人的灵丹妙药。这里的长生不死，自然是指肉体而言，肉体已变成第一位的、最重要的，这与原始人的生死观大相径庭。其次，我们要指出的是：毋庸置疑，神话是以幻想的方式反映世界。"不死"自然也只不过是一种幻想，但并不是任何幻想都可以一概称之为神话。那些带有幻想色彩或怪诞不经的东西，只要它脱离了原始神话产生的物质基础和思想基础，脱离原始人的思维方式，就不应归入神话的范畴。我们所研究的"神话"，并不是可以与文学的比喻象征意义相提并论的，它在神话学上具有严格的科学概念和定义，其内涵并不是可以任意外延的。

综上所述，我们可以初步得出"不死药"并非原始神话因素的结论。但考察中国神话，就会发现"不死药"像一个幽灵一样，潜入神话古朴的躯体，在里面闪耀着扑朔迷离的光彩。对这个问题，有的学者的观点是值得商榷的，例如顾颉刚先生的看法。下面拟就"不死药"的流传、与中国昆仑神话的关系等问题，提出一些与顾先生不同的意见。

二

顾先生认为"不死药"及不死观念是昆仑神话原有的，后又传到东方，形成了蓬莱仙山和"不死药"的传说。① 这正是值得商榷的要点所在。

首先，让我们从《山海经》来看看昆仑神话中的"不死药"是怎样的。《山海经》是一部神话资料丰富而又芜杂的典籍，其中记载"不死药"或不死观念的地方有近十处之多。直接涉及昆仑山本身的，是下面一段记载：

---

① 顾颉刚：《〈庄子〉和〈楚辞〉中昆仑和蓬莱两个神话系统的融合》，载朱东润等主编《中华文史论丛》1979 年第 2 辑，总第 10 辑，上海古籍出版社，第 31 页。

《海内西经》：（昆仑之墟）开明北有视肉、珠树、文玉树、玗琪树、不死树……开明东有巫彭、巫抵、巫阳、巫履、巫凡、巫相，夹窦窳之尸，皆操不死之药以距之。窦窳者，蛇身人面，贰负之臣所杀也。①

很显然，这里的"不死药"已经是可使死者之"尸"复活的灵丹妙药，"不死"已是针对肉体而言。前面我们已经谈过，这不应是原始神话的组成部分，而是羼入神话的非原始神话因素。因此，我们不应当笼统地把它作为昆仑神话的一个组成部分，而应当将它分离出来，探索其来龙去脉。

其次，我们根据其他古籍和《山海经》推测，可知最早传入楚地的昆仑神话是在战国的初期或中期的。《山经》中《西次三经》记载：

西南四百里，曰昆仑之丘，是实惟帝之下都，神陆吾司之。其神状虎身而九尾，人们而虎爪。是神也，司天之九部及帝之圃时。有兽焉，其状如羊而四角，名曰土蝼，是食人。有鸟焉，其状如蜂，大如鸳鸯，名曰钦原，蓋木则枯。有鸟焉，其名曰鹑鸟，是司帝之百服。有木焉，其状如棠，黄华亦实，其果如李而无核，名曰沙棠，可以御水，食之使人不溺。有草焉，名曰蓂草其状如葵，其味如葱，食之已劳。河水出焉，而南流东注于无达。赤水出焉，而东南流注于汜天之水。洋水出焉，而西南流注于丑涂之水。黑水出焉，而西流于大杅。是多怪鸟兽。②

这是流传于楚地的有关昆仑的最早记叙，更多地保存了原始神话的本来面目，其中并未出现任何有关"不死药"的记载。由此我们也可以推测

---

① 袁珂校注：《山海经校注》，上海古籍出版社 1980 年版，第 299—301 页。
② 同上书，第 47—48 页。

昆仑神话同"不死药"起初并无联系。

既然如此，"不死药"由昆仑东移至沿海一说也就有值得怀疑的理由。战国时候，"不死药"、方仙道在沿海燕齐一带骤然兴盛，其原因何在，说法不一。许多学者认为与滨海的自然环境有关，其起源"必与滨海地域有连，则无可疑者"①；有的学者则考证西羌火葬习俗是其滥觞②。这些说法都是有一定根据的推测。但可以肯定的是，"不死药"是求肉体长生的，与西羌人求灵魂不死绝不相同，它是燕齐沿海地区的"土特产"。那些方仙道们，如宋毋忌、正伯乔、充尚、羡门子高等也都是燕齐一带的人。仙人的传说加上术士们的煽扬，引得当地的齐威王、宣王、燕昭王，甚至后来的西方秦始皇（假如昆仑有"不死药"，他也就大可不必舍近求远跑到海边来了），都纷纷派人到海中去求那"不死药"③。可见其风行之广，影响之大。中原与沿海的方仙道迅速传入中原并非是不可想象的难事。

蓬莱传说及"不死药"观念传入楚地，不可避免地对包括早期昆仑神话的楚文化发生了影响。倘若说《楚辞》中较晚的《远游》篇已经很清晰地展示了一幅昆仑神话与蓬莱传说合流融存的图画，那么成篇较早的《天问》就已经初步显示出这种情况的痕迹了：

> 延年不死，寿何所止？④
>
> （王逸注："言仙人禀命不死，其寿独何穷止也。"）
>
> 安得夫良药，不能固藏？
>
> （注曰："言崔文子学仙于王子乔，子乔化为白蜺而婴茀，持药与崔文子。崔文子惊怪，引戈击蜺，中之，因堕其药，俯而视之，王子乔之尸也，故言得药不善也。"）

---

① 陈寅恪：《天师道与滨海地域之关系》，载陈寅恪《金明馆丛稿初编》，上海古籍出版社1980年版，第1页。

② 参见闻一多《神仙考》，载闻一多《神话与诗》，中华书局1959年版。

③ 参见（汉）司马迁《史记》第4册卷28，中华书局1982年版，第1369—1370页。

④ 参见屈原《天问》，载陆侃如、龚克昌选译《楚辞选译》，上海古籍出版社1981年版，第42页。

（另：傅斯年等以后羿不死之药一事解之，亦为一说。）

大鸟何鸣？夫焉丧厥体？

（注曰："言崔文子取王子乔之尸置之室中，覆之以弊筐，须臾则化为大鸟而鸣，开而视之，翻飞而去。文子焉能亡子乔之身乎？言仙人不可杀也。"）

鳌戴山抃，何以安之？①

（注曰："《列仙传》曰有巨灵之龟，皆负蓬莱之山而抃舞戏沧海之中，独何安之乎？"）

无独有偶，与《天问》成篇时间差不多的《山海经》中的《海经》部分，也大量出现"不死药"及不死观念的记载，如：

《海外南经》：（羽民国）"画似仙人也"，"又有不死民。"②
《海外西经》：（轩辕国）"其不寿者八百岁。"③
《海外北经》：（无腎国）"其心不朽，死百廿岁乃复更生。"④
《海内经》：（肇山）仙人"柏高上下于此，至于天。"⑤

当然较为典型的是前面提到过的《海内西经》中关于昆仑山"不死树""不死药"的记载。

在早于《海经》一二百年的《山经》中，我们丝毫没有发现蓬莱传说及"不死药"的踪迹。《山经》中有关"药"的记载是很多的，但大都是使人发狂、忘饥、不溺、已劳之类的东西，大概是原始巫医的反映，但值得注意的是无一处涉及"不死药"。从上述《天问》和《海经》的记载来看，显然二者是同一时期、同一地区文化思想的共同反映。很明

---

① 参见屈原《天问》，载陆侃如、龚克昌选译《楚辞选译》，上海古籍出版社1981年版，第42页。
② 袁珂校注：《山海经校注》，上海古籍出版社1980年版，第185页。
③ 同上书，第221页。
④ 同上书，第229页。
⑤ 同上书，第444页。

显，战国后期，也就是《山经》与《海经》《天问》之间的时期，正是蓬莱仙人传说、"不死药"观念流入楚地的时期，它进入楚文化后，对昆仑神话自然发生了很大的影响，二者融合互渗，使后来记载的昆仑神话也有了"不死药"的出现。这种影响的结果是很清楚的，随着它的日趋演进，不但昆仑山上有了"不死树"和"不死药"，变成了"仙山"之一，而且"司天及五厉之残""蓬发戴胜"的西王母竟也有了"不死之药"，甚至最后至高无上的黄帝也登仙而去了，臣子们只好朝拜木头做的黄帝。①

综上所述，我们认为，"不死药"并非昆仑神话原有，它是一种非原始神话的因素；它的流传过程与其说是自西向东，倒不如说是恰恰相逆的，它由沿海流传到楚，从而影响了先于它流入楚文化的昆仑神话。自然，昆仑神话也同样反作用于这些流入的传说。二者在楚文化的基础上互相融渗，呈现出如我们现在所见到的较为复杂的面貌。

可见，文化的传播有其自身的特点。神话一旦进入传播的过程，离开其产生的环境、基础，相对来说就有了传说的特点，更易于发生变化。神话传播的过程，也就是其发展变化的过程。在一地区的神话刚传到另一地区时，往往具有更多的原形，但随着社会的发展，时间的推进，势必同本地原有文化和外来文化互相影响、渗透，融合而成为一个复合的综合体。比如昆仑神话不仅融合了蓬莱的"不死药"，众多的"巫"后来出现在昆仑山上也有可能是"巫风最盛"的楚当地文化同其融合的结果。神话的传播演进恰如一条河流，中途不断有各种各样的涓涓细流汇入；最后这条河流有一部分流入历史、传说或故事的支道，有的流入沙漠，干涸消失了；还有一部分则最终奔入人类文化遗产的大海。自然，这最终汇入大海怀抱的河流，已经不完全是其发源时的神话之河了。我们要从神话学的角度对原始神话进行科学的研究，就应当将这神话之河的水滴放到显微镜下，观察、弄清其不同的构成成分，去掉非原始神话因素的东西，挤出真正原始神话的水分来，还神话以本来面目。

---

① 参见（晋）张华著，范宁校正《博物志校正》，中华书局1980年版。

三

以"不死药"及长生观念为中心的蓬莱传说，是我们探讨的另一个问题。

顾颉刚先生在《〈庄子〉和〈楚辞〉中昆仑和蓬莱两个神话系统的融合》一文中，是将整个蓬莱传说作为一个神话系统来看待的。顾先生说：

> 中国古代流传下来的神话中，有两个很重要的大系：一个是昆仑神话系统；一个是蓬莱神话系统。昆仑的神话发源于西部高原地区，它那神奇瑰丽的故事，流传到东方以后，又跟苍莽窈冥的大海这一自然条件结合起来，在燕、吴、齐、越沿海地区形成了蓬莱神话系统。此后，这两大神话系统各自在流传中发展，到了战国中后期，在新的历史条件下，又被人结合起来，形成一个新的统一的神话世界。①

究竟远古时燕齐沿海地区是否产生、流传过神话，史籍未见记载，不好妄加揣测。战国时代流传的蓬莱传说的主要内容如《史记·封禅书》所载：

> 自威、宣、燕昭使人入海求蓬莱、方丈、瀛洲，此三神山者其传在渤海中，去人不远；患且至，则船风引而去。盖尝有至者，诸仙人及不死药皆在焉。其物禽兽尽白，而黄金银为宫阙。未至，望之如云；及到，三神山反居水下；临之，风辄引去，终莫能至云。世主莫不甘心焉。②

更有一大批白日飞升、长生不死的仙人传说，如赤松、王乔、韩众、

---

① 顾颉刚：《〈庄子〉和〈楚辞〉中昆仑和蓬莱两个神话系统的融合》，载朱东润等主编《中华文史论丛》1979年第2辑，总第10辑，上海古籍出版社，第31页。
② （汉）司马迁：《史记》第4册卷28，中华书局1982年版，第1369—1370页。

宋毋忌等等。这些以服药求仙、肉体不死、白日飞升为中心的蓬莱传说，我们认为是不能归入神话范畴内的。前面我们已经分析论述了"不死药"的非神话因素的性质，把它作为渗入神话的"杂质"而清理出去。那么以其为中心衍生开来的一系列蓬莱传说，更没有理由称之为"神话"了。除了"不死药"，我们还可以从以下几点来看产生于战国时期的蓬莱仙人传说与朴野的原始神话在本质上的天壤之别。

首先从它们的产生根源来看。

神话作为原始人对客观外界自发的认识结晶，由于受原始社会极端低下的生产力水平的限制而显得十分幼稚、天真、朴野，反映了原始人企图认识、解释、控制自然世界的愿望。作为早期的蓬莱传说，有可能是与沿海一带的特殊自然地理环境有关，例如，奇妙壮观的海市蜃楼的景象，引起人们创造了带有浓厚幻想色彩的解释性传说。这些传说有一定的神话因素，可以看作神话向传说发展过渡阶段的产物。战国时期的方士们利用这些传说，又编造散布了形形色色荒诞不经的仙人传说，把长生不死的仙人和蓬莱"仙境"结合起来，这也就根本改变了原来传说的性质。前面我们曾提到过，长生不死的愿望，首先表现在那些帝王贵族身上。第一个表露这种愿望的是齐景公，身为大国之君，声色犬马，花天酒地，唯一的遗憾就是无法永远享受这人世的荣华富贵，因此发出了"古而无死，其乐如何"的哀叹。后来兴师动众求仙寻药的齐威王、宣王、燕昭王、秦始皇、汉武帝直至唐穆宗，他们妄想长生不死，无非是想与"天地相比"、穷奢极欲地享受荣华富贵。战国时代的方士们，正是投合了统治阶级这种心理需要，大肆鼓吹煽扬方仙道、"不死药"，当成自己得宠受封的晋身之阶。王充的《论衡》曾举卢敖、项曼的例子，他们出游求仙，"终无所得"，因害怕"负于议论""见责于世"，便"作夸诞之语"，胡扯什么"审有仙人"。战国时代的神仙家、术士们，大概也是这样去编造胡诌种种荒诞不经的仙人不死传说的。可见，这些完全脱离神话思考，脱离神话产生的思想、物质基础的人为的传说，与以"不自觉的"方式反映自然界、社会形态和人自身的原始神话相比，两者在产生根源上是截然不同的。

其次我们可以从"神格"和"仙格"的比较上来看。在中国原始神话中，无论是"帝"还是自然神，在外形上都有一个较为显著的特点：它们大多数是兽形或半人半兽形。如马王堆汉墓帛画上所绘的女娲、伏羲像，就是人面蛇身交尾像。再如炎帝的形象是牛首人身，火神祝融的外形是兽身人面，海神禺强则是人面鸟身，河神冯夷是白面长人鱼身等，不胜枚举。而在希腊、北欧的神话中，神往往是以人的形象出现的，与人同形同姓。这种人形神的出现，表示它的产生已是在原始社会较晚的阶段，如希腊神话反映了父权社会的影子。神的形象从兽形—半人半兽形—人形的演变，正反映了原始人从以自然物创造神发展到以自身形象创造神的过程，神身上的自然属性更多地为社会属性所代替，这正是原始人思维和社会发展的结果。但无论以什么形象出现的神，总是具有特定的"神格"。他们中或开天辟地，化育万物；或制造人类，抟土为人；他们能射太阳，治洪水，杀恶兽，更有许多是创造发明的文化英雄，等等。总之，神话中的神往往具有不平凡的业绩和超自然的力量、品质。而蓬莱传说中的仙人，后来虽也腾云驾雾、白日飞升、长生久视，但开始不过只是有名有姓的凡人而已。这种由凡人上升为"仙"的过程，同神话中人上升为"神"的过程不同，因为神话中能成为"神"的人往往是原始社会氏族中具有丰功伟绩、卓绝超群的人物。同神话中的自然神相比，"仙人"的差距则更为悬殊了。

最后，从两者的功能上看。

神话是原始人"借助想象以征服自然力"的产物，是人们面对艰苦、严酷的自然环境而不甘屈服、顽强斗争精神的体现。除了解释性神话中的某些自然神外，神话中的神祇大都是"出身"勇敢顽强、技艺卓众的人物，或者原始部落里杰出超群的领袖，从而反映寄托了原始人征服自然的愿望。还有刑天、共工等，更充满斗争精神，是宁死不屈的英雄。神话的这种积极进取的精神不仅对后世的文学艺术等产生了巨大的积极影响，在当时的原始社会里，也具有鼓舞人们斗争意识、增强人们生存的信心、维护氏族团结等诸多的功能作用。而蓬莱传说的服药求仙、肉体永存、白日飞升，则是阶级社会里的统治阶级唯恐不能永久享受荣华富贵生活观念的体现，他们企望着在长生不死的神仙世界里永远过着同人间一样的生活，其思想倾向是消极的。神话和蓬莱传说的这种区别，也正是我们不同意把后者等同于前者的一个理由。

综上所述，我们认为把蓬莱传说归入神话范畴似有不当，更不能作为中国的一个神话系统。中国神话究竟是几个系统，划分的根据和标准是什么，都有待于我们深入研究、探讨。至于蓬莱传说，也有的学者称之为"仙话"，具体应该如何称呼，也有待于商榷。应当一提的是，本文称之为"蓬莱传说"，也是稍有不恰切的地方。因为它尽管具备传说的一些特征，但就其缘起和内容来说并不见得是普通民众思想情感的反映，当然，这些传说在后来对民间文学的创作多有影响，例如，"仙"的观念在许多民间故事的"仙女""仙人"中体现出来，牛郎挑担"飞升"也可能与蓬莱传说的"白日飞升"有联系。但这种大胆丰富的幻想已经变为劳动人民表达自己的思想感情和美好愿望的一种途径，这与同样受其影响的《游仙诗》之类文人创作又是大大不同了。

（原载《民间文艺集刊》1984 年第 6 期）

论满族神话的萨满传承

在国内外神话界，过去很长一段时期内存在一种颇有代表性的观点，认为中国神话是片段、零碎、不成系统的。[①] 这种观点产生的原因，主要是由于学者们往往只注视到汉族典籍文献中简古的神话记载，而忽视了中国为数众多的少数民族中蕴藏丰富的神话宝库。

1956 年以来，我国开展了少数民族历史、语言和民间文学的调查采录工作，中国少数民族神话宝库的大门，终于渐渐打开，绚丽多彩、数量可观的神话，使关于中国神话的某些偏见受到了冲击。

中国少数民族神话的挖掘，在南方得到了丰饶的收获。如纳西族《创世纪》；彝族的《梅葛》《阿细的先基》《查姆》和《勒俄特依》；苗族的《苗族谷歌》，白族的《开天辟地》等。但过去一个时期，在中国神话的分布图上，中国北方地区尚留有大片空白。所以，有的学者认为：中国神话南部保存得最多，中部次之，北部最少。[②] 然而，近年来在鄂伦春族、鄂温克族、赫哲族、满族等北方少数民族中发现的神话，使我们有理由对这个结论提出质疑。其中，作为东北地区人数最多、分布最广的一个主要的少数民族——满族神话的发现，无疑具有极其重要的

---

① 参见茅盾《神话研究》，天津百花文艺出版社 1981 年版。
② 陶立璠：《中国少数民族神话的体系和分类》，《民族文学研究》1984 年第 2 期。

意义。①

满族神话的发现，为神话学者们提供了一系列等待探索研究的课题。诸如：满族神话的民族特点是什么？它的内容应怎样进行分类？它在东北亚诸民族神话系统中占据着什么地位？它的演变情况及其趋向如何？等等。而本文所论述的是一个最基本但也是很重要的课题，即满族神话的萨满传承问题。

一 萨满传承是满族神话的主要传承途径

满族神话的保存和传承形式，大致有以下三种。

第一，各种文献的记载。

见诸文字的有关满族神话的材料，实可谓寥若晨星。除了《旧满洲档》和《满洲实录》中详略不同地记载着的满族起源神话（即佛古伦吞红果而生布库里雍顺的神话）以外，②尚有一些文人著述，如宋朝徐孟莘的《三朝北盟会编》、金九经的《满洲祭神祭天典礼》、昭梿的《啸亭杂录》、震钧的《天咫偶闻》、西清的《黑龙江外纪》、姚元之的《竹叶亭杂记》、方拱乾的《绝域纪略》、麟庆的《鸿雪因缘图记》等，都记载了一些满族祭祀和萨满跳神的零星资料，里面提到了一些所祭之神的名称，但并没有把相应的神话记载下来。其原因正如麟庆所说："文献无征，世远年湮。……不能尽详始末。"③

第二，民众口头传承的故事。

神话以这条途径传承，在形态上已发生了很大的变异，绝大部分已演变为传说或故事，只能从中约略地窥见神话的蛛丝马迹。要从中将神话剥

---

① 满族神话的发现过程，可参见《满族神话的调查采录喜获丰收》，《神话学信息》1985 年第 1 期。

② 在这个记载中，《满洲实录》中的说法比《旧满洲档》中的说法长得多。美国学者 Stephen Durrant 认为，前者在很大程度上尚未脱离真正的民间传统。可参见《满族起源神话中的重复现象》，*Central Asiatic Journal*（《中亚学刊》）1979 年第 23 期。

③（清）麟庆著，汪春泉绘图：《鸿雪因缘图记》，北京古籍出版社 1984 年版，第 3 集《五福祭神》。

离、复原，是极为困难的。

第三，萨满传承。

萨满的神话传承，也呈现两种形态：一是有关神话的书面记载，保存在萨满神辞的珍贵抄本——"特勒肯本子"里，据说其中的记述乃是采用问答体，原有九九八十一问，现只存二十余问，[①] 遗憾的是这个本子尚未看到。另一种形态即口头传承。由于本文论述研究的满族神话原始资料大部分是采录自曾当过萨满的傅英仁老人，因此在这里有必要将这个典型的萨满传承实例做一简略介绍。

傅英仁，1921 年出生于黑龙江省宁安县城，满族，满姓：富察哈拉。14 岁时曾被选为萨满，并受过专门训练。1984 年底笔者访问他时，他曾谈起过：按照萨满教的规矩，由萨满传承下来的神话，是秘不宣人的，只能由老萨满秘密传授给他的大弟子。傅英仁并不是大弟子，但由于他聪明伶俐、敏而好学，对所祭祀之神的由来和事迹常要刨根问底，故而从本地萨满和外来萨满处，掌握了不少宝贵的满族神话。据调查统计，亲授给他满族神话的萨满有 7 人，简介如下：

①梅崇山，男，宁古塔著名的萨满达。[②]

②郭鹤令，男，牡丹江一带有名的萨满达。

③寿振川，男，老关家（即瓜尔佳哈拉）萨满达。

④姨祖母，吴姓（即兀扎喇哈拉）老萨满达。

⑤姨外祖母，老梅家（即梅赫乐哈拉）老萨满达。

⑥祖母，萨满。

⑦关隆奇，男，萨满。

由上述萨满传承给傅英仁的神话，有 40 余篇，有创世神话、人类起源神话、洪水神话、太阳神话、事物起源神话、星神话、治水神话、英雄神

---

① 马名超：《从乌苏里到额尔古纳——东北边缘区少数民族原始神话辩踪》，《民间文学研究动态》1983 年第 1 期。

② 达，满语：长。萨满达即地位较高、主要的大萨满。

话等，几乎包括了神话体裁的全部，为我们研究满族原始文化、满族先民的意识提供了极为宝贵的资料。

综观以上三种传承形态，我们不难看出萨满传承是满族神话传承的一条最重要的途径。由于种种原因，这条途径在过去一直未能被发掘出来。因此，国内外一些研究萨满和萨满教的专家学者们对满族神话的存在常持怀疑态度，甚至完全加以否认。如劳法博士断定："被高度的文化所同化，这是不可避免的趋势。而他们又没有把自己民族文学的古代作品流传于后世。他们或许认为这种努力没有价值，所以自己什么也没留下，终于被中国文化无条件地同化了，所有家庭谣曲都放弃了，在满洲语的书籍中一点俗谣、英雄史诗、古代故事、宗教歌谣也没有留下。在乌拉尔—阿尔泰民族历史上恐怕是独一无二了。绝对只能认为他们在接触中国文化以前一无所有，因为他们的近族赫哲族迄今仍然留下了不少神话传说，而他们在新的观念袭击下，给他们以强烈的冲击，结果古代的东西悉被破坏，在占领中国后，汲汲于新文化的吸收，而无暇考虑他们古代的文化及其民族生活，满洲人的性格屈服于中国精神，而满洲人变成中国人。"① 日本学者鸳渊一，把满族原始文学没有流传下来的原因归之于"自始他们没有记录文学的工具"，认为满族曾用蒙古字记录当代的事，而顾不得记述原始的文学。后来太祖虽然创制了满族文字，情况仍没有变化，鸳渊一认为这是"长年致力于战争、政治，无暇顾及内部精神上的事物"的结果。② 这是从上述第一种文献传承途径检索搜集满族神话而必然得出的片面结论。

显而易见，认识、研究满族神话的萨满传承，是解开满族神话之谜的关键所在，是打开满族神话宝库的钥匙。

二 萨满传承神话的内容特点

任何民族神话内容的保存和变异，都与其传承方式有着内在的联

---

① ［日］鸳渊一：《满洲文学》，高木东译，中国满族文学史编委会 1980 年打印本，第2—3页。

② 同上书，第3页。

系，漫长的传承过程同样会对神话产生种种影响。满族神话的萨满传承方式，同样造成了满族神话内容上的几个特征，表现在以下三个方面。

（一）早期原始神话的遗存

原始神话，随着漫长的原始社会形态的变化，本身也在不断地发生变异。从原始神话反映的内容，我们可以相应地了解到神话发展不同阶段、不同层次的状况。早期的原始神话，一般又称原生神话，其内容是十分丰富的。

1. 创世神话和造人神话

满族的创世神话说：世界原本没有地，天连着水，水连着天。天神阿布凯恩都里照着自己的样子，造了一男一女放在一个石头罐子里，放在水面漂流。这一男一女婚配生了许多人，罐子里装不下了，天神便用土造了大地，把地放在水面上，又命令三条大鱼驮着它。再后来，地上的人越来越多，又住不下了，阿布凯恩都里就把天上的一棵最粗最大的树砍倒了，接在土地的边缘上，人类从此沿着树的枝丫发展下去，所以，世界上才有了各色各样的人种。

满族的创世和造人的神话有不同的异文，但这一则更具满族原始萨满教信仰的特点。日本学者芝田研三曾对萨满教的世界观进行了考察，他记录的东北亚细亚信仰萨满教各民族中盛行的萨满教关于天地和人类形成的信仰观念同上述满族神话是一致的：天神（Tengere Kaira Kan）在水面上造了大地，又在大地上插上树枝，长成大树，在树枝上让人类繁衍、生长，这些人即是现在人类的祖先。[①]

值得注意的是，人类在大树上成长这一神话因素，正是属于世界许多民族神话中的"世界树"（又称"生命树"）的典型。满族的先人，在东北茂密的原始森林中栖息，采集树木果实是他们赖以生存的重要方式，因

---

① ［日］芝田研三：《满族宗教志》，满铁铁道总局弘报课编，昭和十五年版，第118—119页。

此，他们把这种人类与树木息息相关的关系通过神话反映出来，就是理所当然的了。

满族造人神话的另一则异文说：天神阿布凯恩都里用柳枝儿做骨架，用神土做肌肉造了一男一女，刚造完就遇上一阵大风，把人吹散了。东边原野里有一株老柳树，看到这情景，就变做一个女人，同天神造的女人一模一样，与天神造的男人结了婚。她的生育能力特别强，一胎能生四五个孩子，并用柳树叶当食物和遮体的衣服。这位柳树神，满语称佛里佛托额漠辉，佛里佛托意即柳树枝，额漠辉意即子孙。显然，这位柳树神无疑是树木崇拜的产物。

树木不仅用来造人，繁殖人类，供给人类食物和栖息之所，而且还是人类智慧的源泉。满族神话《人的尾巴》说，阿布凯恩都里刚造出来的人由于没有智慧，什么也不会干，就像木头人一样。阿布凯恩都里便接受了恩都里增图的建议，把天上的灵丹树枝分给人类，后来树枝长在人身后，变成了人的尾巴，从此人类才有了智慧，变得聪明起来。

由此可见，满族的造人神话，与树木崇拜有着密不可分的关系。类似的神话，在与满族关系密切的赫哲族及西伯利亚的雅库特人中，都可以找到，它充分展示了原始萨满教信仰的特征。

2. 自然崇拜神话

大自然的万事万物，在不同的社会历史发展阶段，对人类产生的影响是不同的。越是在低级阶段，其影响就越大。在原始社会里，原始人出于对大自然的依赖，把自然对象加以神化，由此产生了自然崇拜，正如《国语·鲁语》所说："及天之三辰，民所以瞻仰也；及地之五行，所以生殖也；及九州名山川泽，所以出财用也。非是，不在祀典……"满族先人的自然崇拜神话，由于萨满传承而保存了许多：

山崇拜神话。满族神话说，高山和峻岭是恩都里增图、多龙卑子与恶魔耶路里交战，耶路里被杀，其尸体碎片化生而成。因此，人们在深山里感到恐惧害怕，就是因为耶路里的鬼魂在作祟，恶魔耶路里，即东北亚细亚原始萨满教信仰中的恶神 Erlick，被天神所遣曼第希列神所杀，其尸体碎片亦化为地上的高山。①

石崇拜神话。这方面以《石神》为代表。故事说那不都鲁哈拉原住乌托岭南面，后迁徙他方，因山神、水神作怪而始终不能安居。后来到了一处满山石头的地方，因制造了各种石刀、石斧、石枪、石箭、石盆等而绝处逢生，石头还帮助他们打败了敌人。从此，石头便成了能镇妖除邪的宝物。从这则神话里，我们可以看出，满族石崇拜最早的起源，应是原始社会岩石在人们制造生产工具和武器方面所起的重要作用所致。这同我国羌族的白石崇拜、欧洲古代的石斧崇拜，其产生原因是一致的。

星神话。据说很早以前，天上没有七星。在七星那个地方有七个大黑洞，常从中冒出七股黑烟，落在地上化为七股黑水，泛滥成灾。阿布凯恩都里便让依兰乌希哈神把纳丹威虎里七兄弟连同东海的七座白玉山一同升到天上，堵住了七个黑洞，变为七颗闪光的星星，给人们辨别四时和方向。

满族星神话中还有一位专管万星的天神，它原来是天上最大的星，比月亮大，比太阳亮，名叫安巴乌希哈。他奉天神之命到地上取水，但多次没有完成，因而被天神烧成一颗小流星，后来变作三星之一。

七星和三星是满族世代祭祀的对象。一般认为，星崇拜约始于新石器时代，狩猎生活要求原始人具有方向和地势的感觉，而原始人逐渐意识到，星辰是比太阳更稳定的向导。突出的、能指示方向的星辰，开始引起原始人的崇拜，并加以人格化，满族的七星神话和三星神话正是由此而来。所以满族先人对天上的其他星体，只是幻想为是通天桥断后留在天上的人所化，而并没有普遍加以崇拜，也正是这个原因。

3. 图腾神话

有的学者曾就满族图腾崇拜问题进行过专门考证，确定了爱新觉罗氏曾以鹊为图腾，并推测满族有以犬为图腾的部落。② 由于资料的匮乏，对满族先人图腾崇拜的研究，并不全面。而在萨满传承下来的满族原始神话

---

① ［日］芝田研三：《满族宗教志》，满铁铁道总局弘报课编，昭和十五年版，第119页。
② 莫东寅：《满族史论丛》，人民出版社1958年版，第178页。

中，包含了大量的原始图腾神话，为我们了解满族各氏族图腾崇拜的情况，提供了宝贵的材料。这里试举一二。

蛇图腾神话。满族神话《蟒神》说：古时有一条小花蛇，常变成一个小伙子为部落里的人治病，后来又杀死大黑虎，救出满苏姑娘，并与满苏成了亲，繁衍下一支满族人，这支人特别能干，特别聪明，而小花蛇则成了这支人的保护神。

山羊图腾神话。满族尼玛察哈拉以山羊为图腾。传说天羊尼玛察恩都里救活了一个小伙子，并让自己的女儿同他成亲，从而成为这支人的祖先。

豹图腾神话。相传爪尔佳哈拉的一位姑娘被一只金钱豹救活，这位姑娘便与豹结为夫妻。后生一子，起名叫阿达木。从吴子江到粟末江，从乌苏里到萨哈连，阿达木制服了六十五处群妖。因此，爪尔佳哈拉把豹奉为图腾，加以崇拜和祭祀。

上述图腾神话，是满族图腾崇拜神话的第一类，其特征是认为某种特定的动物与他们的氏族有着血缘关系，是氏族的最初祖先。满族还有一类图腾崇拜神话，认为某种动物曾经营救或保护过自己的氏族，故奉之为图腾而加以崇拜。例如，宁古塔梅合乐哈拉的祖先尼湛，因为鹰的帮助而数次死里逃生，故嘱其后代世代祭奠鹰神。祭祀时，与祭祀祖先一同进行，因此不难推测，梅合乐哈拉曾以鹰作为自己氏族的图腾。

满族的图腾崇拜神话，同样是母系氏族社会早期的产物，是随着氏族制度的发展而形成的。类似的图腾崇拜，在通古斯语系各族中，都曾广泛存在过，如通古斯语各族大部分以巨蛇为崇拜对象，在我国可以以鄂温克族和赫哲族对蛇的崇拜为例。西伯利亚的堪察加尔人、弗雅喀人、楚克奇人都崇拜乌鸦。

除此之外，满族早期其他一些神话，如生殖器崇拜（人类繁殖神）等，限于篇幅，就不再一一介绍了。

（二）晚期神话的保留

人类社会发展步入原始社会末期向阶级社会过渡的历史阶段时，神话的发展也相应地进入了一个新的时期，出现了所谓的"文明神话"。人类在漫长的生产实践中，逐渐地获得了征服自然、改造自然的能力，从而认识到自己本身的力量。反映在神话上，就是由单纯崇拜大自然转为对社会力量和人的崇拜，主体和客体在神话里的位置颠倒了。满族晚期神话同样也体现了这种变化。满族晚期神话在内容上的突出特点，就是英雄神话的大量出现。

在这些英雄神话中，许多主人公是因其本身所具有的超能力而受到崇拜。如牛古录哈拉、梅赫乐哈拉、富察哈拉等不少哈拉供奉的套顺恩都里①就是一位有名的大力士。他出生于猎人世家，人们叫他三音贝子，生下来一个月就能举起一百斤重的石块，三个月能拉满三百石的硬弓。一年后力气更是大得惊人，他一拳能击碎卧牛石，一脚能踢倒一座小山，甚至喘一口粗气就能吹散满天云霞，大喊一声，能震得河水浪高三尺。由于造"顺"天神疏忽大意，九"顺"并出，地面被"顺"晒焦了，飞禽走兽晒死了，人类眼看就无法继续生存。这时三音贝子挺身而出，把天绳拴在箭上，一连射中了七个"顺"并拽到地上。这位射日的英雄，被有的哈拉刻在木板上，形象就是手持五彩长绳，脚下踏着七个"顺"。许多哈拉把他当作大力士神加以祀奉，如富察哈拉春秋祭祀时午前祭祀的一位神，就是这位力大无比的套顺恩都里。

还有些神话的主人公是除害灭妖、为部落的生存和发展做出巨大贡献的英雄。《弓箭神》中的多龙，为了杀死吃人噬兽、放火烧山的萨哈达大鹏，到长白山苦练射箭本领，终于射死了八百只恶大鹏。这位穆昆达②被尼马查哈拉奉为弓箭神，在秋祭的第一天上午加以祭祀。《郭浑和库伦》中的两位主人公，历尽千难万险取来了泉水，消灭了索活乞部落的瘟疫，因而被奉为部落的祖先神。《火神》中的托阿，则是一位普罗米修斯式的盗火英雄。他借看守火仓库的时机，将火种偷传人间，被天神绑在大树上。获救后，他再一次将火种藏在石头里，偷运给人间。这位托阿，就是满族祭祀的火神。

---

① 顺：满语，太阳。套顺恩都里即套太阳神。
② 穆昆达，满语，即部落长、部落首领之意。

一些文化创造发明的人物，也成为英雄神话的主角。《绣花神》中说，早先，呼尔汗河一带的姑娘不会绣花，她们和小伙子一样，上山打猎，下河捕鱼。后来出了个叫伊尔哈的姑娘，心灵手巧，跟一位老太太学会了绣花。伊尔哈死后，变作一块洁白的大石头，谁要是在这块石头上坐一会儿，立刻就会变得心灵手巧。后来不知什么时候，人们把这块石头打成小块带回家，从此满族家家都学会了绣花绣鸟。这位绣花神实际上成了乞巧神。类似的还有董格阿哈，他把染色的技术传授给了满族人，因而被当作印染神来加以祭祀。

值得注意的是，在这些晚期神话中，已或多或少地呈现出了向传说转化的趋势。在《套顺恩都里》中，被三音贝子套下的"顺"，埋葬在地下，传说现在红土墙子、麦子沟一带的红土和几个红土山，就是埋葬"顺"的地方，因为"顺"太热，把土都烧红了。另外如《弓箭神》中的清泉山，也显示了神话逐渐固定在具体的地方风物、向传说过渡的迹象，充分体现了晚期神话的特点。

（三）汉民族神话的影响

据史学家考证，在公元前三千年或者更早，满族的先人——通古斯体系肃慎族的祖先及其亲属部落，居住在黄河流域。后来，他们缓慢地向东北地区移动，移向贝加尔湖地区、黑龙江流域和松花江。吕思勉先生在《中国民族史》中指出："到了秦代时，还有一部分肃慎及其亲属部落在燕国的东北，其后为燕所驱逐而远徙。"大量原始肃慎族活动区域发现的具有中原文化特征的出土文物，正显示了两者文化深刻久远的内涵联系。例如，黑龙江流域出土的原始陶器，牡丹江东康遗址出土的石镰、穿孔石刀、陶豆，黑龙江下游格林河孔东遗址的穴居文化，与中原文化有着不可分割的联系。[①] 在肃慎—挹娄—勿吉—靺鞨—女真直至满洲共同体形成的

---

① 参见《东康原始史社遗址发掘报告》，《考古》，1975 年七月号，黑龙江省博物馆。另参见［苏］符·阿·库德里亚夫采夫等《布里亚特蒙古史》（上册），高文德译，中国社会科学院民族研究所社会历史室征求意见本，第 7 页。及中国科学院考古研究所编著《新中国的考古收获》图版 19，文物出版社 1961 年版，等等。

几千年历史发展过程中，与汉族的文化交流则更是绵绵不断。① 在萨满传承的满族神话中，就相应地体现了这些源远流长的文化联系造成的某些同一性及其影响。

例如，古代中原的氏族、部落一般以龙（蛇）为崇拜对象，在仰韶文化、辛店文化的彩陶上，画有蛇的图案；黄河上游的"东夷"酋长太暤，其形象是人头蛇身；还有著名的伏羲，也是人首蛇身（或人首龙身）的一位大神。② 而在东北地区，鄂温克人崇拜的"舍利"神就是以公母两只蛇为身体；在萨卡其阿林壁画上，在鄂伦春、赫哲族人萨满的法衣和神鼓上，都有大量蛇身人头或蛇的形象，反映了通古斯群体对蛇的崇拜。有的学者认为，这种崇拜构成了古代黄河流域居民与黑龙江流域居民的共同信仰。③ 如果我们考察前面介绍过的《蟒神》神话，同样可以确定满族先人与古代中原居民在图腾崇拜上的某些一致性。

至于汉族神话对满族神话的影响，有的学者曾把佛库伦吞红果受孕生布库里雍顺的神话与商祖先简狄吞燕卵而生契、秦祖先女修吞燕卵而生大业的神话进行比较，认为满族神话深受其影响。④ 由于此神话见诸史载，故不在此赘论。下面仅分析两则萨满传承的神话。

一是满族的射日神话《套顺恩都里》。这则神话说：由于九日并出，大地晒焦了，故三音贝子立志射日。笔者认为，这种神话构思，是汉族"羿仰射十日，中其九日"神话影响的结果。这是因为，不同民族所处的不同自然环境和所从事的不同经济活动，决定了其不同的神话内容特点。就自然环境而言，满族先人活动生存的地域冬长严寒，据现代测量，

---

① 例如，从较早见诸史籍的记载看：《竹书纪年》上卷："帝舜有虞氏……二十五年息慎氏来朝，贡矢矢。"《史记》册六："周武王克商，肃慎氏向周王朝'贡楛矢石砮'。又册一载：周成王'伐东夷'，肃慎派人'来贺'。成王十分赞赏肃慎人的诚服之心，命大臣荣伯作'贿息慎之命'。《后汉书》册十载："康王之时，肃慎复至。"可见肃慎与中原的文化经济交派实乃源远流长。

② 钟敬文：《马王堆汉墓帛画的神话史意义》，载《钟敬文民间文学论集》（上），上海文艺出版社1982年版，第122—129页。

③ 吕光天：《贝加尔湖地区和黑龙江流域与中原的文化关系》，《东北考古与历史》1982年第1期。

④ 参见乌丙安等编《满族民间故事选》，上海文艺出版社1982年版，前言第11页。

年平均气温在摄氏零度以下，最热的 7 月份最高气温不超过 23℃，而据有关学者对古气候的研究，认为古时比现在更寒冷。① 同时，较温暖的夏季降水量占全年的 60%—70%，加上松花江、乌苏里江、镜泊湖、兴凯湖等丰富的水源，所以很难想象出酷热和干旱会对原始人类生存造成威胁。另外，满族先人是以渔猎经济为主，原始农业所占比重极小，直至 16 世纪末到 17 世纪初，努尔哈赤势力下的满族地方农业才逐渐发达，② 史书记载当时的情况是"无野不垦，至于山上，亦多开垦""土地肥饶""禾谷甚茂"，③ 而大量种植业的出现是清代的事情，因为清代中叶关内土地兼并剧烈，租税繁重，自然灾害频生，破产农民不顾清政府禁令而进入东北地区，农业才迅速发达起来。所以，酷热、干旱对满族先人的渔猎经济不会产生太大的影响，远远小于中原地区的农业经济。综合这两方面来看，酷热—干旱—射日的神话构思，不会产生于满族先人，而是由汉族传入的。

另一则神话是《药草和毒草》。纳丹威虎里的事迹，同汉族神话中"尝百草之滋味，一日而遇七十毒"的神农完全一致，两者的神话因素基本吻合。据另一则满族神话透露，纳丹威虎里本是一位星神。可见，汉族神话中神农的事迹，被相应地附会到了这位星神身上流传下来，而原始的关于纳丹威虎里的神话，反倒无从查考了。

当然，这些受汉族神话影响的满族神话，在内容上必然会有变异，而融进了本民族的鲜明特点。如《套顺恩都里》大量增添了三音贝子超人力量的描写及其他苦练射箭本领，不辞辛苦地寻访射日方法的情节，显然是在借用他族的神话构思来赞美、神化本族射猎生活中出类拔萃的英雄，从而反映了后期英雄神话的特点。《药草和毒草》中纳丹乌希哈的死敌耶路里，则是满族神话中最大的恶神、魔鬼，正是他出于毁灭人类的目的而在地面播种了瘟疫和毒草。作为对立面的恶神的

---

① 姜鹏：《吉林旧石器时代晚期人类生活环境的探讨》，《东北考古与历史》1982 年第 1 期。
② 指的是蔓遮川（终佳江的支流新开河）经皮猪江（即佟佳河）到诸川（佟佳江的支流富尔江），从林谷打川（即苏子河）的上流到小星川（即索尔科河）一带地方。
③ 参见周藤吉之《清代满洲土地政策的研究》，河出书房版，第 39 页。

出现，在汉族神话中是没有的，它正反映了满族先人原始萨满信仰的特征。①

满族自肃慎以来，受汉族文化影响最大，在萨满传承的神话中充分体现了这一特点。当然，满族与东北地区其他近邻民族（如鄂伦春、赫哲、朝鲜族）神话间也存在着联系和相互影响，值得我们去做深入的研究。

综上所述，萨满传承的神话，在内容上呈现出多层次的复杂状态，反映展示了满族神话发展的不同阶段，同时又以本民族的神话模式吸收了汉族的部分神话。

如果说，萨满传承的神话以它的多层次性、丰富性而为多学科的研究提供了广阔天地，那么从神话学角度来看，最有价值的莫过于满族先人的早期神话了。因为，同汉族神话所遭到的人为更易一样，满族也大量出现了以不同的新的方式来附会解释远古神话的现象，如关于满族祭天所立"索摩"神杆，《黑龙江志稿》中载："满族初以采参为业，杆即采参之器也"。东北满族群众亦解释为：年轻时的努尔哈赤曾用索拔棍放山采参，得参宝后招兵买马，打下了江山。为纪念他，后世在祭祀时，就竖一根木杆代表老罕王采用的索拔棍。这种说法在东北地区流传极广，影响颇为深远。这显然是后来附会的说法。对此有的学者从设杆仪式的用意、神杆的来源、祭杆仪式本身及历史文献等方面已经加以证实。② 而满族有关的早期神话则真正揭开了个中之谜。在《通天桥》中，当地上的诸神来到天上阿布凯恩都里住的地方时："看到了他的身后有很多大树枝，那就是专供天神智慧的智慧树，又叫灵丹树。旁边还有一根很大的木桩，那木桩正是天神用来给人间居住的那棵大树的下桩"，"天神阿布凯恩都里为了制服地下恶魔耶路里，用霹雳击毁了通天桥，于是，来到天上的人们都回不到地上了。阿布凯恩都里又选了一棵最高最大的树，让人们顺着树干下到地

---

① 在萨满教信仰中，黑暗国的恶神耶路里对天神所造的新人类之美好、善良嫉恨无比，故企图诱拐、毁灭之。参见［日］芝田研三《满族宗教志》，满铁铁道总局弘报课编，昭和十五年版，第119页。

② 程迅：《试论满族所祀神杆与神石的来历及其性质》，《民间文学论坛》1983年4月号。

上。……后来，人有什么向天神的要求，便通过大树告知天神，因为树很高，所以天神只要稍微弯弯腰便知道了"。这才是满族祭树或祭立杆的由来。结合前面谈过的有关神话，我们完全可以证实此言不妄。又如满族所祭神杆，杆下放置数块"神石"。关于其由来，一般满足百姓传说是老罕王采参时，在山上支锅做饭用的，后人为了纪念他，就在祭杆时一并祀之。而满族神话《石神》则揭示了它是原始社会石崇拜的产物。再如，把古代对乌鸦的崇拜说成乌鸦救主，把对柳树神的崇拜（即佛托妈妈）同子孙娘娘混为一谈，类似的人为变异，使原始神话谬谬相传，面目全非。而萨满传承的满族神话则保留了神话的原始面目，打破了种种难解之惑，为我们研究满族先人的信仰、生活等方方面面提供了弥足珍贵的资料。

值得注意的是，萨满传承的满族神话，不可避免地要受到萨满教的影响。满族神话内容上的这个特点，我们将在下一节里详细探讨。

三　萨满与神话的关系

内容丰富多彩的满族神话，通过萨满传承至今。因此，我们有必要进一步来考察萨满与神话二者的关系，探讨这种传承产生的根源。

（一）萨满的产生与神话的繁荣

从大量原始宗教资料来看，萨满产生于原始社会的母系氏族社会。关于萨满产生的有些传说值得注意。锡伯族普遍传说最早的萨满是女子，而且在他们的神像中，居于最高地位的是一个站在云层上身着全副神衣、手持神鼓的女萨满。维吾尔族流传的关于加姆－替尼尔神（Kam-tenir）的传说中亦认为一妇人是最初之萨满。[①] 布里亚特人传说，最初的萨满是一妇人，勃古达亢（Bogdachan）想检验一下她的魔力，令人向此女放箭，结

---

① ［波］尼翰拉兹：《西伯利亚各民族之萨满教》，金启琮译，中国社会科学院研究所萨满教研究编写组 1978 年 10 月油印本，第 37 页。

果竟丝毫未能伤到她。与这个传说类似的阿尔泰铁勒顿人还传说这个女萨满后生一子，成为所有萨满之祖先。① 朝鲜人传说：天王之圣母（Holy mother）生八女，并传授她们萨满之技，后来萨满逐遍于全国。② 学者们认为："由于朝鲜女萨满远较男萨满为多，故宣称妇女是其祖先也许是顺理成章之事。"③ 其次，从许多民族女性在萨满教活动中的地位来看。在库页岛南部西北海岸阿伊努人的萨满仪式中，女家神"恩齐·厄齐"作为阿伊努人和神界的居间人，占有重要的地位。人们认为她居于灶上，便用一阴一阳两根祭神棍对她加以供奉，她"自始至终操纵着整个萨满仪式"④。在勘察塔儿人、朱察人、雅古特人、萨穆叶特人中，女萨满均"立于先头之地位"⑤。甚至常常出现男萨满在巫术活动中男扮女装，以类似于妇人的名字自称的现象。妇女在原始宗教活动中占有如此重要之地位，这在父权制确立之后是根本无法实现的。有的学者认为这些现象的出现，是由于"神经系统之易于兴奋，在萨满宗教仪式上，有绝对之必要"，所以"鉴于某民族之妇女其神经系统较男人容易兴奋"，因而适宜于充当萨满⑥，这种观点其实十分荒唐。在原始萨满教活动中妇女的重要地位，恰恰深刻地反映、体现了母系氏族社会中妇女的社会地位及其在生产活动中的巨大作用。

萨满产生的母系氏族社会，按原始考古学的分期，正是中石器时代到铜石并用时代。在这个时代中，一方面，"世界各地都出现了各种形式的君王、祭司和巫师"⑦；另一方面，旧石器时代晚期开始萌发的原始宗教信仰观念，开始形成一定的体系，原始神话逐渐发展、繁荣起来。这两种在

---

① ［波］尼翰拉兹：《西伯利亚各民族之萨满教》，金启琮译，中国社会科学院研究所萨满教研究编写组 1978 年 10 月油印本，第 37 页。

② Jun Young Lee, *Korean Shaman-isitic Ritucls*, Britain：Mouton De Gruyter, 1981, p. 6.

③ Ibid. , p. 12.

④ ［美］E. O. 蒂尔尼：《库页岛南部西北海岸阿伊努人的萨满教》，《民族译丛》1983 年第 2 期。

⑤ ［日］芝田研三：《满族宗教志》，满铁铁道总局弘报课编，昭和十五年版，第 39 页。

⑥ 同上书，第 118—119 页。

⑦ ［英］赫·乔·韦尔斯：《世界史纲》（上卷），吴文藻等译，广西师范大学出版社 1971 年版，第 136 页。

同一历史时期并存的原始文化现象，自然不可能是各自孤立、互相隔绝的，我们所要探讨的，正是二者间的内在联系。

（二）巫—神话，萨满—神话

虽然在氏族制的末期，萨满教开始出现了人为宗教的倾向，但它在早期萌芽、发展的最初阶段，是自发的原始宗教，这一点已为萨满教研究者们所证实。萨满教的主要流行地区，是欧亚北部特别是西伯利亚一带（我国北方阿尔泰语系各民族，如通古斯语族的满族、鄂温克族、赫哲族；突厥语族的维吾尔族、哈萨克族、柯尔克孜族；蒙古语族的蒙古族、达斡尔族等都曾信仰过萨满教）。但过去和当今国际上大多数萨满教研究者，如西德学者克拉德尔①、苏联学者巴西洛夫、英国学者刘易斯②等，认为它是一种普遍的文化现象，从非洲到美洲，从北亚到火地岛，都有过不同形式的萨满教，我国学者凌纯声也赞成这个观点，他根据《周易·春官》中关于巫的一段记载，即"男巫掌望祀，望衍，授号，旁招以茅。冬天赠天方天算。春招弥以除疾病。王吊则舆祝前""女巫掌岁时袚除衅浴。旱暵则舞雩。若王后吊则舆祝前。凡邦之大灾，歌哭而请"，对萨满和巫的职能进行了比较；根据"坎其击鼓，宛丘之下"（《诗·陈风·宛丘》）、"扬枹分拊鼓，舒缓节兮安歌"（《楚辞·九歌》）等，对萨满与巫的活动现象进行了比较；又根据中国西南民族中古代彝族毕摩和云南昆明东乡女巫跳神所用的不规则蛋圆形神鼓与爱斯基摩和楚克欺萨满所用神鼓之相似，对萨满与巫的用具进行了比较，最后得出结论，认为中国的原始宗教亦为萨满教，中国古代的巫即是萨满。③

历史唯物主义认为：各民族不论其种族来源和地理环境如何，不但在自己的发展中都必须通过同样的家庭、财产和生产的形态，通过同样的社

① 参见 L. Krader，"Shamanism：Theory and History in Buryat Society"，*Shamanism in Siberia*，1978.

② 参见 I. lewis，*Ecstatic Religion*，*An Anthropological Study of Spirit Possession and Shamanism*，Penguin Books，1971.

③ 参见凌纯声《松花江下游的赫哲族》，上海文艺出版社 1990 年版。

会制度和政治制度，而且人的精神活动也遵循同样的规律。历史科学之父维科曾精辟地指出："在人的本质里放进了一种精神的、对一切民族是共同的语言，它同样地表示着在人的社会生活中起积极作用的事物的本质，并且表达着与这些事物不同名称的本质。"① 这个观点已被民族学的材料所证实。原始宗教有不同类型和特点，但作为人类历史发展过程中相同阶段的意识形态，在本质上是相同的。因此，作为不同于阶级社会中萨满的原始社会满族先人的萨满，就不仅和蒙古族的"波"（女称"乌得干"）、达斡尔族的"雅达干"、哈萨克、维吾尔族的"喀木"，而且和汉族的巫、彝族的"毕摩"、景颇族的"董萨"、苗、瑶、畲族的"鬼师"、纳西族的"达巴"、拉祜族的"磨巴"、独龙族的"隆木沙"、傈僳族的"巴帕"、普米族的"师毕"、基诺族的"莫培"等一样，都是在原始宗教舞台上跳跃舞动的主角，都是在"非常原始的状态下执行宗教职能"② 的人——一般统称为"巫"。

原始社会中的巫，其职能有下列几种：

（1）主持各种原始宗教活动；（2）充当原始的巫医；（3）在原始社会，巫通常同时也是氏族的首领，居有很高的社会地位。

除此之外，还有一个常常被人忽略的职能，即巫在整个原始社会文学艺术活动中的重要地位。这里，我们只就巫与神话的关系做初步的探讨。

首先，从原始宗教与原始神话的关系来考察。

近几年来，对于原始宗教与原始神话的关系问题，中国的神话界展开了热烈的讨论。大部分学者不赞成鲁迅先生的神话先于宗教说及袁珂先生的宗教先于神话说，而认为二者是一个不可分割的统一体。③ 笔者认为，统一体之说，正是深刻地揭示了原始神话与原始宗教的内

---

① 维科：《新科学》，转引自［法］拉法格《思想起源论》，王子野译，生活·读书·新知三联书店 1963 年版，第 22 页。

② ［德］恩格斯：《暴力论（续完）》，载中共中央马克思恩格斯列宁斯大林著作编译局编译《马克思恩格斯全集》第 20 卷，人民出版社 1971 年版，第 194 页。

③ 参见黄惠焜《祭坛就是文坛》、兰克《原始宗教和神话》、潜明兹《神话和宗教源于一个统一体》等文。

在联系。在共同的社会发展阶段（以血缘为纽带，以母系为中心的氏族社会），在同一原始思维的认识论基础的条件下，两者是原始初民不可剥离的最初形态的精神文化产品。恩格斯认为：一切宗教都不过是支配着人们日常生活的外部力量在人们头脑中幻想的反映，在这种反映中，"人间的力量采取了超人间的力量的形式"，认为宗教的产生，"首先是自然力量获得了这样的反映。"① 而马克思在为神话下的著名定义中，指出神话也同样是用想象和借助想象"把自然力加以形象化"，同样是"自然力量和社会形式本身"在人们头脑中幻想的产物。② 恩格斯在论述印第安人部落特征第五点时说其"有共同的宗教观念（神话）和崇拜仪式"③，也正反映了恩格斯对二者统一性的认识。事实上，在两者尚未分化为阶级社会的人为宗教和神话故事以前的原始社会，原始神话中的神正是祭坛上膜拜的神，原始宗教中神的事迹也正是今天看来奇幻怪诞的神话。

由此看来，在原始宗教登峰造极时应运而生地凝结着整个氏族原始宗教意识的巫，同时也就凝结着整个氏族的神话因素。在这个基础上，我们可以进一步来考察巫与神话的具体关系。

第一，原始初民的生活和生产同原始神话有密不可分的关系。原始神话不仅是他们对自然万物的反映和解释，原始宗教和神话中的神不仅是他们畏惧崇拜的对象，同时也构成指导他们生产和生活的一种知识系统。而巫作为氏族中的精神领袖，自然必须全面掌握了解这个知识系统，也就是说，作为人—神的中介，对氏族信仰的各种各样的神灵（另外还有鬼魂等）及其事迹、故事，及其相应的一系列崇拜仪式、手段，巫的熟知程度当更加全面和完备。这样，巫才能向氏族的人传达神的意旨，解释原始人生存环境中不断发生的各类自然、社会现象，"使公众传统神话中的形象

---

① ［德］恩格斯：《反杜林论》，载中共中央马克思恩格斯列宁斯大林著作编译局编译《马克思恩格斯选集》第3卷，人民出版社1972年版，第354页。

② ［德］马克思：《〈政治经济学批判〉导言》，载中共中央马克思恩格斯列宁斯大林著作编译局编译《马克思恩格斯选集》第2卷，人民出版社1972年版，第113页。

③ ［德］恩格斯：《家庭、私有制和国家的起源》，载中共中央马克思恩格斯列宁斯大林著作编译局编译《马克思恩格斯选集》第4卷，人民出版社1972年版，第88页。

生活化"①，同时把带有氏族原始意识群体特征的神和神话传授给下一代，从而起到原始神话的特殊功能作用——诸如巩固氏族意识，维护氏族团结，指导氏族生活和生产。

第二，巫不仅是神话的保存者、讲述者，同时也是神话的创作者。由于氏族成员（包括巫本身）都确信巫能通神，能够上达神界，因此巫在各种极端炽热、狂烈，直至不能自控的原始宗教活动状态下（如敬神、娱神仪式或行巫术过程中的狂舞、昏迷，还有使用致幻药草而造成的迷狂②）及日常生活中（如睡梦）产生的幻觉、影像等，都有可能成为新的崇拜对象，构成新的神话。当原有神话系统不足以应付解释层出不穷、变幻莫测的各种自然现象和社会现象时，巫可能进行丰富和加工。当然，巫又是原始初民中的一员，他不可能脱离氏族的原始宗教意识和原始思维，而同样具备原始神话创作的一般特征。

这就是原始社会的巫与神话的大致关系。萨满与神话的关系当然也不例外，对此，我们可以从北亚萨满教发达地区的有关调查材料中得到印证。例如，在西伯利亚漫漫的冬夜中，在大鼓的伴奏下，萨满唱起独特而单调的萨满歌，有时歌唱各种神灵，有时歌唱自己产生的奇特幻觉。同时，对故事加以润色，使听众不致倦厌。他们唱道：

乘黑马的耶尔利克（Erlik），

你持有海狸皮的床，

你的腰过于粗壮，

多长的腰带也不够长。

最大无比你的头，

人间的手总抱不周，

你的眉毛有指一样的粗，

你的髯呀——浓而且乌，

---

① A. Lommel 语，见［德］洛梅尔《早期猎人的世界：巫、医、萨满和艺人》，转引自《世界宗教资料》1983 年第 3 期，第 5 页。

② 这种情况在 Hallucin gens and Shamanism 中有所描述。

你的脸呀——血斑迷糊。①

女萨满铁露波尼（Telpuna）将她在恍惚状态中得知的幻想告知于众：
"娥罗剌（极光）之美艳无比的两个女儿，从光明崇高之所降于地上，其
目光炎热如火，其长发为掠地之风所摇曳，透过其镶有海狸皮的各种衣
裳，可以看见明光和微光，其所穿靴帮上涂有各种色彩。"② 这显然是在创
作神话了。20 世纪 50 年代，国际萨满学界进行了各种各样的调查和实验，
尽管意见各异，但都认为萨满具有很强的艺术思维和创造能力，③ 这也许
对揭示萨满与原始神话创作间的关系不无启发。

（三）满族萨满祭仪与神话

满族原始社会时萨满教与神话的具体关系，已无材料可资佐证考辨，
但我们也不难从延续下来的满族萨满祭仪中窥其斑豹。

满族人在放山参或狩猎的时候，进山前都要在东、西、南、北四个方
向各垒三块石头，斟酒磕头，祭石祈福，然后才进山。在生猪祭祀的头一
天，由萨满边打鼓边唱神辞导引入山，把清水撩过的三块大石头请到神杆
下，摆放成三角形，加以祭祀。这些神石，也就是前面介绍过的满族神话
中的石神。

祭祀蟒神在满族祭祀中占有很重要的地位。萨满在请蟒神时，仰面朝
天躺着，像蛇一样从屋外蠕动到屋里。在祭祀的神器上，也画有各种各样
的蟒。傅英仁老人讲述的《蟒神》神话，解释了此祭仪的由来。祭祀的对
象，也就是《蟒神》中的小花蛇。

其他诸如前述各哈拉崇拜祭祀的图腾，都有与之相对应的神话。满族
萨满祭仪中占有最重要位置的天神，就是原始神话中的阿布凯恩都里。这

---

① 参见［波］尼翰拉兹《西伯利亚各民族之萨满教》，金启琮译，中国社会科学院研究所
萨满教研究编写组 1978 年 10 月油印本，第 65 页。

② 同上书，第 66 页。

③ 参见 William A. Lessa, *Reader in Comparative Relgin*, New York：Allyn & Bacon, Inc.,
1975.

种延续下来的萨满祭仪中的神与神话中的神呈现的同一性，正是两者在原始社会中统一体形态的反映，因而从一个方面为我们了解满族萨满教和萨满与神话的关系提供了依据。

弄清萨满与神话的关系，也就找到了我们所要讨论的满族神话的萨满传承问题的根源所在。一方面，作为原始宗教的萨满教，同现代阶级社会产生的一神教不同，它既无明确的创始人，又无有系统的写成文字的经典教义，而是原始意识形态的体现。而包罗万象的原始意识形态是不可分割的"混沌"整体，其中就包含着神话。进入阶级社会后，萨满教的性质发生了一定的变化，开始由原始多神教渐趋为一神教，但它毕竟是和原始萨满教一脉相承的，曾与其难分难解、融于一体的原始神话，自然也就在宗教的外壳下，作为原始萨满教"教义"的一个重要组成部分，始终贯穿在萨满教的发展历史内，口口相传以至今天；另一方面，在原始社会里参与神话创作、与神话有着直接关系的萨满，现在既是原始萨满教"教义"一代一代的传承者，同时，又不自觉地充当了原始神话的传承人。而氏族其他成员传承的神话，由于社会生产力的不断进步，人类思维摆脱了原始思维而渐进到更高的水平，神话也就逐渐消失，或者演变为历史、传说等，大量的原始神话也就只有通过萨满传承至今。这就是满族神话的萨满传承之根源所在。当然，据此推而广之，我们就不难理解为什么在云南梁河县的阿昌族中唯有巫师赵安贤能完整地演唱长达两千行的著名阿昌族史诗神话《遮帕麻与遮米麻》；为什么彝族的"毕摩"保存了大量的彝族原始神话；为什么拉祜族唯有"磨巴"把《牡帕密帕》传承至今。

（四）萨满教对满族神话的渗透影响

满族神话由萨满传承的根源，已被初步揭示出来。随着历史的发展，这种传承途径必然对神话本身产生影响，对它进行分析研究，有助于我们在了解这种传承途径根源的基础上，进一步理解两者在传承过程中的关系。

如前所述，在原始社会早期的某些阶段，原始的萨满信仰与神话共处于一个统一体中，因此很难以现在的概念去区分二者。但是原始社会末期大量英雄神话的出现，也就标志着二者分离的开始。满族后期神话中大量出现的为民除害或有创造发明的英雄，虽然也被"神化"了，但他们的出现及产生过程正是对原始萨满教和神话中的神的否定，甚至出现了敢于与神抗争的英雄（如火神托阿）。但这两者在发展过程中呈现的离心趋向，并不意味着两者成为绝对对立或互无关系的两种意识形态，满族神话的萨满传承，正说明了这一点。

值得注意的是，神话依赖萨满教得以保存和流传，萨满教的演变和发展，同样不可能不对神话产生影响和渗透。从由萨满传承至今的满族神话中，我们不难发现这种渗透影响的痕迹。

例如天神阿布凯恩都里。由于原始萨满教是多神教，因而满族早期神话中的阿布凯恩都里只是众多自然崇拜中天崇拜的产物，其神迹相当于汉族神话中创造人类的女娲。他除了有几个弟子，同其他各种各样的神之间，并无统属关系。在《七星》神话中，依兰乌希哈神甚至说自己造天的时候，阿布凯恩都里还没有住在天上，可是依兰乌希哈的神话没有传下来，他可能是一位比阿布凯恩都里更早的开天辟地的创造神。但是进入阶级社会后，"最初仅仅反映自然界的神秘力量的幻象，现在又获得了社会的属性，成为历史力量的代表者。在更进一步的发展阶段上，许多神的全部自然属性和社会属性都转移到一个万能的神身上，而这个神本身又只是抽象的人的反映，这样就产生了一神教……"[1] 随着满族原始萨满教向一神教的过渡（这种过渡始终没有完成，而造成满族一神崇拜和多神崇拜并存的情况），阿布凯恩都里的地位不断上升，最终成为统治宇宙万物的最高神。萨满教渐趋成熟的世界观认为，世界由三界构成，如《清稗类抄》所载："上界曰巴尔兰由尔查，即天堂也；中界曰额尔土土伊都，即地面也；下界曰叶尔羌珠几牙几，即地狱也。上界为诸神所居，下界为恶魔所居，中界尝为净地，今则人类繁殖于此"[2]。其中天神所居的上界，又有许

---

[1] ［德］恩格斯：《反杜林论》，载中共中央马克思恩格斯列宁斯大林著作编译局编译《马克思恩格斯选集》第 3 卷，人民出版社 1972 年版，第 355 页。

[2] 参见徐珂《清稗类抄》，转引自秋浦主编《萨满教研究》，上海人民出版社 1985 年版，第 86 页。

多层，在信仰萨满教的民族中，天的层数不同，有九十二、十六、十七甚至三十三层的说法，[①] 在满族的萨满教信仰中，天分为十七层。这种观念渗透到神话里，阿布凯恩都里便成了居住在天的最高层的最高神。同时，萨满本身的行迹，也在神话中不时出现。在满族神话的天层中，死后的萨满全部居住在第三层上。在《天河》中，住在第三层天上的一位大萨满会一种能把海水分成咸水和淡水的法术，他把法术传授给安巴乌希哈，并派两位力大无穷的徒弟去帮助安巴乌希哈从大海往天上背水。阿布凯恩都里看到这三个人立了大功，就封他们为看守天河的星星。满族祭祀的三星，除安巴乌希哈外，另外两颗星星，就是两个萨满弟子所变。

类似的渗透和影响，在其他民族由巫师传承下来的神话中都可以发现，这是传承途径所导致的必然结果。这种影响亦构成满族神话内容上一个值得注意的特征，也是研究萨满教与原始神话关系时不可忽视的一个方面。

四 萨满教的延续与神话的保存

以上我们探讨了满族神话与它主要的传承途径——萨满传承的内在联系与必然性。同样，如果我们要探讨满族神话何以经千百年、经历不同社会形态而传承至今的原因，自然首先必须研究其传承途径——萨满及萨满教能够延续下来的内在根源。

恩格斯指出："古代一切宗教都是自发的部落宗教和后来的民族宗教，它们从各民族的社会和政治条件中产生，并和它们一起生长。宗教的这些基础一旦遭到破坏，沿袭的社会形式、继承的政治结构和民族独立一旦遭到毁灭，那么与之相适应的宗教自然也就崩溃。"[②] 马克思主义历史唯物主义认为，一定的上层建筑是建立在一定的经济基础之上的，经济基础的变更必然导致上层建筑的变更。就满族历史发展来看，由于其各部族生产力

---

① 详见乌丙安《满族神话探索之一》，1985 年铅印本。

② ［德］恩格斯：《布鲁诺·鲍威尔和早期基督教》，载中共中央马克思恩格斯列宁斯大林著作编译局编译《马克思恩格斯全集》第 19 卷，人民出版社 1963 年版，第 333 页。

发展水平不同，内部政治条件、所处环境及所受外来影响各异，导致了其发展始终呈现不平衡的状态，其先进部分不断分化出去，形成新的民族共同体。如靺鞨的粟末部在 7 世纪后于松花江上游、长白山北麓建立起强盛的渤海政权；以完颜部为主的生女真人在阿骨打领导下建立了金国；16 世纪中叶以后，较为先进的建州女真左卫首领努尔哈赤崛起，完成了女真各部的统一，形成了新的民族共同体——满族。据史学家们研究，努尔哈赤兴起时代的社会性质处于奴隶占有制阶段，保留了部分氏族制的残余，但同时，早期的封建制的因素也出现了。皇太极时代，满族迅速向封建制过渡。如果说，在努尔哈赤以前，由于生产力的相对落后萨满教还有存在基础的话，那么，满族进入封建社会后，充满原始宗教色彩的萨满教依旧经久不衰，甚至直到新中国成立前夕，在黑龙江满族聚居的瑷珲、宁安等地，萨满依旧很活跃，这种现象就不能不引起我们的深思了。萨满教在满族封建制确立后仍然得到延续的原因，初步归纳起来有以下几个方面。

（一）民族心理的作用

满族的先世经过了漫长的原始社会，信奉萨满教已有悠久的历史。早在三千年前的肃慎人信奉萨满教，可以从史书的零星记载中约略地见到，如《晋书》卷九十七中载："（肃慎氏）死者其日既葬之于野，交木作小椁，杀猪积其上，以为死者之粮。……其国东北有山出石，其利如铁，将取之，必先祈神。"肃慎的后裔渤海靺鞨继承了祖先的信仰，以萨满教作为自己的固有宗教。至金朝女真，萨满教愈为发达，对此史籍有大量记载："珊蛮者，女真语巫妪也，以其通变如神"[1]，这是我国古籍上第一次出现珊蛮（即萨满）的称呼"金之郊祀，本于其俗，有拜天之礼"[2]；这种天体崇拜更发展为隆重的仪式："元日则拜天相庆，重五则射柳祭天"[3]，

---

[1] 参见（宋）徐孟莘《三朝北盟会编》卷三，转引自张博泉编著《金史简编》，辽宁人民出版社 1984 年版，第 409 页。

[2] 参见（元）脱脱《金史》卷 28《礼志》，转引自张博泉编著《金史简编》，辽宁人民出版社 1984 年版，第 409 页。

[3] 参见（金）宇文懋昭《大金国志》卷 39，转引自张博泉编著《金史简编》，辽宁人民出版社 1984 年版，第 409 页。

"以重五、中元、重九日行拜天之礼，重五于鞠场，中元于内殿，重九于都城外"，"其制，刳木为盘，如舟状，赤为质，画云鹤文。为架高五六尺，置盘其上，荐食物其中，聚宗族拜之。若至尊则于常武殿筑台为拜天所"①，又据《金史》卷六十五《乌古出传》记载："初，昭祖久无子，有巫者能道神语，甚验，乃往祷焉。……其次第先后皆如巫者之言，遂以巫所命名名之"，可见萨满已用于求子。另外，萨满为医，也见诸史载，如《三朝北盟汇编》卷三："其疾病，则无医药，尚巫祝。病则杀猪狗以禳之。"由上可见，萨满教在女真精神世界中曾起过重要支配作用。女真是满族共同体的直系祖先，因此满族信奉萨满教是必然的。满族先世及整个通古斯体系信奉萨满教的漫长历史，在满族民族心理的逐渐形成过程中，不能不产生深厚的积淀。满族奴隶占有制的发育不完全和短暂，使这种积淀具有深刻的社会基础。进入封建制社会后，民族心理作为一种社会心理，仍然具有持续的生命力，并不是随着经济基础的变更而立刻发生变化，社会心理在经济基础和上层建筑间的中介作用，使萨满教这一意识形态在新的经济基础之上仍可持续很长一段时间。当然，根据历史唯物主义的观点，这种持续终归会因为不适应新的经济基础而消失。如果我们不把历史唯物主义的经济基础决定论做僵死、片面的理解，如果我们把历史唯物主义和历史的辩证法很好地结合起来，如果我们深刻领会恩格斯强调指出的经济的作用只是"归根结底"的作用而并非直接的作用，我们就不难理解满族萨满教得以传承下来的内在原因；相反，正如我们无法从罗马帝国衰亡时的社会经济状况来解释基督教的产生和广泛流行一样，我们对封建经济基础之上的萨满教就只会感到困惑不解。

（二）统治阶级的利用

萨满教得以生存传承，同统治阶级对这种原始宗教的利用是分不开的。

在满族兴起的时代，满族上层贵族就充分利用了原始萨满教的天灵崇

---

① 参见（元）脱脱《金史》卷35《礼志》，转引自张博泉编著《金史简编》，辽宁人民出版社1984年版，第409—410页。

拜和信仰，从而"全面动员了人民，调集了整个民族的实力，为建立起自己的军事政权起到了有效的舆论作用"①。在努尔哈赤率兵统一各部落和同明王朝作战的频繁而艰苦的征战中，标志着满族天灵信仰的"兆""祭""誓"等活动，在《满文老档》等文献记载中，可谓比比皆是，由此可见努尔哈赤得以在政治上和军事上取得成功，与他充分利用了原始信仰观念的巨大民俗作用是分不开的。清太宗皇太极对此加以仿效，崇德七年（1642）清向明王朝展开全面进攻，其时谒庙祭天，已具备相当浓厚的政治色彩，甚至超过了求神、天的保佑。②

入关后，清代统治者在政治制度上采取了全面"法明"，但在祭祀等方面却强调"旧俗相承"，如《满洲祭神祭天典礼》卷一云："至我列圣定鼎中原，迁都京师，祭祀仍遵昔日之制，由来久矣。"后尤经乾隆"创意"，设"堂子"祭祀，由俗转礼，成为定制。堂子是萨满祭祀，由萨满用满语祝祷，主要是祭天、祭祀祖先。从下面的一段记载，我们可以看到清朝统治者祭祀堂子"礼意隆重"的情况："元旦、宫廷内外朝仪：五鼓，驾亲祭堂子，各官俱朝服于午门外送。黎明，驾回宫，先至奉先殿，继至宁寿宫，行礼毕，然后乘辇出御太和殿，受外廷朝贺。辰刻，复回乾清宫，庭前乐作，上升宝座，垂帘。乐再奏，宫嫔于上前行礼。毕，乐三奏，帘卷，东宫诸王，以次在殿庭行三跪九叩头礼。乐四奏，公主郡主于宫中行礼。乐五奏，上御西野阁，内外诸臣俱集午门内，望毓庆宫行两跪六叩头礼。礼毕，始退班。"③ 除了国家大典的"公"祭，堂子执行的常祭，较重要的还有：月祭、马祭、杆祭等。另外在坤宁宫亦实行清朝特有的巫祭，有常祭、月祭、大祭、极祭、背灯祭等。其中夕祭神，保持的原始信仰最多，如纳丹威虎里、星神、柳树神等。④

---

① 参见乌丙安《论满族兴起时期的天灵观》，1985 年铅印本。
② 《清太宗实录稿本》卷63，崇德七年十月十五日，清初史料丛刊第三种1978年版，第120页。
③ （清）查慎行：《人海记》，北京古籍出版社1989年版，第121页。
④ 参见《清会典事例》所载："夕祭祝辞所称，有：阿珲年锡、安春阿雅喇、穆哩哈、纳丹岱辉、纳尔珲轩初、恩鄂里增图、拜拜章京、纳丹威瑚哩、恩都蒙喀乐、喀屯诺延诸号。中惟纳丹岱辉即七星之祀；其喀屯诺延即蒙古神，以先世有功而祀……又树枝求福之神，称为佛里佛多鄂漠锡妈妈，为保婴之祀。"

清朝统治者对萨满教的提倡和保留，是出于保持民族信仰、适应民族心理、对人民进行精神统治的需要。这一点同蒙古族镇压萨满教的做法是不同的。由于萨满教在蒙古族中尤其体现了残酷性和野蛮性（如用人身献祭），同时萨满的地位（如阔阔出）已经到了与成吉思汗平起平坐的地位，使成吉思汗不能不对萨满教进行限制。喇嘛教传入后，与萨满教进行了长期激烈的斗争，最后终于战胜了萨满教。17 世纪初，封建统治阶级已把镇压萨满教以法律形式固定下来，如 1640 年卫拉特蒙古的法典。① 因此，蒙古大部分地区的萨满教后来逐渐绝迹了。由此观之，统治阶级对萨满教的态度，也是决定萨满教生死存亡的一个很重要的因素。

（三）满族群众的信仰

满族入主中原后，面对汉族高度发达的物质文化和精神文化，原始的萨满教难免相形见绌。满族统治者认识到用萨满教来充当统治汉族的精神武器是不可能的，因此一方面竭力保存自己的萨满教文化；一方面对其他宗教采取了兼容并蓄的态度。努尔哈赤进入辽沈地区后，即在兴京城东阜建设七大寺庙，引进土地、观音、关帝、如来等神供奉。清代的堂子祭天和坤宁宫祭祀，更可以看出佛教、道教、喇嘛教及汉族民间信仰对萨满教的巨大冲击，如坤宁宫的三位朝祭神，竟是释迦牟尼、观世音菩萨，以及关帝圣君。② 在这种情况下，萨满祭祀渐趋式微，祭堂子也常被忽略了，如康熙二十九年（1690）征服噶尔丹叛乱时，七月初六乙未，抚远大将军福全师行，"上御太和门，赐敕印，出东直门送之"③，没有祭堂子。逮至嘉庆时，更是"罕用萨玛跳神者"④，萨满教最后终于淹没在以佛教为主的各种宗教的汪洋大海里。

然而，留居在东北边陲的满族，虽然也受到了其他宗教的冲击，但毕

---

① 参见法典一百一十条的规定。
② 《钦定满洲祭神祭天典礼》卷 1，《文渊阁四库全书》，台湾商务印书馆影印本，史部，第 657 册。
③ （清）蒋良骐：《东华录》卷 15，中华书局 1980 年版，第 252 页。
④ 赵尔巽等：《清史稿》第 10 册卷 85·礼四，中华书局 1976 年版，第 2571 页。

竟没有直接置于高文化环境中，民族心理、民族意识表现得十分鲜明，满族的文化传统得到了继承和保存，萨满教在很长一段时间内盛行不衰。清朝文献对东北地区萨满教活动情况的记载，较早的当推方拱乾的《绝域纪略》，书中记载了顺治末康熙初年宁古塔地区跳神的情况："跳神，犹之乎祝先也，率女子为之，头带如兜鍪，腰系裙……口喃喃，鼓嘈嘈。……寻常庭中必有一竿，竿头系布片曰：'祖宗所凭。'依动之，如掘其墓。割豕而群鸟下啄其余肉，则喜曰：'祖宗豫'。不则愀然曰：'祖宗矣！''祸至矣！'"吴振臣的《宁古塔纪略》则详细记载了康熙二十年（1681）之前宁古塔跳神的场面："有跳神礼，每于春秋二时行之。……以当家妇为主，衣服外系裙，裙腰上团围系长铁铃百数，手执纸鼓敲之，其声镗镗然，口诵满语，腰摇铃响，以鼓接应。旁更有大皮鼓数面，随之敲和。必向西，西炕上设炕桌，罗列食物……"西清《黑龙江外记》描述了嘉庆年间伊彻满洲跳神治病的情景："其跳神法，萨满击太平鼓作歌，病者亲族和之……而请'札林'一人为之相，'札林'唱神歌者也。……萨满则啜羊血嚼鲤，执刀枪白梃，即病者腹上指画而默诵之。"另外还有姚元之所著《竹叶亭杂记》等对道光、咸丰年间萨满盛行的情况做了详细的记载和描述。

据 1938 年末在吉林市郊区的满族居住区进行的有关调查发现，该地区萨满教祭祀活动仍很完整和活跃。[①] 甚至直至 1949 年前夕，"信奉萨满教之多，自不待言"[②] 的安宁一带，仍有萨满教活动。

由上可见东北部分地区萨满教延续保留情况之一斑。长时期形成的民族心理对本民族固有信仰的依赖、保留；为巩固哈拉、穆昆团结而格外重视的祖先崇拜；为表达祈求生产丰收、民族兴旺发达的美好愿望而借助于古老的祭天之仪；[③] 由于医疗条件的落后而不得不请萨满驱邪祛病、寻求精神安慰；直至 1949 年前一些固定的萨满祭祀已成为群众聚会娱乐的节

---

① 参见《满洲事情案内所报告（79）·满洲民俗考》，载中国民间文艺研究会黑龙江分会编印《黑龙江民间文学》1981 年版第 3 集。

② 见民国十三年《宁安县志》卷 3。

③ 这一点可从满族的祭天祭词中看出来，参见傅英仁《满族的祭天风俗考》，载中国民间文艺研究会黑龙江分会编印《黑龙江民间文学》1983 年版第 8 集，第 176 页。

日，这一切，都使萨满教在新的社会条件下仍具有特定的功能作用，展示了萨满教传承的深厚群众基础，这也是萨满教传承的一个重要原因。

正是由于上述种种原因，使原始的萨满教以种种形态在满族步入封建社会几百年后仍在东北一些地区得到保留，而姚元之叹为"人多莫知"、属于神话传承"内向"范畴而由萨满代代传承下来的满族神话，才能因此作为一宗宝贵的文化财富昭然于今世。所以，探讨萨满教的传承原因，也就找到了满族神话何以保存至今的答案。

以上，我们从四个方面初步探讨了满族神话的萨满传承问题。笔者认为，长期以来在我国原始宗教研究中，对原始社会中的原始宗教，片面地强调其消极作用，而一笔抹杀它与精神文化（包括神话）的关系，把马克思、列宁、斯大林等革命导师关于宗教本质的论述不加分析地当作给原始宗教"定罪"的依据；对阶级社会中原始宗教的传承遗留，武断地作为封建迷信和精神鸦片加以批判，这些似成定论的观点和做法，是不无谬误之处的。从本文的分析和例证来看，萨满、巫师确实在客观上（他们本身或许是不自觉的）对创造和保存本民族的原始文化做出了不可否认的贡献。同样，在神话的搜集研究上，我们必须高度重视巫师的传承，如果我们从各少数民族年事已高、为数极其有限的巫师处打开突破口，我们或许可以得到更多的宝贵资料来填补神话学的空白。由于社会原因和自然原因，这些神话的传承者日趋减少，这就使我们的工作更具有紧迫性。

另外，对各民族巫师的神话传承形式、特征、路线、内容等诸方面的研究，对我国神话学的建设同样具有重要的意义。本文仅就满族神话的萨满传承在这方面进行了粗浅的探索，这些课题的深入研究，还有待于广大神话学者的努力。

（本文节选发表于《青岛海洋大学学报》1999 年第 1 期）

简论民间传说和故事的相互转化

民间故事和民间传说是人民口头文学宝库中蕴藏量极为丰富的两宗珍宝，在民间文学中占有重要的位置。作为民间文学叙事散文中不同的文类，它们各自具备相互区别的一些鲜明的表现形式特征。当然，这些特征是从科学研究的角度，从大量的民间传说和民间故事中提取、概括出来的普遍的、一般的、共性的东西，而实际上部分民间故事、传说却呈现出相互转变、演化、融合等复杂形态。我们只有从实际出发，对这种客观存在的现象进行深入认真的研究，分析其产生背景、原因、它们的转化过程及其内在的融合流变规律、其不同的类型等，才能得出正确的科学结论，从而把传说学理论和故事学理论逐步引向深入、完善，使之更加精密化、科学化。

民间故事和传说的相互演变，一般就是这样两种情况：第一，民间故事向传说转化；第二，民间传说向故事转化。下面我们就分别对这两种情况进行分析、探讨。

一 民间故事向民间传说的转化

按照我国民间文学理论一般的分类法，狭义的民间故事包括幻想故事、生活故事、民间寓言、民间笑话。从数量上来看，民间故事的主体应是幻想故事（或称"魔法故事""童话"）。它一般具备下列形式特征：无特定时间（"从前……""很久很久以前""古时候……"等）、无具体人名（多是泛称，如"张三""李小二"等，或以职业为名，如"打柴的""卖肉的"，或以年龄称呼，如"老头""小伙子"等）、无具体地点（"山那边""在一个村子里"等）。而民间传说却恰恰相反，一般说来，它的时间、地点、人物都是具体的、固定的。这正是二者在形式上相区别的基本特征。

民间故事向传说转化，也就是说，民间故事在流传过程中，有一部分故事逐渐"固定"，附着在各地的风物上，也有少数民间故事与历史人物发生了联系，从而实现了转化过程。

（一）民间故事固定附着在具体地方风物上

从总的数量上来看，这种附着形式的现象较为常见。兹以《田螺姑娘》型故事为例。

在我国，《田螺姑娘》型故事是流传最广、影响最大、历史最久的民间故事之一，它的亚型、异式也存在许多。其基本情节为：

（a）一青年拾到一只田螺，便带回家养在水缸里。

（b）他每次从田里回来，饭菜都已做好。

（c）他假装外出，留在家里，发现从水缸里出来的田螺姑娘，二人遂婚。

（d）不同的结局。

故事的原型和流变情况，可参见郑振铎先生在《中国文学研究》下册《螺壳中之女郎》一文中所记载的田螺故事以及乌丙安先生在《民间文学概论》中所列的《田螺姑娘故事情节变化比较表》。下面是该型故事与各地风物附着固定的几例：

[例1]《螺蛳姑娘》①

（a）一个种田的后生哥在漓江边拣到一个螺蛳，便带回家养在水缸里。

（b）后生哥从地里干活回来，发现饭菜都已做好。

（c）后生哥十分惊讶，一日，假装外出，悄悄留下，见水缸中出一美女，忙上前道谢，二人遂婚，后有三子。

（d）县官企图霸占螺女，多次出难题斗智，皆输。县官带兵来抢，螺女战胜了县官。

（e）螺女化为漓江边的螺蛳山，三子化为螺蛳石，丈夫化为银蟾石。

[例2]《双义泉》②

（a）吴衙役为民挖井，拾到一个螺蛳，便随手放进水缸里。

（b）吴衙役每次回家，衣服都已洗好，饭也做好了。

（c）吴衙役假装外出，悄悄留下探查，见水缸出一美女，便进屋挡住去路，二人遂结为夫妻。

（d）郡帅妄图霸占螺女，出了两次难题，田螺仙女皆完成，并将郡帅等烧死。

（e）老百姓有了井水，为纪念吴衙役和仙女，便把吴衙役挖的这口井取名为"双义泉"。

另外还有许多此类型故事的亚型，主要情节基本相同，只不过将"田螺"变为"蚌壳""金鱼"等，在此就不一一举例了。将上面所举两例与民间故事原型相比较，其情节的主干，即每例的（a）（b）（c）三部分与故事原型基本一致，仅在构成情节的母题上略有变化，但很明显三者都是流传的同型故事。（d）部分是原型故事的结局部分，在故事流传中变动最

---

① 钟建星：《桂林山水传说》，广西人民出版社1980年版，第276页。
② 田海燕整理：《长江传说集》，长江文艺出版社1980年版，第76页。

大，有的结局是十年后田螺姑娘乘风雨而去①，有的是田螺姑娘被男主人公呵斥而"叹息升云而去"②，近代流传的故事结局则往往增添与邪恶势力（一般是现实存在的）诸如县官、郡帅等斗争的情节而代替与超自然的对立面（如龙王、玉皇大帝）斗争的情节。这种母题和情节的变异是民间故事流传过程中必然发生的现象，因此它同样反映到了故事向传说转化的过程中。（a）（b）（c）（d）四部分是原型故事，而（e）部分则具有明显的传说特征，即具体的地方风物：［例1］是漓江边的螺蛳山、螺蛳石等，这些风物是直接由故事中的主角螺蛳姑娘和儿子等变化而来；［例2］幻想故事与"双义泉"联系起来，这里的"双义泉"并只是白螺蛳被发现的地方；都是在原型故事基础上附加了一个重要的可信物（e），把原型故事同各地的地方风物程度不同地联系起来，使原型故事具备了传说的特征，从而形成了此种类型的传说。

（二）民间故事附着在具体人物上

这种情况，试以《早发的魔箭》型故事为例。此型故事在中国南方流传较广，美国民俗学家丁乃通博士按照国际民间故事类型列为592※型。按丁博士《中国民间故事类型索引》（春风文艺出版社1983年版），故事的基本情节为：

Ⅰ. 设计杀皇帝。一个男巫（占卜者）订好了行动计划。他是（a）一个少数民族人，憎恨中国当朝皇帝。（b）打算救一个了不起的年轻人，他似乎命定是要成为下一个皇帝。（c）企图自己篡位。

Ⅱ. 魔弓与魔箭。它们要由（a）竹笋制成（b）桃木（c）纸张（d）其他材料发出。箭一离弦便能射杀皇帝，但须遵守指定的日期和时间。

Ⅲ. 提前发射。箭在规定时间前一瞬间射出，由于（a）男主人公

---

① （晋）陶潜：《搜神后记》，中华书局1981年版，第30—31页。
② 参见（南朝·梁）任昉《述异记》，台湾商务印书馆1986年影印本。

的妻子（亲属）的鲁莽（b）一个叔叔恨他（c）男主人公判断时间错误（d）某个女人的错误。

Ⅳ. 计划失败。结果，那支箭飞向宫殿，但（a）与皇帝擦身而过（b）在皇帝坐下之前，射中皇帝宝座（c）射中宫中其他物体。

Ⅴ. 惩罚。皇帝派军队来捉拿男主人公，他（a）逃走（b）很快被抓住（c）终于叛变自首。

下面是几个历史人物传说中所融进的此型故事的情节，所标数码与丁博士所标是相应一致的：

[例3]《梁丞相的墓》①

Ⅰ. 一堪舆师设计。（c）复活的丞相可当皇帝。

Ⅱ. 箭要由（d）芒草制成。须在一百天后发射。

Ⅲ. 箭在第九十九日发出。由于（c）男主人公判断时间错误。

Ⅳ. 结果，箭（b）射在皇帝椅下。

Ⅴ. 其子（b）很快被抓住。

[例4]《覃厚王》②

Ⅰ. 死去的母亲告诉覃厚王杀皇帝的办法。他（a）憎恨中国当朝皇帝。

Ⅱ. 要在坟上种竹子，在神上完祭弓箭，在三年零六个月鸡飞上屋时，就可能射死皇帝。Ⅲ、箭在刚满三年时射出，由于（a）嫂子提前把鸡搬上了屋。

Ⅳ. （c）射在龙案上。

Ⅴ. （b）覃厚被捉。

---

① 吴藻汀编：《泉州民间传说选集》，福建人民出版社1957年版，第76页。
② 湖南省文学艺术工作者联合会：《新苗》1958年第4期。

类似此型的还有湘西一带流传的《田螺相公》，侗族中流传的《吴勉》、苗族中流传的《哈氏三兄弟》等。从这个故事原型所反映出来的远距离作用的巫术禁忌、预兆等观念来看，它的起源也是较早的。它分别附会到覃厚王等历史人物身上，融进的故事成为这些历史人物许许多多传说中的有机组成部分，构成了人物传说的新类型。

从以上的举例和简单分析，我们可以初步看出这种故事向传说转化的现象有下列几个带有规律性的特点：

首先，民间故事在流传过程中，与各地的风物或历史人物相结合构成传说，这只是在一部分故事中发生的现象，是较为特殊的。与此同时，更为大量的同一类型故事，仍以原型状态流传（当然不可避免地会有部分变异），以民间故事的形态出现，比如《田螺姑娘》型以及其异式、亚型故事，就远比它转化为传说的形态多得多。这两种情况是民间故事流传过程中同时并存的现象，都值得加以研究。

其次，民间故事与各地风物、人物结合的过程，实际上是民间故事由无空间到有空间、无人物到有人物（指具体历史人物）、由不固定到固定、由虚到实的过程。这个过程得以实现，一般要依据一定的先决条件。其一，一般说来，产生年代悠久、流传面广、已经类型化的民间故事，向传说转化的概率就要大一些，两者之间是正比例的关系。例如前面所举《田螺姑娘》型故事，如果从最早见诸文学记载时算起，已经有十五六个世纪的历史了，且在不同的地区、不同的民族中广为流传，就容易出现极相似的同型传说。据笔者搜集的资料，有一些流传较广的故事，《天鹅处女》型故事、《两兄弟》型故事、《金子客人》型故事等，有同型传说出现。相反，产生时间较短、流传地域狭窄的故事，向传说转化的情况就少一些，而且其表现形态不易于鉴别判断，因此对这类情况的研究要花费更大的气力。其二，被附着的风物、人物与附着的故事间一般具有相关性，即两者之间有一定内在的联系，这样才有可能通过联想、比附而使两者统一起来。比如，《田螺姑娘》型故事，很容易固定在形状像田螺的山、石等自然物上，这是联系较为紧密的；或者，由于田螺在水中生存这一限制条件，故事也只能相应地附会到井、泉、江上，如［例2］。离开了这些与故事内容有一定相关性的风物，故事向传说转化恐怕也就没有赖以形成的依据了。《早发的魔箭》型所提及的六例，其传说人物则大都是反抗皇帝、起事造反的英雄，他们的目的就是要推翻皇帝、杀死皇帝，与原型民间故事的主题不谋而合，因此神奇的魔箭便很自然地成为他们的斗争手段和工具。这种相关性程度不同，既有可信物方面的相关，也有内容主题上的相关，一般不难找到其线索。其三，一般的风物传说一旦形成，其传说情节与所附着风物之间的黏合较为紧密，这就造成了它的单一性，即特定风物同时出现数种不同传说的情况是较为少见的。因而，原型故事在同特定风物固定附着之前，一般这些风物应没有别的传说，是个空白点。

再次，许多传说具备民间故事的特征和表现手法，如"三段式"等，这只能看作在共同的口头流传过程中，两种民间文学样式互相影响作用的结果，不能据此来断定此类传说便是由故事转化而来，这也与我们讨论的故事向传说转化的现象有本质区别。

最后，流传的故事一旦固定附着在特定的风物、人物上，故事本身具有了空间的位置和人物的存在，这就使故事增加了可信性，这也是转化的必然结果。

二　民间传说向故事的转化

一般说来，民间传说总是与一定的历史人物、事件、与地方风物古迹、社会习俗等紧密联系在一起，因此它的可移动性远不如民间故事，但这只是相对而言，传说同样以流传、变异、演化的形式生存在口头流传的过程之中。不同地区大量出现的同型传说，正说明了这一点。

同型的风物传说，先以《酒井的传说》为例：

[例5]《神仙酒》

浙东桐庐县旧有酒井，相传庐道人诣一酒肆中取饮，饮毕，辄去，酿家亦不索直。久之，道人谓主媪曰："数费媪酒，无以报，有少药投井中，可以不酿而得美酒。"乃从渔鼓中泻出药二丸，色黄而坚，如龙眼大，投井中而去。明日井泉腾沸，挹之皆甘醴，香味逾于造者，俗呼为神仙酒。其家用此致富，凡三十年，而道人复来，阖门敬礼。道人从容问曰："君家自有此井以来，所入子钱几何？"主媪曰："酒则美矣，奈何糟粕饲猪，亦一欠事。"道人叹息，以手探井中，药即跃出，置渔鼓中，井复如旧。

此则传说载于冯梦龙《古今谭概》，又见于《四游记》第二十九回，只不过化水为酒的道人已变为八仙之一的吕洞宾，地点也由浙东的桐庐县改到湖南的岳阳地区了。

经过几百年的流传，同型的酒井传说在全国许多地方出现了。下表所举三例，地点、人物就迥然相异：

［例6］

名称	吴井水	古井的传说	白水街
地点	云南昆明吴井桥镇	山西杏花村	四川峨眉甑子场
人物	老两口、儿子、吕洞宾	吴老汉、疯老汉	孤老太婆、白胡老头、财主
a	老两口开一小茶馆，十分乐善好施，为人忠厚善良。	吴老汉在杏花村古井边开一"醉仙居"，酿的酒很出名。	孤老太婆家边有一口水井。
b	吕洞宾化为道士，来到茶馆，得到热情招待。吕便把他家的水井变成了酒井。	端阳节来了一疯老汉，喝了许多酒，并把馍渣子撒到井里，使井水变为美酒。	一天晚上，来了一白胡老头，把井水变成了酒，叫老婆婆去卖。
c	老两口死后，其子心肠很坏，吕洞宾又来时，他便向吕抱怨酒井不能产酒糟。	几年后，疯老汉又回来了。吴老汉抱怨骡马没有酒糟吃。	财主霸占了井，十分贪婪，并对井里出现的老头抱怨井不能产酒糟。
d	吕洞宾便把酒井重新变成了水井。	疯老汉把酒井又变成了水井。	老头把污水喷向财主，不见了。井又成了水。
e	井水十分好吃，人称"滇南第一泉"。		从此人称该井为"白水井"，这条街叫"白水街"。
备注	《云南各族民间故事选》，第19页。	《风物传说》1981年成都版，第239页。	

比较表格中所举三例，显而易见，主要情节 a、b、c、d 四部分与原型传说《神仙酒》基本一致，只是地点分别变为"昆明吴井桥镇""山西杏花村""峨眉县甑子场"，人物也相应发生了变动。显然这是同一传说在不同地方流变附会的结果。再以《石狮子眼睛》的传说为例。这个传说起源甚早，在先秦时已形成雏形，如《吕氏春秋·本味篇》即有记载。根据《淮南子俶真训》高诱所注，可知此传说在汉代基本成形：

> 历阳，淮南国之县名，今属江都。昔有老妪常行仁义。有二诸生过之，谓曰："此国当没为湖。"谓妪："视东门阈有血，便走上北山，勿顾也！"自此，妪便往视门阈。阈者问之，妪对曰如是。其暮，门吏故杀鸡，血涂门阈。明日，老妪早往视门，见血，便上北山，国没为湖。与门吏言其事，适一宿耳。

此型传说情节基本不变，而转化为其他地方的传说，选举以下两例：

[例7]《长水县》
长水县沦陷为谷。①
[例8]《坍东都》
东都城沉入东海，葛孝子爬上的山为"舟山岛"，歇脚处为"定海"。②

以上所举的例子，都是同一风物传说流传的情况。人物传说，同样存在着原型传说中的人物发生变化，从而形成同类型，同情节，但人物不同的新传说的现象。如朱洪武与刘秀、妙香女、程咬金、薛仁贵、罗隐、赵

---

① 情节略，详见（宋）李昉《太平广记》第 10 册卷 468，中华书局 1988 年版，第 3854—3855 页。
② 情节略，详见中国民间文艺研究会浙江分会编《浙江风物传说》，浙江人民出版社 1981 年版，第 69—65 页。

匡胤、顾亭林、林翰林等都有相同、相似的传说。① 又如一则流传于山东的《作诗祝寿》的传说，情节完全相同，主人公却安到了两个不同的人物身上——一个是道光皇帝，一个是乾隆皇帝。②

上面所举大量的风物、人物的同型传说，说明尽管传说同特定的风物、人物结合较紧密，但它仍是可移动的，在流传过程中，它一方面失去了原有的可信物（特定的人、物）；一方面又附会到新的风物、人物上，成为同类型的新传说。传说的这种故事本体与所附人、物之间可分离、可移动的特质，正为我们所要讨论的民间传说向民间故事的转化提供了依据。

正是基于传说的这种可分离性和可移动性，使传说向故事的转化过程有了实现的可能。民间传说在流动过程中，逐渐失去原有的可信物，同时又没有依附固定到新的可信物上，因此失去了传说的特征，而以故事的形态出现了。

　　［例9］《后悔死了》③

　　很早前有位孤苦伶仃的穷老太婆，靠卖酒和养猪为生，一天来了个白发客人，听了老太太的诉苦，便给她一枚能让井水变酒的铜钱。老太太的日子渐渐好过起来。第二次客人又来了，老太太热情招待，并抱怨没有酒糟养猪。客人又给了她一根能让酒缸变出酒糟的拐杖。客人第三次来，她又想要个使唤丫头。客人变了脸，拿走了拐杖和铜钱。老太太后悔而死，变做一只鸟，每天高叫"后悔死了！"

这是由［例5］［例6］酒井传说转化而成的民间故事。在纳西族中流传的《酒丹》故事，也无具体的地点、人物，只是泛指"从雪山到丽江城

---

①　参见赵景深《论帝王出身传说》，载赵景深《民间故事研究》，上海复旦书店1928年版，第51页。

②　详见中国民间文艺研究会山东分会，山东大学中文系民间文学教研室编《山东民间文学资料汇编》临沂地区专集，第202—204页。

③　详见福建人民出版社编《福建民间故事》，福建人民出版社1960年版，第4集，第28页。

的路上"，也属于这种情况。

由上面［例7］［例8］《石狮子眼睛》传说演变成故事的，有东北民间故事《石狮子红眼圈》① 其梗概如下：

［例10］

大水退后，岸边留下一条大鱼，人们纷纷抢食，只有母子二人不吃。过来一个老头，说："那条鱼是我儿子，只有你母子不去吃，作为报答，给你们一个纸船，一旦看见东门石狮子眼圈红，就是要发大水的预兆，你母子便可乘船逃生。"小孩每天上学过东门便要看看石狮子。同学们知道原委，便故意用红笔画了石狮子的眼圈。小孩见了，急回家告诉了母亲。二人便上船，纸船随即变大了。山洪暴发，母子幸免于难。

这个故事融入了江苏铜山一带流传的宝船故事，但故事的主要情节与传说相同，显然它是从同型传说中游离出来的。这个故事在山东一带也有流传。

人物传说同样有从传说转化为故事的情况。限于篇幅，就不一一赘述了。

由上可见，如果传说在流传中没有相关的事物、人物等使之得以固定下来，同时随着时间的延续和流传地域的扩展，原有的可信物——风物或人物离开其存在地域、时代，就会呈现逐渐消失的趋势，传说也就逐渐向故事演变了。"有时传说可以转变得使人不知它属于何地，且不知是何人的经历。像这样成了新家，便有了存在活力，完全脱离了特有人名和地名，换一句话说，这已成了童话了。"② 这个过程同民间故事向传说演变的过程恰恰是相逆的，传说演变为故事的过程，是一个由拥有空间到失去空间、由拥有具体人物到只有泛称人物、由实到虚的过程。

---

① 孙常叙：《伊尹生空桑和历阳沉而为湖》，《社会科学战线》1982 年第 4 期。

② ［英］哈特兰德：《神话与民间故事》，赵景深译，载赵景深《童话论集》，开明书店 1927 年版，第 7—40 页。

三 结论

民间传说向民间故事转化的结果，使原型传说仅存有传说的主要情节部分，而又失去传说特征以故事的形态出现，外部具备了故事的特征，甚至充分体现了一些民间故事的表现手法，如［例9］就增加了原型传说所没有的"三段式"的表现手法，从而充分淋漓地层层揭示了主人公愈演愈烈的私心和贪婪。因此，传说转化为故事的各种类型都应列入民间故事一类中。但仍要深入研究它与原型传说的分离原因、过程、流变规律及其内在联系。

民间故事向传说转化的结果，一般主干部分是流传广、类型化的民间故事，而仅在后面附了一个可信物的尾巴，不好归类，所以有的学者笼统地称之为"传说故事"，或简单地将之纳入广义的"故事"概念中。我们认为，既然它已具备了传说的特征，还是应当将它列入传说类，但特别要强调的是：应将它作为传说中一个特殊的类型来加以关注和研究。

（原载《青岛海洋大学学报》1997 年第 4 期）

周作人早期歌谣活动及理论述评

周作人曾是新文化运动的一员，与鲁迅一起被人誉为"周氏兄弟"而声震文坛。作为一个理论家、翻译家、散文家、诗人，他著述极丰，成就斐然。在中国民俗发展史上，周作人同样是占有重要地位的，日本学者称他是"中国民俗学的先驱者"①，这是很中肯的评价。本文拟介绍评价周作人早期（指1928年以前）歌谣活动及其理论主张，这是其民俗学活动和成就的一个重要组成部分。

一 周作人早期的歌谣活动

同成千上万的儿童一样，周作人在孩提时代就接触到了各种各样的儿歌，② 然而真正引起周作人对民间歌谣的兴趣使他初入歌谣研究大门的契机和开端是在青年时代留学日本的六年。在这个时期里，周作人首次接触到外国的民俗学理论，尤其是受日本民俗学开山祖师柳田国男先生及英国人类学派的影响颇深。他曾大量阅读过柳田氏的有关著述，柳田国男先生的《远野物语》及佐佐木喜善的《听耳草纸》就是首先由周作人介绍到中

---

① ［日］直江广治：《中国民俗文化》，王建朗等译，上海古籍出版社1991年版，第175页。

② 周作人曾提到他儿时熟悉的一首儿歌："大学大学，屁股打得烂落！中庸中庸，屁股打得好种葱！"参见周作人《知堂回想录》，三育图书有限公司1980年版，第25页。

国来的。① 另外，该莱的《英文学里的古典神话》、安特路朗的《习俗与神话》《神话仪式和宗教》，以及弗雷泽、哈利孙的著作，使周作人对人类学派"有了理解"②，并翻译了《红星佚史》（*The Worlds Desire*），写了一篇未能发表的《三辰神话》。同时，对日本传统文艺的偏爱促使他研究、熟悉了日本的民俗文学，阅读了"与民谣相连接"的俗曲专著《俗曲评释》（佐佐醒雪著）等。更涉猎了高野的《俚谣集拾遗》《日本歌谣史》《日本歌谣集成》等"大部巨著"，以及村尾节三编的《童谣》等歌谣论著和作品，还得到了编著甚详的《儿歌之书》（安特路朗著）。大约在1907年，鲁迅、周作人又分别购买了杜文澜的《古谣谚》和郑扶义的《天籁》，周作人称之为"很好的材料"③。上述这一切，都为周作人后来的歌谣搜集与研究奠定了基础。留学日本时期，可以说是周作人歌谣活动的最初阶段，在这个阶段中，周作人开始接触学习民俗学、歌谣学的理论和作品，并做了一些翻译介绍工作。

如果说留日时期周作人的歌谣活动还仅仅处于理论上的学习探索阶段，那么1913年始周作人立意搜集绍兴儿歌，则是他歌谣活动的初次付诸实践。1914年，他在绍兴县教育会月刊上刊登了征集儿歌的一则启事：

> 作人今欲采集儿歌童话，录为一编，以存越国土风之特色，为民俗研究儿童教育之资料。即大人读之，如闻天籁，起怀旧之思。儿时钓游故地，风雨异时，朋侪之嬉戏，母姊之话言，犹景象宛在，颜色可亲，亦一乐也。第兹事体繁重，非一人才力所能及，尚希当世方闻之士，举其所知，曲赐教益，得以有成，实为大幸。

这种个人公开征集儿歌之举，尤其是声明收集歌谣的目的在于作为

---

① 直江广治先生在京访问期间，对周作人家中有关日本民俗学的丰富藏书，特别是藏有柳田国男先生的几乎全部著作深感惊讶，以致断言：如果不了解周作人与日本民俗学的关系就无法全面了解日本民俗学的交流。参见〔日〕直江广治《中国民俗文化》，王建朗等译，上海古籍出版社1991年版，第174页。

② 周作人：《知堂回想录》，三育图书有限公司1980年版，第197页。

③ 周作人：《一点回忆》，《民间文学》1962年第6期。

"民俗研究和儿童教育之资料"，这在"五四"以前并不常见，尽管它的影响面是有限的。当然，在新文化运动尚未兴起、民间文学的地位没有得到人们的普遍重视的社会背景中，周作人的征集工作势必孤军作战，没有得到社会的响应，一年的征集期过去了，只收到一份投稿。① 周作人只得独立搜集，"就所见闻陆续抄下，共得儿歌二百左右"②，其中他自己收集记录的有七十三篇，还有一部分是自范啸风《越谚》转抄下来的，并略加注解。至1915年初写定了草稿。③ 在这个时期，周作人用文言写了《儿歌之研究》一文，刊登在绍兴县教育会月刊上。文中追溯儿歌起源，列举了儿歌的种类，分析了儿歌的特质。周作人对于儿歌的观点，在文中已初现端倪。

这个时期可作为周作人歌谣活动的第二个阶段。他单枪匹马地初步进行了儿歌征集工作，并以人类学派的观点为基点开始了儿歌理论上的探讨。可以看出，周作人这个时期的理论和实践，是以儿歌为中心内容的。尽管他集录的儿歌集并未付梓，由于社会背景的原因其影响也只不过是静水微澜而已，但其开创性意义确是不容忽视的。

1918年2月，北京大学校长蔡元培先生亲自发出征集近世歌谣的启事，正式揭开了中国近代歌谣学运动的序幕，周作人随即投身于这场意义深远的运动洪流之中。1920年初，主管北大歌谣征集处的刘半农赴法留学，周作人便接替负责歌谣征集及有关事宜。④ 同年12月19日，周作人与钱玄同、沈尹默、刘复等教授一道，发起成立了歌谣研究会，周作人是主要主持人之一。但由于种种客观条件，研究会成立后一段时间里并无可观的成绩。1922年12月，《歌谣》周刊第一期出版，周作人和常惠又担任了主编工作。针对当时具有研究价值、资料价值的猥亵歌谣较少被搜集的

---

① 鲁迅在此期间对周作人的歌谣征集工作给予了大力支持。周作人说："他曾从友人们听了些地方儿歌，抄了寄给我做参考。"（参见《鲁迅与歌谣》一文，《民间文学》1956年10月号）《周作人日记》1914年6月条记有："得北京一日函，附歌数首。"大约指的就是鲁迅寄给他的六首歌。

② 周作人：《潮州畲歌集序》，载周作人《谈龙集》，中国青年出版社1995年版，第64页。

③ 这卷《绍兴儿歌集》直至1958年冬才最后完成，但始终未能出版。

④ 见1920年2月3日《北京大学日刊》载歌谣征集处启事。

状况，周作人撰写了《猥亵的歌谣》一文号召搜集，并率先与钱玄同、常维钧一道开始了搜集整理这类歌谣的工作。①

这段时期，周作人更致力于歌谣理论方面的研究探索。他撰写了大量有关歌谣的文章，比较重要的有：《中国民歌的价值》（1919 年）、《歌谣》周刊《发刊词》（1922 年）、《读〈童谣大观〉》（1923 年）、《吕坤的〈演小儿语〉》（1923 年）、《歌谣》（1923 年）、《读〈各省童谣集〉》（1923 年）、《歌谣与方言调查》（1923 年）、《猥亵的歌谣》（1923 年）、《〈歌谣与妇女〉序》（1925 年）、《海外民歌译序》（1927 年）、《〈潮州歌集〉序》（1927 年）等，还有一些散见于其他文章的有关论述。这些文章在当时发挥了很大的作用，它们在中国歌谣学理论建设方面的意义是不容低估的。

可以看出，在周作人早期歌谣活动的最后这个阶段里，他的著述和工作都达到高潮，是最为活跃的时期。正是由于新文化运动中轰轰烈烈的歌谣学运动的蓬勃发展。周作人才得以同其他歌谣开拓者们在歌谣领域内一起冲杀驰骋，从而被载入中国歌谣学发展史册之中。

1928 年以后，随着周作人思想立场的转变颓退，他在歌谣学领域内的呐喊也终于零落以至消歇，这已不属本文范围之内了。

二　周作人早期的歌谣理论

周作人早期的歌谣理论，概括起来，大致有下列几个方面。

（一）对歌谣性质、意义的基本认识

关于民歌的界说，周作人基本继承了吉特生（Kidson）的定义，但他强调"只要能真实表现民间的心情，便是纯粹的民歌"。周作人认为民歌是具有欣赏价值的。他在谈到自己为何颇喜欢读民歌时，赞赏民歌"有一

----

① 周作人搜集到的这类歌谣稿件后大部分佚失。参见周作人《一点回忆》，《民间文学》1962 年第 6 期。

种浑融清澈的地方……我爱歌词是在他的质素，有时又有点儿像韵文的童话；有些套语，在个人的著作中是很讨嫌的，在这类民歌上却觉得别有趣味，也是我喜欢的一点"①。然而这并不是歌谣的主要价值所在。周作人指出，歌谣"原是民族的文学的初基"②，是"民族的文学"③，它的特质是现代民俗文学的一部分，我们可以从中考查余留着的蛮风古俗。一面也可以看出民间儿女的心情，家庭社会中种种情状，作风俗调查的资料。④ 这是搜集歌谣的第一个目的。周作人强调民歌与新诗的关系，"因为民歌的最强烈最有价值的特色是他的真挚与诚信"，而这正是"艺术品的共通的精魂"⑤，认为搜集歌谣不仅是在"表彰现在隐藏着的光辉"，还在"引起未来的民族的诗的发展"⑥。这是搜集歌谣的第二个目的。周作人卓有见识地认识到了作为"诗歌的母亲"的民歌对于正在孕育发展的新诗的巨大作用，给了民歌以很高的评价。

周作人对民歌的这些认识，一方面可以看出外国相关学说的影响，更重要的是与"五四"前后汹涌澎湃的新文化运动洗礼，与滚滚而来的追求民主、科学的热潮冲击是分不开的。"五四"前后，人道主义和个性主义是周作人思想的根本，他大力提倡记录"真挚的思想与事实"⑦ 的"平民文学"，反对封建旧道德和旧文化，这是他歌谣理论的内在基础。他从崭新的观点和角度，把一向被鄙视为不登大雅之堂的民歌誉为反映"国民心声"的珍贵资料，在诗坛上给予重要的地位，正是从一个侧面体现了新文

---

① 周作人：《海外民歌译序》，载叶忘夏编《周作人选集》第4辑，中央书店1936年版，第113页。

② 周作人：《中国民歌的价值》，载张明高、范桥编《周作人散文》第1集，中国广播电视出版社1992年版，第669页。

③ 周作人：《潮州畲歌集序》，载周作人《谈龙集》，中国青年出版社1995年版，第66页。

④ 周作人：《〈歌谣与妇女〉序》，载陈子善、张铁荣编《周作人集外文》（上），海南国际新闻出版中心1993年版，第765页。

⑤ 周作人：《歌谣》，载钟叔河编《周作人文类编⑥·花煞 乡土·民俗·鬼神》，湖南文艺出版社1998年版，第525页。

⑥ 周作人：《〈歌谣周刊〉发刊词》，载陈子善、张铁荣编《周作人集外文》（上），海南国际新闻出版中心1993年版，第478页。

⑦ 周作人：《平民的文学》，载陈为民编选《周作人代表作》，华夏出版社1997年版，第234页。

化运动的实质，这也是他在中国现代歌谣学史上的重大实绩之一。

（二）关于民歌的分类

歌谣大量搜集后，要进行更深一步的科学研究，首先就面临着一个重要问题，即歌谣的分类。在当时《歌谣》周刊上，就展开过一场歌谣分类的热烈讨论。根据不同的分类标准和出发点，人们提出了各种各样的分类法，较有代表性的分类法有下面几种。

沈兼士的分类法。他把民谣分为"自然民谣"和"假作民谣"两类。① 但当时就有人批评说，他似乎是从命意、属辞、调子三点来区分，但并未说明自然的是怎么样，假作的是怎么样。这种分类的标准过于笼统模糊，以致沈兼士自己也承认，这种分法在"原理上"还有几分成立的理由，但在实践中"有时不能断定其为自然或假作"②。

邵纯熙的分类法如下③：

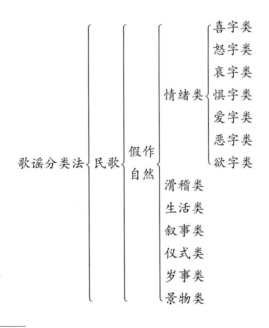

---

① 见《歌谣》第七号。
② 见《歌谣》第九号。
③ 见《歌谣》第十五号。

对这种主观的分类法，刘文林立即表示反对："请问邵先生举出七情的分类，先生能不能把所谓七情下个精确定义？情绪的种类是不是可以用这个作标准？先生是根据哪派心理学说的？现在心理学家是否能承认这种分法？情绪类与其余各类有没有比较明确的界限？"① 常惠也指出，这种分类法"把情绪类拿七情分了个很严，其余的类就都不管了"②。

此外还有白启明的分类法，③ 也因种种缺陷或不严密而未得到学术界的公认。

1923 年 4 月，周作人在《歌谣》一文中提出了自己的民歌分类法。④他把歌谣分为六大类：第一，情歌。第二，生活歌，包括各种职业劳动的歌以及描写社会家庭生活者，如童养媳及姑妇的歌皆是。第三，滑稽歌，嘲弄讽刺及"没有意思"的歌皆属之；唯后者殊不多，大抵可以归到儿歌里去。第四，叙事歌，即韵文的故事，《孔雀东南飞》及《木兰行》是最好的例子，但现在通行的似不多见。又有一种"即事"的民歌叙述当代的事情，如北地通行的"不剃辫子没法混，剃子辫子怕张顺"便是。中国史书上所载有应验的"童谣"，有一部分是这些歌谣，其大多数原是普通的

---

① 见《歌谣》第十六号。
② 见《歌谣》第十七号。
③ 见《歌谣》第十六号。
④ 同上。

儿歌，经古人附会作荧惑的神示罢了。第五，仪式歌，如结婚的撒帐歌等，行禁厌时的祝语亦属之。占候歌也应附在这里，谚语是理智的产物，本与主情的歌谣殊异，但因为也用歌谣的形式，又与仪式占候歌有连带的关系，所以附在末尾，古代的诗的哲学书都归在诗里，这正是相同例子。第六，儿歌，儿歌的性质与普通的民歌颇有不同，所以别立一类。

周作人的分类法，分类标准基本上是依据歌曲的思想内容，同时兼顾特定功能及服务对象，因而具有一定的科学性，又克服了当时其他分类法过于简略笼统或失之于烦琐芜杂的弊病。这种分类法产生了很大的影响。朱自清在《中国歌谣》一书中列举了十五种古今中外不同的分类法，最后还是采用了周氏分类法。在1980年出版的全国第一部统编教材《民间文学概论》中，也大体上沿用了这种分类法，只是把周氏分类法"生活歌"中"职业劳动的歌"另分作一大类，把周氏不太明确的"嘲弄讽刺"的所谓"滑稽歌"改为"时政歌"。另外，《概论》把"史诗和民间叙事诗"另作一章。但它们毕竟是民间诗歌，算作民歌的一类也未尝不可。由于史诗和民间叙事歌在当时并未大量发掘整理出来而被人们所认识，我们也就不能对周作人"似不多见"而造成分类的不全面过于苛求了。

（三）关于儿歌

周作人对儿童教育、儿童文学始终极为关注，撰写了许多有关文章。他的专著《儿童文学小论》，在中国现代儿童文学研究史上占有重要的地位。

在日本留学期间，周作人阅读了高岛平三郎编的《歌咏儿童的文学》及《儿童研究》，"才对于这方面感到兴趣"①。斯丹莱贺尔（Stanley Hall）、塞莱（Sully）、斯喀特尔（Scudder），麦克林托克（Maclintock）等人的著作，对周作人的儿童文学观形成都起了重要作用，也鲜明地反映在他对儿歌的一系列论述中。

周作人强调儿歌必须适合儿童的思维特点和心理特征，同时阐述了儿

---

① 周作人：《知堂回想录》，三育图书有限公司1980年版，第691页。

歌的重要意义。"中国家庭旧教育的弊病在于不能理解儿童，以为他们是矮小的成人，同成人一样的教练"①，拿"圣经贤传"尽量地灌下去②，"其结果是一大班的'少年老成'——早熟半僵的果子，只适于做遗少的材料"③，或者"便将他看作不完全的小人，说小孩懂得什么，一笔抹杀，不去理他"。他从儿童身心发展过程，指出儿歌在"幼稚教育上所以重要"，提出成人有"迎合儿童心理供给他们文艺作品的义务"，"正如我们应该拒绝老辈的鸦片烟的供应而不得不供给小孩的乳汁"④。周作人把儿童时期分为幼儿前期和幼儿后期两个阶段，指出前期应注意儿歌的声调，选用《水牛儿》《小耗子》或趁韵而成、音节有趣的儿歌，后期的儿歌则要形式内容并重了。⑤

关于儿歌的思想内容，周作人强调内容必须"应儿童身心发达之度"⑥，指出"若达雅之词，崇正之义，反有所不受也"⑦。他激烈地反对几千年来封建伦理道德桎梏儿童心理个性的罪恶，尖锐地抨击不顾儿童身心发展、一味灌输"圣经贤传"摧残儿童的封建教育制度。但另一方面，他又过分强调所谓"儿童之本能的兴趣与趣味"，否定儿歌内容的教育功能，认为"在诗歌里鼓吹合群，在故事里提倡爱国，专为将来设想，不顾现在儿童生活的需要的办法，也不免浪费了儿童的时间，缺损了儿童的生活"⑧，这些观点显然是受了杜威"儿童本位论"的影响。

---

① 周作人：《读〈各省童谣集〉》，载张明高、范桥编《周作人散文》第 1 集，中国广播电视出版社 1992 年版，第 690 页。
② 周作人：《儿童的文学》，载张明高、范桥编《周作人散文》第 2 集，中国广播电视出版社 1992 年版，第 157 页。
③ 周作人：《读〈各省童谣集〉》，载张明高、范桥编《周作人散文》第 1 集，中国广播电视出版社 1992 年版，第 690 页。
④ 周作人：《儿童剧》，载张明高、范桥编《周作人散文》第 2 集，中国广播电视出版社 1992 年版，第 168 页。
⑤ 周作人：《儿童的文学》，载张明高、范桥编《周作人散文》第 2 集，中国广播电视出版社 1992 年版，第 161—162 页。
⑥ 周作人：《儿歌之研究》，载钟叔河编《周作人文类编⑥·花煞 乡土·民俗·鬼神》，湖南文艺出版社 1998 年版，第 511 页。
⑦ 同上。
⑧ 周作人：《儿童的文学》，载张明高、范桥编《周作人散文》第 2 集，中国广播电视出版社 1992 年版，第 158 页。

在一些文章里，周作人对儿歌研究中的所谓"五行志派"进行了抨击。"五行志派"的起源，可上溯到汉代王充的《论衡》，[1] 在晋杜预手中更为详细。[2]《晋书·天文志》说："凡五星盈缩失位，其星降于地为人，荧感降为童儿，歌谣游戏，吉凶之应随其众告"，即是这一派的观点。"五行志派"对中国儿歌研究流毒颇深。到了 1922 年出版的《童谣大观》的编辑概要里，居然还有这样的话："童谣随便从儿童嘴里唱出，自然能够应着气运：所以古来大事变，往往先有一种奇怪的童谣……现在把近时的各地童谣录出，有识见的人也许看出几分将来的国运，到底是怎样？"对此，周作人不无讥讽地批评说："这样的解说，不能不算是奇事怪事"，指出"在杜预注《左传》还不妨这样说，现代童谣集的序文里，便决不应有。"[3] 认为此类童谣同日本中根淑《歌谣字数考》中指出那样，亦是"殆当世有心人之作，流行于世，驯至为童子所歌者耳"[4]，与此相联系，周作人反对那种"对一切事物不能自然的看去，必定要牵强的加上一层做作"[5] 去穿凿附会、对儿歌妄加诠释的做法，在下面我们还要具体介绍。

周作人关于儿歌的论述，尽管其中的局限显而易见，但毕竟体现了一定的时代意义和进步意义，在中国现代儿童文学史上，是很有建树的。正因为如此，有些学者对周作人儿童文学和实践一笔抹杀，全面否定，这是我们不能苟同的。至于周作人对儿歌分类及儿童文学其他体裁等的论述，这里就不再一一赘述了。

（四）关于歌谣的搜集、调查、整理等

周作人在身体力行搜集、调查、整理歌谣的同时，对于这些方面工作

---

[1] 《论衡》："性自然，气自成，与夫童谣口自出，无以异也，当童之谣也，不知所授，口自言之，口自言，文自成，或为之也。"

[2] 《春秋左传》杜注："童龄之子，未有念虑之感，而会成嬉戏之言，似若有凭者，或中或否，博览之士，能惧思之人，兼而志之，以为鉴戒，以为将来之验，有益于世教。"

[3] 周作人：《读〈童谣大观〉》，载张明高、范桥编《周作人散文》第 1 集，中国广播电视出版社 1992 年版，第 682 页。

[4] 同上。

[5] 同上书，第 690 页。

的一些方法、原则，也提出了自己的意见。

周作人认为歌谣是民俗学上的重要资料，辑录起来以供专门研究，因此他呼吁搜集者"不必自己先加甄别，尽量的录寄，因为在学术上是无所谓卑猥或粗鄙的"①。当初北京大学征集歌谣的简章上，曾规定录寄的歌谣必须是"征夫野老，游女怨妇之辞，不涉淫亵而自然成趣者"，对这个障碍周作人坚决主张撤废，这个意见得到了采纳。1922年《歌谣》周刊发行时，在章程中就改为："歌谣性质并无限制，即语涉迷信或猥亵者亦有研究价值，当一并录寄，不必先由寄稿者加以甄择。"一年后，此类歌谣搜集成果些微，周作人便又写了《猥亵的歌谣》一文，对猥亵歌谣的定义、性质、起源做了详细的分析。他驳斥了猥亵歌谣是"民间风化败坏之证"之说，从揭示中国社会封建婚姻制度下"男女关系"的状况入手，深刻地阐明了它的起源。他指出，男女婚姻"很不圆满，那是自明的事实……乡间也不能独居例外"。这些歌谣正是曲折变态地反映了人们对无法实现的爱情自由的渴求，"至少有一半是由于求自由的爱之动机"。周作人还从言语上分析了猥亵歌谣形成的原因，他强调"寻常刊行物里不收这项文字，原有正当的理由"，但把这些"稀贵的资料另行辑录起来，以供学者的研究"则又另当别论，是十分必要而且有意义的工作。这篇很有影响的文章，可以说是周作人在参与主持《歌谣》周刊期间比较重要的一篇力作，因为它涉及了歌谣搜集、研究的一个"禁区"，首次以科学研究的胆识和态度来分析那些为人们忽略、回避的猥亵歌谣，这不仅是歌谣研究上的突破，也开拓了歌谣搜集的疆界。

周作人还强调歌谣与方言的关系，"自从12月11日歌谣周刊发表了周作人的歌谣与方言调查一篇之后，大家觉得保存语言和标音很重要，继此而起讨论的多了"，② 周作人指出方言调查的一般方法，强调"方言调查"是此时应该着手的工作，还亲自为绍兴歌谣做了标音工作，这对于从不同

① 周作人：《〈歌谣周刊〉发刊词》，载陈子善、张铁荣编《周作人集外文》（上），海南国际新闻出版中心1993年版，第477页。

② 见容肇祖《北大歌谣研究会及风俗调查会的经过》，《民俗》第15—16、17—18期。

角度对歌谣进行精细的研究，是有一定意义的。

在《读〈各省童谣集〉》一文中，周作人集中阐述了歌谣整理诠释方面的意见。早在《古文学》一文里，周作人就批判过对《关关雎鸠》《南有樛木》及希伯来《雅歌》的任意曲解①，否定那种把"诗的真意完全抹杀"的行径。在《读〈各省童谣集〉》中，周作人更为具体详细地分析了该书对歌谣的注解。周作人把该书第一集所收二百首歌的注解分为三类：第一类是"注释字义、说明歌唱时的动作"等为读者必需的小注；第二类是不必要但也无害的注；第三类则是有害无益的，或是"望文生义、找出意思"，或是"附会穿凿、加上教训"之类的注解。周作人举了一些例子如：

> "小老鼠，上灯台，偷吃油，下不来，吱吱，叫奶奶，才抱下来。"
>
> 注云："将老鼠作比，意思要儆戒小儿不可爬得很高。"
>
> "哏哏哏，骑马到底塘，底塘一头撞，直落到花龙，花龙一条堰，转过天医殿。"
>
> 注云："鼓励小儿骑马，有尚武精神。"

前一首拟人化地勾画出一个调皮可爱的小老鼠形象，童趣益然；后一首随韵黏合，儿童信口唱之，同时也就训练了其语言能力。对于编者那附会穿凿、不伦不类的注解，周作人辛辣而一针见血地讽刺道："大抵'教育家'的头脑容易填满格式，成为呆板的，对于一切事物不能自然的看去，必定要牵强的加上一层做作……他们相信儿歌的片词只字里都会有一种作用，智识与教训，所以处处用心穿凿，便处处发见深意出来，于是一

---

① 周作人说："《关关雎鸠》原是好好的一首恋爱诗，他们却说这是'后妃之德也，风之始也，所以风天下而正夫妇也。'《南有樛木》也是结婚歌，却说是'后妃逮下也，言能逮下而无嫉妒之心也。'经了这样的一番解说，那儒业者所崇拜的多妻主义似乎得了一重拥护，但是已经把诗的真意完全抹杀，倘若不是我们将他们订正，这两篇诗的真价便不会出现了。希伯来的雅歌以前也被收入犹太教以及基督教的圣经里，说是歌咏灵魂与神之爱的，现在早已改正，大家承认他作一卷结婚歌集了。"

本儿童的歌词都成为三百篇的续编了"，指出该书的童谣材料尚可取，但这些注释则"非抹去不可"，不然就会"得不偿失"。这些意见，不仅反映了周作人的儿歌观，也反映了他对歌谣珍视的严肃认真态度。对于那些"杜撰杂凑""便是其中材料也还不能尽言"的诸如《童谣大观》一类的滥品，周作人更是嗤之以鼻。

在《读〈各省童谣集〉》这篇重要文章中，周作人还谈到了歌谣的修改问题。周作人指出，《拜菩萨》一首里，把方言改作国语"这样小官人"，口气上很不同了。又如对新昌歌谣中"明朝给你一个冷饭团"中的"给"字，周作人指出新昌方言不会用此字，所以疑是搜集者改动所致，周作人告诫说，这种只"着眼于通俗"而不顾"学术上的意义"，对搜集来的歌谣随意动笔，胡乱"校订"的做法是错误的，这种资料也就不能成为完整的资料。

这些见解，不仅对当时蓬勃发展的歌谣搜集、整理运动有一定的指导意义，今天看来仍不失其重要价值。

总之，作为中国现代歌谣学的奠基人之一，周作人在歌谣的许多领域进行了有开创意义的、细致的研究，虽然其理论并未形成一个完整的体系，但已初具轮廓，应充分肯定其历史意义。他的搜集和研究工作，对当时的国内后学也起到了积极的影响。当然，由于其思想和时代的局限，他的歌谣学论述也难免有片面悖谬之处。例如，他一方面认为"从歌谣这文艺品中看出社会的意义来"[1]；一方面却又"总觉得中国小调的流行，是音乐的而非文学的，换一句话说即是以音调为重而意义为轻"[2]。他认为民歌粗鄙、幼稚、缺乏"细腻的表现力"[3]，没有看到民歌的特殊艺术表现手段及其魅力，反而不如古人对"天籁"的高度评价。到了 20 世纪 30 年代，他更是声称自己对歌谣的意见"有些动摇，不，或者不如说是转变了。我

---

[1] 周作人：《〈歌谣与妇女〉序》，载陈子善、张铁荣编《周作人集外文》（上），海南国际新闻出版中心 1993 年版，第 765 页。

[2] 周作人：《诗的效用》，载张明高、范桥编《周作人散文》第 2 集，中国广播电视出版社 1992 年版，第 155 页。

[3] 周作人：《中国民歌的价值》，载张明高、范桥编《周作人散文》第 1 集，中国广播电视出版社 1992 年版，第 670 页。

从前对于民歌的价值是极端的信仰与尊重，现在虽然不轻视，但有点儿怀疑了"①，否定了自己早期对民间歌谣价值的正确见解，这是其世界观变化、思想走向衰颓的必然结果。

（原载《青岛海洋大学学报》2000 年第 4 期）

---

① 周作人：《重刊霓裳续谱·序》，载钟叔河编《周作人文类编⑥·花煞 乡土·民俗·鬼神》，湖南文艺出版社 1998 年版，第 572 页。

略述关于芬兰学派理论的论争

芬兰学派，亦称历史地理学派（Historical-geographical School）是国际民间故事学研究中的一个非常重要的流派。它的创始人是芬兰学者克伦父子，代表人物有阿·阿尔奈、瓦·安德森、马·哈维奥等，这些学者以其在民间故事研究领域内所取得的丰硕成果而赢得了世界声誉，博得了各国学者的推崇。

芬兰学派通过对每个故事完全而没有偏见的检验，来反对那种对民间故事的起源和意义简单的、一般化的概括。历史地理学派的学说，与其称之为是一种"理论"，倒不如称之为是一种研究技巧的"方法"。然而，这种方法是以特定的理论假设为依据的，因而引起了一场重要的理论论争。

这种学派的研究方法，在放弃教条的同时，从众多的方法中选取了一种有可能用来解释口头故事的起源和流传的方法。按照这个前提，一个具有数百种异文的故事，最初必定起源于某时某地，起源于有意识的创作。这个故事由其发源地以一个很大的弧形向外传播，这种"波浪式"的扩散首先会受到贸易和旅行的影响，其次还可能受到手抄本和印刷本的影响。这种扩散波及于广阔的地理区域。同时，芬兰派学说否认那些阐释复杂故事起源的多元发生说或独立创造说，诸如梦境起源说、宗教仪式起源说、天空现象观察说等，否认把故事起源归因于野蛮人智力，或把故事起源看作是被压抑的幼稚幻想表述的结果的说法。芬兰学者反对那些断言故事传播不能跨越语言和文化界限的反扩散论者，它们所进行的专题研究的结果指明，比起跨越文化界限来，某些故事和歌谣更容易越过语言的障碍。而且也表明故事是从文明程度较高的地区传向文明程度较低的地区。例如，15、16世纪，随着欧洲势力的扩张，欧洲殖民者把民间故事传播到北美、南美和非洲大陆，但在欧洲农民中，却没有发现美洲印第安人的民间故事。芬兰派学者们经过深入的研究证明，广为传播的民间故事起源的地区是印度和欧洲，而小亚细亚和欧洲其他地区为第二传播中心。

今天，芬兰学派的基本观点在民俗科学中仍保持着强有力的影响，但自它问世以来，也不断遭受到一些学者的抨击，它的支持不得不做出一些让步。

奥地利学者阿尔伯特·维瑟斯基（Albert Wesselski，1871—1939）就芬兰学派的一些观点提出了自己的见解。他与芬兰学派的主要分歧点，是关于民间故事原文及异文的搜集问题。他认为，芬兰学派只注意调查故事的口头异文，而忽略了搜寻古老的书面资料，因而芬兰学派许多看来是成功的研究，实际上是失败的。随后，维瑟斯基进行了一系列的故事研究以证实自己的理论。其中研究时间最长的故事之一就是《小母鸡之死》。这项研究对芬兰学派代表人物马·哈维奥的理论显然是一次沉重的打击。维瑟斯基指出，哈维奥在对连环故事研究中所引的异文并不是真正的，因为有些故事异文显然是受到了格林编写搜集的故事集子的影响，它们仅是一些不重要的异文。由此，维瑟斯基进一步阐述了考查故事的书面资料的重要性，而不能像哈维奥那样以猜测代替论证。此外，维瑟斯基还就故事的稳固性、故事的流传等问题表述了与芬兰学派不同或对立的意见。他认为迄今为止，民间故事研究的最好方法尚未发现，这就在一定程度上动摇了芬兰学家的权威性。

另一位杰出的瑞典民俗学家冯·塞杜（C. W. Von Sydou）也对芬兰学派表示了异议。他指出，芬兰学派忽视了故事本身的传承因素；他们主张大量搜集故事异文，却没有注意到不同地区的历史、文化因素已把国际故事化成了准类型和特殊地理文化区的故事，而它们都具有自身发展演变的历史。塞杜还指出，芬兰学派要掌握故事的所有资料，从时间和财力上看几乎是不可能实现的事情。

芬兰学派给比较民俗学者带来了某些艰巨的任务。一个民俗学者搜集了童话、英雄传奇、动物故事或歌谣后，还要从上百种异文中筛选出故事的原型，把基本情节划分成特征或基本成分，做出不同特征的地区性出现的几率百分表，画出它们的地理分布图，判断其最古老的故事特征。一些从事研究斯堪的那维亚民俗活动的学者，如挪威的 R. 查里斯坦森（Rtidar Christiansen）和丹麦的 L. 巴得克（Laurits Bodker）批评了芬兰学派这种僵化、机械的方法。他们认为，芬兰学派的方法把故事研究归结为统计学的抽象、概要，归结为符号象征和表格地图，而忽视故事美学上、风格上的因素，以及讲述者的人的因素。进一步说，芬兰学派烦琐的研究往往是事倍功半，因为事实上不能完满地搜集到所有已知的故事异文。

最近，W. 罗伯茨（Warren Roberts）的一部运用芬兰学派方法的著作《好心和坏心姑娘的故事》，从世界各地搜集了九百多种 480 型故事。然而，评论家 T. 吉姆斯（Thelma James）指出该书遗漏了一百零九个拉脱维亚故事的例子；比较民间故事学的权威人士 W. 安德森也指出该书遗漏了某些国家和地区的一些故事，这些国家有葡萄牙、西班牙（包括加泰隆）、通用西班牙语的所有美洲国家、法国、意大利、德国、俄国、希腊、匈牙利、伊朗和日本等。罗伯茨的研究注意到了对芬兰学派的早期批评，对书面材料和特殊文化区故事也给予了应有的重视。它修正了"原型"的概念，"原型"不是故事起源的形式，而是一种最重要的、影响着当今在特定地区发现的各种异文的形式。

对芬兰派方法的批评，不仅指向其贫乏的结论，而且也指向其有限的应用性。追随芬兰学派的大多数专题论著涉及的都是复杂的欧洲民间故事，但简单的、单一母题的故事却不能用此方法来分析。

基于学者们对芬兰学派的种种批评，追随芬兰学派的学者们一方面继续用实例来检验说明芬兰学派方法的理论的重要性和正确性，如美国著名学者汤姆逊选择了一个北美印第安部落的故事《星星做丈夫》作专题研究，用以检验芬兰学派关于在理想条件下故事波浪式传播的理论，结论是令人信服的；另一方面学者们对芬兰学派的理论和方法也在不断地修正、补充，使之趋向完善。

值得一提的是美国另一位杰出的民俗学家 A. 泰勒（Archer Taylor）对芬兰学派的认识和应用。泰勒指出，作为普遍意义上的历史地理的研究方法，在芬兰学派之前就已被许多值得尊敬的学者所实践，如查尔德（Child）、巴利斯（Paris）、兰克（Ranke）等。在他们对故事原文的注释里也曾作过异文的比较研究，并偶尔也去搜寻故事最古老的特征。芬兰学派进一步使这些研究过程系统化，使之更为具体详密。芬兰学派关于异文的概念是十分重要的，过去的学者仅把原文用以他们的讨论，而未能认识到每个故事原文都是占据时空点的故事异文。

按照泰勒的观点，普遍意义上的芬兰学派的方法，可以运用于任何形式民间传承的研究。他自己就运用芬兰学派的方法对民间谚语"闪闪发光者，未必真黄金"进行了研究。泰勒发现，现代、当代搜集的这条谚语中，都包含"闪光"（glitters）这个动词，但有时也出现"闪光"（glisters）一词（译者注：两个词都是"闪光"的意思，但"glisters"是较古的用法）。泰勒又尽可能搜集了较早的原文，最后有把握的指出："glisters"一词确是谚语起源时的用法。泰勒颇有感触地说："要想发现一种较历史地理学方法更具说服力的方法将是很困难的。"泰勒在一定程度上发展了芬兰学派的理论。

芬兰学派出现的历史意义是不容忽视的。它一反以往那种盲目沉湎于故事的哲学、玄学意义研究的做法，而注重于从实际和事实出发对故事进行精细的研究。但它也有致命的缺陷，正如上面介绍的一些学者所指出的那样。美国学者多尔森（Richard M. Dorson）认为：民间故事的风格和艺术，创造和转变的微妙过程，民族文化的影响，社会内容，个人天才等，不是百分比表格和情节概括所能包含和容纳得了的，可谓一语中的。总之，历史地理学派所引起的论争，在一定程度上大大推动了国际民间文艺学界对民间故事的研究，也引起了人们对民间故事的兴趣和重视，因而具有十分深远的意义。

（原载中国民间文艺协会辽宁分会编：《民间文学论集》第 1 集，1983 年）

简论中国民间故事的分类系统

关于中国民间故事的分类问题，历来众说纷纭，莫衷一是。学者们提出的各种分类法，据不完全统计，有 20 余种。然而，无论是在对民间故事分类的重视程度上，还是在分类的科学化、系统化、深层化方面，同国外一些国家民间文艺界对民间故事的分类和研究工作相比，尚有不小的差距。这与我国浩如烟海、储量在世界上首屈一指的民间故事比较起来，实在是太不相称了。随着全国性的编纂《民间故事集成》工作的进展，建立、完善中国民间故事分类系统、深入开展对民间故事分类法的研究，已成为一项刻不容缓的重任。在本文里，笔者试图就中国民间故事分类的几个问题谈谈自己的意见。

一 关于中国民间故事的历史和现行分类法

1918 年开始的歌谣学运动，揭开了中国现代民间文学运动的序幕。从 20 世纪 20 年代初至 30 年代初，在搜集、出版、研究民间故事的同时，一些学者陆续提出了关于民间故事的种种分类法。如周作人在《童话略论》中提出的分类法：

纯正童话 包括二类：

甲、代表思想者

乙、代表习俗者

游戏童话　包括三类：

甲、动物谈

乙、笑话

丙、复迭故事

还有顾均正、谢云声、王任叔、冯飞、张梓生等人的分类法。① 由于当时的民间故事研究尚处于起步阶段，搜集的民间故事的种类、数量亦有限，加上学者们研究的出发点也不尽相同，分类所依据的标准不一，因此，这个时期的各种分类法，均较粗率，不尽符合科学分类的要求。

1949 年中华人民共和国成立后，关于民间故事的分类有了新的进展。目前国内较有代表性的分类法有以下三种。

第一，天鹰先生在《中国民间故事初探》中提出的分类法。

现实性因素较强的故事

近代人民革命斗争故事

1. 农民反封建统治的起义故事

2. 近代人民反帝斗争故事

3. 义和团运动故事

现代人民革命斗争故事

1. 土地革命战争时期的故事

2. 抗日战争和解放战争时期的故事

工矿工人斗争故事

长工斗地主的故事

劳动阶级人物故事

---

① 吴一虹：《关于我国学者对民间故事分类研究的述评》，载《中国民间文学集成通讯》第 2 期。

生活故事

讽刺故事

幻想性因素较强的故事

传奇故事

1. 表现人与自然界关系的传奇故事

2. 表现人的社会关系的传奇故事

3. 反映人民的道德观念的传奇故事

传说故事

1. 古代人民革命传说故事

2. 古代英雄传说故事

3. 各行各业劳动能手传说故事

4. 风俗传说故事

5. 地方传说故事

6. 专题传说故事

动物故事

这种分类法尝试以故事内容作为分类的标准，但其缺陷是显而易见的。其一，这种分类法包容的故事是广义的民间故事，但却又未包括广义民间故事中的神话，介于广义、狭义之间。一般说来，现代故事学研究大都倾向于使用狭义的概念，故事学已成为相对独立于神话学、传说学的一项专门学科。其二，由于分类标准不同，有悖于分类学应遵循的逻辑原则，因而造成了分类项目的混叠不清。例如，"工矿工人斗争故事"和"长工斗地主故事"以故事内容为标准各分一类，而"抗日战争和解放战争时期故事"却以故事的时间为标准列为一类，那么这个时期的工矿工人斗争故事或长工斗地主故事究竟应属哪类？

第二，钟敬文主编的《民间文学概论》对民间故事的分类如下。

幻想故事（童话）

生活故事

1. 长工和地主的故事

2. 工匠故事

3. 反封建礼教故事

4. 巧媳妇和呆女婿故事

5. 生产经验故事

6. 新生活故事

民间语言

民间笑话（包括民间轶闻）

这部书是高等院校的通用教材，它的民间故事分类体系是较被公认的、权威的。

第三，刘守华先生在《故事学纲要》中，在《民间文学概论》基础上提出了更加系统、细致的分类体系。

（一）民间童话

1. 反映人和自然关系的童话（分三种类型）

2. 反映阶级关系的童话

3. 表现伦理道德主题的童话

（二）生活故事

1. 长工斗地主的故事

2. 百姓打官司的故事

3. 巧女故事

4. 呆女婿故事

5. 机智人物故事

（三）民间寓言

1. 动物寓言

2. 人物寓言

（四）民间笑话

刘先生将民间故事先按体裁划分为四大类，再按内容列出亚类。

以上所有分类法，或以体裁为标准，或以内容为标准，或以体裁为标准划分大类再根据内容划分细类，但均是将大量的民间故事集中概况为几个大的类项，或在大类项再列数个亚类。同对整个民间文学门类的分类法相对应，这种分类法一般称为文类分类法（Genre Classification）。

六十余年来，这种分类体系始终占据着中国民间故事分类方法的主导地位。随着民间故事搜集和研究的开展、深入，它也渐趋规范化、科学化，不失为一种有意义的分类法。但是民间故事学理论和实践的发展亦揭示了这种分类法的某些局限性。首先，它毕竟是一种一般性的、概括性的理论上的分类，与成千上万、丰富多彩的民间故事的实际存在形态比较，显得较粗略、不完备；由于这种粗略性，分类实践过程中的一些"模糊域"问题仍旧没有得到解决，如部分笑话和生活故事、部分寓言和童话、部分寓言和笑话间的界域游离不清，处于两可状态。其次，作为一种研究工具，在对民间故事进行纵深、精细的研究，例如不同国家民族民间故事比较研究、对故事情节流变及异文的研究、故事分布地域研究等等方面，它不能为研究者提供便利。最后，随着现在和未来民间文学档案系统的发展以及电子计算机的应用，这种分类法亦不能适应新的更为先进、更为便利的储存和检索方式。换句话说，在特定的应用需求中，这种分类法如不改变，势必也要影响档案系统和先进科技工具应用的发展。

1927 年冬，钟敬文与杨成志合译了由古尔德（Baring Gould）编写、由雅各布斯（Joseph Jacobs）补充修订的《印欧民间故事型式表》，此后数年间，钟敬文先生参考仿效这个型式表，将中国的民间故事陆续整理出 45 种类型。尽管由于种种原因，钟敬文未完成原定的整理出一百个类型的计划，已整理的类型由于当时各种条件所限也失之于简约，但其首创意义及影响却是不可低估的。

1937 年，由艾伯华（W. Eberhard）编纂的《中国民间故事类型》问世。

1978 年，丁乃通编著的《中国民间故事类型索引》在赫尔辛基出版，1983 年出版了中译本。

这种不同于文类分类法的分类体系，一般称为类型（或型式）分类法（Type Classification）。虽然这种分类法在国内始终未能通用、流行，但其影响却不断扩大。这种分类法应用于中国民间故事的尝试，过去和现在都引起过怀疑甚至诘难批评，因此，有必要对它做出认真的评述。

二　关于类型分类法

在国际民间故事学研究中，设计一种统一的将故事情节划分类型的分类系统的尝试，早在一百多年前就开始了，许多学者根据不同原则设计了形形色色的、初步的类型分类系统。最初，类型标题是故事的某些字、词，如"灰姑娘""靴子里的猫"等，在早期的研究中，格林故事集子中的号码也仅出于参考的目的。但随着民间故事搜集数量的不断增多，其缺陷渐渐出现了，如"灰姑娘"在斯堪的那维亚故事中通常是一个绰号叫阿斯克莱登（Askeladden）的男孩；大部分故事在口传中掺杂了其他故事的情节，等等。这样，《格林故事》的编号除了适合自身外，就很难再扩展运用于对其他故事的分类。其他种种分类法，如丹麦学者斯万德·格朗德特威格（Svend Grundtvig）等人的分类法，均因其范围狭窄、不能普遍运用而未流行。

1910 年，安蒂·阿尔奈（Antti Aarne）发表了《故事类型索引》一书，后经斯蒂·汤普森（Stith Thompson）多次增订补充，形成了著名的AT 分类体系。嗣后，各国学者纷纷按照 AT 系统对本国民间故事进行编码分类，一时间形成一股热潮，AT 系统也就成为一个国际上公认的通用分类系统。

国际知名的民间文艺学家、美籍华人学者丁乃通教授，于1978 年出版了《中国民间故事类型索引》。它亦以 AT 系统为基础，采用国际通用的编码（这与艾伯华不同），所引据的书刊资料达 500 余种，容括故事约 7500个，成为目前中国民间故事类型分类资料最全最新、影响最大的一部权威工具书。

由于类型分类法具备文类分类法不能替代的许多功能，其重要意义逐渐为人们所认识。但一些学者却不同意利用 AT 系统对中国民间故事进行类型分类。我认为这是值得商榷的。

有人认为，AT 分类是以欧洲故事为基础创立的，不适合中国民间故事的情况。这是不符合实际的。众所周知，在不同国家和民族中流传的故事有 1/3 左右具有国际性，我国也不例外。丁乃通博士曾经驳斥过"东方故事特殊论"的观点，多次强调：中国许多民间故事与流行于印欧和爱尔兰之间的故事，并无太大区分，它们之间是可以比较的。丁先生指出，他所编制的《中国民间故事类型索引》中的一些类型"与西方类型酷似"，瓦尔特·安德逊也曾证实：许多民间故事与 AT 类型一致。① 由此可见，丁博士的分类体系并非是没有根据和基础的。

还有的学者不加分析地将 AT 分类体系斥为忽视故事思想内容等方面的形式主义的分类法。诚然，类型编制本身并不能反映民间故事研究的所有方面，从中确实看不到民间故事的思想意义、艺术特点、社会功能等，但能否正确评价这种分类法，关键在于我们评价的出发点。我们进行故事类型的编制研究，并不等于说我们必然会因此而忽略和抛弃民间故事思想意义等等的研究，它只是我们故事学研究的一个侧面和角度，只是事实业已证明的一种有效手段和有用的工具，而不是根本的目的和唯一的途径，这也是我们同芬兰学派的片面性之间的根本区别——其片面性正如美国学者理查德·多尔森所一针见血指出的：民间故事的风格和艺术、创造和转变的微妙过程、民族文化的影响、社会内容、个人天才等，不是百分比表格和情节概括所能包含容纳得了的。事实上，从分类学的意义来讲任何分类法本身，即使以思想内容为分类标准的分类法，都不可能超越作为分类法的各种功能而取代对故事诸元素的深入研究探索，而只能成为易于满足不同需要的工具。反之，如果很好地运用，即使是类型分类法，除了它已被公认的功能外，它未尝不能有助于故事内容等方面的研究。例如，丁乃通博士通过对中国民间故事类型的统计归纳，探讨了它反映中国社会的特点，有说服力地指出："中国民间故事的多样性、丰富性和原始性都生动

---

① 丁乃通：《中国民间故事类型索引》导言，中国民间文艺出版社 1986 年版，第 12 页。

地说明，认为中国人不善想象的理论是与事实相违背的、荒谬的"，通过故事类型索引"不仅在民间故事研究本身，而且可能会在更广泛的范围内、更重要的方面有所帮助，至少能帮助了解中国部分人民的情况，即了解农民和源于农民的城市贫民"①。

同任何分类法都存在这样或那样的局限一样，AT 分类法并不是十全十美的，丁乃通博士按 AT 体系对中国民间故事进行的类型分类也远非无懈可击，但它在众多分类法中应占有一席重要地位，这是不容否定的。

三　关于不同分类体系的并存问题：合理性和设想

多年来，学者们不懈地进行着艰苦的探索，企图设计出一种放之四海而皆准的民间故事分类系统。从某种意义上说，AT 体系已得到了许多国家的承认，成为目前国际通用的分类体系，但由于其自身的局限和应用的局限性，断言它将取代其他所有分类法为时尚早，似乎也是不可能实现的。况且，民间故事处于活动形态中，任何僵死固定的分类法都不可能具有长远的意义。

如前所述，民间故事分类的本质是为满足不同的需要而提供便利的工具。既然需要不同，就应当承认相应分类法存在的必要性、合理性，而不应当扬此抑彼，互相排斥。当然，这并不意味着可以随心所欲地滥造分类系统，每种分类系统应具备有说服力的、一以贯之的分类标准和体例，以及公认的实用价值。结合当前中国民间故事分类状况，以下三种分法无疑是很重要的。

（一）文类分类法。以钟敬文主编的《民间文学概论》和刘守华《故事学纲要》中提出的分类法为代表。这种为我国学者所习惯的传统分类法，简明扼要，易懂易记，在概括性、普及性上具有别的分类体系所缺乏的长处，因此，今后很长一段时期内，在更加科学、完善的基础上，它将被继续应用。

----

① 丁乃通：《中国民间故事类型索引》导言，中国民间文艺出版社 1986 年版，第 28 页。

（二）与 AT 体系一致的中国民间故事类型分类法。丁乃通先生的《中国民间故事类型索引》，已为我们奠定了坚实的基础。然而，丁先生的类型分类亦有其局限性，如，资料方面，只收入了"文化大革命"以前的资料，而且难免缺失遗漏。编辑体例等方面，亦有不少有待改进的地方。我们完全有可能在此基础上增补、改进、完善之。以 AT 体系对中国民间故事进行类型分类，可以为我们提供一种搜集、存档和比较分析的基本工具，有助于将中国民间故事纳入国际研究的轨道，有助于各国学者包括我国学者比较便利地开展故事的比较研究，有助于我们研究确定故事原型、产生地点及形成的年代、异文产生的路线及形态等，也有助于故事资料的检索存档。

（三）母题（Motif）分类索引。母题分类对于故事的更深层、更精细的研究来说是一种重要的工具。与类型索引对情节的分类不同，它进一步将故事中的行为、行为者、物件、背景等叙述因素进行分类。一个完整的故事，其构成因素是很复杂的，要对它进行研究，就必须事先划分成若干最低限度的叙述单位——母题。一般认为，母题在故事上下文中相对独立，可以进入无数叙述性的关系之中，母题的转移，可能是民间故事相似的原因之一。正如卡尔·科伦在《民俗学的研究方法》一书中指出的那样，这种可孤立的叙述特质是可再现和恢复民间文学形式原型和追溯它们历史变化的研究和分析工具。为了更好地研究中国民间故事，我们理应将中国民间故事进行母题分类、编制索引。这项工程将是浩大而艰巨的，但从国际民间故事分类体系发展趋势和我们的实际需要来看，又确是十分重要、应当勉力完成的一项任务。

这三种分类体系大致可以满足民间故事搜索、研究和存档的不同方面的需要。同时，在使用它们的过程中亦可互为参照，取长补短。

有的学者提出，中国民间故事的类型分类，应仿效关敬吾先生对日本民间故事独立编号、划分类型的做法，① 建立一个独立的中国民间故事类型分类系统。这也是一项有意义的工作，如果成功，它亦有可能成为中国

---

① 参见［日］关敬吾《日本昔话大成》，角川书店 1979 年版。

民间故事的一种主要分类体系。不过，为了比较研究和使用便利之需，应同时编制与 AT 分类体系，直至各国不同分类体系的对照表。在这方面，日本学者的做法（如关敬吾《日本的昔话·比较研究序说》中的昔话比较对照表）确实值得我们借鉴。

附录：

民间文学的分类系统

分类的目的是为了科学研究而系统整理和命名民间文学资料，更重要的是有利于存档，允许为研究而选用资料。这里，我将集中讨论两种分类程序，即题材分类法和型式分类法，并略微旁及其他的分类可能性。

文类分类法

把口头文学作为一个整体来看，区分其主要内容特征所具备的形式，尤其在交流功能上差异显著的各个类体是可以做到的。世界上大多数国家承认采纳某些形式和名称，如谚语（可定义为凝练的语句，表达有普遍意义的深刻内容的语言）、抒情歌谣（表达和交流感情的语言，有特殊的形式和内容）。

民间文学资料可以分为按不同标准确定的文类，这种看法导致了"文类"概念的形成，导致了文类分类法系统的发展，它是最主要的分类标准之一。民间文学工作者使用的大部分文类名称由研究者创制发明，并成为普遍应用的概念。文类定义的确定是基于其典型的特征，以其不同于它类的区别性为标准，而忽略对类别区划意义不大的其他方面的特征。因此，文类的定义并未以准确的名称描述现存的真正的文类，是建立在区分特征基础上的理想化的分类法。这些文类的确定是为了实际工作和学术研究的目的，以便资料可以（a）被认识和命名，（b）为研究而筛选，（c）与其他资料做比较，（d）可作为研究者交流的相当工具使用。

作为一种研究工具的文类系统，必须因适应不同研究项目的需要而改动。它绝不是存在与活着的民间文学领域之外的、由研究者建立的僵死不变的事物。一种分类体系的功能起作用和发展，需要经常的修改，需要与活的材料保持联系，需要对材料动态的观察。自然形态中的民间文学有其自身的文类系统，特殊名称的构成，亦常常来自它们的语言、文化、地区甚至个人的用法。例如，一种常用的档案分类法如果不适用于某个少数民族或特殊群体的民间文学，那么就应当注意研究在其文化中发现的分类法。

然而，从民间文学的生产者（表演者）和接受者这一点来看"文类"的重要性，既不是其自身，也不是它们作为一个体系而被承认。重要的是民间文学表达的信息。在分析民间文学文类时，我们实际上是在分析可从民众文化中获得的各种信息的表达手段，它用以描述和阐释其生活和环境。

民间文学的表达方式并非一成不变，它们都有其自身的历史。某个文类可能产生并逐渐发展、流行，然后又趋消失淹没。一般说来，文类的命运往往受历史、社会潮流和文化条件的影响。例如，当芬兰进入工业化、都市化、知识化后，在芬兰农民文化中曾繁盛一时的民间故事、史诗等，就不再是活着的民间文学文类了。消亡的文类被更适应变化条件的新文类所取代，尽管仅靠口头传播的文类曾经减少。有时亦会出现相反的趋势：在显著变化的影响下，一种被认为已消亡的文类可能再度兴盛。

芬兰文学协会的档案分类法

文类分析的目的之一，是寻找一种能容括所有口头文学的文类分类法——一种综合的体系。这在诸如档案归类等方面是很需要的。长期以来，芬兰文学协会民间文学档案馆所使用的分类法，是基于民间文学的文类划分之上的。这个体系特别适用于手稿资料，因而一直应用。但也存在某些问题，我将在后面提及。应当强调的是，这个体系是基于芬兰的民间文学资料创立的，不包括其他国家、民族的文类。

A 1. 民间故事，轶事

   2. 宗教传说

   3. 信仰传说，亲历传说

   4. 历史传说和地方传说

   5. 推原故事

   6. 象声词

B 1. 卡勒瓦拉韵律的古诗

   2. 押韵的民歌

   3. 咒语

   4. 巫术实践及信仰

   5. 游艺（比赛、游戏）

   6. 挽歌

   7. 童谣、耍戏谣（绕口令，嘲弄的训诫，等等）

   8. 拉普人的 joiku 歌，唤牛歌

C 谚语

D 谜语

此外，档案馆亦使用下列与民间文学有某种联系的文类（在此不加详述）：E 曲调，F 个人创作的仿文学作品，G 民族学的描述，历法知识等。

实际上，芬兰文学协会民间文学档案馆中的手稿资料被（1）通过搜集存档，（2）按上述文类分类法加以分析，并载入卡片，（3）这些卡片按文类整理，以形成一个系统的索引。

尽管上述大部分文类可能是你熟悉的。这里我仍写出它们的简明定义：

A 1. 民间故事　叙事散文体，通常包含多个情节和丰富的幻想因素，作为娱乐消遣的一种形式讲述。同一文类里还有类似民间故事的轶事（这多少有些不合逻辑），它可定义为描述与日常生活和现实环境有关的事情、活动、有趣状态、情景的叙事散文体文类。

2. 宗教传说　宗教主题的叙事散文体，在芬兰主要与基督教信仰有关。

3. 信仰传说　以典型化方式讲述超自然的神奇经历和事件、情节，通常是单一的故事。亲历传说与信仰传说的不同之处是：据讲述者声称，超自然的神奇经历是他自己或当时在场的某人所亲历过的。

4. 历史传说和地方传说　与上一类不同，其主题是属于现实世界的。它们通常解释和证实过去的人物和事件。

5. 推原故事　解释某现象或事物起源的散文（有时是韵文体叙事故事）。

6. 象声词　词语构成，通常玩笑地模仿动物或在自然界中听到的其他声响。

B 1. 卡勒瓦拉韵律的古诗　由叙事诗、抒情诗、婚礼歌等组成，其共同特征是同一诗歌手法（古代芬兰诗歌的韵律是基于扬抑格的四音步诗行之上的）和作为基本文体的头韵法的运用。

2. 押韵的民歌　是跳舞、游戏和运用押韵或准押韵诗歌形式的场合所唱的歌谣。其起源晚于 b1 的歌谣。

3. 咒语　其主要特征是它们的功能：用被传统控制的词语手段、去得到或预防某事，或强迫某种超自然物按所需要的样式起作用。

4. 巫术实践　是某人企图得到或预防某事或强迫超自然物按所需样式起作用的过程。

同类还有（亦不甚合逻辑）信仰，指通过祈求超自然事物和现象的形式表达出来的观念。

5. 游艺（比赛、游戏）　指有规则的为娱乐而举行的传统活动。这一文类包括唱歌的游戏和与游戏有关的诗歌片段，包括与口头词语无关的活动。

6. 挽歌　主要是一种以吟诵方式表达悲痛之情的诗歌形式。它主要靠传统的隐喻语言和触景生情的即席创作。

7. 童谣和耍戏谣（绕口令、嘲弄的训诫，等等）由语言的、词语的或概念的游戏或旨在消遣娱乐的模仿组成。

8. 拉普人的 joiku 歌 由芬兰的少数民族拉普人演唱的歌谣。这种歌谣词句很少，主要重复无意义的音节。唤牛歌是简短的民间创作，是由少数词句和无意义音节组成的歌谣，用于唤牛回栏。

C 谚语 由普通格言、简洁而全面、定型化的评论构成。

D 谜语 包括简短的两部分：谜面和谜底。谜底的特征隐于谜面中，通常采用隐喻或直喻的形式。

这里所描述的体系，是使用文类分类法，从而有利于存档和筛选研究资料的一个范例。严格说来，文类分类法并非面面俱到、包揽无遗。例如，卡勒瓦拉韵律的古诗这一名称在这一文类（诗歌体系）中强调其文体和形式，而这个文类在内容和用途上是十分复杂的，它包括叙事诗、抒情诗、婚礼歌等；相反，某些非常小的文类（如唤牛歌和象声词）却又自立一类。某些广泛使用的文类在此分类法中没有出现，如神话，芬兰的民间文学工作者不得不在不同的标题下寻找它（a2，a5，b1，b3）。

总的说来，整个文类系统的最大问题，是文类分析方法的发展。在全国性的文类系统中，这个问题尤显突出，关于通用分类法难题的争论亦是如此。这种状况可以通过将文类名称纳入一个公认的一致的系统中而加以改进。一个特殊的难题是：用新的田野作业技术采集的资料，似乎不适合于现存的任何分类系统。劳里·航柯提出了一种用以确定文类名词间关系的术语分析法。一套名称术语系统为各个研究项目而设计，研究者对自己在研究项目开始时要使用的术语加以定义说明和选择。术语分析本身包括两个步骤：第一，确定术语名称生成的标准；第二，考察术语名称间的关系。

当前，人们的注意力都转向电子计算机。如果所有的民间文学资料都可以输入电子计算机，将来可能创造一种以电子计算机为基础的分类法、内容统计法和语义的文类系统。

型式分类法

文类分类法是重要的，但它并非是一种唯一有助于研究资料进行筛选分析的分类法。要从民间文学资料所包含的无数的变体中探寻其特征是十分困难的。一种方法是使用型式索引，它简洁精确地表现了被当作归属在一起的民众作品（实际上是不同的民间故事、传说等）的基本概念。词语的定义由各个型式的字母、数码加以补充说明。

20世纪初，芬兰学者安蒂·阿尔奈创造的民间故事分类法堪称型式索引的典范。在阿尔奈的体系中，民间故事被分成主要的三类：动物故事、普通故事、轶事。普通故事又进一步分成四个小类：魔法故事、宗教故事、生活故事和愚蠢魔鬼的故事。这里我必须强调指出：阿尔奈所说的"型式"实际上是不同的故事，而不是故事群。每个童话加以编号，所以1—299号是动物故事，300—1199号是普通民间故事，等等。例如，"魔戒指的故事"是560号，"三件魔物和神奇水果的故事"是566号。型式索引编码的优点在于（原则上说来）其普遍性：数字的号码是独立于语言之外的。这里应着重指出：同一型号的异文并非互相依赖，这种分类法亦不能完全容纳适应活着的口头文学的不断变化。实际上，同时需要大量的号码对大多数民间故事变体进行分类，编码中没有的新型式亦常可发现。

无数的依据阿尔奈体系、由欧洲和一些非欧洲国家学者们设计的民间故事分类法已经问世。美国学者斯蒂·汤普森采用并进一步发展了这种方法（见《民间故事型式》，赫尔辛基1927年版），后又出版了他的不朽巨著《民间文学母题索引1—5》（赫尔辛基1932—1936年版）。

阿尔奈和汤普森体系继之而来的追随者中包括丁乃通，他出版了一部将中国民间故事进行分类的著作（《中国民间故事类型索引》，赫尔辛基1978年版）。

世界上其他文类的民间文学资料，主要是散文体作品、亦有歌谣和小文类（如谚语和谜语），也据此进行了型式分类。

其他分类法

除了上述这两种分类法，还有大量的用以民间文学资料筛选和存档的其他分类法。以下略述一二，不做详细论述。

1. 专题分类法

一般指基于来源资料即按搜集地区和时间、搜集者进行分类的方法。

2. 关键词语分类法

意即挑选对认识民间文学资料有重要作用的因素作为关键词语。这种方法用于制定小文类的索引，还可应用于将难以归类的日常叙事记述和记储知识加以系统化。

3. 相关描写资料分类法

在过去的几十年里，随着田野资料记录中丰富的描写资料的增多以及对民间文学产生、交流的语言和社会机制研究的开展，这种分类法已引起了人们的注意。

这种分类法涉及的是：表演和情境的状况，表演者和听众的反应，传记资料等。

在未来几十年中，计算机技术可能导致民间文学分类系统的一场革命。使用一台计算机，可以同时顾及许多变量，如不同的分类法文类。检索的资料可按所需方式迅速加以分析。当然，即使使用计算机亦需要费时的设计和基础的工作。

芬兰民间传统现象的基本文类

最后，我们探讨一下在民间文学资料分类和研究的发展过程中出现的一个问题。芬兰口头传统今天的整个状况同几十年前已大不相同。这可由口头传统在今天和过去的表现形式来加以说明。近至 1954 年，芬兰民间文学家尤柯·霍特拉还宣称民间文学的研究可以视为"一种旨在研究并非直接基于现代文明之上的人类精神生活中所有传统现象的科学"。今天，我们可以将作为一种现象的民间文学划成（至少）五个分隔部分，它们各有其自身的分类，基本依据和研究领域。某些研究的现象与当今的状况有直接的联系。

1. 档案馆中的古老传统

在芬兰，真正的民间文学搜集工作，始于 20 世纪前半期对卡勒瓦拉韵律的诗歌和咒语的搜集。在世纪交替时开始搜集民间故事，1930年搜集传说，并逐渐扩展到农民文化的所有领域：小的文类、信仰传统、挽歌等。得到的这些知识中只有相对少量的表演环境、表演者自身的描写研究资料。

2. 承继传统的老人记忆中保存的古老知识

芬兰几十年来的民间文学研究，已经开采了所谓的记忆文化。我指的是，处于变化环境中的许多芬兰人已不能适应他们曾学习过的民间文学，但却储存在其记忆中，可以通过搜集的方法获取之。这种日益减少的传统表达渠道尤为重要，因为在民间文学研究中，可以运用现代化的研究方法对传统的项目进行研究；回忆再现民间文学的传统，可通过社会科学，心理学和语言学的方法加以研究；这个研究领域的重点（除了常规的分类手段外）是描写研究的分析和整理。

3. 当代民间文学

民间文学的许多文类，随着熟悉它们的传统承继者的逝去而永远消失了。但在我们周围亦有活着的民间文学：复杂的工作/地方知识，幽默，闲话，公共场所的涂写，对谚语和谜语的模仿，丰富的儿童传统，等等。当代民间文学提出了挑战：怎样才可能将包罗万象而又混杂不清的录音带划分文类、型式和区分其内容情节段落？这些难题尚未找到有效的解决办法。

4. 应用的民间文学

应用的民间文学的表现形式包括民间节日、各种民间歌舞演出，以及芬兰各地在地方夏季节日里举行的民间文学表演、劳动表演及常源自古代传统的各种节目演出。从研究角度看，应用的民间文学是很有趣的，但迄今尚未引起人们足够的重视。

5. 通俗文化

通俗文化出现于工业化和都市化的过程当中，由大众传播工具传播普及。它包括通过多种联系渠道出版通俗读物、举行应用民间文学活动的组织，展览橱窗和广告节目、流行小调，甚至侦探故事和西部片。在某种程度上，通俗文化是农民民间文化在都市社会中的继承者，对农民民间文化的研究方法亦可部分地运用于通俗文化的研究。

　　毫无疑问，通俗文化和（特别是）应用的民间文学是民间文学工作者研究的课题，但我们在对它们进行分类整理时却出现了困难——我们完全没有足够的经验和设备去处理这些成分复杂的资料。

　　在不远的将来选择研究材料时，将会很有趣的发现传统的农民民间文学资料与当代民间文学形式间的关系，以及为研究它们而建立的文类分类法和其他的分类法。

　　　　　　　　　　　　　　　〔芬〕劳里·哈尔维拉赫蒂著　李扬译
　　（两文原载《中芬民间文学搜集保管学术讨论会文集》中国民间文艺出版社 1988 年版）

略论邓迪斯源于语言学的"母题素"说

在民间故事的研究史上，分类问题始终是一个众说纷纭的学术焦点。成千上万的民间故事文本，人物、情节、语言千差万别，异彩纷呈，如何进行科学而具普遍意义的分类，确非易事。国际学术界众多的学者根据不同的标准、从不同的角度提出了形形色色的分类法，其中，芬兰学派（Finnish School）的阿尔奈和美国学者汤普森的"AT 分类体系"影响很大，其分类法是以"类型"（Type）为核心。后来，汤普森又提出了基于"母题"（motif）的分类索引，进一步将故事中的行为、行为者、物件、背景等叙述因素进行分类。母题在故事上下文中相对独立，可以进入无数叙述性的关系中，因而成为故事最基本的叙事单位。[①]

然而在结构主义学派的学者看来，故事的"类型"之间存在着互相交织、紧密联结的关系，不可随意抽取出来，加以孤立研究。类型或母题的研究，仍然是传统的历时的、线性的研究，这种研究固然有一定意义，但并未揭示出民间故事的内在叙事本质和结构。基于此，俄国著名学者普罗普在其重要著作《民间故事形态学》中，提出了自己的结构主义形态学理论。[②] 普罗普的理论传到西方后，在学术界引起了巨大的反响，成为文学

---

① 参见 Stith Thompson, *The Folktale*, New York: The Dryden Press, 1951.

② 参见 Vladimir Jakovlevic Propp, *Morphology of the Folktale*, Texas: University of Texas Press, 1975.

批评中结构主义的先声，启迪了许多后来者。学者们也指出了普氏理论体系的不足之处，格雷玛斯（A. J. Greimas）和布雷蒙（Claude Bremond）等都提出了各具特色的改进的叙事分析模式。本文拟评介的是美国学者邓迪斯（Alan Dundes）基于普罗普"功能"说并从语言学中借用概念而提出的"母题素"理论。

一　邓迪斯对传统叙事单位划分的批评

邓迪斯是世界著名的民俗学家，曾任美国民俗学会的会长，著作等身，在运用结构主义、精神分析等方法研究民俗事象上尤为突出，在国际民俗学界产生了广泛的影响。他对结构主义形态学理论的修正和发展，亦是建立在对前人学说进行批评的基础上。

众所周知，民俗学传统的三大研究学派，即神话学派、人类学派和历史地理学派，其本质有相似之处，均是历时的（diachronic）和比较的（comparative）方法。民间故事比较研究的前提，是首先要确定可比的单位（units）。邓迪斯认为，无论是"母题"说还是"AT 分类法"，其基本的单位，只是提供了指称故事独立部分或片断的一种方式，并不能作为比较研究的基础。首先，按照汤普森的定义，母题是"故事中维持传承的最小因素"，强调它"做"什么而非"是"什么，因而其性质是历时的而非共时的。其次，汤普森的"母题"包含三大类，即行动者（actors）、物件（items）和事件（incidents），故"母题"并非是单一对象的计量，作为"单位"是不能成立的，况且三大类之间并不相互排他（"事件"必定包含"行动者"或"物件"，或兼而有之—），三者之间也不具有可比性。再次，如前所述，所谓母题是独立的、可以在无限组合中自由进出的观点是不能成立的，因为这样会动摇更大的单位——类型的基础。汤普森的"类型"是指"独立存在的传统故事"，一个完整的故事（类型）是"由一组次序和组合相对固定的母题构成"，这又与母题自由进出说相抵牾。最后，汤普森曾观察到母题的一类"事件"可以构成一个真正的故事类型，如此"母题"和"类型"又混淆不清了。总之，AT 类型学是基于故事的可变成分之上的学说，分类者的主观评估，甚于对故事结构本体的探寻。依据此理论去对民间故事文本进行分类或研究，往往使人无所适从，出现矛盾混乱的结果。邓迪斯的这些批评意见，应当说是十分中肯的。

"单位"作为人为的，试图对客观事物本质进行描述的度量建制，是无限可分的，但有最低限度单位，在此单位基础上进行的分析是有意义的，更细的划分因丧失意义而无须进行。比起自然科学来，人文科学的单位划分难度更大，人言人殊，远未达到像分子、原子那样令人满意的划分水平。确立民间故事的最低限度叙事单位，其重要性自不待言，但难度亦可想而知。邓迪斯在批评"类型"和"母题"说的同时，对普罗普结构主义形态理论中的"功能"单位则赞赏有加，因为它揭示了故事中恒定不变的因素和可变因素之间的关系，所谓人物的"功能"（Function）是故事的基本构成成分，是依据在行动过程中的意义而确立的人物的行为，是恒定不变的因素，通过对功能、角色、序列的综合分析，通过研究它们之间和它们与故事整体之间的互动关系，就可以揭示出民间故事内在的叙事结构形态。作为最低限度叙事单位，"功能"不是孤立的、自由的，它的数目是有限的，它们只能依据在叙述过程中的位置而定义，这就与母题有了本质的区别。①

邓迪斯不满足于全盘机械地承继普罗普的理论体系。他把眼光转向语言学领域，从中汲取灵感。在著名语言学家派克（Kenneth Pike）的理论体系中，他发现了新的理论源泉。

二 邓迪斯对语言学"母题素"的借用

与人文科学其他领域有所不同，在语言学研究中，一些有意义的基本单位已经得到确立，如音素（phoneme）和词素（morpheme）。将语言学单位应用到其他学科领域的研究，是派克在其名作《语言与人类行为结构统

①　参见 Vladimir Jakovlevic Propp, *Morphology of the Folktale*, Texas：University of Texas Press, 1975.

一理论的关系》中倡导并身体力行的大胆尝试。派克并未涉及民间故事研究领域，这一空白正好由邓迪斯加以填补。他首先引入了派克体系中"母题素"（motifeme）这一最低限度结构单位名称（在一些论述结构主义著作的中译本里，motifeme 被误译成"母题"，与前述 AT 体系的母题混为一谈，是不恰当的，笔者试将其译为"母题素"），鉴于在西方学界，普罗普的"功能"在相当一段时间内未得到广泛的认同，对一些学者而言它还是一个陌生的名词（普罗普的《民间故事形态学》问世 30 年后才被译成英文，介绍到西方学界），邓迪斯建议用派克理论中 motifeme 一词来替代"功能"，又建议另一个词汇"母题变项"（allomotif）来指代母题素的变项。民间故事中母题变项与母题素的关系，相当于音素变形（allophone）之于音素或词素变形（allomorph）之于词素间的关系。"母题"仍然继续沿用，只不过是作为"etic"的一种单位。所谓"etic"，在派克的理论中是指非结构的逻辑分类研究，主要针对跨文化资料的处理，而与之相对的"emic"则是单一文本的、结构性的研究，它必须将特定的事件看作更大整体的一部分，与之相关并从中获得最终意义。emic 的结构并非主观臆造，它是客观现实模式的构成部分。派克进一步提出了 emic 单位的三维模式，即特征模式、表现模式和分布模式。邓迪斯将之与普罗普的体系相结合，认为可以把特征模式看成是普氏体系的功能范例，把表现模式看成是进入功能的可变因素，把分布模式看成是特定功能的位置特征。[①] 这样，借助于两种结构主义理论本质上的契合，邓迪斯成功地将语言学中的派克学说与民间故事学中的普罗普学说进行了移植整合，强调了一些要素，发展出以母题素为基本叙事结构单位的形态分析方法。"母题素"一词的借用，使术语更为简化明晰，概念内涵更加准确，具体应用更为便利。

依据这一方法，邓迪斯对北美印第安民间故事进行了详尽的分析，[②]识别出大量清晰的结构模式，如母题素缺乏/缺乏终止模式，更常见的由

---

① 参见 A. Dundes, "From Etic to Emic Units in the Structural Study of Folktales", *Journal of American Folklore*, 75/1962.

② 参见 A. Dundes, "Structural Typology in North American Indian Folktales", *Southwestern Journal of Anthropology*, 19/1963.

四个母题素（禁止/违禁/后果/企图逃避后果）构成的模式，以及缺乏/缺乏终止/禁令/违禁/后果/企图逃避后果模式，等等。通过研究，以往认为美国印第安民间故事是由散乱的、不稳定的母题堆积而成的观点不攻自破，美国印第安人民间故事无疑存在可辨识的结构，它们均由特殊的稳定、有次序的母题素构成。

三　邓迪斯结构形态分析理论的意义

邓迪斯理论的突出贡献和意义在于：在民俗学界因循守旧、囿于传统理论体系而畏于创新的背景下，振臂呼出"民俗学者研究传统，而决不能为传统所束缚"的口号，勇于接受新的理论方法，并富于创见地借鉴其他学科的成果。他以"母题素"概念为核心的结构分析方法，融各家学说于一炉（他实际上还汲取了列维－斯特劳斯的"二元对立"模式），使形态分析理论达到了一个新的高度。更难能可贵的是，他改正了民间故事研究中结构主义方法多重文本本体、忽略外部社会历史因素的弊端，将之与文化分析联系起来，认为结构分析可以预言某一地区的文化状况，预测文化的变化："通过精确的结构分析，民俗学者可以了解民间传说是如何包含和联系一个社会的重要隐喻，对这些隐喻类型的分析和解释将为了解各地人民的世界观和行为提供无与伦比的见识。"[1] 他提出，母题素的序列，是否与文化的其他元素，如仪礼，在结构上有某种相应的关系？母题素结构是否还存在于其他民俗事象中？在不同的文化区域，母题素模式是否会产生变异？邓迪斯自己也在努力回答这些问题，他把受益于结构主义语言学的形态分析方法，亦运用于迷信、游戏、谜语等领域的研究，取得了相当的进展。显然，这是受到了萨丕尔等结构主义语言学家"文化（社会生活）形态与语言异质同构"思想的影响。另一位结构主义大师列维－斯特劳斯，也将语言学的概念应用于非语言材料，试图在文化行为、庆典、仪

---

① ［美］邓迪斯：《结构主义与民俗学》，载张紫晨编《民俗学讲演集》，书目文献出版社1986 年版。

礼、血缘关系、图腾制度中，辨析出与语言音位相似的结构，[①] 两位学者的研究对象不同，研究方法也不尽一致，但在对结构主义语言学的借用和寻求语言与研究对象结构同质性方面，两相参照，不乏异曲同工之处。

邓迪斯的研究方法在学界引起了较大的反响，许多学者接受并开始应用他的理论。已经有学者参照邓迪斯的理论体系，对中国传统戏剧的叙事结构模式进行分析，取得了有说服力的成果，邓氏理论的跨文化适用性，已略见端倪。也许终有一日，结构主义形态学对世界各地民间故事和不同文化事象的探究，会在某种意义上印证列维－斯特劳斯"人类思维中恒定结构，产生文化系统中的普遍模式"的预言。

（原载《青岛海洋大学学报》2000 年第 2 期）

---

① 参见［法］列维－斯特劳斯《结构人类学》，陆晓禾、黄锡光等译，文化艺术出版社1991 年版。

普罗普故事形态理论述评

弗拉基米尔·雅可夫列维奇·普罗普（Vladimir Jakovlevic Propp），1895 年 4 月 17 日出生于俄国彼得堡。1913—1918 年就读于彼得堡大学，主修俄语和德语。1932 年起执教于列宁格勒大学，先是教授语言，并著有三部俄国学生学习德语的教科书。1938 年，他的研究兴趣开始转向民俗学方面，嗣后专此不彼，直至逝世（1970 年 8 月）。

普罗普在民俗学方面的研究著作有：《民间故事形态学》（1928）、《童话故事的历史根源》（1946）、《俄罗斯英雄史诗》（1955）、《俄罗斯农民的节日》（1963）、《笑与喜剧的问题》（1976）等，另有论文 20 余篇。其中公认的代表作当推《民间故事形态学》。以下简要评述普罗普的故事形态理论。

一 普罗普对故事研究方法的批评

普罗普在阐述自己的形态学理论前，先对当时已有故事研究方法进行了批判。他不满意研究者们只孜孜于探讨民间故事的起源和发展，认为系统描写比发生学的研究更为重要："我们现在不应再谈论故事的历史研究，而只应讨论对它的描述。像往常那样没有特别阐明描述的问题来讨论发生学，是完全无用的。"① 普罗普认为，对故事材料的正确分类是科学描述的首要步骤之一，精确的研究取决于精确的分类。对当时流行的数种故事分类法，普罗普一一提出了质疑和批评：或混淆不清、难以归类（最常见的分类法是将故事分为奇异故事、日常生活故事、动物故事等）；或概念模糊、界限不明按照主题（theme）进行分类，更是人言人殊，依据的分类标准缺乏统一连贯性。

20 世纪初影响最大，其著述达到"我们时代故事研究的顶峰"（普罗普语）的芬兰学派（Finnish School），首倡民间故事的"历史—地理研究法"（Historical-geographical Method），这个学派的奠基人之一阿尔奈（A. Aarne，1867 – 1925）教授在《故事类型索引》一书中对民间故事按情节"类型"（Type）进行了分类编排。阿尔奈主要分析了芬兰、北欧和欧洲一些国家的民间故事。他将所有的故事分为三大部分，即动物故事、普通民间故事和笑话。每部分又划分细类。对此普罗普亦提出了质疑，他再三强调民间故事的主题（即阿尔奈所称的"类型"）间存有互相交织、紧密联结的关系，不可随意抽取加以孤立研究，同时，这一分类法在确立类型上，亦缺乏完全客观的标准。当然，普罗普的兴趣并不在于故事的分类法研究。他对上述分类法的批评，旨在揭示故事研究方向上的偏误，他关注的是故事的叙事结构描述。普罗普进而评述了 19 世纪俄国著名比较文学家、民俗学家维谢罗夫斯基（A. N. Veselovskij，1838—1906）的理论。维谢罗夫斯基认为，"主题"是由一系列的"母题"（Motif）组成，所谓"主题"就是各种情景（即母题）在其中移进移出的题材，是新的母题可以嵌入其中的变项，因此母题是具有首要意义的单位。这种把主题与母题分离开来的观点得到普罗普的激赏，认为具有重大的意义。但他对维谢罗夫斯基关于母题是不可再分的基本单位的说法持有异议，认为可以将维谢罗夫斯基界定的母题进一步划分成更基本的单位。

当矿物、植物和动物都已按照其结构被精确地分类，文学的各种体裁

---

① ［俄］弗拉基米尔·雅可夫列维奇·普罗普：《民间故事形态学》，得克萨斯大学出版社1975 年版，第 5 页。

也已被详加描述时，民间故事的研究却忽略了这一方面。有感于此，普罗普认为故事研究的当务之急，是要对故事的结构加以准确的描述，加以抽象的形态学研究。

二　普罗普的研究方法

普罗普所研究的故事原材料是一组（100 个）特定类型的俄国民间童话故事（Fairy Tale），即阿尔奈分类法中 300—749 型故事。在阿尔奈和汤普森的 "AT 分类法" 中，这两个编号内的故事是 "普通故事"（Ordinary Folktale）中的一大类，称为 "神奇故事"（Tales of Magic），包括：300—399 神奇的敌手、400—459 神奇的或有魔力的丈夫（妻子）或其他亲属、460—499 神奇的难题、500—559 神奇的助手。① 普罗普对研究方法的构思是：先用特殊的方法将故事的组成成分分离出来；再按照这些成分对故事进行比较，从而得出一种形态学的结果，即按照故事成分和这些成分彼此之间的关系，以及它们同整体的关系，对民间故事做出的描述。

普罗普接着比较了四个事件：

（A）　国王给了主人公一只鹰。这只鹰把主人公带到了另一个国度。

（B）　老人给了舒申科一匹马。这匹马把舒申科带到了另一个国度。

（C）　巫师给了伊凡一只小船，小船把伊凡载到了另一个国度。

（D）　公主给了伊凡一只指环。从指环里现身的青年把伊凡带到了另一个国度。

普罗普指出，在上述例子中，不变的成分和可变的成分都已显示出

① 参见 Antti Aarne 著，Stith Thompson 译，*The Types of the Folk-tale*，FF Communications，No. 74.

来，变化的是登场人物的名字（以及其特征），但他们的行动和功能都没有变。由此可以得出如下推论：一个民间故事常常把同样的行动分派给不同的人物。这样，按照故事中人物的功能（Function）来研究民间故事就是可行的了。

功能的确定，不能依据功能的"负载者"——人物，必须依据行动在叙述过程中的位置，还必须考虑到一个特定的功能在行动过程中所具有的意义。因此，普罗普把"功能"定义为："功能是依据在行动过程中的意义而确立的人物的行为。"①

通过对故事材料的观察，普罗普归纳出四条通则：

（1）人物的功能是一个故事中恒定不变的要素，不论这些功能由谁来完成或怎样完成。功能是构成故事的基本成分。

（2）故事已知的功能数目是有限的。

（3）功能的顺序通常是相同的。

（4）就结构而言，所有的故事都属于同一类型。

普罗普发现他所研究的故事材料中共有31项功能。在每一个民间故事中，这31项功能并不一定全部出现，但功能的缺少不会改变其余功能的秩序。

普罗普注意到，故事中登场人的数量和种类在故事原文中是无限繁多而各个不同的，其固有属性、社会地位等千差万别，但都有着超越实体差异的、由情节意义所赋予的共同点，构成数量有限的、抽象的"角色"（dramatis personae）。角色与功能常有一定的配属关系。许多逻辑上相关的功能经常组合成一种"行动场"（spheres of action），它们与各自的角色相对应。俄国民间故事中的角色可分为七类。

---

① ［俄］弗拉基米尔·雅可夫列维奇·普罗普：《民间故事形态学》，得克萨斯大学出版社1975年版，第21页。

1. 反角（villian）

2. 捐助者（donor）

3. 助手（helper）

4. 被寻求者（sought-for person）

5. 差遣者（dispatcher）

6. 主角（hero）

7. 假主角（false hero）

　　一个角色通常与其特定的行动场对应，但有时会出现特殊的情况，有时一个角色出入于数种行动场之间，有时一个行动场分属于几个角色。七种角色并不一定在一个故事中全部出现，有时一个角色亦可担任其他数种角色的任务。至于角色在故事中究竟以何种具体的人物身份（登场人物）出现，则受变换律（the law of transformation）的支配。

　　最后，普罗普将故事作为一个整体加以探讨。民间故事通常始于反角的恶行或主角的某种欠缺，最后以婚礼或缺乏消除等告终，这个过程可称为一个"回合"（move）。一个故事可由一个回合构成，也可能有几个回合（可构成单一故事和复合故事两大类），因此，分析故事的整体结构，首先要区分出故事包含的回合数目。回合之间又有什么不同的关系形式。

　　这样，对民间故事从功能、角色到回合进行分析，同时用相应的符号标示之，画出排列组合的图表，就可揭示故事形形色色的结构形态。以此为基础，还可以进一步分析故事的类型、主题等。

　　日本学者北冈诚司将普罗普故事形态学理论的主要成果总结为两个方面。一是将故事中个别具体的"登场人物"与一般抽象的"角色"做出区别（人物/角色论）；二是将故事中个别具体的"行为"与一般抽象的"功能"相区别（行为/功能论）。在一定的类型体系（即类型空间）中，登场人物及其个别具体的行为是促使这个类型空间所包含的总的原文相差异并走向特定化的要素；而角色/功能的关系则是促使该类型空间所包含的总的原文走向相同化的要因。通过对两组原文每次变动的可变性实体（人物、行为）及其在一定类型故事原文中相通的恒定关系（角色、功能）

予以区别与对比，从而拟定并划出后者的一般图示，明确揭示这种相同化的要因。①

三　普罗普形态学理论的评价与运用

《民间故事形态学》问世后很长一段时期，除了极少数学者予以评论外，在苏联和国外均未受到学界的重视。未受重视的原因，在国外主要是由于语言上的隔阂，在苏联是由于受到正统派的压制和批判。苏联20世纪30年代早期对形式主义的批判及40年代末对资产阶级学术的批判，都多少牵连到普罗普。1958年英译本发表后，才在西方引起广泛的注意和讨论。随后，这部重要论著又相继被译成意大利文（1966）、波兰文（1968）、罗马尼亚文（1970）、法文（1970）、德文（1972）等语种发表。

许多学者对普罗普的理论给予高度的评价。《民间故事形态学》被认为是20世纪文学研究中具有独创性的典范著作，是结构主义思想方法的源头之一，同时也是结构主义神话学的奠基作。特伦斯·霍克斯（Terence Hawkes）认为，这部著作至今仍是形式主义学派的重大贡献之一，它向适合小说艺术的"诗学"迈出了一大步。他的方法"至今仍有很高的结构价值，因为同神话一样，童话是所有叙事的重要原形"②。美国学者罗伯特·萧尔斯（Robert Scholes）总结道，除去对亚里士多德遗产的追溯，庶几可以说是普罗普对俄罗斯民间故事的研究开创了结构主义研究方法的先河。普罗普提出的"形式提纯"（simplification of form），一直是结构主义思想的一个重要的原动力，"虽然普罗普的研究过于质朴，过于直率——或者说正是由于过于质朴，过于直率——才证明在文学理论中他的研究远比列维·斯特劳斯的更重要。如果谈论门派，普罗普是正统派的第一位教皇"③。而结构主义大师列维-斯特劳斯对普罗普理论的详尽介绍和高度评

①　参见［日］北冈诚司《民间故事的形态学与变形论》，载叶舒宪编《结构主义神话学》，陕西师范大学出版社1988年版，190—195页。

②　Hawkes Terence, *Structuralism and Semiotics*, New York：Methuen, 1977, p. 67.

③　Robert Scholes, *Structuralism in Literature*, New Haven：Yale University Press, 1975, p. 59.

价，更使普罗普在西方学界声名鹊起。

结构主义叙事学家茨维坦·托多罗夫（Tzvetan Todorov）、克劳德·布雷蒙（Claud Bremond）、格雷玛斯（A. J. Greimas）等，都是在普罗普理论的基础上加以修正发展，形成了各具特色的结构主义叙事理论。美国民俗学家阿兰·邓迪斯（Alan Dundes）将语言学的概念注入普罗普的理论体系中，使之进一步精确化、科学化，并运用于北美印第安人民间故事的研究中，取得了令人瞩目的成果，其著述《北美印第安民间故事形态学》（The Morphology of North American Indian Folktales）发表后，在民间文学界引起了较大的反响。当然，学者们对普罗普体系的不足之处也提出了商榷，大家较为一致的意见是：普氏的结论和方法并非无懈可击。比如，关于所有功能顺序一致的说法是难以证实的。特别值得在此一提的是另一位结构主义大师列维－斯特劳斯，他与普罗普在60年代展开的一场论争，颇受学界瞩目。可以说，列维－斯特劳斯既是普罗普的赞美者，又是最严厉的批评者，这一点在其《结构和形式：对普罗普一部论著的回应》一文中表露无疑。①

对于列维－斯特劳斯的批评，普罗普逐一做出了辩驳。他认为列维－斯特劳斯是位哲学家，而自己是个不折不扣的经验主义者。他指出，英译本译文的出入，还有原著书名的改动，使列维－斯特劳斯不得要领。普罗普一再声称自己只是研究民间文学的一个特殊方面——神奇故事，而不是追寻放之四海而皆准的规律。至于为何要以神奇故事为研究对象，这是学者的学术自由，列维－斯特劳斯硬要以神话来取而代之，未免有些强加于人。列维－斯特劳斯断定《民间故事形态学》是一部形式主义的著作，因而没有任何认识论上的价值。普罗普则指出列维－斯特劳斯并未把握"形式主义"的准确定义，自己的研究已超越在芬兰学派的情节分析之上，是从整体上研究民间故事，而且在以后的著述《童话故事的历史根源》（Historical Roots of The Wondertale）中，探讨了民间故事与社会和历史之联系，

---

① Vladimir Propp，*Theory and History of Folklore*，Minnesota：University Of Minnesota Press，1984，pp. 167–188.

可以说与《民间故事形态学》是一书二卷，互为佐证。至于列维－斯特劳斯对一些具体结论的质疑，普罗普认为这正说明对方并不了解自己所做的经验的、实在的、细致的探讨；书中得出的结论绝非主观臆断，而是从成百上千个故事中经过排列、比较、确认而来。普罗普还就一些术语的定义、故事与神话的关系等问题，阐述了与列维－斯特劳斯不同的见解。①

普罗普与列维－斯特劳斯的争论，实际上反映了结构主义学者在研究走向上的分歧。普罗普研究的是民间故事叙事的线性横组合规律，将其中的一种独立自存结构分离出来；而列维－斯特劳斯关注的是神话逻辑的纵聚合情形，试图发掘蕴藏在原始神话中的观念体系。萧尔斯形象地比喻说：普罗普探讨的是牡蛎如何养育出珍珠的过程，而列维－斯特劳斯所要说明的是那些赋予结构以意义的最原始的沙粒。对于列维－斯特劳斯研究方法的评价，学界论者甚多，此处不再赘述。笔者认为，在民间故事这一研究领域内，相比之下，普罗普的方法更具实证意义和说服力。

在中国，民间文学界对普罗普的故事形态学理论，在过去很长一段时期是比较陌生的。20世纪五六十年代，普罗普的理论在西方引起广泛的注意，而在中国学界却反响甚微。这一方面是由于与西方学界交流的隔绝；另一方面也是为当时的政治环境、学术气候所囿。"文化大革命"结束后，始有学者（如袁可嘉）评介普罗普，但仍然是持批评态度的。近些年来，随着学术界"方法论"热潮的兴起、西方文论的大量引介，对普氏理论的介绍渐渐多了起来，亦给予了较高的评价。国内出版的一些文学理论译著，如《结构主义与文学》（春风文艺出版社1988年版）、《二十世纪文学理论》（生活・读书・新知三联书店1988年版）、《结构主义和符号学》（上海译文出版社1987年版）、《结构主义神话学》（陕西师范大学出版社1988年版）等，以及其他一些介绍西方叙事学理论的著作，都有评述普罗普的章节。《结构主义神话学》还译载了普罗普《民间故事形态学》的前言和第二章，并在译序中高度评价了普氏的理论。刘守华教授在《故事学

---

① Vladimir Propp, *Theory and History of Folklore*, Minnesota: University Of Minnesota Press, 1984, pp. 67 - 81.

纲要》（华中师范大学出版社 1988 年版）一书中，亦简介了普氏的方法，并呼吁应重视之。特别应当提到的是，早在 20 世纪 80 年代初，慧眼独具的钱钟书先生就呼吁将《民间故事形态学》译成中文出版是学术界的"当务之急"，显示出钱先生敏锐的理论洞察力。

（原载《审美文化丛刊》，1994 年创刊号）

迈向新世纪的民间叙事研究

——第 13 届国际民间叙事研究会大会综述

国际民间叙事研究会（ISFNR）第 13 届大会于 2001 年 7 月 16 日至 20 日在澳大利亚墨尔本市举行。墨尔本大会是该会 40 余年历史上第一次在南半球举行的大会，由当地的维多利亚民间生活协会（Victoria Folklife Association）具体组织筹办。墨尔本是世界上最大的多元文化城市之一，在过去的 50 年里，有来自 208 个国家和地区、操 151 种语言的 150 余万移民定居在墨尔本为首府的维多利亚州，丰富多彩的当地和异域的民俗文化，给参会学者留下了深刻的印象。

作为民间文学界最大的国际学术组织，国际民间叙事研究会目前拥有约 800 名会员，每 4—5 年召开世界性学术大会。本次大会是 21 世纪民间文学界的第一次盛会，吸引了数百名世界各地的学者，由于地域之利，亚太地区的与会学者较往届大为增多，中国亦有十余名学者提交了论文，但由于经费等原因，最终只有北京大学段宝林及乔征胜、华东师范大学陈勤建、中国海洋大学李扬等教授赴会宣读论文、进行学术交流。

本届大会的主题是"传统与嬗变：当代世界中的民间叙事"。7 月 16 日上午，大会在墨尔本大学古文楼隆重开幕。ISFNR 现任主席、以色列希伯来大学教授盖丽特·哈桑－罗肯（Galit Hasan-Roken）在开幕词中指出，在当今的学术界，出现了许多民间文学研究的积极征兆。在有责任感的学者们的努力下，民间叙事学与人类价值和政治的关系日趋清晰。许多学术和公众机构开始认同我们的任务和目标，认识民间文学研究者的潜在价值，支持我们在学术研究和大众文化方面有所作为。许多大学建立了民俗学系，或开设不同层次的相关课程，当然同时也应当承认，一些大学的民俗学系或课程出现衰减乃至消歇的趋势，尤其以原本为学科重镇的美国和斯堪的纳维亚为甚，令人痛心和担忧。这两种截然不同的走向，反映了不同文化、不同学术系统对民间文学的不同认识和评价给民俗学科带来的冲击影响——必须承认，民俗学与传统学术界之间存在着内在的紧张关系。民俗学是深入解读文化变异和群体创造力知识体系的利器，民俗学者应以不断的理论和方法的创新、以自强不息的奋斗精神，使本学科获得永久的生命力。

大会的分组议题如下：（1）重探历史（记忆、口传历史、媒体中对历史和口头叙事的重建和重新阐释、机构、档案）；（2）殖民与殖民者（民族神话、文化殖民化与帝国主义、传统与嬗变、意识形态与叙事、集体/个人记忆、教育与历史、文化全球化、后殖民主义和记忆）；（3）断层与归属（移民、散居、边缘化、个体/公众认同、全球化与团体认同、地方环境、原住者/外来者）；（4）故事，故事家和文本化（文本化、结构分析、田野调查、语言人类学、新民俗研究、相关理论批评）；（5）代际传承：儿童的民间叙事（传统讲述、民间故事的利用和滥用、作为多元文化源泉的民间叙事、儿童的知识与成人的感受）；（6）奇闻轶事与神话化（都市神话、主角与反角、吹牛故事、当代传说、街巷民俗、超自然、类型化）；（7）丰富多彩的环境（收集、存档、政策与政治、文化差异与融合、互联网、旅游业、社区艺术）。大会议题相当宽泛，但突出了民间叙事的当代语境，反映了学科的热点和学者们的研究兴趣、方向。

澳大利亚民俗学会 1988 年才正式成立并开始出版年刊《澳大利亚民俗》，但从这次大会 60 余名学者与会的强大阵容来看，澳大利亚民俗研究可谓方兴未艾、成果丰硕、人才济济。学者们感兴趣的主要是土著民俗、地方历史、多元文化的认同与交融等领域。澳大利亚国立图书馆的多琳·麦勒（Doreen Mellor）作为大会发言的论文介绍了该馆的"带他们回家"

项目的情况。此项目源自人权和机会平等委员会对托雷斯海峡海岛儿童与其土著家庭隔离的调查，旨在通过口述历史的记录和保存，挽救土著文化中正在消失的集体记忆。新英格兰大学的艾里森·根特（Allison Gentle）研究了澳大利亚作家文学在 19 世纪 90 年代达到高峰的"丛林现实主义"，当时的许多作家崇尚简朴直接的叙事方式，无论是结构上还是叙事形式上，都从民间故事中借用良多，甚至基于就是民间故事的再创作，这一流派至今仍余韵不绝，为研究作家文学与民间文学之间的关系提供了范本。悉尼大学英语系的索尼娅·麦卡克（Sonia Mycak）则专门对第二次世界大战后从欧洲移居澳大利亚的 17 万难民群体的民间叙事创作进行田野调查，接触了 764 个社区组织和近 300 名创作者，从中生发展开离散、全球化、民族神话和群体认同等论题。

　　切合着大会主题，当代新民俗事象和当下语境中的民间叙事的研讨成为大会热点。印度科技学院的罗伊（A. G. Roy）在论文《信息时代口头文学的新生》中，结合北印度民间叙事实例，探讨传统叙事在当今信息时代的转换与再生。爱沙尼亚文学博物馆的柯伊瓦（M. Koiva）全面评述了伴随因特网而兴盛的电子出版物、虚拟图书、在线出版、搜索引擎等给民俗资料保存、传播和获取带来的极大便利，同时指出应关注和解决相应的版权、体裁平衡、多数文化与少数文化关系和多语现象等问题。英国泰晤士流域大学的鲍威尔（J. Powell）认为电视广告对民俗材料的借用，在保存、丰富、再现和再造民间叙事角色以及其他民俗体裁方面有着积极的意义，已成为民间传统传播的新媒介。泛美得克萨斯大学心理学和人类学系教授、以创办主持因特网民俗学讨论组闻名的马克·格雷泽（Mark Glazer），为大会提交了有关著名的当代都市民间传说《消失的搭车客》的研究论文。他系统考察了这一传说在南得克萨斯州传播的 136 个变体，分析了传说讲述者年龄、性别构成等因素。其统计表明，男性较之女性更倾向于相信传说的真实性，男女之间听讲传说的场合也有明显差异。这一深入细致的研究为进一步探讨当代都市传说的社会语境打下了基础。在民间叙事体裁中，笑话是在当今世界仍具旺盛生命力的品种，希腊塞萨利大学民俗学系的阿维迪克斯（E. Avdikos）注意到笑话在高科技时代新的传播途径——电子邮件，分析了这些笑话在形式、母题、流传变异等方面的新特征。阿根廷国家科学研究会帕里罗（M. I. Palleiro）运用超文本理论对当代艾滋病传说文本转换的分析比较，具有相当的理论深度。

中国学者段宝林教授对近年来中国民间叙事的兴盛及类型的论述，陈勤建教授对上海郊区农村"坑三姑娘"习俗的调研，李扬教授关于中国民间故事叙事结构的探索，都引起了与会学者的极大兴趣，学者们纷纷向他们索要论文，进行切磋交流。旅居海外的中国学者也发表了他们的研究心得，如悉尼大学郭武仁（Kok Hu Jin）关于澳大利亚中国矿工中流传的嫦娥等传说及其功能的调查分析，墨尔本大学博士生吴村村对晚明性小说与故事讲述传统关系的见解，均有独到之论。值得注意的是，一些外国民俗学者在大会上宣读了他们研究中国民俗民间文学的论文，其方法、角度、观点都有可资借鉴之处，如墨尔本大学汉学家马兰安（Anne Mcclaren）对南汇妇女哭嫁歌的研究，维多利亚理工大学马克·斯蒂文森（Mark Stevenson）对藏民社区传说变异的调查体验，等等。

总之，此次大会论题丰富，方法多样，涵盖面广，信息量大，学者们思绪活跃，在大会和分组发言上，经常可见到不同观点的碰撞交锋，高论迭出，妙语时现，听者启迪多多，讲者获益匪浅，笔者分身无术，只能在此略述管窥之见。会议中间的茶聚、午餐、书展、影片展映，会后的游览和节目演出，都为学者们提供了进一步交流切磋的机会。大会组委会四方奔走，联络到不少赞助商，为发展中国家经费拮据的学者提供资助，令人称道。近些年来，国际民间叙事研究会的大会和中间会议，先后在奥地利因斯布鲁克、中国北京、印度迈索尔、德国哥廷根、肯尼亚内罗毕和澳大利亚墨尔本举行，这种大跨度的空间选择，正是研究会开拓进取、凝聚全球民间文学学术力量、与时俱进推动学科发展壮大意旨的体现。值得一提的是，此次墨尔本大会有意让一批年轻学子登上讲坛，他们大都是在校的研究生，这亦显示了研究会奖掖后学、扶持新人，使民间文学事业薪火相传的长远眼光和策略。

（原载《民俗研究》2001年第4期）

略论故事形态学理论研究的新进展

　　运用普罗普的故事形态理论研究中国民间故事的《中国民间故事形态研究》（李扬著，汕头大学出版社 1996 年版）一书，初版于 20 年前。那时国内对于普罗普的故事形态理论，虽然在民间文学界已经有了刘魁立、刘守华、叶舒宪和文论界、外国文学界袁可嘉、张隆溪等人的译介，但尚不成系统，人们对这一理论及其意义还未能充分了解认识，加上此书的印数少，出版后几年内，并没有引起学界太多的关注和反响，正如施爱东在总结 30 年故事学研究成果时所说："李扬是最早使用普罗普的故事形态学理论对中国故事展开研究的学者……可惜该书出版的时候，普罗普的《故事形态学》尚未全文汉译，多数学者对故事形态学还在一知半解的阶段，因而无法正确评判与理解李扬的工作，导致该书未能在恰当的时期发挥最大的效益。"①

　　数年后，此书才开始在学界渐现反响。最早公开提及这一故事形态研究的，大概是著名民间文艺学家刘锡诚先生。在《新中国文学五十年》（张炯主编，山东教育出版社 1999 年版）一书中，对于新中国成立以来民间文学的搜集、研究的成就综述，是由刘锡诚先生执笔，在文末他提到："国际上被称为结构主义的形态研究，近年来已引进了我国的学坛。李扬

---

① 施爱东：《故事学 30 年点将录》，《民俗研究》2008 年第 3 期。

的《中国当代民间故事的功能研究》一文，就是依据苏联学者普罗普的《民间故事形态学》中所创立的故事形态理论，探讨中国民间故事的'功能'的尝试之作。"紧接着，在2000年1月，华中师范大学的刘守华教授发表了《世纪之交的中国民间故事学》一文，在这篇评述总结故事学研究进展的重要文章中，刘守华先生注意到此项成果"未引起学界的重视"，指出："俄罗斯著名学者普罗普的《民间故事形态学》，不仅是世界故事学中的力作，还被西方学界推崇为结构主义方法的奠基石。此书中文全译本至今尚未问世。青年学人李扬借用它以功能为核心的研究方法，选取50个具有代表性的中国民间幻想故事，对它的叙事形态作常识性的剖析……他的尝试却表明，故事学中的结构主义方法，在进行比较时是可以借用而获得有益结论的。"① 刘守华先生是国内故事学领域首屈一指的权威学者，其评论影响自不待言。此后，刘先生不仅在多部著作、多篇论文中提及此书，介绍普罗普的相关理论，自己亦身体力行，在《神奇母题的历史根源》一文中，运用普罗普的思想资源，对中国神奇幻想故事的母题与原始习俗、信仰的关系进行了分析，"如果说，李扬、李福清、许子东成功运用《故事形态学》的理论资源，分析了我国的民间故事、台湾地区原住民神话故事、'文革'故事的叙事结构的话，那么，刘守华是运用《神奇故事的历史根源》的理论资源，透彻地分析了我国民间故事的历史根源，填补了研究我国民间故事的空白。刘守华对普罗普理论的运用，是建立在对其理论的见识的研究之上的，黑龙江人民出版社2003年出版的刘守华的专著《比较故事学论考》中就有专门介绍普罗普理论的章节"② 。刘守华先生以开阔的国际视野、敏锐的学术见识，在向国内学界推介普罗普故事形态理论上，起到了重要的作用。

　　同年岁末，当时还在荆州师范学院（今长江大学）任教的孙正国亦发表文章，对20世纪民间故事叙事研究进行回顾和思考，文中评论《中国民间故事形态研究》是"属典型的民间故事的叙事性的专论"，是"我国

---

① 刘守华：《世纪之交的中国民间故事学》，《华中师范大学学报》2000年第1期。

② 陈建华主编：《中国俄苏文学研究史论》第2卷，重庆出版集团/重庆出版社2007年版，第296页。

目前最系统的就民间故事形态所作的全面研究……所发掘的中国民间故事结构形态上的共同规律和特点，为研究者得以从一个崭新的角度去审视民间故事，并进行跨文化的比较研究提供了可贵的学术范例"①，"正如李扬在其论文的结语中所言：'本文的描述层次研究，严格说来只是迈出了结构分析的第一步。中国民间故事的结构深层，是否隐伏着特定的文化传统，体现着传播的文化心理和世界观，从故事叙事中是否可以发现远古人类叙事的某种元语言等等，这些问题，有待于我们做更加详尽和深入的探讨。'这段颇具学术见地的思索之语必将对此后的民间故事研究起到启发性的指导作用"②。

新西兰学者赵晓寰认为，近年来，学界重新兴起在普罗普的理论框架下研究中国文学的热潮，李扬是两位主要代表人物之一。③ 日本学者西村真志叶注意到"在国内，李扬首次对中国民间故事正式进行了结构分析，并根据随机选出的 50 个神奇故事，向普罗普的'顺序定律'提出了质疑"④。

华东师范大学著名俄苏文学专家陈建华教授，在其国家社会科学基金项目成果《中国俄苏文学研究史论》第二卷（重庆出版集团/重庆出版社2007 年版）中，专辟一章"新时期普罗普故事学研究"，分三个阶段全面介绍了普罗普理论在中国译介和应用的情况，其中较为详细地介绍了《中国民间故事形态研究》这一"较大型的、深入的研究"。书中总结道："随着我国对普罗普研究的深入，对其理论的接受也呈现出一种积极的态势。学界尤其是民间文学研究领域已不满足于单纯对其理论进行描述与探讨，而是要运用这一操作性很强的理论进行我国的民间文学研究。1996 年汕头大学出版社出版的李扬所著《中国民间故事形态研究》即是这样一次积极

---

① 孙正国：《叙事学方法：一段历程，一种拓展——关于 20 世纪民间故事叙事研究的回顾与思考》，《荆州师范学院学报》2000 年第 6 期。

② 孙正国：《近 20 年中国民间故事叙事性研究的探索与缺失》，《西南民族大学学报》2004年第 9 期。

③ 赵晓寰：《从神奇故事到传奇剧：明代梦幻鬼魂剧〈牡丹亭〉的形态结构分析》，原刊于Acta Orientalia Vilnensia，Vol. 7，No. 1–2，2006/2007。

④ ［日］西村真志叶：《反思与重构——中国民间文艺学体裁学研究的再检讨》，《民间文化论坛》2006 年第 2 期。

的尝试……该书是运用普罗普的理论体系对中国民间故事所作的大胆的尝试研究，也是新时期以来我国第一部较详细介绍普罗普生平和著述概况并具体应用其理论的论著。由此也可以看出，普罗普的理论已经深刻影响了我国学者研究民间故事的方法和视角。""我国学者非常善于将外来理论'中国化'，上述李扬的著作就是一个很好的例子……作者借用普罗普的方法也获得了有益的结论。"①

2007 年 1 月号的《民间文化论坛》，刊发了中国社会科学院吕微、朝戈金、户晓辉、北京大学高丙中的一场重要学术对话。吕微先生说："据我所知，在这方面李扬先生的专著《中国民间故事形态研究》是迄今为止中国学者对普罗普的《民间故事形态学》所作出的最具国际水平的批评研究，且至今国内还没有人超越他。"接着吕微较为详细地概述了此书的主要内容："李扬在他的专著中着重讨论了普罗普关于功能顺序的假说，随机抽取了 50 个中国的神奇故事做样本，通过分析，他发现，普罗普的功能顺序说并不能圆满解释中国的故事，中国故事中的许多功能并不遵循普罗普的功能顺序。李扬研究了其中的原因，他发现，在许多情况下，中国故事的功能之所以没有按照普罗普的设想依次出现，是因为普罗普给出的叙事法则如若在中国故事中完全实现还需要其他一些限定条件，因为中国故事比普罗普所使用的俄国故事更复杂，由于俄国故事相对简单，是一些简单的单线故事，所以在应用普罗普的假说时无须增加条件的限制。李扬认为，在生活的现象中，构成事件的各个要素固然按照时间和逻辑的顺序依次发生，但生活现象中的事件并不是一件接一件地单线发生的，而是诸多事件都同时发生。因此，一旦故事要描述这些在同一时间内同时发生的多线事件，而叙事本身却只能在一维的时间内以单线叙述的方法容纳多线事件，故事就必须重新组织多线事件中的各个要素，这样就发生了在一段叙事中似乎故事功能的顺序颠倒的现象，这其实是多线事件在单线故事中的要素重组。当然，李扬所给出的功能顺序的限定性条件不是只此一种，但

---

① 陈建华主编：《中国俄苏文学研究史论》第 2 卷，重庆出版集团/重庆出版社 2007 年版，第 280—283 页。

却是其中最重要的一种，即功能顺序的假定只有在单线事件被单线故事所叙述的情况下才能够被严格地执行。从李扬的引述中，我们也读到了其他一些国家学者对普罗普功能顺序说的质疑，但我以为，李扬的分析之深入和清晰的程度不在那些学者之下，有些分析还在他们之上。……对于普罗普的功能顺序说，李扬不是简单地否定，也不是一味地肯定，他一方面指出了普罗普的功能顺序说只具有（应用于俄国神奇故事的）相对普遍性，同时又在给出一定的限定性条件后，论证了该假说在一定条件下（可应用于复杂的神奇故事甚至各种体裁的民间故事）的绝对普遍性，从而肯定了普罗普假说的合理性。"他和户晓辉关于"功能"和"母题"经典概念的讨论、辨析，展现了二位深厚扎实的西方哲学功底，呈现出学界少有的理论思辨深度。

学者们在荐介评论此书时，亦对其不足之处提出了中肯的意见，如刘守华先生指出"缺乏必要的阐释"，① 刘锡诚先生在《20 世纪中国民间文学学术史》（河南大学出版社 2006 年版）中亦指出："对于中国故事的深层结构，故事结构的模型的内在体系，以及结构模型与中国文化传统、文化心理的互动关系等，还缺乏更深入的探讨，故而在结构主义的中国化上的研究还是初步的。"这些不足之处，在随后的学者们进行的相关研究中，都得到一定程度的修正弥补。

进入 21 世纪以来，正因为刘锡诚、刘守华、吕微、施爱东、万建中、孙正国等学者从学术史高度给予的评介推荐，此书开始引起同行的关注，逐渐得到学界的认可，甚至被民间文学界以外的其他学科所提及，如文论界赵炎秋教授《共和国叙事理论发展 60 年》一文，在论述"除了构建中国叙事理论的努力，另一批学者则借鉴西方叙事理论研究中国叙事文学实践，取得了可喜的成果"时，即以此书为一例。② 随着其他学者对普罗普理论的评述介绍，一些学者和研究生，亦开始采用普罗普的故事形态学方法进行相关课题的研究。北京师范大学万建中教授对普氏理论甚为重视，

---

① 刘守华：《世纪之交的中国民间故事学》，《华中师范大学学报》2000 年第 1 期。
② 复旦大学文艺学美学研究中心编：《美学与艺术评论》第 8 辑，学苑出版社 2010 年版，第 33 页。

在他主编的《新编民间文学概论》（上海文艺出版社 2011 年版），辟有专节介绍普罗普的故事形态学理论；在《20 世纪中国民间故事研究史》（北京师范大学出版社 2011 年版）中亦有介绍。万建中原本从事民间神话、传说和故事中的"禁忌"主题研究，在全面了解普罗普故事形态分析理论体系之后，较早地开始引入、应用普氏理论进入其研究。他发现，禁忌主题的三个功能存在时序逻辑关系并有着完全相同的顺序，形成一个相对固定的叙事范式，三个功能之间构成两项"功能对"，即"禁令—违禁"和"违禁—惩处"，它们对所有故事的叙事都具有规范和支撑及引导作用。同时，这些核心功能又与角色之间有着相对固定的配属关系。① 万建中对结构形态的关注，旨在更方便地探求和归纳不同结构类型的禁忌主题内涵方面的特质。同时，他指导研究生同样主要采用了普氏理论，对魔宝故事的故事形态进行了详尽的分析。②

2008 年，万建中的另一位学生漆凌云的博士论文《中国天鹅处女型故事研究》由中国戏剧出版社出版，天鹅处女型故事是中国现当代故事学的热点研究对象，成果甚多，能出新意殊为不易。论文的第三部分，主要借鉴了普罗普和布雷蒙的叙事理论，亦参照了《中国民间故事形态研究》的思路和观点，依据中国幻想故事及天鹅处女型故事自身的结构特征，对普罗普划定的 31 个功能和角色进行了适当修正（如将普氏原有功能中的加害、获得魔物修正为陷入困境和获得奖赏，把寻求者同意或决定反抗和追逐分别并入功能主角出发和陷入困境中，补入功能远离凡间）。在对 160 则天鹅处女型故事进行功能排序后，发现此型故事一般由缺乏/困境—消除缺乏—困境—缺乏的最终消除两个序列构成，功能顺序不变的是核心功能（对），功能顺序发生变化的有功能（对）的重复、省略、偏离、移动等。此型故事经常出现的有 7 个序列，大体有连续式、镶嵌式和分合式。其叙事在"不平衡性朝平衡性"的叙事规则下沿着消除主角自身的多方面

① 万建中：《解读禁忌——中国神话、传说和故事中的禁忌主题》，商务印书馆 2009 年版，第 31—32 页。

② 参见万建中等《中国民间散文叙事文学的主题学研究》，北京大学出版社 2009 年版，第 11—95 页。

缺乏状态发展，构成形态结构变化的动因。其次，漆凌云注意到故事角色的转换、某些结束性功能的中断等，也会引发故事形态的变化。漆凌云的研究采用样本多、分析细致、结论有据，为运用普氏故事形态理论研究某一特定类型故事，树立了学术范例。

北京师范大学康丽在其博士论文《中国巧女故事叙事形态研究——兼论故事中的民间女性观念》（2003）和后来的延伸研究《文本与传统：中国民间故事类型丛研究》（国家社会科学基金项目结项成果，未刊，2013年7月）中观察到：近年来研究范式的转换，使得学者们的目光更多地聚集在日常生活的实践层面，更为关注民间叙事的现代命运、关心语境、关心变迁过程与主体实践，回身再次面对形态学研究时，总会面临如下关键问题：这种经典研究范式的现实意义何在？共时研究和历时研究两种相对的范式可否共存于一？如何理解历史积淀而成的文化意义在共时层面的存在？康丽认为，两种范式的结合，在重新理解并规定了叙事传统的文本表现与性质之后，是可以胜任对民间故事类型丛的研究重任的。她试图在叙事形态研究与文化内涵研究之间构筑或寻求一种中介，使前者能成为后者的基础或前奏，从而将两种研究方向统合在同一个具体对象的研究实践中。她的统合尝试主要体现在巧女故事类型里的"角色"研究上，将"角色"赋予双重含义：一是普氏形态理论"角色"的抽象结构功能；二是角色行动的具体承担者之间的关系网络，康丽在这里注意到了普氏神奇故事与巧女故事的属性差异，后者的生活属性注定了其角色行动之间的逻辑关系与民众现实生活网络之间的投射关联，这种关联的紧密程度使得对角色行动具体承担者的判定成为析分角色属性的关键。康丽根据她对特定故事类型的属性观察，强调"角色"的结构功能所指和社会关系所指，据此观察角色分布与转换的规律，通过角色关系及其行为互动的设置，找到它与民众观念变更之间的关联。华中师范大学的李林悦的硕士论文《民间故事中公主角色的文化意义与叙事功能》（2006）结合后结构主义的理论，对公主在民间故事中所承担的配角类型进行研究，剖析公主角色所具有的文化属性以及该角色在民间故事中所承担的叙事功能之间的联系，注意到了故事叙事形态总是和故事中角色所具有的社会文化属性相关联，来自不同的政治经济权力网络、代表不同价值体系和文化观念的人物，在担任同一角色时可以催生出不同的故事叙事形态。康丽等人的研究，为学界关于两种范式结合的疑惑和争论，提供了有说服力的例证，其研究不是两种范式的简单捏合，而是令人信服地论证了角色的文化含义对叙事形态的作用影响，这种对单纯形式分析的突破无疑深化、拓展了故事形态理论。

《中国民间故事形态研究》影响亦波及港台地区。据不完全统计，近年来港台地区尤其是台湾地区高校的硕博论文，亦有70余篇涉及此书，其中直接引用的有近20篇，数十篇将之列为参考文献。直接引用此书的论文多数是根据普罗普的功能或角色划分，选择某一类别的民间故事加以研究。季雯华的硕士学位论文《〈贝洛童话〉中的禁令与象征》（2006）即以普罗普的31项功能之一"禁令"为核心将《贝洛童话》中与禁令有关的故事挑选出来作为研究对象进行专门研究。作者首先依据普罗普的功能理论将禁令故事分为"禁令—违反"和"禁令—执行"两大类，又在此基础上根据情节细分为严词警告型、预言实现型、禁止吃喝型、魔法破除型、相互约定型、恐吓威胁型六种禁令故事。主要从内容上对禁令故事进行了分析探讨指出了禁令故事在儿童成长过程中发挥的积极与消极作用。以"禁令"为研究切入点的还有张育甄的硕士学位论文《陈靖姑信仰与传说研究》（2002）。作者在分析陈靖姑传说的斩蛇母题时，运用普罗普关于"禁令"的功能理论从陈靖姑传说中分析出三道禁令，同样从内容角度进行分析，探求了禁令对于情节发展的作用，及其与结局的关系。黄薰慧的硕士学位论文《巧媳妇故事研究——以中国台湾为主》（2010）和洪白蓉的硕士学位论文《幸福的祈思——中国龙女故事类型研究》（2001）则是以普罗普的7种角色之一"主角"为核心选择某一类型的故事进行的研究。《巧媳妇故事研究——以中国台湾为主》在故事人物形象分析的部分，对巧媳妇及其他角色的变与不变进行了分析，指出巧媳妇的角色在此类故事中的固定性及这一角色帮助家人或自己和解决难题的功能。《幸福的祈思——中国龙女故事类型研究》根据普罗普的角色理论对龙女故事中的角色进行分析，指出其中真正有分量的角色只有孤儿、龙女、龙王（或其他恶势力）三者，认为这是龙女故事的稳定性特质，其中，孤儿通常是主角，龙女通常是被寻求者、捐助者、助手，龙王通常是反角、捐助者、差遣者。此外，作者借用《中国民间故事形态研究》中对同类故事《笛童》结构分析展现了龙女类故事的结构，并指出普罗普理论的复杂"代号"记忆困难，易造成阅读障碍的缺陷。同样运用了普罗普的角色理论进行研究的论文还有陈茉馨的《格林童话研究》（2003）、黄圣琪的硕士学位论文《民间故事连续变形母题研究——以台湾汉语故事为例》（2005）、林宜贤的硕士学位论文《从唐传奇〈柳毅〉及后世相关戏曲作品看龙女故事发展》（2010），此处不再详述。另有人将普罗普的故事形态理论用于民间说唱研究，其中直接引用了《中国民间故事形态研究》的共有 4 篇，包括李淑龄的硕士学位论文《〈聊斋志异〉话本的叙述模式研究》（2004）、林博雅的《台湾"歌仔"的劝善研究》（2004）、林叔伶的《台湾梁祝歌仔册叙事研究》（2005）、潘昀毅的硕士学位论文《歌仔册〈三伯英台歌集〉之研究》（2011）。以《台湾梁祝歌仔册叙事研究》为例，其中"梁祝歌仔册之功能模式"一节整体参照了《中国民间故事形态研究》的研究方法，利用此书关于功能数目、功能顺序、功能关系、序列内部结构、序列关系、角色分布、角色与行动场等研究成果，对梁祝歌仔册进行了极为详细的故事形态研究。

在宽松开放、中外交流日趋活跃的学术背景下，无论是民间文学界，还是文论界、外国文学界，不少学者关注研究普罗普，厚积薄发，陆续开始涌现了大批重要的论文、译著、专著等。北京师范大学贾放于 2000 年开始集中发表了系列论文，包括《普罗普：传说与真实》《普罗普"神奇故事的历史根源"与故事的历史比较研究》《普罗普故事学思想与维谢洛夫斯基》《神奇故事的结构域历史研究》等，并以《普罗普故事学思想研究》为论文题目，获得了博士学位。2006 年 11 月，中华书局出版了贾放译的《故事形态学》，国内学界终于等来了这部经典名著的中译本。过去"由于传播渠道的原因，各种介绍大都是出自英译、日译和法译的'转口'，乃至对'转口'的转述，经过这样的多重转换，难免会带来信息学所说的'信道损耗'，难以准确传达出他写作的文化语境。一些误译、漏译，在不同程度上影响了对原著理解的准确性。这些对普罗普本人及其学说而言不能不说是一种遗憾"①。现在这种遗憾终于不再。她翻译的另一部普罗普的名著《神奇故事的历史根源》于同年出版。贾放在引进推介普罗普理论方面，用力最勤，成果最为丰硕，对学界全面了解普罗普的故事学思想，起到了关键的推动、推广作用。此外，周福岩等也较早撰写发表了相关的论文，一方面，对普氏理论的研究介绍越来越全面系统，相关专著接续出现（另有赵晓彬《普罗普民俗学思想研究》，黑龙江人民出版社2007年版）；另一方面，对普氏理论的应用，亦有逐渐延伸的趋向，如董晓萍教授从故事遗产学的角度，重新发掘普氏理论的价值，认为在今天的故事遗产保护的讨论中，可以对他提出的人文分类原则、历史内涵阐释和研究型故事叙事建模，做适当的反思与吸收。②

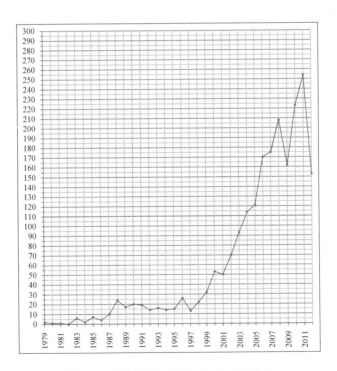

图1　全文检索提及普罗（洛）普的论文

① ［俄］弗拉基米尔·雅可夫列维奇·普罗普：《故事形态学》，贾放译，中华书局2006年版，第207—208页。

② 董晓萍：《故事遗产学的分类理论——兼评普罗普的〈故事形态学〉和〈神奇故事的历史根源〉》，《民族文学研究》2007年第2期。

限于视野和资料，笔者以上的述论和列举肯定会有遗漏不周之处。上述种种共同合力之下，"激活"了普氏故事形态理论。引发了学界更多的关注，涌现了更多的应用成果。使用关键词对"知网"进行检索，相关情况从图2可略见一斑（按："普罗普"有的学者译为"普洛普"）：

20世纪80年代前后提及"普罗（洛）普"的论文很少，基本是个位数；80年代末开始增长，每年20篇左右，2001年开始显著大幅度增长，从每年约50篇一路攀升，2011年达到254篇。

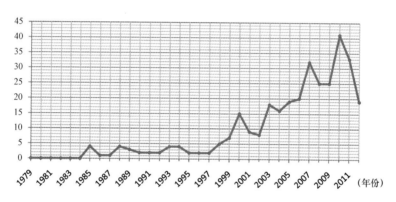

图2　全文检索运用普罗（洛）普理论的民俗学、民间文学、
人类学、社会学等有关方面的论文

1984年前多为文艺理论、结构主义、符号学、语言学等方面的论文，一般为译作或者是介绍性质的文章。从1985年开始零星出现关于民俗学、民间文学、人类学、社会学、民族学等方面的文章，大多数还是关于文艺理论、结构主义、符号学、语言学方面的。1997年以后有关民俗学、民间文学、人类学、社会学、民族学等方面的文章数量开始迅速增长，显示出本类学科与其他学科同步的学术趋向。需要说明的是，上列数据只是根据"知网"检索，未使用其他学术论文数据库，著作类和为数不少未发表博硕士论文也未包括在内，数据不一定很全面准确，但是大抵还是可以看出一段时期以内普罗普故事形态理论在国内接受、应用的状况和走势。

普氏理论亦影响到民间文学之外的学科领域，例如作家文学研究方面，已有不少学者将之运用到中国古代小说、现当代文学作品、儿童文学作品的形态分析上。较早进行这方面开拓性研究的是香港大学的陈炳良教授，他敏锐地发现了张爱玲的小说《倾城之恋》与民间童话的相似性，借鉴普罗普的形态理论，对小说的功能和角色进行了分析评述，"证明了普氏的方法，可以应用在这篇小说的分析方面……各个功能大致是跟随普氏所拟定的次序，其中有些乖离的原因大概是法布拉（fabula 故事）和苏热特（syuzhe 布局）之差别所致"①。这方面更为系统全面的研究者当属许子东，他在香港大学进行博士论文写作时，也选择了借鉴普罗普的形态理论，不过他的研究对象是当代"文化大革命"题材小说。其重点不是通过当代小说研究"文化大革命"，而是研究"文化大革命"如何被当代小说所叙述，换言之，他关注的是这些小说的叙事结构、事序逻辑、情节模式等，他关心形式模式多于小说内容，认为模式比内容更能说明内容。受普罗普《民间故事形态学》的启发，他选取了 50 部中长篇"文革小说"作为讨论对象，归纳列出了"文革小说"叙事模式的 29 个"情节功能"、5 种基本角色（受害者、迫害者、背叛者、旁观者、解救者），以及 4 个叙事阶段："初始情景"（灾难之前）、"情景急转"（灾难来临）、"意外发现"（难中获救）和"最后结局"（灾难之后），这些情节功能可以包括"文革小说"的各种叙事可能性，其排列顺序和组合规律都是可以辨认的。许子东详细分析了这些小说叙事的组合规则和角色的功能变化，进一步抽取提炼出 4 种叙事类型，并试图揭示选择叙述策略风格的历史背景与情节设计叙事规范的文化逻辑。② 另如香港岭南大学刘真途完成于 2000 年的硕士学位论文《从童话功能考察金庸武侠小说的叙事特色》，作者将普罗普31 项功能中某些过于详细或过于简单的功能进行了更正，又补充进了金庸武侠小说中呈现出来的某些独有的具体功能举例；并且为了便于中文读者的阅读，将普罗普原本的代码改为汉字代码。依据修正补充后的功能列表，他用 31 项功能勾勒出金庸小说的主线，又用普罗普总结的 7 种角色概

---

① 陈炳良：《〈倾城之恋〉的形态学分析》，载陈炳良《岭南学院中文系系刊》，香港岭南学院中文系 1996 年第 3 期。

② 参见许子东《为了忘却的集体记忆：解读 50 篇文革小说》，生活·读书·新知三联书店2000 年版，第 224—234 页。

括了金庸小说中的上千种人物角色，最终验证了"武侠小说乃成人童话"的命题。

在电影研究方面，有王杰文的《动画电影的叙事结构：〈灰姑娘〉的形态学分析》（《北京电影学院学报》2006 年第 5 期）、李稚田的《普罗普功能人物理论的电影应用》（《民间文化论坛》2006 年第 6 期）、张爱琴《〈李双双〉系列文本故事形态学解读——以小说、电影及豫剧〈李双双〉为中心》（硕士学位论文，杭州师范大学，2013 年）、刘书芳《普罗普功能人物理论对〈窃听风暴〉的评析》（《今传媒》2014 年第 7 期）等。更有延伸至平面广告、电视节目等各种领域的，不一而足。这些跨界跨类的研究应用，凸显和证实了普罗普故事形态理论蕴涵的潜在价值、恒久生命力和普适意义。

（原载《贵州民族大学学报》2016 年第 2 期）

当代民间传说三题

随着社会的发展、时代的变迁，民间文学的各种体裁类别，也在不断地发生变异演化。在当今社会步入"技术世界"（A World of Technology）①、信息时代之际，在民众/精英、乡土/城市、农业/工业、口头语言/大众传播媒介、迷信/理性、落后/现代等诸多二元对立的冲突交织中，民间文学类型的消长、内容题材的更替、传播途径的变化，都是值得民俗学者关注的新问题。以下以民间传说为例，讨论其在当代社会中呈现的部分特征形态。

一

传统的民间传说可分为历史传说、人物传说、地方风物传说和动植物传说等。② 这些传说大多源远流长，类型清晰固定，成为民众知识系统的重要组成部分。而当代民间传说特别是都市传说（Urban Legend），就其深层本质而言，与传统传说有一脉相承之处；就其表现和传播形式而言，则多呈现新颖的形态。

---

① 德国著名民俗学家鲍辛格（Hermann Bausingger）名著的用词，见 Hermann Bausingger, *Folk Culture in A World of Technology*, Bloomington：Indiana University Press, 1990.

② 张紫晨：《中国古代传说》，吉林文史出版社 1986 年版，第 14 页。

　　传统传说产生形成的要素之一，就是人们对生存其中的社会环境诸事象，需要进行认知、了解、解释的本能欲求，这亦是当代传说产生流布的内在动因。当今社会科技高度发达，人类的知识和认识水平自然与古时有云泥之别，不会再相信传播诸如用以解释日食的"天狗食日"之类的传说，然而对自然界和人类本身的许多领域，我们仍然知之甚少，许多事象是目前的科学水平所暂时无法解释和定论的，需要不懈地探索求证。科学解释的缺席，给民间的想象和解释留出了空白。此外，调查显示的国民科学知识素质不容乐观的现状，也难以苛求所有的人们理性地分析对待一切未知事象。世界各地流传的不明现象（unidentified phenomena）传说，如尼斯湖水怪传说（在中国一些河湖地区有类似的传说）、百慕大三角传说、不明飞行物（UFO）传说、中国神农架野人传说等，盖源于此。用搜索引擎 google 在互联网上搜索中文关键词"不明飞行物"，竟得到 11000 项结果，其中许多是中国各地出现 UFO 的相关报道，民众对类似不明事物的关注和渴求了解的心理可见一斑，大量相关民间传说的出现也就不足为奇了。爱沙尼亚的一位民俗学家曾专门研究民间 UFO 传说，引起学界注意。

　　作为民间叙事，当代传说真实地传达出创作者和传播者所处的语境及其由此产生的社会心理。美国当代民间传说研究的权威学者扬·哈罗德·布鲁范德教授（J. H. Brunvand）指出：传说是一种文化的符号，人们花时间讲述和聆听传说，不仅仅是因为奇异有趣的情节，更深层的原因是它们传达了真实的、有价值的、与自己息息相关的信息，以吸引人的方式传达给我们颇有深意的"新闻"。[1] 社会变革和转型过程中出现的一些事象，因为与人们自身可能具有某种关联而导致普遍关注，都可能成为当代传说的主题，例如犯罪（如某大城市"闷棍杀手"传说、上海崇明"恶农毙童"传说）、丑闻（如腐败大案的传说）、事故、奇特事件等。这些传说，就其本质而言，折射出人们对生存环境的"关注和焦虑"[2]，其社会功能，则体

---

　　① ［美］J. H. 布鲁范德：《旧篇新章——美国都市传说略谈》，李扬、王珏纯译，《民俗研究》2000 年第 4 期，第 72 页。

　　② 参见 Robert Fulford 对"流言"的分析，Robert Fulford, *The Triumph of Narrative*, New York：Broadway Books, 1999, p. 1.

现在传说内容的训诫意义上，它们向传播受众传达某种信息，警示生活环境中可能出现的不利甚至危险的因素，规范约束人们的行为。

与传统传说一样，人物传说是当代传说的一个重要类别。举凡领袖伟人、社会名流、演艺明星、奇人异才等，都可能成为当代民间传说的主角。除了名人效应自然引发的大众关注心理，当代人物传说同传统人物传说一样，亦是大众情感和愿望的反映。1997 年 8 月 31 日，英国王妃戴安娜在巴黎遭遇车祸不幸身亡。戴妃生前破裂的婚姻和在王室中压抑的生活令人同情，她平易近人、心地善良，为慈善事业作出了巨大贡献，赢得了世人的尊重，被誉为"以微笑倾倒世界"的"英格兰玫瑰"，出殡时万人空巷、举国同悲的场景，至今令人难忘。在这种背景下，围绕着戴妃之死，涌现了大量的民间传说，仅其"死亡真相"的传说就有 12 种异文，其中之一说，出事后 4 个小时才对外界宣布戴安娜死亡，有足够的时间隐瞒真相及让戴安娜改头换面，其实目前戴安娜仍活在世上，"诈死"是想摆脱传媒追踪，重新过平淡生活，以逃避世俗的纷扰，现正以另一身份在世界另一边出现。还有传说称，5 名为悼念戴安娜而轮候了 10 小时的男女，声称看到戴妃现身于一幅英王乔治一世画像的右上角，画像悬于一条长廊的尽头，其下放置吊唁册供市民签名。与这一传说类似的还有玛丽莲·梦露的传说，这位深受世界各地影迷喜爱的明星，自杀身亡距今已有近 40 年，但民间关于她的传说不绝于耳，例如传说她亦是"诈死"，实际已改名换姓隐居在澳大利亚某地，有人还在街上偶然碰见了她，等等。这类"诈死""现形"等母题背后，无疑隐伏寄托着民众的殷殷真情和美好愿望，这在中国一些领袖伟人的当代传说中亦可以找到佐证。另外，民众对于其厌恶乃至憎恨的人物的相反情感情绪，在有关民间传说中也流露无遗。

二

传统传说不论何种类别，大都是民众信以为真的故事，往往与真实存在的地方风物、人物、历史事件、节日、土特产等结合在一起，构成当地民间传承知识的重要组成部分。共同的民俗信仰和民俗心理基础，奠定了对于传说肯信、肯传的先决条件。① 当代民间传说的叙述者和听众，对于传说内容真实性的相信程度，由于传播地域、人群的教育程度、性别、年龄、民族等原因，则呈现出很大的差异，如美国学者马克·格雷泽（Mark Glazer），在研究著名的当代都市民间传说《消失的搭车客》时，系统考察了这一传说在南得克萨斯州传播的 136 个变体，分析了传说讲述者年龄、性别构成等因素，其统计结论表明，男性较之女性更倾向于相信传说的真实性。② 当代传说的听众可能对某个离奇或神奇的传说信以为真，也可能半信半疑，或者视为无稽之谈而一笑置之，前两种情况的听众，有更大的可能成为传说的再传播者，信者越多，传者越众，传说便获得时空的扩展延续。于是在传播过程中，出现了这样一种值得注意的现象，即叙述者为增加传说"真实度"以获取听众相信度而对传说进行的再改动加工，其中最通常的改动是变更故事发生的地点，变成地方化的异文，多尔森对《死车》传说的跟踪分析证实了这一点：故事的原型起源于 1938 年发生在密歇根州麦克斯塔的一桩真实事件，但其后渐渐演变成美国许多城市的地方化版本。③ 在中国各地也可以听到内容类似的地方化传说，应是相同原因所致。为了增加可信度，当代传说还多以"个人经历"（memorate）的形式出现，即以第一人称讲述亲身经历的故事，或转述亲朋好友、同学同事讲述的亲历故事。有的学者称这类传说为"前传说"，它们最初也许不是严格意义上的民间传说，但具备了传说的一些要素，经过辗转传述后，就会形成类型化的传说。

与许多形诸文本（可能经过记录者的加工）的传统传说相比，当代传说的叙事形态趋于多元、短小、零散（有的学者认为很难加以分类），这可能与多数民众（特别是在都市生活的民众）的主要知识和信息来源已非

---

① 李蕙芳：《中国民间文学》，武汉大学出版社 1996 年版，第 118 页。

② Mark Glazer：*The Vanishing Hitchhiker in South Texas：Tellers，Circumstances and Gender*，第 13 届国际民间叙事研究会提交论文，墨尔本，2001 年。

③ 参见［美］J. H. 布鲁范德《美国民俗学》，李扬译，汕头大学出版社 1993 年版，第 87 页。

首要依靠口耳相传而获得，以及现代社会生活节奏变异所致。尽管如此，同传统传说一样，当代传说的流播，除了上述民众求知本能、社会心理等因素外，故事本身的吸引力和感染力，亦是其得以源源相传的动力杠杆。例如，美国民俗学者搜集的一个著名的都市传说"男朋友之死"（通常，此传说的讲述者是青少年，讲述地点一般是在大学的宿舍里）："这事就发生在几年前，就在59号高速公路往假日酒店的岔路上。这对年轻人把车停在岔路的一棵树下。该是姑娘回宿舍的时候了，她就告诉男朋友该走了。可是车子怎么也发动不起来，他就让她待在锁着的车里，他自己到假日酒店去打电话求助。等呀等呀，他一直没回来。后来，她听见车顶上有抓挠的声音：嘶拉，嘶拉，嘶拉……她越来越害怕，可他还没回来。最后，天快亮了，路人把她救出来。她抬头一看，自己的男朋友竟吊在树上，原来正是他的双脚刮擦车顶。这就是这条路为什么叫'吊人路'的由来。"

这一传说很快传遍全国，并产生出近20种异文，相对固定的元素是泊车的男女，被弃离的姑娘，神秘的抓挠声（有时还有滴水声和挡风玻璃上的影子），天亮后的救援和可怕的高潮。变异的元素是地点、弃离的原因、谋杀的细节和地名的解释等。有的版本中，传说的开头交代得更为详细，如这对男女在车里听到收音机广播，报道一个出逃的疯子杀手正在附近等。① 这个广为人知的都市传说颇具有典型代表性。传统传说中羽仙飞升、怨女化石之类超自然神奇母题，或在今天看来是荒诞不经、天真幼稚的说法，在当代传说中虽然余脉尚存，但渐趋消歇，更多出现的是离奇特异、引人入胜却不乏一定内在逻辑的情节，出人意料却不悖常理的结局，以及具有张力的文化隐喻。

三

当代社会处在信息爆炸、资讯通畅、传媒高度发达的时代，人们可以

---

① 参见［美］J. H. 布鲁范德《旧篇新章——美国都市传说略谈》，李扬、王珏纯译，《民俗研究》2000年第4期，第71页。

从书刊、报纸、电视、广播、互联网上轻易获取所需信息，但人类需要面对面双向交流的本能，使得口口相传的民间传说仍然得以延续生存。同时，探讨大众传媒与当代传说之间的互动关系，亦成为民俗学家感兴趣的焦点。

当代高度发达的大众传播媒体似乎无远弗届、无孔不入，但由于各种原因，其信息的发布仍然受到诸多因素的限制，这样自然就给民间传说提供了出场的空白。当人们无法从公共媒体得到所关注事件的原因、进展或真相时，民间传说的各种异文便不胫而走，滋生播传。国内一些城市民众中流传的犯罪案件传说，主要起因之一便是媒体及时报道的缺席，以致有学者呼吁重视公众知情权和建立政府信息公开制度，完善相关的法规。另一方面，由于相互间的激烈竞争，为了争取受众，片面强调"可读性"而牺牲真实性的媒体报道时有所闻。例如前段时间，国内多家报纸刊登了一则新闻，大意是一名新加坡商人在澳大利亚的酒吧中邂逅一个白人姑娘，喝了几杯之后随对方去了一家饭店，继续喝酒，被姑娘下了安眠药。苏醒之后，他发现自己裸体躺在装满冰块的浴缸里，腹部有伤口，胸前用口红写着"快打报警电话，否则你就没有命了"字样——他发现自己被人偷偷割掉了两只肾脏！这实际上是一个在西方已经流传十余年的传说，经过多家报刊的报道，又回流至民间的口传渠道。管理较传统媒体更为宽松的网络，更流传着不少源自民间传说、"未经核实"的"新闻"。这样一来，当代民间传说便形成了新的传播通道，即口传—媒体—口传的往复循环，民间传说为媒体提供了有较强可读性的素材，而媒体的权威性，又会在一定程度上增强民间传说的可信度，拓展其传播空间。两者间的互动关系构成了当代民间传说传播形态的一个新的特征。

传统民间传说，经过影响力巨大的影视媒体的改造，也可能形成当代传说的异文。笔者曾做过一项随机调查，请一些青年学生讲述中国著名的四大传说之一的《白蛇传》，结果有不少学生的叙述，是来自香港导演徐克的电影作品《青蛇》。较之传统传说，《青蛇》在故事情节和人物形象上均有较大的改动，如小青一改过去白蛇的随从"丫鬟"角色（从片名就可看出重心所在），变成热情活泼、勇于探索，甚至为自我的独立而与白蛇发生冲突的全新形象，法海变成了内心世界复杂的壮年和尚等，故事情节也多有改动（如小青杀死许仙），充满了现代观念的诠释。在上述类似的多向多源的复杂传播过程中，借助大众媒体而产生的当代传说异文，值得民俗学者采录并进行深入探讨。

（原载《青岛海洋大学学报》2002 年第 1 期）

都市传说分类方法述论

都市传说（Urban Legend），又称"都市信仰故事""城市传说""现代传说"或"当代传说"等。在学术研究中，这些名称用语通常都是可以互换使用的。一般来说，都市传说的情境经常被设置在当代社会背景之中，被当作真实的某种经历来讲述，包含着不同寻常的情节，真实信念的元素以及或明或暗的寓意。它在本质上是一种民间叙事文类。西方的都市传说研究大致起源于 20 世纪上半叶；至迟在 1968 年，美国学者理查德·多尔森（Richard M. Dorson）和威廉·埃杰顿（William B. Edgerton）就已经开始使用了"Urban Legend"这一术语了。① 国内引入"都市传说"的相关概念大致出现于 1993 年。② 2000 年，李扬和王珏纯选译的《旧篇新章——美国都市传说略谈》③ 是中国民俗学者介绍都市传说这一民间文学叙事文类的较早译文。除了译介类文章，王杰文、张敦福、施爱东、黄景

① Tristram Potter Coffin, *Our Living Traditions*：*An Introduction to American Folklore*, New York：Basic Books, 1968, p. 166；William B. Edgerton, "The Ghost in Search of Help for a Dying Man", *Journal of the Folklore Institute*, Vol. 5, No. 1, 1968, pp. 31, 38, 41.

② ［美］布鲁范德：《美国民俗学》，李扬译，汕头大学出版社 1993 年版，第 75—95 页。但是，在译著中并未出现"都市传说"一词，而是与其同义的"都市信仰故事"和"现代传说"等词汇。

③ ［美］布鲁范德：《旧篇新章——美国都市传说略谈》，李扬、王珏纯译，《民俗研究》2000 年第 4 期。

春等①民俗学者也对国内的都市传说做出了初步的研究与阐释，并取得了不少可资借鉴的学术成果。

到目前为止，国内公开发表的都市传说研究论文有30余篇，并且出版了两部美国都市传说的译著（分别是《消失的搭车客》②和《当代都市传奇》③），而在华东师范大学民俗学研究所连续举办的三届"海上风都市民俗学论坛"④中，也都涉及了都市传说研究的相关议题。但是，与国外相比，国内的都市传说理论研究仍然显得比较薄弱。其中一个较为显著的缺陷是，中国都市传说的搜集整理工作相对滞后，许多都市传说的类型并未纳入学者的研究视野。因此，国内学者对于都市传说整体分类系统的探讨和实践，几乎处于一片空白领域，这也在一定程度上造成了我们对于都市传说体裁认知的片面性和局限性。⑤

建立都市传说的分类系统，编制都市传说的类型索引，是进行都市传说研究的基础性工作。布鲁范德提出，搜集到的全部民俗资料都应当以某种分类系统进行编排。它的目的是便于对这些相关材料进行分类、归档、不同版本的图档比较，以及文本分析。⑥而且，就国内的都市传说学术语

---

① 如王杰文：《乘车出行的幽灵——关于"现代都市传说"与"反传说"》，《民俗研究》2005年第4期；张敦福：《消失的搭车客：中西都市传说的一个类型》，《民俗研究》2006年第2期。施爱东：《盗肾传说，割肾谣言与守阈叙事》，《华南师范大学学报》2013年第6期；黄景春：《都市传说中的文化记忆及其意义建构——以上海龙柱传说为例》，《民族艺术》2014年第6期，等。

② ［美］布鲁范德：《消失的搭车客：美国都市传说及其意义》，李扬、王珏纯译，广西师范大学出版社2006年版。

③ ［美］雪莉·布林克奥夫：《当代都市传奇》，蒋呈丽译，外文出版社2006年版。

④ 华东师范大学主办的三届"海上风都市民俗学论坛"，分别举办于2013年8月26日—8月27日；2014年7月18—20日；2015年7月14—16日。

⑤ 如陈冠豪在硕士学位论文中提出："都市传说"一词的定义，受到学术界不少的质疑，因此作者欲在此篇论文中，依照中国当代的文化现况，重新给其定名"当代恐怖传说"。（参见陈冠豪《中国当代恐怖传说之类型分析与研究》，硕士学位论文，北京大学，2011年。）但是，这一定义是值得商榷的。笔者通过查阅布鲁范德的《都市传说类型索引》，发现"恐怖传说"（horror legends），仅仅是都市传说十大主题分类中的一种。换句话说，如果我们以均质化的态度来考察都市传说十大主题的话，"恐怖传说"仅占"都市传说"全部类型的十分之一。因此，将"都市传说"重新定名为"当代恐怖传说"的操作方法大大缩减了都市传说的体裁内容，该项学术定义存在着一定程度上的认知误区。

⑥ Jan Harold Brunvand, *Encyclopedia of Urban Legends*, *Updated and Expanded Edition*, Santa Barbara, California: ABC - CLIO, LLC, 2012, p. 122.

境而言，这项工作的重要意义也在于我们可以通过探讨都市传说的分类系统，进一步理清国内外都市传说类型的主要内容，进而对都市传说的概念、生成、传播、特点，以及个案和类型研究等诸多方面做出更为深广的开掘。

一

在《企鹅美国民俗辞典》（*The Penguin Dictionary of American Folklore*）中，艾伦·阿克塞尔罗德（Alan Axelrod）和哈里·奥斯特（Harry Oster）认为都市传说是："没有事实根据的当代故事，被当作真事讲述，但是具备'传统民俗'的特征……和吹牛的大话不同……（它）总是含有似是而非的迷惑本质。"① 布鲁范德也指出："众多的出版物，包括《时代》《读者文摘》和地方报纸（都把都市传说）当作真事登载之，电台的评论员报道之，各行各业的人们津津乐道之，影响甚广。"② 理查德·罗帕（Richard Roeper）则明确地否认了都市传说的真实性，认为都市传说是百分之百的虚构叙事。③ 基于此，笔者认为，都市传说是一种"真与假"复合在一起的叙事文类，它既有扭曲的生活事实，又有符合世俗理念的杜撰情节。换句话说，都市传说所蕴含的似是而非的"迷惑本质"，总是让讲述者和听众信以为真。然而在事实上，绝大多数的都市传说都经不起生活事实的检验，它更偏重于观念上的可信性，而缺乏事实上的真实性。这是大多数都市传说的共同特征。

即便如此，如果我们将都市传说完全认定为虚构的叙事，这并不符合实际情况。大多数的都市传说之所以能够广泛流布，其中一个很重要的原因就是它建立在当下真实的社会语境中。布鲁范德本人也曾在"代沟传说"这一故事类型中指出，"这一系列的故事，很有可能是真实的，形容

---

① ［美］雪莉·布林克奥夫：《当代都市传奇》，蒋呈丽译，外文出版社 2006 年版，第 16 页。

② ［美］布鲁范德：《美国民俗学概论》，李扬译，上海文艺出版社 2011 年版，第 123 页。

③ Richard Roeper, *Urban Legends: The Truth behind All Those Deliciously Entertaining Myths That Are Absolutely, Positively, 100% Not Ture!* Franklin Lakes, NJ: Career Press, 1999.

年轻人混淆或误解了历史事件，包括相当晚近的历史（在成年人看来）"。①其实，在真实性上，都市传说存在着"量"的差别。虽然一部分学者认为那些"真人真事"并不能算作真正的都市传说，但是这并不妨碍其他学者按照真实性的标准来建构都市传说的分类谱系。张敦福在《都市传说研究初探》一文中提到："有的文献资料库还按照真实性程度对都市传说进行分类：完全真实（completely true），有一定的真实性（based in truth），可能是虚构的（probably false），完全是虚构的（completely false）。"② 由此可见，这四个等级序列构成了都市传说真实性的分类谱系。

魏泉是国内第一位以"真实性"为标准来划分本土都市传说类型的学者。她将自己近十年搜集到的校园传说按照真实性的标准，大致划分为三种类型：确有其人其事的传说，有其事无其人的传说和凭空编造的鬼故事。③ 作者所采用的这一分类方法，主要受到上文提到的四级序列分类谱系的影响。同时，她又根据校园传说本身的特点，按照"人""事"的"有""无"标准将其分为了三个大类。具体说来，在"确有其人其事的传说"类型中，她提到了教授、学生和学校工作人员三个群体，介绍了如"陈景润撞树"等故事；在"有其事无其人的传说"类型中，她列举了"首长更黑""考试作弊""扎针传闻""盗肾传说"等案例；在"有其事无其人的传说和凭空编造的鬼故事"类型中，她分析了"一条辫子"的女鬼，"风水、尸地、坟地"和"尸体解剖"等传说。虽然作者选取的传说类型相对有限，但是文章所提及的校园传说，却在当时中国大学校园生活中具有相当的普遍性和代表性。这些校园传说揭示了学风和校风，乃至于社会风气的转变历程。

按照"人""事"的"有""无"标准来划分校园传说，其显著缺陷是导致许多故事类型无法归类或出现同一故事类型不同归类的情况。例

---

① Jan Harold Brunvand, *Encyclopedia of Urban Legends*, *Updated and Expanded Edition*, Santa Barbara, California：ABC－CLIO, LLC, 2012, pp. 255－256.
② 张敦福：《都市传说初探》，《民俗研究》2005 年第 4 期。
③ 魏泉：《若有若无：中国大学校园传说的个案与类型》，《民俗研究》2012 年第 2 期。

如，"无解的数学难题"①，该传说发生在 1940 年的斯坦福大学，来源于著名数学家乔治·丹齐格（George B. Dantzig）的真实案例。可是，该校园传说在广播、出版和口头流传的过程中，丹齐格的名字逐渐消失，取而代之的是爱因斯坦等名人。这一传说"确有其人"（乔治·丹齐格、爱因斯坦等人），同时也"确有其事"（解出数学难题）。然而故事中"人"和"事"的"真实性"却时常处于分离状态。其实，作者所提出的"真实"强调的是一种"事实基础"。不过，这种"事实基础"恰好与都市传说的基本特征——"变异性"——相冲突。一般来说，都市传说几乎都包含有不同的异文，这些异文共同构成了某一共同的故事类型。如果我们将丹齐格的"无解的数学题"归入"确有其人其事的传说"，将爱因斯坦等人的"无解的数学题"归入其他，这样的做法无疑分裂了同一类型传说整体性的特征，是对于民间故事类型的一种"反动"。

中国学者以"真实性"的标准来划分都市传说的做法尚属于初步尝试，在中国都市传说研究尚未全面展开的情况下，这一分类方法还没有形成学术对话。笔者认为，都市传说作为一种"信以为真或半信半疑"的民间叙事文类。多数都市传说都难以在"度"上把握其真实性。如"店里的蛇"②，该传说讲述的是蛇藏在外套、毛衣中，咬了顾客。这一故事类型的"真实性"包括以下四种"真实"的可能性：完全真实、有一定的真实性、可能是虚构的和完全是虚构的。如果学者没有确凿有力的证据，对其证实或者证伪，那么它本身的真实程度也是无从判定的。都市传说作为一种民间文学叙事文类，其"本质真实"往往是可以悬置的。因此，以真实性作为都市传说的划分标准，虽然在理论上具有可行性，但是实际的可操作性较差。而且，关于"真实性"的认定标准也是"仁者见仁，智者见智"③，这种分类

---

① Jan Harold Brunvand, *Curses! Broiled Again! The Hottest Urban Legends Going*, New York: Norton, 1989, pp. 278 – 283.

② Jan Harold Brunvand, *Encyclopedia of Urban Legends*, *Updated and Expanded Edition*, Santa Barbara, California: ABC – CLIO, LLC, 2012, pp. 584 – 585.

③ 如刘文江在探讨都市传说的真实性与相信性的关系时，提出"在实践中存在着两种认知过程：一是判断传说内容为真而相信；另一方面，可以通过对以往所熟悉的、认可为真的话语形式的认知而相信"。也就是说，真实性包括"内容和形式""显现与隐藏"等诸多不同的层面。如何定义"真实性"，也会直接影响到都市传说的分类系统。（参见刘文江《作为实践性载体的传说、都市传说与谣言研究》，《民俗研究》2012 年第 2 期）

方法本身会造成大量的都市传说无法归类或者出现混乱编排的情形。

以真实性来划分都市传说的方法，根源于民间传说真实性的讨论，以及谣言学研究范式的影响。① 已经有学者提出，都市传说是广义谣言范畴内的一大分支。一般认为，都市传说与谣言、流言之间存在着一种相生互动关系。在某些特殊情况下，它们可以相互转化。② 然而，从体裁本身的特点来看，谣言可以是一句话，不需要任何故事情节，但是大多数的都市传说却是包含诸多情节大同小异的异文，这是两者之间的不同之处。民俗学者将都市传说视为民间传说的亚类形态。从这一点上来说，以真实性的标准对都市传说进行分类，无疑忽视了它作为民间叙事文类的基本定位。而且，民俗学者之所以建立都市传说的分类系统，其主要目的是为了便于档案馆的存档、检索，以及比较研究，等等。但是，这种以真实性构建的都市传说层级分类系统本身只是指明了都市传说的一个基本特点，在类型检索、情节比较等诸多方面都无法满足学者研究的需要。因此，这种分类方法大大降低了它作为学术研究工具书的意义和价值，并非是一种理想的分类方式。

二

美国民俗学家在 20 世纪四五十年代便开始了都市传说的搜集和研究③。

① 如刘文江认为："长久以来，传说研究一直在探讨真实性的问题。"（参见刘文江《作为实践性载体的传说、都市传说与谣言研究》，《民俗研究》2012 年第 2 期）此外，李一峰提出：谣言研究始于第二次世界大战。美国的一些网站，热衷于讨论传奇故事，详辨其真伪。"总之，都市传奇具有谣言的一般特征，但同时，它有具有民间传说的传播形态特征与传播功能。"（参见李一峰《都市传奇：媒体时代的城市谣言》，传媒学术网：http：//www.chinamediaresearch.cn/article.php？id=1886，2005 年 2 月 5 日）

② "有人已经提出，流言有时候是不时地重复出现的都市传说——当其在某个具体地点和时间被讲述时，它们是流言。也有人提出相反的观点：流言在持续存在很长时间之后就会转变成传说。"（参见［美］尼古拉斯·迪方佐、普拉尚·博尔迪亚《流言，传言和都市传说》，艾彦译，《第欧根尼》2008 年第 2 期）

③ Jan Harold Brunvand, *Encyclopedia of urban legends*, New York：Norton, 2001, P. xxix. 但是，当时的民俗学者使用名称的是与"都市传说"（urban legend）同义的"都市信仰故事"（urban belief tale），而不是"都市传说"（urban legend）。

随着学术研究工作的不断推进，一些学者命名的都市传说已经暗含了某种分类系统的意味。例如"消失的搭车客""男友之死"等，这种命名标题，实际上代表了一个明确的故事类型。然而，这种以标题来划分传说类型的做法也存在着某种难以避免的缺陷——有时它并不能够容纳同一故事类型中的全部异文。例如"多毛的搭车客"①，该传说类型在西方社会存在着许多大同小异的故事情节，在标题的限定语中，它意指男扮女装、企图行凶的搭车客最终被他人识破——通过多毛的手臂、手掌或者大腿。但是，在某些搜集到的异文中，他人是通过搭车客穿着的男士鞋子、下巴的胡须或者手提包里的短柄小斧而发现其真实性别的。因此，"多毛的搭车客"标题本身无法承载这一类型的全部意义。也有学者将该传说类型称之为"手提包里的短柄小斧"，同理，该命名也只能标明这一故事类型中部分异文的情节特征，即通过短柄小斧识破搭车客，而不能囊括他人通过多毛的手臂等识破搭车客的情节。这种情况与传统民间故事中"灰姑娘"的类型命名有相似之处。在以"灰姑娘"标题命名的故事类型中，同样也包括了部分"男性灰姑娘"作为故事主人公的异文。布鲁范德认为："对于一项好的学术研究而言，这是一个不完美的分类体系。"②

在20世纪80年代前后，网络上的都市传说分类逐渐引起了民俗学者的注意。这些都市传说的分类网站通常包括一个搜索引擎窗口和一些主题标题。例如在 snopes. com 的网页上，主页的分类包括了汽车、学院、节假日、医疗、宗教、旅行，等等。③ 然而，大多数的网络都市传说主题标题都是模糊的，甚至是怪诞的，某些主题情节和意义指向常常令人难以捉摸。这些网络上的都市传说分类大多是网民的自发性行为，往往带有较大的随意性，而且缺乏系统观照的整体框架。布鲁范德认为，这种分类方式更适合于随意浏览或者是大众娱乐，可是对于严谨的学术工作来说，则是

---

① 故事类型：男扮女装，请求搭车，有多毛的手臂，手提包里的短柄斧，行凶未遂。(参见 Gillian Bennett and Paul Smith. eds, *Urban Legends: A Collection of International Tall Tales and Terrors*, Westport, CT: Greenwood Press, 2007, pp. 18 – 20, 62 – 65)

② Jan Harold Brunvand, *Encyclopedia of Urban Legends*, *Updated and Expanded Edition*, Santa Barbara, California: ABC – CLIO, LLC, 2012, p. 123.

③ Rumor has it: snopes. com: http://www.snopes.com/.

难以令人满意的。网络都市传说分类系统的混乱，造成了研究者通过标题
或关键词详尽搜索、定位某一特定传说资料的困难。虽然当时网络虚拟的
数字资料分类已经如火如荼且漏洞百出，但是西方民俗学者依然尚未进行
详细完备的和学术意义上的都市传说分类工作。

在 1984 年召开的国际民间叙事研究会大会上，一些西方民俗学者讨论
了建立都市传说分类系统和类型索引的相关议题。如在德克萨斯大学泛美
分校（Pan American University）任教的马克·格雷泽（Mark Glazer)[1] 向
大会提交了一项关于都市传说集中归档和编制索引的提案。他计划与一些
大学和学者共同开发一个便于网络在线操作的都市传说分类系统。同时，
他还列举了一个词条样例"NO. 77：男友之死"，它包含了一个故事梗概
和参考列表。"然而，他既没有给出类型索引的具体形态和细节信息，也
没有给出编码 1—76 之前或之后的内容提示。"[2] 在大会上，保罗·史密斯
（Paul Smith）也概述了一个发展电脑归档的更为详尽的"策略"，但是他
却没有提出一个编制类型索引的方案。这一缺陷导致了他的方案大打折
扣，因为对于都市传说的分类工作而言，它最好是同时编制出与之相匹配
的类型索引系统。而且，史密斯在提出这一方案之后，也没有后续工作的
跟进。因此，他们的大会提议在当时更多是个人观点的表述，并没有取得
与会学者的一致认同和广泛支持。

与此同时，一些西方学者出版的都市传说论著也越来越多的涉及了都
市传说的分类工作。在早期的都市传说论著中，由于其掌握材料的有限
性，其分类往往难以形成一个完整的系统。在这种情况下，都市传说的分
类往往是根据材料本身所具备的主题、意义、功能或其他特征来进行分
类。如在《婴儿列车》一书中，作者将这些搜集到的都市传说材料分成了
八组，分别是"性和丑闻传说""恐怖""犯罪和惩罚""工作中的传说"

① Mark Glazer，德克萨斯大学泛美分校心理学和人类学系教授，以创办主持因特网民俗学讨
论组而闻名于世。（参见李扬《迈向新世纪的民间叙事研究——第 13 届国际民间叙事研究会大会
综述》，《民俗研究》2001 年第 4 期）

② Jan Harold Brunvand, *Encyclopedia of Urban Legends*, *Updated and Expanded Edition*, Santa
Barbara, California：ABC － CLIO, LLC, 2012, p. 123.

"趣事和游戏""外交关系""动物传说""学院传说"。① 另外，还有一些都市传说是按照其流传的国家，流行的时期，情节结构、风格等其他方面展开。② 我国的一些民俗学研究者也对都市传说的体系进行了初步性的划分。如张婷按照体裁，将"校园恐怖传说"划分为"传说""故事"和"传闻"。③ 陈冠豪依据情节，将"中国当代恐怖传说"划分为"人影传说""闻声传说"和"物品传说"。④ 但是，由于这些分类方法的阐释大多是集中于论文的某一章节或部分，所以论述相对比较简略，仍然留有诸多值得深入探讨的余地。

此外，大卫·梅因（David Main）和桑迪·霍布斯（Sandy Hobbs）还提出了都市传说的分类需要考虑到传说结构本身，他们的观点具有一定的前瞻性。作者认为学者在构建一个系统化的分类模式之前，首先要分析和定义"什么组成了一个当代传说"，他们思考的重点从"传说叙事"（Legend narratives）转向了"传说母题"（Legend Motifs）。同时，他们还受到了语境、表演、结构等理论的影响，认为许多都市传说在具体讲述的过程中伴随着一种基本模型——听众和传说主人公在接受信息上有着相同的顺序。举例来说，在"消失的搭车客"中，故事主人公得知搭车客是一个鬼魂的结尾与听众在接受这一信息上，具有时间层面上的同步性。都市传说在讲述的过程中，是以一种传说主人公和听众同时接受信息的方式被传播。⑤ 这种"代替个人经验叙事"（Substitute Personal Experience Narrative）的结构本身很有可能在划分都市传说上大有用处。然而，由于这种结构分类方法尚未付诸实践，其现实的可操作性，依然有待于在行动中对其进行检验。

---

① Jan Harold Brunvand, *The baby train and other lusty urban legends*, New York：Norton, 1993.

② 在民间故事的分类中，往往也会采取相似的分类方法。如祁连休以"时段"为标准，将中国古代民间故事类型划分为"春秋战国""秦汉""魏晋南北朝""隋唐五代""宋元""明代""清代"七种。（参见祁连休《中国古代民间故事类型研究》，河北教育出版社 2007 年版）

③ 张婷：《当代校园恐怖传说研究——以北京师范大学的个案为中心》，北京师范大学硕士学位论文，2010 年。

④ 陈冠豪：《中国当代恐怖传说之类型分析与研究》，硕士学位论文，北京大学，2011 年。

⑤ David Main, Sandy Hobbs, "The Substitute Personal Experience Narrative in Contemporary Legends", *Contemporary Legend New Seris*, No.10, 2007, pp. 38 –51.

值得一提的是，布鲁范德在 1993 年出版的《婴儿列车》一书中附录了《都市传说类型索引》（下称《索引》），并于 2012 年在《都市传说百科全书》中对于该索引进行了补充和修订。这一索引几乎搜集了美国乃至于大部分西方社会广泛流传的都市传说。"当这个索引首次面世的时候，在民俗学会议上还存在着一些关于它的表单的准确性，完整性和通用性的讨论，但最终，一些欧洲民俗学者开始去采纳这个索引了。"① 这一索引对于都市传说的分类和研究产生了深远的影响，例如在荷兰和比利时，两国搜集和出版的都市传说文本都是在"布鲁范德索引"的基础上进行组织和编码的。它成为都市传说分类和索引工作的重要里程碑式著述。

三

在布鲁范德之前，戴维·巴肯（David Buchan）在《语言、文化和传统：英国社会学学会上提交的语言和民俗年会论文》（*Language，Culture and Tradition：Papers on Language and Folklore Presented at the Annual Conference of the British Sociological Association*）中将都市传说的体系划分为六个基本组成部分，包括：

1. "满足事件"传说是"愿望满足故事呈现了何种命运"。如"花心男人的保时捷"。

2. "挖苦事件"传说是带有讽刺性和明确性的，通过笑声，那些没有人情味儿的规定和机构给我们制造了无力和不安的感受。如"百货商店中的蛇"：从第三世界国家进口的衣服或地毯内藏有一条蛇，咬伤了顾客。

3. "恐怖"故事与现代社会中潜在暴力的当代恐惧相连。它们调整了我们的恐惧，并帮助我们清晰地表达它们。如"丢失的奶奶"：奶奶在一个家庭假日的途中死去，随后，在不知情的情况下，小偷偷走了尸体。

---

① Jan Harold Brunvand, *Encyclopedia of Urban Legends*, *Updated and Expanded Edition*, Santa Barbara, California：ABC – CLIO, LLC, 2012, p. 741.

4. "不幸事件"传说强调的是对命运的讽刺。如"爆炸的厕所"。

5. "不同寻常事件"故事在当下的背景中总是含有超自然的因素，在这些超自然中包含着合法性的信仰。如"消失的搭车客"。

6. "群体知识"故事是由一些特殊的文化群体讲述：学生、军事人员、隐形眼镜的使用者，等等。如"保姆"：两种主要群体讲述者讲述——保姆和父母——展现对他人承担或指定责任时可能存在的危险①。

贝尔（Bell）在《购物中心的旧式爱情：青年的人性程式》（*Courtly Love in the Shopping Mall：Humanities Programming for Young Adults*）中将都市传说划分为：被污染的食物；可怕的形象，如购物中心的绑匪、情人巷或汽车后座的杀手和下水道里的鳄鱼；犯罪；身体里的异物以及其他的医疗恐怖；不幸的宠物；名人等。②

与巴肯和贝尔相比，布鲁范德的分类系统则更为详细和具体，层级关系也更为明确。以布鲁范德的1993年版《索引》为例，它主要包括了十个分组，分别是：

1. 关于汽车的传说（包括鬼故事、旅行不幸事故、意外事故故事、汽车恐怖故事、廉价汽车的梦幻、技术盲、汽车的破坏或犯罪等）。

2. 关于动物的传说（包括动物的灾难、动物的侵扰或污染、可靠的看门狗等）。

3. 恐怖传说（包括保姆故事、医疗恐怖、其他恐怖等）。

4. 意外事故传说（包括可怕的意外事故、滑稽的意外事故等）。

5. 性和丑闻传说（包括春药故事、避孕故事、性教育故事、性丑闻、其他性故事等）。

---

① 以上六个基本类型的举例，除"爆炸的厕所"以外，另外五个故事类型均可在《消失的搭车客》一书中找到故事类型，读者可参阅此书来理解这些故事类型的基本内容。（参见［美］布鲁范德《消失的搭车客：美国都市传说及其意义》，李扬、王珏纯译，广西师范大学出版社2006年版，第24—46、57—61、118—128、167—179页）"爆炸的厕所"：妻子在马桶喷洒了挥发物，丈夫点燃了它，受伤。（参见 Jan Harold Brunvand, *The Mexican Pet：More "New" Urban Legends and Some Old Favorites*, New York：Norton, 1986, pp. 13 - 16.）

② Gail De Vos, *Tales, Rumors, and Gossip：Exploring Contemporary Folk Literature in Grades 7 - 12*, Englewood, CO：Libraries Unlimited, 1996, p. 10.

6. 犯罪传说（包括盗窃故事、暴行和绑架、毒品犯罪等）。

7. 商业和职业传说（包括公司和商业、电话、其他技术、职业和贸易等）。

8. 关于政府的传说（包括低效率、阴谋、科学对抗宗教、军事和战时传说、混乱政府等）。

9. 名人谣言和传说（包括名人等）。

10. 学院传说（包括教员和研究、学生、答题本和其他考试传说等）。①

而且，布鲁范德还将某些亚类进一步做了划分。如他将"动物的侵扰或污染"再次细分为"水蛇故事""食品和餐馆故事""国外食品中的异物"等。

对于都市传说的整体分类而言，并没有一个独立的分类系统能够被全部的学者接受。即便如此，许多民俗学者依旧热衷于为都市传说构建一个完整的组织框架。因此，被搜集到的都市传说很有可能是根据它们的主题、角色、行动或情感来进行分组，例如划分为汽车、宠物、犯罪、商业、政府和学院生活，等等。布鲁范德1993年版《索引》，也不是某个单一指标构建的分类系统。它的十个基本组成部分大致建立在内容上（如"汽车"），社会组织上（如"政府"），异常行为上（如"犯罪"），精神状态上（如"恐怖"）等。这些分类标准指向了不同的维度，它的最终目的是形成一个完整的系统框架。1993年版索引的面世，无论是在全面性，还是在系统性方面，都大大地推进了都市传说分类工作的进程。

2012年，布鲁范德对1993年的《索引》进行了扩充和修订。这一索引包括了他先后出版的五部都市传说集子②中全部的故事、谣言、主题和

---

① Jan Harold Brunvand, *The baby train and other lusty urban legends*, New York：Norton, 1993, pp. 68 – 71.

② 布鲁范德先后出版过五本都市传说专著，分别是：*The Vanishing Hitchhiker：American Urban Legends and Their Meanings*（1981）；*The Choking Doberman and Other "New" Urban Legends*（1984）；*The Mexican Pet：More "New" Urban Legends and Some Old Favorites*（1986）；*Curses! Broiled Again! The Hottest Urban Legends Going*（1989）；*The Baby Train and Other Lusty Urban Legends*（1993）。这五本专著构成了布鲁范德编制《都市传说类型索引》的主要基础性资料和

经过加工的作品（包括某些书面的现代传说）。而且，他还参考了近百部数年来的都市传说专著，在索引中增加了一些流传于当世的传说类型。除了故事类型的拓展，与 1993 年《索引》相比，2012 年《索引》的词条去除了参考书目和页码的注释，同时增加了数字编码，附录了以传说字母编排的注释词条。这一《索引》的风格形式主要是受到了《民间故事类型》（*The Types of the Folktale*）的影响和启发。《索引》采用了荷兰档案馆的"BRUN"数字编码，"新编码增加收录了所有的新案例。编码系统中预留的空白考虑到了将来的扩充，而且，一旦有必要的话，进一步的划分可以采用小数点（就像在母题索引中那样）或字母（就像在原版的类型索引中那样）"①。2012 年《索引》采用的数字编码系统，进一步增强了都市传说分类的系统性，类型之间的界定更为明确。如在编码"02000 – 02099"之间包含的全部都是一个主题类型，即"动物的灾难"。

布鲁范德指出分类系统的各组之间也存在着不同程度的重叠。某些故事类型本身可能包含着汽车、犯罪、性等诸多不同的主题，在这种情况下，分类具有了一定的随机性。如词条"03254 求救的哭声"②，由于传说类型本身包含了"恐怖"和"犯罪"两层含义，因此它既可以归类到第三部分"恐怖传说"中，也可以归类到第六部分"犯罪传说"中。这大概是任何民间叙事分类系统中都难以避免的矛盾。为此，他插入了相互参照项，如在第四部分"可怕的意外事故"的亚类中，他标明了"另请参阅第三部分的'最后一吻'"等。布鲁范德在整体框架下，设置的相互参照项，在一定程度上弥补了随机分类所造成的某种缺陷。

而且，布鲁范德也提出，某些都市传说类型虽然并不属于某一分组，但是依然将其列入其中。如"关于汽车的传说"下的"超自然故事"，它选取的类型包括了全部的四个超自然都市传说类型，但是它们其中的两个故事通常并不涉及任何的汽车。他在列举比利时民俗学者斯特凡·托普

---

① Jan Harold Brunvand, *Encyclopedia of Urban Legends*, *Updated and Expanded Edition*, Santa Barbara, California: ABC – CLIO, LLC, 2012, p. 742.

② 故事情节：以婴儿哭声的录音来引诱受害人。（参见 Jan Harold Brunvand, *Be Afraid*, *Be Very Afraid*: *The Book of Scary Urban Legends*, New York: Norton, 2004, p. 256）

（Stefaan Top）的例子时，写道："我将把如何在现代传说中编制超自然主义索引的问题留待他人解决，在这里只是言明正像我的四个超自然案例并不都是汽车传说一样，所有的鬼故事也并不都是恐怖故事。"① 这种"不当"的归类做法主要是为了照顾都市传说类型的完整性，也可以被视为一种暂时的"权宜之计"。

西方学者对于布鲁范德《索引》的分类系统也提出了许多或褒或贬的意见。但是该《索引》在都市传说分类研究领域确有开创之功。特别是2012 年的《索引》，它在分类和索引等诸多方面的讨论和实践也越来越成熟，赢得了许多民俗学者的重视和肯定。基于此，笔者认为，该《索引》对于中国都市传说的分类方法探究和搜集整理实践都有着重要的借鉴意义和参考价值，我国民俗学者可以将其视为一个从事都市传说研究的宝贵经验和行动指南。

（原载《文化遗产》2016 年第 3 期，与张建军合作）

---

① Jan Harold Brunvand, *Encyclopedia of Urban Legends*, *Updated and Expanded Edition*, Santa Barbara, California：ABC – CLIO, LLC, 2012, p. 742.

关键词解析

——都市传说

　　"都市传说"（urban legend），又被称为"都市信仰故事"（urban belief tale）、"当代传说"（contemporary legend）、"现代传说"（modern legend）、"现代都市传说"（modern urban legend）等。这些当代传说往往不能确证事实根据，令人难辨真伪、似是而非，但在讲述和传播的过程中，时常被当作"真人真事"。都市传说的内容大多与现实社会紧密相关，同时也可能包含着某些传统母题（traditional motifs）。这些传说通常反映的是当代生活中的某些社会话题，如旅行、购物、宠物、保姆、犯罪、技术、时事、性、职场、政府和名人，等等。然而，都市传说的事件背景和流传地域并不总是呈现为"都市的"和"现代的"，许多都市传说的异文都存在着古老传统或者是乡村社会的原型（prototypes）。有些都市传说是通过笑话等形式出现的，主要是为了娱乐消遣，在一定程度上削弱了这一特定文类作为"民间的历史或准历史"的"传说的"特性。这些传说或多或少都存在着一些异文，这也是民俗学者归纳都市传说类型的基本标准。

　　西方的都市传说研究大致起源于 20 世纪上半叶。当美国民俗学者在 1940 年至 1950 年间着手搜集和研究"都市信仰故事"的时候，将之视为一种口头叙事类型。这些由教授和学生组成的工作团队，活动范围主要局限在校园。从事早期都市传说搜集和研究工作的主要有欧内斯特·鲍曼（Ernest Baughman）、理查德·比尔兹利（Richard K. Beardsley）、博特金（B. A. Botkin）、理查德·多尔森（Richard M. Dorson）、罗莎利·汉基（Rosalie Hankey）、威廉·休·詹森（William Hugh Jansen）和罗素·里维尔（J. Russell Reaver）等民俗学家。1959年，理查德·多尔森出版了他的《美国民俗学》（*American Folklore*）。在该教科书的最后一个章节"现代民俗"（Modern Folklore）中，他对于"都市传说"的体裁给予了关注，在举例时，他提及了"一个遍及各处的百货商店传说……'包裹中的死猫'"。至迟在1968年，多尔森与威廉·埃杰顿（William B. Edgerton）就已经分别在《我们的活态传统》（*Our Living Traditions*）和《鬼魂为垂死之人求助》（*The Ghost in Search of Help for a Dying Man*）中，使用了"urban legend"的术语。在20世纪60年代后期，印第安纳大学（Indiana University）已经成为全美搜集和研究现代都市传说的中心。在民俗学家戴琳达（Linda Dégh）教授和学生的共同努力下，他们的调查成果陆续在《印第安纳民俗学》（*Indiana Folklore*）杂志上发表。如卡洛斯·达拉克（Carlos Drake）的《深度记录"后座的攻击者"》（*Further Notes on "The Assailant in the Back Seat"*, 1969），是对于"汽车后座的杀手"这一都市传说类型的首次文本记录。戴琳达教授及其学生们的搜集、研究工作成绩斐然。在接下来的数十年内，对都市传说的研究兴趣在美国和其他国家的民俗学者中间迅速蔓延，继而产生了许多具有里程碑意义的事件和成果。

1973年，《美国民俗学》（*American Folklore*）杂志上刊登了威廉·休·詹森（William Huge Jansen）的《策划惊喜反被惊：一个现代传说》（*The Surpriser Surprised：A Modern Legend*）。作者对于这一传说的复杂性进行了经典的比较研究。它讲述的是在一个惊喜聚会上，主人公的行为反而令惊喜策划者大吃一惊的故事。詹森将这个传说划分为三个基本版本——"为什么我炒掉了我的秘书""裸体惊喜聚会"和"黑暗中的尸"。1981年，扬·哈罗德·布鲁范德（Jan Harold Brunvand）的首部都市传说专著《消失的搭车客》（*The Vanishing Hitchhiker*）付梓，成为当代都市传说的开山之作和学术畅销书，在学界和社会上产生了广泛的影响。2006年，李扬和王珏纯出版了该书的中译本，成为我国民俗学者研究都市传说的重要参考书。布鲁范德在都市传说研究领域做出了诸多的开创性贡献，出版和发表了一大批关于都市传说的研究成果，因而在美国被誉为"都市传说先生"（Mr. Urban Legend）。

1982 年，在英国的谢菲尔德（Sheffield）举办了首次国际性的当代传说学术会议，学者们围绕"当代传说"（contemporary legend），讨论了其术语和定义。1988 年，"国际当代传说研究学会"（ISCLR）成立。在学会内，"当代性问题"一直吸引着该领域内的众多学者，在 ISCLR 成立之后，"当代传说"术语接纳的范围涉及的不仅是所谓的"现代都市传说"，而且还包括在特定社区内普遍流传的任何传说。三年之后，ISCLR 出版了学会刊物——《当代传说》（CL）。在加拿大纽芬兰纪念大学（Memorial University of Newfoundland）保罗·史密斯（Paul Smith）教授的主持和编辑下，1991 年出版了第一卷《当代传说》，该刊物"旨在提升和鼓励研究，为致力于传统叙事学活跃领域的研究者提供一个平台"，其中典型的议题包括研究发现、案例分析、理论文章、文献综述、书评等。

相对于"都市传说""现代传说"，或者是合成术语"现代都市传说"来说，该学会的多数民俗学者倾向于使用"当代传说"术语。例如，英国民俗学家杰奎琳·辛普森（Jacqueline Simpson）在 1998 年发表的《"现代"和"当代"的术语是同义的吗？》（Are the Terms "Modern" and "Contemporary" Synonymous?）中，对"都市传说"术语进行了断然地批评和否定，认为："对于整个体裁的术语定义来说……都市并非是一个好的选择。"一些民俗学者也始终秉持着"当代传说"术语要优于其他术语的看法。在他们看来，"当代传说"无疑包含着很强的学术意味，它似乎成为学者研究的专属定义。但是，"当代传说"概念的合法性地位同"都市传说"一样，也时常遭到其他民俗学者的质疑，布鲁范德便是其中的一位。

布鲁范德是"都市传说"概念的积极推广者。如他 2012 年增订出版的《都市传说百科全书》（Encyclopedia of Urban Legends），其书名依然是在沿用和发展"都市传说"的学术概念。布鲁范德指出，"都市传说"并非只是单纯的"民间"叙事，其本身已经渗透了许多流行文化（popular culture）要素。"都市传说"经常出现在美国流行文化的各类刊物中，同时它也在收音机和电视脱口秀等商业媒体中被反复提及。因此，他更倾向于使用已经被美国公众所熟知的"都市传说"用语。此外，他认为，学者应该对单个的传说及其历史进行案例研究，否则我们无法断定一些根源于古代民俗的传说传统，也很难指出，它的哪一部分是属于当代的问题。无疑，在字面的理解上，"当代传说"中的"当代"难以对于传说的传统性和连续性做出比较合理的解释和说明，这与"都市传说"中的"都市"所遭遇的定义指向性困境如出一辙。关于这一民间文学叙事体裁的概念之争已然延续至今，然而民俗学者在实际的研究中，又是在交叉使用"都市传说""现代传说""当代传说"等不同的术语。因此，从某种程度上来说，这些用法确实是"同义的"。

1993 年，吉里安·本奈特（Gillian Bennett）和保罗·史密斯的《当代传说：民俗参考目录》（*Contemporary Legend：A Folklore Bibliography*）问世，总共包含了 1116 个词条。1989 年，布鲁范德出版了《婴儿列车》（*The Baby Train*），作者在该书的末尾附录了"都市传说类型索引"（A Type-Index of Urban Legends）。2001 年，布鲁范德又在该索引的基础上编撰了《都市传说百科全书》，并于 2012 年将其增订为两卷本的鸿篇巨制。这些大型百科全书和类型索引的编制，为都市传说的搜集整理、文本保存，以及跨文化比较研究都提供了宝贵的学术资料。如 2012 年版的《都市传说百科全书》，其类型索引的编制主要参考了阿尔奈《民间故事类型》（*The Types of the Folktale*）的形式和风格，采用了数字和字母相结合的编码系统，其中预留的空白考虑到了将来的扩充，以加注的形式设置了类型相互参照，等等。这类大型都市传说研究工具书的出现，进一步巩固了都市传说的研究基础。

在对于都市传说进行整理归档的过程中，有的文献资料库依据真实性对都市传说进行分类，包括：完全真实（completely true），基本真实（based in truth），可能是虚构的（probably false），完全是虚构的（completely false）四个等级序列，一同构成了有关都市传说真实性的分类谱系。

贝尔（Bell）在《购物中心的旧式爱情：青年的人性程式》（*Courtly Love in the Shopping Mall*：*Humanities Programming for Young Adults*，1991）中将都市传说的主题划分为：被污染的食物；可怕的形象，如购物中心的绑匪、情人巷或汽车后座的杀手和下水道里的鳄鱼；犯罪；身体里的异物以及其他的医疗恐怖；不幸的宠物；名人等。比较而言，布鲁范德的分类系统则更为成熟和具体，他将都市传说划分为十个主题，包括汽车的传说；动物的传说；恐怖传说；意外事故传说；性和丑闻传说；犯罪传说；商业和职业传说；政府的传说；名人谣言和传说；学院传说。

在早期的都市传说研究中，学者们大多是从口头传统中去进行搜集，比如在校园内、餐桌上、酒馆里、旅途中、聚会时等；在各种谈天、闲聊的场合，都有可能接触、搜集到日常生活中所流布的都市传说。大致从20世纪60—80年代，这段时间或许可以称之为口头都市传说的黄金时代，几乎每一个人都在讲述。随着研究的不断深入，更多的民俗学者逐渐意识到，许多口头传统的都市传说除了口耳相传以外，也在印刷品中存在着一个真实而又活跃的传播路径。一些民俗学者把研究转向了报纸杂志和文学作品，并以此来对都市传说进行追根溯源，探究书面和口头传播之间的相互影响关系。在20世纪末21世纪初，都市传说作为口头叙事体裁的活力日渐衰退。可以说，都市传说虽然还在通过口头或印刷品传播，但是网络却已经成为最主要、最常见的传播媒介。其"表演"（performance）更加趋向于被相距甚远的电子媒介所塑造，而不是面对面的口头传播过程。布鲁范德在2000年出版的《真相挡不住好故事》（*The Truth Never Stands in the Way of Good Story*）中指出："或许这才是都市传说真实的未来：令人生疑的故事在网络上迅速传播，随之而来的又是被网络迅速否定。"此外，都市传说由"民间文化"向"流行文化"和"商业文化"转变的趋势也日益明朗化。在商业文化中，这类传说被再次塑造、利用和包装，如1998年哥伦比亚影业公司出品的电影《下一个就是你》（*Urban Legend*）及其续集就是一个很好的例子。

国内引入"都市传说"的相关概念大致出现在1990年之后。如在布鲁范德《美国民俗学》（*The Study of American Folklore*）的中译本（1993）

中出现了"都市信仰故事"的专门讨论。李扬、张敦福、王杰文等是国外都市传说的主要译介者。到目前为止，国内公开发表的都市传说研究论文有 30 余篇，2006 年出版了首部美国都市传说研究的译著《消失的搭车客》和作品集《当代都市传奇》。在华东师范大学民俗学研究所连续举办的三届"海上风都市民俗学论坛"中，也都涉及了都市传说研究的相关议题。

虽然我国的都市传说研究成果相对零散，但是其关注点却具有比较深刻的学术价值。如李扬的《当代民间传说三题》（2001）讨论了当代传说的情节、特征，及其与大众媒体的互动和传统传说的异同关系等。王杰文的《乘车出行的幽灵》（2005）阐释了现代都市传说的"反传说"特征；周裕琼的《伤城记》（2010）分析了"深圳学童绑架案"从流言、谣言到都市传说的嬗变历程；陈冠豪的《中国当代恐怖之"解释"结构探讨》（2011）分析了中国当代恐怖传说的叙事结构，提出了"解释理论"；施爱东的《盗肾传说、割肾谣言与守阈叙事》（2012）探讨了都市传说的传播规律和守阈叙事理论；马伊超的《尸体新娘》（2013），涉及了网络都市传说文本和图像叙事的生成关系；黄景春的《都市传说中的文化记忆及其意义建构》，对于"上海龙柱传说"做出了深入的剖析，等等。

总之，都市传说是一种充满了"现代性体验"的民间叙事文类，它古老又年轻，在现代社会生活的外衣下，也时常包含某些古老的叙事模式和民俗传统。作为隐伏着日常生活的主题和当代社会的话题，都市传说既是时代文化的体现，也是我们生活世界的本身。

（原载《民间文化论坛》2016 年第 3 期，与张建军合作）

近年西方学界中国南方民间文学研究举隅

一 费伊·比彻姆对"叶限"故事的研究

20世纪，"AT510A灰姑娘"是故事类型个案研究的热点，在丁乃通、刘守华、刘晓春等中外学者的勤力耕耘下，"灰姑娘"故事的发源、传播、演变研究都取得了极为重要的成果。其中，美籍华人学者丁乃通先生的《中国和印度支那的灰姑娘型故事》运用芬兰学派的历史地理研究法，探究了来自中国多个少数民族及朝鲜半岛、印度支那等地的"灰姑娘"故事异文，这是西方学界针对故事类型"510A灰姑娘"研究的重要论文。[①] 丁乃通"倾向于此型故事或许源于越南或那时居住在广西南部的越人的观点，或者说这个地区现在是越南北方，但那时却确是中国帝国的一部分……这个故事也有可能是一个壮族故事。"至今发现的"灰姑娘"故事的最早版本，是唐代段成式《酉阳杂俎》中的"叶限"故事，这已是不争的事实。然而关于"灰姑娘"故事的"出生地"，仍旧众说纷纭。经过长期的学术探索与讨论，关于"灰姑娘"的起源，学界主要存在以下几种观

[①] ［美］丁乃通：《中国和印度支那的灰姑娘型故事》，载李扬译著《西方民俗学译论集》，中国海洋大学出版社2003年版，第131页。

点："中国起源说""西方传入说""越南起源说"，还有的学者认为该故事起源于德瓦拉瓦第（Davarawati）。①

美国费城社区学院的费伊·比彻姆（Fay Beauchamp）教授在2010年发表了《灰姑娘的亚洲起源：广西壮族的故事讲述者》（"Asian Origins of Cinderella：The Zhuang Storyteller of Guangxi"）一文，明确指出"叶限"故事（"灰姑娘"故事）是广西壮族的原创。② 费伊教授通过2007年在广西桂林、南宁及其周边地区的田野调查，结合文本研究，以《酉阳杂俎·叶限》的三个英文译本所呈现的异文为切入点，将叶限故事放在壮族的信仰、创造力和历史的语境中进行分析，对此故事进行重新解读。③ 通过将"叶限"故事的母题与印度教故事（摩奴与鱼）、佛教故事（罗摩、悉多与哈奴曼）的母题进行对比分析，费伊教授认为，唐代时期中越边境上的壮族，将自己的传统思想和经验与唐时在当地流传的印度教和佛教叙事的母题相融合，创造了这一"颠覆性、童贞性、才华横溢、富有同情心"的女主人公。费伊教授立足于广阔的亚洲文学、宗教背景（尤其是8、9世纪），通过严密的论证，将多个民族、国家的文学与文化传统联系在一起，使得"灰姑娘"这一故事类型的研究更具国际视野。她对翟孟生（R. D. Jameson）等学者的观点的批评，以及对"是时候让这位女主人公的亚洲身份得到认可，并在亚洲语境中理解这个引发共鸣的故事主题了"的多次强调，颇有为壮族民众、为"叶限"故事"正名"的意味。

可惜的是，近年来，国内学者似乎没有注意到这篇论文，笔者认为，费伊教授的讨论在以下几个方面将"叶限"故事的相关研究向前推进：

---

① 王青：《"灰姑娘"故事的转输地——兼论中欧民间故事流播中的海上通道》，《民族文学研究》2006年第1期。

② Fay Beauchamp，"Asian Origins of Cinderella：The Zhuang Storyteller of Guangxi"，*Oral Tradition*，Vol. 25，No. 2，2010.

③ 这三个英文译本分别是：R. D. Jameson，"Cinderella in China"，In Alan Dundes，*Cinderella：A Folklore Casebook*，New York：Garland，1982，pp. 71 – 97. Arthur Waley，"The Chinese Cinderella Story"，*Folklore*，Vol. 58，No. 1，1947，pp. 226 – 238. Victor H. Mair trans.，"The First Recorded Cinderella Story"，In Victor H. Mair，Nancy Steinhardt，and Paul R. Goldin eds.，*Hawai'i Reader in Traditional Chinese Culture*，Honolulu：University of Hawai'i Press，2005，pp. 362 – 367.

首先，费伊在赴广西进行田野调查时与广西学者进行了会谈，在此之前，几乎没有西方学者关注壮族民众如何解读"灰姑娘"这一母题，她考虑到了故事原生地民众的感受，体现出对传说起源/流传地民众主体、传说现实状态的关注；其次，对印度教、佛教对叶限故事起源的意义/影响进行了宏阔的论述，由此在宗教层面上否定了该故事最初是宗教教义的传播工具的观点；同时，在强调壮族民众对"叶限"故事的独特贡献时，费伊没有将故事与中原的汉族传统完全剥离，她以"翠羽"为例，仔细考察了《长恨歌》对"叶限"故事关于女性服饰描绘的影响，敢于冲破传统的叶限与《西游记》中任性自在的美猴王之间的可能联系，并由此延伸，论及叶限故事向"鱼篮观音"的传说演变的可能性，从而将东南亚民间文学与东亚民间文学紧密地联系在一起。这些都是关于"灰姑娘"故事类型的先行研究中甚少涉及或未得到深入阐释的细节，费伊教授目光独到并能做到深入浅出，是令人敬佩的。此外，费伊在这篇宏文中对"叶限"故事进行的政治解读，借助生物学研究成果、从鲤鱼物种的起源与传播来印证叶限故事起源于广西，也是该文的重要创新点。费伊教授还提出，将叶限故事放在"诺皋记"这一章的语境中进行考察，应当成为进一步研究的重点。

《灰姑娘的亚洲起源：广西壮族的故事讲述者》是继丁乃通《中国和印度支那的灰姑娘型故事》、白丽珠《武鸣壮族民间故事》① 之后，对壮族民间故事进行分析的重要成果，费伊·比彻姆在文章致谢中写道，论文是在梅维恒（Victor Mair）的指导下完成，撰文过程中，亦与多位学者进行研讨，文章于 2010 年发表，其在该研究中所倾注的心力，由此可窥见一斑。费伊·比彻姆所获得的新发现，不论是对"灰姑娘"这一世界性的民间故事类型的研究，还是对《酉阳杂俎·诺皋记》的挖掘，都具有重要意义，应当得到国内相关领域研究者的关注。笔者已将这篇重要论文译成中文，发表于《民族文学研究》2019 年第 3 期。

---

① ［美］白丽珠主编：《武鸣壮族民间故事》（壮、汉、英对照），民族出版社 2000 年版。

二 贺大卫对仪式经文《罕王》的研究

台湾政治大学民族学系的贺大卫（David Holm）教授，是为数不多的、专注于壮族研究的西方学者之一。近几年来，他的研究重点是壮族典籍《布洛陀经诗》。贺大卫在壮族仪式经文英译方面的成果十分显著。在翻译了《杀牛祭祖》《招魂》等经文后①，近年，他还出版了《汉皇与祖皇》（Hanvueng：The Goose King and the Ancestral King）② 一书。书中包括对经文的介绍、英文译文、壮英双语的行间注、注解、索引、参考文献，以及一些《汉皇与祖皇》手抄本的照片等。国外也有不少学者撰文对贺大卫的研究成果进行评述，亚利桑那州立大学的约雷弗·琼森（Hjorleifur Jonsson）教授评价此书："这项研究为中国南部多民族地区和邻近的东南亚大陆地区的语言和宗教复杂性提供了引人注目的见解。"③贺大卫的这本译著，也使其入围 2018 年澳洲人文科学院的优秀翻译奖章。

贺大卫对壮族民俗与文化的研究是全方位的，他在壮族语言与文字领域也多有建树。2013 年，他出版了《古壮字地理研究》（Mapping the Old Zhuang Character Script：A Vernacular Writing System from Southern China）一书。④ 2010 年以来，他针对壮族语言与文字的主要研究文章还有《传统壮族经文中的历史音变证据》（"Evidence for Historical Sound Change in Traditional Zhuang Texts"）⑤、《壮族传统抄本中的方言变异》（"Dialect Variation

① David Holm, *Killing a Buffalo for the Ancestors：A Zhuang Cosmological Text from Southwest China*, Dekalb：Center for Southeast Asian Studies, Northern Illinois University, 2003. David Holm, *Recalling Lost Souls：The Baeu Rodo Scriptures, Tai Cosmogonic Texts from Guangxi in Southern China*, Bangkok：White Lotus Co., 2004.

② David Holm, *Hanvueng：The Goose King and the Ancestral King*, Leiden：Brill, 2015.

③ Hjorleifur Jonsson, *Religious Studies Review*, Vol. 43, No. 1, 2017, pp. 78 – 79.

④ David Holm, *Mapping the Old Zhuang Character Script：A Vernacular Writing System from Southern China*, Leiden：Brill, 2013.

⑤ David Holm, "Evidence for Historical Sound Change in Traditional Zhuang Texts", *Journal of Language and Linguistics*, Vol. 28, No. 2, 2010.

within Zhuang Traditional Manuscripts")① 等。

贺大卫在 2017 年发表了《〈罕王〉中的平行式：中国南方广西中西部的壮族史诗》（"Parallelism in the *Hanvueng*：A Zhuang Verse Epic from West-Central Guangxi in Southern China"），目的是分析壮族民间仪式经文《罕王》中存在的多种程式化的平行式类型，为今后进一步的比较研究打下基础。②"平行式"（parallel）是口头程式理论的一个重要概念，指的是"句子成分、句子、段落以及文章中较大单元的一种结构安排"，也可以称为"对应"。③在论文中，贺大卫首先比较了汉壮诗歌的韵律，强调了壮族诗歌"腰尾韵"的特点，将《罕王》中的平行式界定为"严格的平行式"（strict parallelism），以与前人所提出的"规范的平行式"（canonical parallelism）相区分，他认为，在这部经文的平行式诗行中，"平行"并不完全体现在语音方面，而是更倾向于诗行之间语义、语法的互相对应。贺大卫的统计发现，在《罕王》中，严格的平行式诗行占到了经诗诗行总数的68.2%；尽管这个比例非常高，但却不会在演述经文时产生乏味或使听众预知接下来将要演述的内容的效果。接着，贺大卫对《罕王》的壮语文本进行了缜密的语言学分析，概述了《布洛陀经诗》中的七种平行式类型：平行式对句、类似平行式对句、扩大式平行式对句、三或四个诗行的平行式、特殊范型（包括平行式 ABAB 和平行式 AABB）、重复首尾或中段的诗行、非平行式诗行。贺大卫不仅总结了这七种类型的主要特点，其对节选诗行所进行的韵律分析，更体现出学者自身扎实、深厚的广西方言基础。随后，贺大卫将这几种平行式类型放在仪式主持者的演述语境中进行阐释，由此引出非平行式诗行在实际演述场中的重要作用，以及平行式对麽公顺利进行即兴创作的作用。最后，他初步讨论了壮族经诗文本中存在对应关系的词语与概念。

---

① David Holm, "Dialect Variation within Zhuang Traditional Manuscripts", *The International Journal of Chinese Character Studies*, Vol. 1, No. 2, 2015, pp. 1 – 32.

② David Holm, "Parallelism in the *Hanvueng*：A Zhuang Verse Epic from West-Central Guangxi in Southern China", *Oral Tradition*, Vol. 31, No. 2, 2017.

③ ［美］阿尔伯特·贝茨·洛德：《故事的歌手》，尹虎彬译，中华书局 2004 年版，第423 页。

贺大卫认为，在仪式的诵念中，非平行句实际上起着举足轻重的作用，"正如我们所看到的，这种非平行句在叙事的关键过渡点被使用，连续的非平行和非押韵诗句的扩展运用，效果显著，增强了叙事和诗意的张力"，甚至《罕王》的"整体的诗歌结构可以描述为：普遍存在的平行诗行，不时被非平行诗行打断"。贺大卫的论文，综合了他多年对壮族文化的观察，其理论立足点独特性，使之与此前的《布洛陀经诗》研究区别开来，跳出了长期以来关注壮族史诗母题、内涵意蕴等历时性分析与文化重构的藩篱。就本文而言，他关注的是用于仪式的、口承的民间文学文本的自身结构，体现出文本与语境、共时与历时并重的研究思想。在结语中，贺大卫也指出了《布洛陀经诗》有待进一步研究的几个方面：补充、发展、完善壮族史诗中的平行式分类；重点关注并重新评估非平行诗行在经文演述中的作用；深入探究唱经中源于壮族本土的词语，或可建立一部壮族传统词对（conventional pairings）的词典，正如詹姆斯·福克斯（James Fox）在研究印度尼西亚传统时所做的那样。

对贺大卫此文的评价，还需放在其学术生涯全过程中进行考量。贺氏此文，可以说是其在二十余年的壮学研究基础上，汲取过往成果，而后融汇出新的专题研究。贺氏对《罕王》的透彻分析与精辟总结，很大程度上得益于其对壮族方块字的搜集整理与分析、对《布洛陀经诗》部分经文（《杀牛祭祖》《招魂》《汉皇与祖皇》）的英译工作；也得益于他对口头程式理论的借鉴应用——贺大卫曾在早年于中央民族大学开设的讲座中坦言，其对平行式的思考，受到詹姆斯·福克斯的启发。[1]

口头程式理论，亦称"帕里—洛德理论"，是产生于 20 世纪的重要民俗学理论之一，由米尔曼·帕里（Milman Parry）、阿尔伯特·贝茨·洛德（Albert Bates Lord）创立，最初与"对'荷马问题'作出当代的回答"有关。[2] 自 1960 年洛德发表《故事的歌手》（*The Singer of Tales*）一书以来，

---

① 参见：James Fox, *To Speak in Pairs*：*Essays on the Ritual Languages of Eastern Indonesia*, Cambridge：Cambridge University Press, 1988。

② ［美］约翰·迈尔斯·弗里：《口头诗学：帕里—洛德理论》，朝戈金译，社会科学文献出版社 2000 年版，第 16 页。

围绕口头程式理论逐渐形成一个学科：口头诗学。至 20 世纪末，来自世界各地的学者将其运用于多个地区、民族的史诗研究中，仅约翰·迈尔斯·弗里（John Miles Foley）在《口头诗学：帕里—洛德理论》（*The Theory of Oral Composition：History and Mothology*）一书中概述的，就有西班牙传统（《熙德之歌》）、古代法兰西传统（《罗兰之歌》）、中世纪日耳曼传统（《杜库斯·霍兰特》）等，甚至有学者将口头程式理论运用到了《圣经》研究中。在中国学界，较早将口头程式理论运用于中国诗歌传统的，是台湾学者王靖献于 20 世纪 70 年代发表的《钟与鼓：〈诗经〉的套语及其创作方式》（*The Bell and the Drum：Shih Ching as Formulaic Poetry in an Oral Tradition*），这是他在加州大学伯克利分校的博士论文。进入 21 世纪，诸多学者有意识地将口头程式理论运用于中国史诗或其他民俗事象，如朝戈金对蒙古族史诗《江格尔》的程式句法的研究、巴莫曲布嫫对彝族史诗的研究、陈岗龙对蟒古思故事说唱艺人的研究，都取得了较为丰硕的成果，但该理论在中国的应用客体数量，与中国作为多民族国家所拥有的丰富民间传统很不相符。因此，贺大卫对《罕王》平行式的研究，展现了他对口头程式理论的深化和拓展，具有重要的学术价值。

三　安乐博对中越边境的传说的研究

斯坦福大学的电子期刊《东亚历史与文化评论》（*Cross-Currents：East Asian History and Culture Review*），曾在 2014 年 6 月发表了一个名为"中越边境的历史与故事"的专题[1]，哈佛大学历史学院的谭可泰（Hue-Tam Ho Tai）教授为这个专题撰写了简介[2]。

该专题中，澳门大学历史系安乐博（Robert J. Antony）教授的《杨彦迪：1644—1684 年中越海域边界的海盗、反叛者及英雄》（"'Righteous Yang'：Pirate，Rebel，and Hero on the Sino-Vietnamese Water Frontier，

---

[1]　参见 https：//cross-currents. berkeley. edu/e-journal/issue – 11。

[2]　Hue-Tam Ho Tai，"Stories and Histories from the China-Vietnam Border"，*Cross-Currents：East Asian History and Culture Review*，No. 11，2014，pp. 1 – 3.

1644 – 1684")一文，是近年来为数不多的将历史文献与民间传说进行对比验证的研究之一。① 文章主要探讨了杨彦迪离开中国领土后，到达越南阮氏朝廷治下的美湫之前的经历。尽管对于今天的我们而言，杨彦迪这个名字比较陌生，但他却是明清易代之际的重要人物，一直以来，杨彦迪的身份被描述为海盗、反叛者、明朝遗民、英雄，他在历史记载和民间传说中都具有多重身份。

安乐博以历史文献为据，结合中越海境的民间传说与田野调查，厘清了杨彦迪在北部湾（中越海域边界）的经历及当时的大时代背景。时势的混乱，让我们很难在北部湾的"清军或南明军队、反叛者、土匪、海盗和当地民兵之间做清晰的划分"。安乐博通过文献的梳理，明确指出，史志几乎无一例外地突出了杨彦迪"逆""贼"的身份特质。但在中越海域边界上的钦州、防城港等地区的田野调查使安乐博发现，民间传说中的杨彦迪重道德、有担当，有着高尚的英雄品质，呈现出与史书书写相背离的趋势。在对有关杨彦迪的史志记录、传说、当代事实三者之间的联系做出了令人信服的分析与论证后，安乐博得出结论："杨彦迪首先是一名海盗，其次是反叛者，最后是当地的英雄"，他"既是历史人物也是历史传奇"。

安乐博此项研究的重要性在于，他对两广地区杨彦迪传说的口头、文字两种形态的形成与传播的论述，为我们勾勒了一个简洁清晰的传说个案流变史。论文前半部分对中越海域边界的介绍、对明清之际北部湾的动荡局势的梳理与讨论，体现出作者深厚的史学修养。这篇论文也是将历史学研究与民间传说相融合的典范。若今人仅仅依凭史书记载，那么杨彦迪给我们留下的印象，或许就是一个"海贼""逆贼"的反面形象，而安乐博的田野调查及其搜集的当地传说证明，至今，北部湾沿海地区的民众仍在称赏杨彦迪的正义、高尚以及他对明朝的忠诚。正如谭可泰在专题简介中

---

① Robert J. Antony, "'Righteous Yang': Pirate, Rebel, and Hero on the Sino-Vietnamese Water Frontier, 1644 – 1684", *Cross-Currents: East Asian History and Culture Review*, No. 11, 2014, pp. 4 – 30. 安乐博在 2016 将这篇论文译成中文，并发表在《海洋史研究》（第九辑），2016 年 7 月，第 261—281 页。

提到的，安乐博此篇论文的更深远意义在于，它"不仅敦促我们对杨彦迪的身份进行重新认定，对其他在 17 世纪 80 年代清军入关后从中国进入越南的几千名中国人来说，也是如此"。在这个案例中，民间传说的价值得到了充分的利用。

"中越边境的历史与故事"专题还收录了越南社会科学翰林院的阮氏芳珍（Nguyễn Thị Phường Châm）的《跨境新娘：边境渔村的越南妻子，中国丈夫》（"Cross-Border Brides：Vietnamese Wives，Chinese Husbands in a Border-Area Fishing Village"）①；东康涅狄格州立大学历史学助理教授布拉德利·坎普·戴维斯（Bradley Camp Davis）的《领事视域下的叛乱与统治：改变看中越边境的方式，1874—1879》（"Rebellion and Rule under Consular Optics：Changing Ways of Seeing the China-Vietnam Borderlands，1874 – 1879"）②；越南河内国家大学武唐伦（Vũ Đường Luân）的《边境矿区的政治：中越边境地区农文云起义中的地方首领、中国矿工和高地社会（1833 —1835）》["The Politics of Frontier Mining：Local Chieftains，Chinese Miners，and Upland Society in the Nông Văn Vân Uprising in the Sino-Vietnamese Border Area（1833 – 1835）"]③，探讨了中越边境的民俗、婚姻等多个方面。

四　伊莱对瑶族《过山榜》的研究

科罗拉多州立大学历史系的伊莱（Eli Noah Alberts）博士近年重点关注瑶族的宗教与文化，尤其是瑶族文献《评皇券牒》，他于 2011 年在《台

---

① Nguyễn Thị Phường Châm，"Cross-Border Brides：Vietnamese Wives，Chinese Husbands in a Border-Area Fishing Village"，*Cross-Currents：East Asian History and Culture Review*，No. 11，2014，pp. 92 – 117.

② Bradley Camp Davis，"Rebellion and Rule under Consular Optics：Changing Ways of Seeing the China-Vietnam Borderlands，1874 – 1879"，*Cross-Currents：East Asian History and Culture Review*，No. 11，2014，pp. 59 – 91.

③ Vũ Đường Luân，"The Politics of Frontier Mining：Local Chieftains，Chinese Miners，and Upland Society in the Nông Văn Vân Uprising in the Sino-Vietnamese Border Area（1833 – 1835）"，*Cross-Currents：East Asian History and Culture Review*，No. 11，2014，pp. 31 – 58.

湾人类学刊》发表了《纪念祖先功绩:〈评皇券牒〉中的神话、基模与历史》("Commemorating the Ancestors' Merit: Myth, Schema, and History in the 'Charter of Emperor Ping'")。①《评皇券牒》是流传于中国南部、越南和泰国等地区的一种瑶族文献,也叫《过山榜》,其历史至少可以追溯至清初,它在形式和内容上都与古代皇帝的诏书相似。在这篇长论中,伊莱从视觉和叙事两个方面,对《评皇券牒》的分布、流传、产生及其视觉特征、地位与权力的联系进行论述,并分析了《评皇券牒》中的排序基模,主要包括:盘王形象的诞生、"漂洋过海"与盘王的功绩、盘古的创造。过去的学者大多认为《评皇券牒》是中原帝国授予瑶族的敕令,伊莱在这篇论文中认为,《评皇券牒》是"原住民的创作,源自地方的瑶族领袖,他们操弄熟知的帝国文本惯例,为自己、族人和家人谋利"。《评皇券牒》本身经历了被复制、被珍视的过程,在这个过程中,实际上包含了瑶族的群体记忆,这些记忆有已去世的,也有仍然在世的人的记忆,被纪念的人曾经为中央朝廷服务,同时也是道教精神世界的象征。

伊莱在结语中提出的几个问题,或许可以成为今后有关瑶族《评皇券牒》研究的研究方向:追踪从明代末年到民国时期在各地流传的独立《评皇券牒》的微观历史,包括这些地区政府的历史,以及瑶族对这些政策的回应等;瑶族与当地以及跨地区、瑶族与非瑶族之间的联系,还有围绕盘王崇拜而形成的狂热崇拜,都值得进一步关注;将《评皇券牒》中对盘王的描绘,与其他材料(如文本、口头)所反映出的盘王形象进行对比,或许也可以取得令人欣喜的成果。值得一提的是,美国国会图书馆藏有大量瑶族《过山榜》的文献资源,中南民族大学的何红一教授对海外瑶族文献的收藏现状多有论述②,国内学界或可通过海外珍藏的瑶族文献,进一步加深对相关民间文学、民俗事象的研究。

---

① Eli Alberts, "Commemorating the Ancestors' Merit: Myth, Schema, and History in the 'Charter of Emperor Ping'", *Taiwan Journal of Anthropology*, 2011, 9(1): 19 – 65.

② 何红一:《海外中国少数民族文献的保护与抢救——以美国国会图书馆中国少数民族文献收藏为中心》,《江西社会科学》2010 年第 12 期。

五　西方学界相关研究的影响与特点

由于语言限制，本文主要查阅近年用英语发表并在可阅读范围内的刊物与文献，以上所举四例，仍是沧海一粟，但基本代表了西方学界的研究热点。这些成果中，已译介至国内学界的仍是少数，但西方学者在壮族典籍（如《布洛陀经诗》）的研究与英译、民间故事（如《酉阳杂俎》中的"叶限"故事）的跨国与跨民族分析、口头传统（如《布洛陀经诗》的形式特点）与历史等方面的研究，都取得了突破性的成果，在国际上也享有盛誉。其中，壮族典籍的英译，还引发了国内学者的诸多思考，成为新的学术增长点，主要体现为对民族志英译理论的探讨。

上文提到，贺大卫不仅是一位壮族民俗的研究者，他还积极进行壮族典籍的译介。除了《汉皇与祖皇》外，他的译著还有《杀牛祭祖》（*Killing A Buffalo for the Ancestors*：*A Zhuang Cosmological Text from Southwest China*，2003 年）、《招魂》（*Recalling Lost Souls*：*The Baeu Rodo Scriptures*，*Tai Cosmogonic Texts from Guangxi in Southern China*，2004 年）。这三本均为壮英双语对照的民族志译作，贺大卫的译作，将他多年的田野调查与研究融入其中，可谓是"翻译与研究并重"。黄中习对《杀牛祭祖》的成书过程以及贺大卫的主要经历进行了较为详细的介绍①，他还撰文从译介学视角出发，以贺大卫及其译著为例，对民族志译者的角色进行了分析，黄中习认为，译者不仅要理解原文，在将翻译对象文本化时，还要进行现场仪式的考察与摄录，此外，还要成为一个"文化搜集者"，利用民族志的工作与研究方法，传达民族语言文化的深刻意蕴，进行深度翻译。② 百色学院外国语学院的陆莲枝教授在主持"民族志翻译视角下的壮族创世史诗《布洛陀》英译研究"项目时，针对贺大卫的典籍翻译著作，发表了多篇研究

---

① 黄中习：《贺大卫：壮民族志研究型译者》，《桂林师范高等专科学校学报》2016 年第5 期。

② 黄中习：《译介学视角下的民族志译者角色研究——以贺大卫为例》，《广西师范学院学报》（哲学社会科学版）2017 年第 6 期。

论文。陆莲枝首先分析《赎魂经》的两个英译本，对《布洛陀》英译中的文化传递模式进行思考，她认为韩家权《布洛陀史诗》（壮汉英三语对照）和贺大卫《招魂》（壮英对照）对《赎魂经》的翻译，都经历了"文化接触—文化阐释—文化表征"三个阶段，但由于所处的文化背景不同，韩家权的译作在性质上属于推介型译出著作，贺大卫的译作则是研究型译入著作。①陆莲枝认为，贺大卫的《布洛陀经诗》译作（包括《杀牛祭祖》《招魂》《汉王与祖王》），"实现了从壮语到英语的直接转换"，避免了从壮语到汉语，再从汉语到英语的二次翻译过程中可能导致的误读，并且综合了人类学与民族学、民俗学的理论与方法，将田野调查、全息阐释、深度翻译结合在一起，同时"兼顾经文的口传性、'活态'性"。②总体而言，贺大卫的《布洛陀》英译，"为中国少数民族典籍英译提供了新范式"。③

由于黄中习、陆莲枝主要从翻译理论的视角对贺大卫的译作做出评价，因此对贺氏在这些译作中所呈现的对壮族仪式经文的语法、语用及形式特点的分析，以及散见于注解之中的、对壮族民俗事象的解读，评述较少或未涉及，而这一点，恰是民俗学者可深究并从中汲取经验的内容。

通过细读近年西方学界对西南、华南地区民间文学的研究，我们可以发现，现有的西方学界相关研究具备以下几个特点：

（一）从欧洲古典学到壮族仪式经文研究方法论的建立。贺大卫在二十余年的壮族仪式经文研究中，逐渐形成了一套独特的方法论。④而其研究思路与方法，是在欧洲古典学、欧洲汉学的浸润下形成的，与大多数民俗学者不同，他是从语言学研究进入对民俗学的研究。在从事壮族研究之初，贺氏便明确提出："如果有人想形成关于广西社会的任何重要的见解，

---

① 陆莲枝：《壮族〈布洛陀〉英译中的文化传递模式——析〈赎魂经〉两个英译本》，《民族翻译》2017 年第 1 期。

② 陆莲枝：《贺大卫〈布洛陀〉英译本的民族志阐释》，《翻译界》2017 年第 2 期。

③ 陆莲枝：《壮族麽经英译新范例：民族志式深度翻译——贺大卫〈汉王与祖王〉英译本评介》，《百色学院学报》2017 年第 4 期。

④ 详见［澳］贺大卫著《壮族仪式剧研究：关于族际社会的方法论》，杨树喆译，董晓萍校，《东方丛刊》2000 年第 2 辑；该方法论涵盖了田野调查与文本分析等层面。贺大卫在中央民族大学开设的讲座"壮族传统文本方法论"中，也曾就这一方法论进行介绍。

他就必须正视壮语和壮族问题，而不能因为语言上的困难而认为它不重要或把它搁置一旁。"①《汉皇与祖皇》一书包含了对壮语的丰富解释，这些对壮语和方块字的声调、韵律、构字系统的解读，使得贺氏对《罕王》经诗中的平行式的概括更为精准。贺氏在英国牛津大学攻读博士学位期间，师从汉学家龙彼得（Pier van der Loon），随后任职于澳大利亚墨尔本大学亚洲研究院汉学系，目前任台湾政治大学民族学系教授，其在博士学习期间的研究重点是中国北方的仪式剧、文艺思想，从20世纪90年代开始转向对壮族的研究。贺氏在多个研究领域（华北道教、仪式剧、壮族语言文字）与研究机构之间的转换，使其得以接触并吸纳不同地域、学派的研究成果，其思想与研究亦具有一定的国际视野，而这一点是本土学者较少具备的。贺大卫的学术生命力十分旺盛，在研究过程中，他本人的部分研究观点也在逐渐发生改变，例如，在《〈罕王〉的平行式》一文中，贺氏对早年的一些定论做了自我批判，认为对"汉族—本土"平行式的重要性"率尔言之是不明智的"；而其对壮族仪式经文的称呼之变化，也反映出其本人对壮族民间文学看法的改变。在此笔者仅举一例：贺氏在早年称部分《布洛陀经诗》为"经文"（scripture），而在近年的研究成果中，他认为这些经文具有"史诗"的意味，并在《〈罕王〉的平行式》中称之为"史诗"（epic prose），简言之，术语使用的变化，在一定程度上反映了研究者研究观念的变化或调整。

（二）在现代语境中重新解读文本，强调田野工作的重要性。"文本"与"语境"的讨论，是现代民俗学，尤其是进入21世纪以来，民俗学与民间文学学科的重要关键词，尤其是美国民俗学在20世纪的研究转型，为美国和中国学界带来了较大影响。②反映在具体的研究中，是对民俗事象

---

① ［澳］贺大卫：《壮族仪式剧研究：关于族际社会的方法论》，杨树喆译，董晓萍校，《东方丛刊》2000年第2辑，第23页。

② 国内民俗学界关于"文本"与"语境"的讨论，主要有：巴莫曲布嫫：《叙事语境与演述场域——以诺苏彝族的口头论辩和史诗传统为例》，《文学评论》2004年第1期；刘晓春：《从"民俗"到"语境中的民俗"——中国民俗学研究的范式转换》，《民俗研究》2009年第2期；杨利慧：《语境、过程、表演者与朝向当下的民俗学——表演理论与中国民俗学的当代转型》，《民俗研究》2011年第1期。

的起源与生存环境及其持有者、传承者的重视。传统的灰姑娘研究以故事文本为中心，研究者们常常将其与欧洲的"灰姑娘"故事进行比较研究，进而阐释中西方异文所体现的两种文化传统的异同，而费伊的《灰姑娘的亚洲起源》一文，以"讲述者"为中心，其考察范围涵盖壮族学者和非学者群体，从而确保了所得结论的客观性、公正性，并选取了故事中独特的"鲤"作为切入点，更多地将这个故事和整个壮族传统以及印度教、佛教的民间文学传统中出现的"鲤"相联系，进行跨境、跨民族的比较分析，为当前的"灰姑娘"研究打开了一扇新窗。费伊由9世纪的壮族本土环境拓展至9世纪前后的中国文学、亚洲文学背景，同时援引不同学科的研究成果，来丰富对"灰姑娘"故事的认识。费伊首先划定研究的时间、空间范围，而后在该时空领域中探讨故事生成的可能性、必然性。受欧洲古典学熏陶的贺大卫，与经历了美国研究范式大转变的费伊·比彻姆，在研究中都重视文本所生长的环境，区别在于，由于研究对象与自身学术倾向的不同，贺大卫偏重于从字词的基本解读中挖掘文本形式的特点，而费伊更侧重讲述者对民间故事之形成所产生的影响。这种对"文本"与"语境"之关系的强调，还突出地体现在对研究过程中进行田野调查的重视。即便是专注于史学研究的安乐博和伊莱，尽管未在自己的文章中强调田野调查的重要性，但其所资引用的材料，明显来源于丰富扎实的田野基础，只是贺大卫与费伊的田野调查是出于对仪式经文、民间故事背景信息的需要，而安乐博、伊莱的田野调查更多地服务于历史人物的重构、民族史的建立。

（三）对民间传说在建构史学真实过程中的作用的理性思考。口述史研究在20世纪下半叶的勃然兴起，使不少历史学家都将目光转向了传统史学甚少关注的"口头"材料，历史学者们逐渐从日常生活中寻找史料无法体现的内容。如前文所述，安乐博的《杨彦迪：1644—1684年中越海域边界的海盗、反叛者及英雄》借助当代活态的民间传说，还原了一个更为丰满的"杨彦迪"形象。该研究不仅是对历史人物的还原，在方法论层面，也体现出作者是承认这样一种观点的：民间传说在建构史学真实过程中可以发挥一定的积极作用；但这种作用的辐射范围、实际操作与运用的技术性，仍需进一步规范化。另外，史学家对民间传说的借用，仍是服务于历史研究，因而其对民间传说的论述，往往只是一种辅助性论证，与民俗学、民间文学范围内的传说研究有着本质区别。

（四）史诗研究是当前海外中国民间文学研究的热点，口头诗学理论的应用价值日愈凸显。就研究内容而言，西方学界的研究目前尚未形成全景式研究态势，关注点集中在史诗、仪式经文、民间故事等方面，其中又以流传已久的古代典籍为重，较少关注当代新生的民间文学。华南、西南地区的史诗与仪式经文的搜集、整理与研究，一直是海外学者的兴趣着眼点，俄亥俄州立大学的马克·本德尔（Mark Bender）教授对彝族史诗的研究取得了丰硕的成果，在国内、国际学界都享有盛誉。仅从《口头传统》（*Oral Tradition*）来看，近年海外学者在该刊物发表的南方民间文学研究数量日趋增多，主要有马克·本德尔的《蝴蝶与龙鹰：中国西南地区的史诗整理》（"Butterflies and Dragon-Eagles：Processing Epics from Southwest China"）①，香港中文大学邓彧（Duncan Poupard）教授的《在口头与文学之间：纳西东巴经文个案研究》（"Between the Oral and the Literary：The Case of the Naxi Dongba Texts"）② 等。在《亚洲民族学》（*Asian Ethnology*），近年也有许多学者发表了对中国民间史诗研究的反思，如安妮（Anne E. McLaren）和埃米莉（Emily Yu Zhang）的《重建当代中国的"传统"民间史诗：文本传播的原则》（"Recreating 'Traditional' Folk Epics in Contemporary China：The Politics of Textual Transmission"）③ 等。在研究华南史诗时，口头诗学理论的应用价值日愈凸显。需要指出的是，费伊·比彻姆的《灰姑娘的亚洲起源——广西壮族的故事讲述者》与贺大卫的《〈布洛陀经诗〉中的平行式：中国南方广西中西部的壮族史诗》，都发表于密苏里大学口头传统研究中心的刊物《口头传统》。贺氏对壮族仪式经文进行的语言学、

---

① Mark Bender， "Butterflies and Dragon-Eagles：Processing Epics from Southwest China"， *Oral Tradition*， Vol. 27， No. 1， 2012.

② Duncan Poupard， "Between the Oral and the Literary：The Case of the Naxi Dongba Texts"， *Oral Tradition*， Vol. 32， No. 1， 2018.

③ Anne E. McLaren and Emily Yu Zhang， "Recreating 'Traditional' Folk Epics in Contemporary China：The Politics of Textual Transmission"， *Asian Ethnology*， Vol. 76， No. 1， 2017.

人类学分析，与帕里、洛德在研究南斯拉夫史诗传统时所采用的研究思路与方法，有异曲同工之妙，这与我们的传统诗学中，对民间文学进行文化阐释与重构的解读方式大相径庭。不可否认的是，贺大卫的研究，有利于我们在当代更好地认清壮族史诗区别于其他民族、国家的史诗的特点。费伊·比彻姆则重点强调"叶限"故事的潜在"传统"，她的研究实际上肯定了叶限故事并非文人（段成式）独创，而是有着来自东南亚、南亚的诸多口头传统基础，并且叶限故事本身也影响了后来的东亚口头传统（如"鱼篮观音"的故事）与书面传统（紫式部的《源氏物语》）；同时，突出了故事讲述者在故事起源与流传中的重要作用。笔者认为，通过解决口头诗学理论在运用到南方少数民族史诗时所遇到的问题，或许有助于该理论自身的修正与完善。

此外，发表华南民间文学相关论著的海外学者或研究机构，很少有如贺大卫这样专注于民俗文化领域的学者，值得注意的是，更多学者来自其他学科，如费伊·比彻姆主要从事亚洲文学研究，安乐博、伊莱均来自历史系。研究主体的扩大化与学科多样化，有利于拓宽南方民间文学研究的视野，来自民俗学与民间文学之外其他领域的学者，有时往往能以独特的视角，打破文学、社会、历史、民族与民俗研究之间的界限，以广阔的视野，运用多种理论方法进行比较分析。利用已有的研究成果，以"他者"的视角为华南、西南少数民族撰写民族志，也是当前西方学者的一个研究倾向。

概言之，近年西方学界对华南、西南民间文学的思考与分析，取得了不俗的成绩，且开始朝着整体化、学科化的趋势发展。他们在欧洲古典学与汉学的熏陶中，在美国民俗学与史学的学科范式转变的背景下，所体现的国际视野、严谨的学术论证、深入的学理思考、多学科理论方法的运用，对文本与语境关系的探讨、对田野调查方法论的强调、对史料与现代生活的互补研究，都值得国内学者了解与借鉴。尽管西方学界之间、西方学界与国内学界之间的学术背景、所接受的学术传统有着或大或小的差异，但是，他们仍然为拓宽国内民间文学研究的视野、提供多样化的研究范式作出了重大贡献。围绕某一海外学者及其研究论著，追踪其学术路径，从中把握海外中国民间文学研究，乃至海外中国民俗研究的学理特点，有望为当前的民俗学与民间文学思考提供有益借鉴。

（与陆慧玲合作，原文载于《贵州民族大学学报》（哲学社会科学版）2019 年第 3 期）

民 间 文 学 研 究 新 视 野

民俗学研究

"FOLKLORE"名辩

1846 年，不知是不是受到当时学科改名之议的影响，[①] 英国学者威廉·汤姆斯（William Thoms）提议以"民俗"（Folklore）一词来替代"大众古习"（Popular Antiquities），为学界广泛接受而沿用至今。近年来，西方学界一些民俗学者开始对这一学科名称及其内涵进行反思，引发了一场"名辩"论争。1996 年，值此学名诞生 150 年之际，哈娄（Ilana Harlow）在匹兹堡美国民俗学会年会上召集主持了一个专题讨论组，在"名称何指"的主旨下，探讨了一系列问题，如：此名词在描述我们的工作和吸引我们的文化领域方面是否仍适用？改名是否可以解决一些民俗学者认为的学科"身份危机"？为什么民俗学发展的理论，成了另外一些学科讨论的焦点，而民俗学界却置身度外？等等。

民俗学研究产生于 18 世纪浪漫民族主义和理性主义运动，从这些运动的视角出发，民俗被看作随着现代新生事物的出现而衰没的文化方面。因此，民俗学的概念无疑是时代的产物，于今是否合适，值得重新评估。本迪克丝（Regina Bendix）认为，民俗学者面临的是以信仰和实践形式出现的表达行为和过程，有过去的，也有现时的；有表演的，也有文本的；有自然的，也有人工的；有远乡僻壤的，也有现代社会的，而我们所处的文

---

① 1830 年，有人提出用"lore"来替代传统的后缀"–ology"，如用"earthlore"代替"geology"，用"starlore"代替"astrology"，用"birdlore"代替"ornithology"等。

化交变时代更增添了问题的复杂性。因此，无论怎样修补，"民俗学"一词都难当此重负。就概念层次而言，它阻碍了对更广阔的思想和行为领域的视野；就职业市场而言，它不利于有关学者的求职从业。鉴于此词的局限性，一些国家的学界从来就没有采用它，连汤姆斯的故乡英国，也没有一所大学设立"民俗学系"，而代之以"文化研究""当代文化研究""社会史"等课程。在法国，常用的名称是"民族学"（Ethnology）①、"口头文学""口头历史""传统艺术"等。在瑞典，自 1972 年始，所有大学的"民众生活系"均改名为"民族学"，德国也发生了类似的改名情况。与美国大学民俗学系目前的窘境相反，德国图宾根（TÜBINGEN）大学打出"文化科学学院"的旗号后，面向社会与市场，将民俗学与大众传播、社会历史等学科整合，社会影响日益扩大，每学期都录取多达 600 名学生，学术著作的读者面也随之扩大，得到广泛承认。② 本迪克丝更深入地指出，从意识形态的层面而言，民俗学受到了民族和种族运动的浸染，如曾被用于支持纳粹的意识形态，与殖民统治千丝万缕的联系等（有的学者甚至告诫在一些地区进行田野工作的民俗学家对 Folklore 一词要三缄其口，因为它被视作"万恶之源"），在过去一个世纪深植于民俗学领域的意识形态因素，对学科的窘境难辞其咎。

科申布莱特－吉布丽特（B. Kirshenblatt-Gimblett）把名称问题与民俗学的危机联系起来。在这个问题上，她似乎走得更远。她深知学科名称的改变，在某种程度上意味着这门学科的寿终正寝，不过她倒乐观其成。从生物学的观点出发，她认为，一门学科不是长生不老的，民俗学也是 18 世纪昌盛一时的学科（如宇宙志、地理学、哲学）分崩离析的受益者，今天该轮到它自己了。民俗学原本就先天不足，自人类学和文学中分离而出，

---

① 就广义而言，这里的"民族学"大致等同于美洲的"文化人类学"。有关"民俗学"与"民族学"两个学科概念间的冲突、混用，可参见芮逸夫主编《云五社会科学大词典·人类学》，台湾商务印书馆 1975 年版，第 89 页。很多民俗学家已承认民俗学是民族学的一部分。

② 实际上美国大学里的民俗学专业名称也是多种多样，如"民间生活"（folklife，乔治·华盛顿大学），"民众研究"（folk study，西肯塔基大学），"口头传统"（oral tradition，密苏里大学）或几种名称综合，如"民俗学、神话学和电影"等，反映了不同的研究重心、导向及学科整合的倾向。

现在随着学科的整合、知识的互渗，不得不与艺术、文化、表演等联姻或被它们所涵收。"民俗"一词在创立之时指的是文明社会里的"残留物"，在今天的学术界和社会上不但声名不振，而且常有负面的含义，引发不佳的联想，诸如简陋、粗鲁、不文明、不可信等（这在多部英文词典中有所反映），而在当今的数字时代，面对日新月异、复杂多样的文化产品研究对象，这样词义的"民俗学"恐难副其实。科申布莱特－吉布丽特坚持认为，解决我们危机的出路，不在于捍卫我们的知识传统、以耻为荣，抑或是澄清误解、以正视听，而应追根究底、改旗易帜，寻找出符合后学科架构的学科名称来。

宾夕法尼亚大学著名的民俗学教授丹・本－阿莫斯（Dan Ben-Amos）对民俗学界的废名之议持反对意见，他痛心疾首，连连发问：难道在不到半个世纪的时间内民俗学就衰落了？为什么在其实践者眼中它的地位如此之低，以至于几位美国民俗学会的主席、理事们都弃之如敝屣，要消除这一学科身份的象征？50年前的赞歌如今成了挽唱，以其为业、兹事体大的民俗学者，如今却要自掘坟墓，原因固然如其所云：Folklore一词在行外误解百出，专业身份的模棱两可，经济方面的不稳定性，学科上一方面惠及他人（学科），一方面明显地不被尊重，等等；不过另一方面，本－阿莫斯也指出，民俗学者应当反躬自问，反思民俗学走过的道路和民俗学者的作为。美国民俗学科初建之时，许多创始人并不以此为业，嗣后许多学者也是在其他科系谋生，大学的民俗学专业也常阶段性不景气。在学科需表现其社会价值的观点下，学者们开始转向"公众民俗"或"应用民俗"，更多地参与到公众活动中去，同时在一定程度上放弃了回应大学科系面临的挑战和自身的学科建设。当学者们踏入社会外界时，却面临着与学界圈子内大异其趣的关于"民俗学"的印象和含义，废名之议，由此而生。学术的泛化、表层化、市场化，也是学科弱化原因之一。本－阿莫斯坚定地认为：一个学科的名称，在思想史上有着重要的功能，不能仅仅因为外部语义的变化就抛弃之。学科名称犹如知识遗产的一处遗址，学说思潮杂陈其上实属正常；任何新理论、新观念或定义，如不与学科先前的思想相关联，便意义全无。"民俗学"已有150年的语义负载，如果另寻新名，无异于孤儿寻找新的父母，会发现他们也有种种难言苦衷，我们也只有继承而别无良策。我们不能改变我们的历史和名字以满足我们的理想。学科的演化根植于我们的学术质量而非名称，不能把名称当作学术不振的替罪羊。我们不应在乎别人怎样看我们，而应在乎我们的作为，我们的学术贡献会给"民俗学"一词增光添彩。本－阿莫斯认为，深刻的自我评估是重要的，可能会成为理论、方法论的转折点，但我们绝不能无视知识的传统和根基。与大众文化中的形象相反，民俗学决非日薄西山。

另一位学者欧林教授（Elliott Oring）亦坚决反对改名之议。他认为，从理论上、实践上和道德上，改名的说法都是站不住脚的。他坦承民俗学在人文科学界未能傲视群雄，但学界不景气并非民俗学一门，据统计，20世纪90年代最差的职业中就包括大学教授，他认识的一位人类学博士，就不得不在高中教数学。再说，从美国近五年招收民俗学博士生的情况来看，根本不是山穷水尽，报考人数反而在不断增长并且素质甚高，声言大学已无民俗学容身之地，恐是言过其实。针对欲改名者所言民俗学"历史污点"之说，欧林指出：改名换姓意味着忘却，民俗学以及所有的学科都应当牢记过去被利用的历史，警惕将来重蹈覆辙。人类学也曾有被种族主义利用的不光彩历史，但人类学并不因此而兴废名之议。今日之民俗学早已洗心革面，"污点"既非永久，何必耿耿于怀。按照改名倡导者之见，民俗学正伴随着其研究对象成为"过去"，而文化研究则是"当代性"的。欧林认为，所谓"当代"都是基于与"过去"的关系而言，"当代"不能在"过去"缺席的状况下存在。欧林无论如何不肯相信，民俗学在学界只活了45岁就一命归西。他不无讽刺意味地反诘：谁将从改名中获益？恐怕是那些已将民俗学揽入麾下的文学批评家、历史学家、语言人类学家以及文化研究者们。一旦易名，我们将一无所有，而其他学科也不见得由此受益。他反对将知识产品引向"全球交互文化关系对话"的方向，因为民俗学不是什么"后资本主义"的学问。民俗学家可以关注世界经济和政治对民俗的影响，但只津津乐道于精英们时髦的文化话题，而罔顾民俗学研究对象的本质所在，时髦过后又将何如？

名之废立，其义殊深，这场争论确实反映了民俗学科内部和外部在当下所面临的种种问题。欲废名者急不可待，但却并未能提出更合适的学科名；捍卫"Folklore"者振振有词，是否济世良方，也还有待于实践验证。在我国学界，已有学者指出了大学民俗学面临的"厄运"问题，[①] 部分学者也曾有改名之议。发生在国际学界的这场争论，对我国民俗学界当有参考和启迪的意义。

（原载《民俗研究》1999 年第 3 期）

---

① 参见段宝林《民俗学的命运》，《民俗研究》1999 年第 1 期。

《谈征》与民俗

  《谈征》是我国清代学者外方山人所编纂的一部具有丰富的民俗资料和重要民俗研究价值的书籍。该书最早刊于清嘉庆乙亥年，即嘉庆二十年（1815），柯古堂刊印。1927 年夏，日本学者长泽规矩也从北京长肆翰文斋高某手中，以六元书价，购得一部初刊珍本《谈征》。

  1974 年，已成为日本法政大学和爱知大学教授的中国文学史及目录学研究家长泽规矩也博士，将《谈征》编入《明清俗语辞书集成》第三辑，由汲古书院刊行。在国内，仅见孙殿起先生《贩书偶记》提到过此书，且为道光三年春上苑堂堪巾箱本，因此原书在国内很可能已经佚失。

  作者外方山人（序跋中又称之为"西崖先生"，姓名未考）的生平事迹及著述，今已难以查考。根据书中他人所作的序来看，作者是一位十分喜好奇书善本的藏书家，曾在岭南一带做官。

  《谈征》共有五卷，分名（上、下）、言、事、物四部分。由于该书属杂考笔记性质，故其内容涉及范围较为宽泛，上自天文地理，下至草木虫鱼，举凡名物事故，习俗风尚，多有涉及。有关民俗的材料，散见于名言事物四部中，按其性质又大致可分为两类：一类是作者对一些民俗事项源流演变书面上的索引考证；一类是作者对当时社会民俗事象的采集记录。

一

《谈征》卷首吴煊的序中说西崖"藏书数万卷"，成一夔的跋中也说西崖"淹博好古，其书满家"，"遇奇书善本如得珍珠串，拳拳然不能释，必勉购之或假而抄之而后快"。正是在占有大量材料的雄厚基础上，作者引经据典，钩沉发微，从各种各样、浩如烟海的古籍文献资料中，探索了大量纷纭复杂的民俗事象的源流及其演变，笔触所及，几乎包括了所有的民俗类项，如民间迷信、民间节日、人生仪礼、民间文学、民间服饰、民间工艺、民间游艺、民间医药、民间称谓等。

在这一大类里又可分为两小类。第一类，著者仅列举排比古籍，客观地展示某种民俗事象的起源和发展，带有一定的类书性质。读者可以从中得到许多民俗资料，并由此得出自己的结论。

例如"乞巧"条：

《荆楚岁时记》云七夕妇人结彩缕、穿七孔针或以金银鍮石为针（宋孝武七夕诗曰：迎风披彩缕，向月贯玄针），陈瓜果于庭中以乞巧。有喜子网于瓜上，则以为符应。《风土记》七月七日，其夜洒扫于庭，露施几筵，设酒脯时果，散香粉于河鼓织女，言此二星神当会守夜者，咸怀私愿，或云见天汉中有奕奕正白气，有光耀五色，以此为征应，见着便拜而乞愿，乞富乞寿乞子，惟得乞一，不得兼求，三年颇有受其祚者。

按：朱竹垞七夕词有云：若使天孙有余巧，只应先乞自痴牛。语最解颐。痴牛，牵牛也。——《事部·九》

又如"木偶戏"条：

古傀儡戏也。列子曰：周穆王时，巧人名偃师，所造倡者能歌舞。王与盛姬观之，舞罢则瞬目以招王之左右。王怒，欲杀巧人，偃师惧，立剖杀倡者，皆草木胶漆之所为。此是傀儡之始。又《乐府杂录》：傀儡子起于汉祖平城之围。其城一面即冒顿妻阏氏，兵强于三面。陈平访知阏氏妒忌，造木偶妇人运机关舞埤间，阏氏望见，谓是生人，虑下城冒顿必纳，遂退军。后翻为戏，其引歌舞者曰郭郎，髡发，善戏笑，凡戏场必在排儿之首，今戏班有木偶人俗名曰郎神即此。《颜氏家训》：或问俗名傀儡子为郭秃，有故实乎？答曰：《风俗通》云诸郭皆讳秃，当是先世有姓郭而病秃者，滑稽调戏，故后人为其像呼为郭秃尔。——《事部·四十五》

再如作者从古人诗文中搜集的谚语：

谚语为古人诗词中所引用者甚多："月如弯弓，少雨多风，月如仰瓦，不求自下。"罗景纶诗用之。"乾星照湿土，来日依旧雨"，王建诗用之。"照泥星出依然黑，烂漫庭花不肯休"，"日没胭脂红，无雨也有风"，梅圣俞诗用之。……——《言部·五十六》

共引用谚语达数十条之多。作者征引的资料范围很广，有古代典籍，也有文人诗词，其中有些是现今已佚或残缺的，这就使得这些资料具有很高的价值。

另一类是作者在广征博引的基础上，对一些民俗事象进行分析考证，进而提出自己的见解和结论。例如对"寒食"起源的考证：

昔者燧人氏作观乾象，察辰心而出火，作钻燧别五木以改火，岂惟惠民以顺天地。心者，天之大火，而辰戌者火之二墓，是以季春心昏见干辰而出火，季秋心昏见干戌而纳之。卯为心之名堂，玉是而火大壮，仲春禁火戒其盛也。周官：每岁仲春，命司烜氏以木铎修火，禁于国中，禁火则寒食，钻燧乃出火也。季春出火，季秋内火，民咸从之，今之所谓去冬至一百五日为寒食者。熟食断烟谓之龙忌，盖龙星木位，春木行心大火，火盛故禁，周制则然。而周举之书，魏武之令以及太原旧俗皆以为介子推三月三日燔死而后世为之禁火，何其妄也。况清明寒食初靡定日，而琴操所记子推之死乃五月五日，周举传每冬中辄取一月寒食，是又以子推之死不在三月也。——《事部·六》

周举移书、魏武明罚令、陆翙邺中记等，以及流传至今的民间传说，"并云寒食断火，起于子推"。但反对此说者也不乏其人。南朝梁宗懔《荆楚岁时记》指出：《左传》《史记》皆不载介子推被焚之事，"按《周书·司烜氏》：仲春以木铎循火禁于国中，注云：为季春将出火也。今寒食准节气是仲春之末，清明是三月之初，然则禁火盖周之旧制"。《谈征》作者发扬了这种从周朝禁制推定寒食起源的观点，又以日期的相悖提出反证。美国著名民俗学家艾伯华也认为寒食之俗应上溯于周代，不过他认为"举火"是由周代诸侯领地内春天垦地烧荒的耕作方式而来①，也可成一家之言。

再如作者对于月中嫦娥的考证。嫦娥之说始于《淮南子》及张衡《灵宪》。外方山人则认为："其实因常仪占曰而误也。"他举《吕氏春秋》中"尚仪作占月"为证，这与毕沅的观点是一致的。毕沅注曰："尚仪及常仪，古读仪为何，后世遂有嫦娥之鄙言。"毕沅的说法没有例证，较为简略，而外方山人则进一步充实了自己的论据，他指出：

"古者义和占日，常仪占月，皆官名也……《左传》有常仪靡，即常仪氏之后也，后讹为嫦娥，以仪娥同音耳。《周礼》注仪娥古皆音俄。《易·小象》以'失其义叶，信如何也?'《诗》以'乐且有仪叶，在彼中阿。'《史记》徐广注音舣船之舣作俄。汉碑凡蓡娥皆作蓡仪。"从而顺理成章地得出"嫦娥为常仪之误无疑矣"的结论。作者在这里从语音字误的角度来揭示神话流变的一些现象，尽管得出的结论仍是推测性质的，但对我们仍有启发意义。现在看来，作为帝俊妻的月亮女神常仪和羿妻嫦娥很可能是同一神化的分化，二者之间的某些联系是显而易见的，值得我们去

---

① 参见 W. Eberhard, *Chinese Festivals*, Taipei：The Orient Cultural Service, 1972, pp. 65 – 71。

进一步探讨。

二

《谈征》民俗部分的第二大类是外方山人对自己所处时代社会中一些民俗事象的记录。这里面也可分为两小类，第一类是纯粹民俗事象的记录，如《名部·下（五十六）》中关于"疍户"的记载：

> 诸疍以艇为家，不许岸居。良家亦不与通姻……其有男未聘，则置盆草于船梢；女未受聘，则置盆花与船梢，以致媒妁。婚时以蛮歌相迎，男歌胜则夺女过舟。其女大者曰鱼姐，小者曰蚬妹，鱼大蚬小，故姊曰鱼而妹曰蚬。

疍民在广州有三四十万人，又以番禺、新会、东莞等地分布较多。他们世世代代"以周为宅"，其族源也较为复杂。有关疍民的生活，古人多有记载，如李调元说："疍民亦喜唱歌，婚夕两舟相合，男歌胜则牵女衣过舟也"，正与外方山人"婚时以蛮歌相迎，男歌胜则夺女过舟"的描述相同。外方山人还记录了疍户的一些生产习俗，如云疍户"善没水，每持刀槊水与巨鱼斗。大鱼在岩穴中，或与之嬉戏，抚摩鳞鬣，伺大鱼口张，以长绳系钩，钩两腮牵之而出，或数十人张网，则数人下水诱引大鱼入网，网举，人随之而上。亦尝有被大鱼吞啖者，或大鱼还穴横塞穴口，已在穴中不能出而死者"。作者把疍民的生活记录得具体逼真，使人如临其境，如果作者未曾身处其地去观察访录，是很难写出这些文字的。根据成一夔的跋判断，这可能是外方山人"既宦岭南"时接触了疍民后写下的，为我们研究疍民的一些生活、生产习俗提供了资料。但遗憾的是，类似的记载在《谈征》中所见甚少。

第二小类占的比重则较大，这一类的特点是记载当时的民俗又从不同的途径加以考察。如当时娶媳妇时，有置草于门的习俗，但时人多不知其所以然。外方山人指出："昔汉京房之女适翼奉子，奉择日迎之，房以其日三煞在门，三煞者，青羊青牛乌鸡之神，新妇犯之，损尊长及无子，奉俟新妇至门，以谷豆与草攘之，今仍袭焉。"这可能是外方山人根据传说而进行的考证。又如"绕髻妆"条：

> 今粤中女子日夕买花，穿之绕髻为饰。其俗由来已久。考陆贾《南中行记》云：南中百花，惟素馨香特酷烈，彼中女子以彩丝穿花绕髻为饰。梁章隐《咏素馨花诗》云：细花穿弱缕，盘向绿云鬟。

与上面不同，在这里作者是借助各类文献资料对民俗事象加以源流上的考证。类似的考证还有"盂兰盆会""纸钱""打灰堆""泰山石敢当"等。

在这里需要特别提出的是外方山人对当时流传的民间俗语的搜集和考证。俗语初为文人鄙视，不见诸文字，至唐宋始有部分文人学者注意到对民间俗语资料的辑录，如颜师古、王应麟、陶宗仪等。到了明清，俗语资料愈加引起文人的兴趣和重视，出现了辑录俗语的高潮，如翟灏《通俗编》、梁同书《直语补证》、钱大昕《恒言录》、陈鳣《恒言广证》等。《谈征》虽不是专门的俗语书籍，但也辑录了较多的俗语资料，主要集中在《言部》中。《谈征》辑录俗语，并不是录而不究，而是都附有一番考证，这是其突出的特点。如"晒伐"条：

> 今人将田犁过不动谓之晒伐。伐者，发也，发土于上也。《考工记·匠人为沟洫疏》云："耜末头金，耜广五寸，四耜一金，两人并发之为偶。若长沮桀溺两人耕为偶，共一尺深者谓之畎。畎上高土谓之伐。"

又如，当今《辞海》《汉语成语辞典》等辞书，在释"龙钟"时，皆语焉不详，仅释为"行动不灵活""形容年老衰弱的样子"。外方山人则指出了龙钟本竹名，"言如竹之枝叶摇曳不能自禁持也"。再如，外方山人指出"败子"之"败"实乃"似苗而非苗"的稗草之稗，也颇有新意。这些都可说明外方山人对俗语的辑录研究是颇下了功力的，故对一些俗语的研究考证往往不同凡响，细细琢磨，却又言之成理。有志于研究明清俗语者，读了《谈征》，定会获得许多宝贵资料及启发的。

<h1 style="text-align:center">三</h1>

在对民俗资料的搜集处理和考证研究上，总的来说，《谈征》表现了下面几个特点：

第一，如前所述，作者对民俗资料既从浩如烟海的古籍文献中详加引证，考释罗列，并阐述自己言之有据的见解；又注意搜集民俗事象，掌握第一手材料；更把二者结合起来，从文献民俗学的角度对当时仍"活着"的民俗事象加以源流及发展上的考证，这也就是吴煊序中所总结出的"援古以证今，求今以正古"的特征。

第二，作者对民俗事象的考证，力求言之有据，但又敢于提出自己独到的见解，不落窠臼。如对"嫦娥""登高"（他指出登高并非重阳专有的习俗）及上述对俗语的考证等。在材料的取舍上，作者则颇为谨慎持重，"不犹愈夫怪异冥幻等书"，绝不"涉于荒诞、流于淫佚"（见自序），只是"释常谈通俗文"，做到"虽妇童樵牧亦乐闻而得其解"，这正是本书写作的宗旨。虽则难免有封建文人的片面正统观点，但作者能在"风尘劳攘"之余深入细致地去研究为他人所"习焉不察"甚至不屑一顾的民众生活事象的方方面面，同时目的又是让广大人民"得其解"，这在当时确是难能可贵的。正因为这个宗旨，作者的行文也简约通俗，且每每涉笔成趣，易于为人们所理解和接受。

第三，作者的世界观和民俗观，在字里行间也可窥见一二。如在谈到民间信仰的将人罪过奏闻上帝的"三尸神"时，作者就指出所谓"三尸"只是指人所具有的倨傲、质见、矫戾三种性情，"限以庚申日者"，是取"庚"的更新、"申"的申明之义，以自申明"勇于更改耳"，所以"岂真有三尸哉？"对于民间迷信的阴阳风水之说，作者尖锐地抨击："阴阳杂书，伪讹尤多"，进而举例说明古人入葬，皆不择日期，不勘墓地，不问吉凶，得出"葬有吉凶之说，不可信也"的结论。再如对民间禁忌中的"四不祥日"作者更指出："不祥之名亦附会支离之甚者也。"这些观点都是值得肯定的。另一方面，作者思想观点上的局限性在一些条目行文中也明显地表现出来，如《言部·三》中"云占"一条，作者一方面肯定"云往东，一场空；云往西，马溅泥；云往南，水潭潭；云往北，好晒麦"一谚"俗而有理"，但紧接着用阴阳学观点加以阐释，不能认识到这是劳动人民在长期农业生产和生活实践中总结归纳出来的看云识天气经验规律的结晶。在《事部·十》"乌鹊填河"一条中，作者一方面批评有"仙道"的武丁散布的"谬悠"之言，一方面竟说民间流传的七月七日"有乌鹊填河而渡织女"的传说"何诬天之甚也"，不能理解到这是广大劳动人民美好愿望的一种超现实的反映。类似这些观点，都反映了一个封建官吏和文人所无法摆脱的思想和世界观的局限。

第四，《谈征》一书民俗资料丰富，前面说过，它几乎包含了所有的民俗类项，但它并没有形成一个完整而清晰的系统。由于该书是杂纂的性质，材料上略显芜杂，分类也不甚严格。

尽管《谈征》存在一些瑕疵，但总的来看它确是一部具有很大民俗研究价值的书籍，尤其是它在国内可能已佚，鲜为人知，因此更应当引起我们的注意和重视，去进一步深入研究它。

（原载《民俗研究》1985 年第 1 期）

电脑与民俗学

在当今的信息时代，作为人类智慧结晶的电脑科技，日臻先进、完善和普及，恰似春江大潮般冲击着人类社会的方方面面。纵观国际学界，在自然科学领域，电脑所充当的重要角色自不待言；在人文科学的疆界内，它也开始崭露头角，大有星火燎原之势。回首国内社会科学领域，虽然有些领域电脑应用已经走在了世界前列（如古籍的电脑处理），然而在许多学科中，电脑尚未能展现其威力和风采，民俗学（包括民间文学）学科就是如此。如何尽快将电脑多方面应用于学科中（不仅仅是文字处理），是学界同仁应高度重视的课题。

一

电脑在民俗学领域的应用有着广阔的前景，但当务之急是在资料的处理、检索方面。我国从古至今累积保存了大量的民俗学资料，以民间文学为例，仅故事和传说类，1949年后就整理发表了10万篇之多；1984年开始的"民间文学三套集成"采编工作，更是在全国范围内全面普查民间文学，搜集了难以数计的作品。浩如烟海、零星散布的资料，既容易散佚流失，又给学者的检索使用带来了难题。据国外学者统计，20世纪60年代西方科研人员一般要用全部工作时间的30%—50%来检索、搜阅文献资料。当今我国的民俗学者，在这方面花费的时间恐怕也不低于这个比例。因此，建立民俗学电脑资料库，运用电子科技保存和检索资料，是极为重要和迫切的一项工作。

在这方面，国外的同行早已走在了前面。例如，以美国、墨西哥之间的格兰得河（Rio Grand）命名的"格兰得民俗档案库"，设于德克萨斯—泛美大学图书馆内，收录有关墨西哥和墨裔美国人民俗资料 5 万余项，其档案操作及资料库已完全电脑化，而不是仅限于对内容的分类编目。1993年，荷兰 Utrecht 大学民俗中心将 1965—1981 年搜集的 2000 多个荷兰民间故事进行分类整理，建立了一个电脑数据库。已有 150 余年历史、世界最大档案馆之一的芬兰文学协会民间文学档案馆，数年前亦已开始了将民间文学资料输入电脑的工程。

这些电脑资料库给分类者和检索者的工作带来了极大的便利：分类者可以精确、轻松地处理民俗民间文学资料，随时增删修订，而不会发生手工分类易出现的疏漏（有的饱受其苦的学者称之为"分类噩梦"）；检索者更可以在几秒钟内完成检索，其快捷准确度自是传统的手工卡片式检索所无法比拟的。它的另一长处是可进行复合检索，同时满足多种项目条件要求，例如检索者可以迅速寻找一个特定的符合下列条件的民间故事：其讲述者须是女性，流传区域是某地，主人公是一个农夫和一个巫婆，结局是怎样等。资料的复制、整合亦是举手之劳。一旦资料库联入电脑网络，更可以实现异地检索。

目前国内尚未建立类似的电脑资料库，但其他一些人文学科领域电脑应用的成功经验值得我们参考借鉴。中国社会科学院计算机室已将大量的古典文献电脑化，如已将 27 册《全唐诗》的全部正文、异文和注文输入电脑，能在 2 分钟内解决全部唐诗的检索问题。例如，电脑可以准确地判定全唐诗共有 53035 首，作者 3276 名，以前"卢沟桥上数狮子"式的各种人工统计说法不攻自破。用电脑编成高质、准确的逐字索引《全唐诗索引》，只花了一年的时间；而中原某大学的老师，十数人花了十数年的工夫，手工编了一部《全唐诗句首索引》，未及出版已成明日黄花。

近年来，集光、电、磁技术为一体的新型媒介"光盘"（CD-ROM）

的兴起和普及，给我们带来了新的福音。其海量存储能力，为资料的保存和检索提供了理想的媒介。以光盘《康普顿交互式百科全书》为例，皇皇27册大部头百科全书，被"浓缩"在一张直径约12厘米、厚约1毫米、重约20克的光盘中，计有：3.5万余篇文章，8000余篇图片，100余节活动影像和三维动画演示，超过15小时的声响资料等。寻检方式、范围灵活多样，并可以进行交互式寻检。其容量及声光色影的功能是纸制书籍望尘莫及的，而且容易复制，可以在常规条件下长久保存。

在国外，许多与民俗学有关的光盘题材正陆续问世，如美国微软公司的《500部落》，就包含了许多美洲印第安人的民俗文化内容。其他许多光盘题材，如《民风物情新加坡》等，都生动地展现了丰富多彩的地域性风土人情。国内方面，值得一提的是台湾皇统光碟大陆分公司、杭州矽谷光碟有限公司出品的《中国民间美术图说》。这张光碟内收录的中国民间美术作品（包括一些少数民族的作品）共分七类：（1）木版年画，收入《孟母三迁》《吹箫引凤》等作品计39件；（2）民俗版画，收入《八仙庆寿》《四美图真本》（曾长期流落国外）等计37件；（3）灯屏绘画，收入《蓬莱仙境》《西游记》等计19件；（4）剪纸艺术，收入《百子图》《海云托日》等计37件；（5）诸般绣品，收入《天龙八部》《麒麟送子》等计21件；（6）皮影戏人，收入《戴翎番将》《南斗星君》等计20件；（7）各类玩具，收入《童子调雀》《水浒人物》等计40件，每一类型都有专文做概略论述。界面设计颇有传统特色，作品均标明朝代、产地、尺寸等，并说明其起源、特点、工艺等，或活泼趣致，或拙中藏秀，或浓墨重彩，或简洁明快，或浑然天成，或巧夺天工，充分展示了民间艺术的无穷魅力。有的还引用民间传说，如有关剪纸观世音像的故事："传说唐代西安郊外一村中将有大灾，观音欲救村中人免于死难，在郊外剪纸为人，以烛燃火，布帐作幕，引来全村男女老幼围观，未久村里果然火起，人无伤亡，而演影戏者不知去向。"人们以为是观世音所化，故雕制艺人影人尊观世音为祖师。此等传说，虽不足为凭，却也饶有趣味。观赏者可在背景音乐的陪伴下，或欣赏放大的画面，或汲取有关的知识。此光盘为普及性质，资料远非详尽，界面、功能亦较简单，但它在探索利用电脑高科技宣传、保存民俗资料方面，走出了可喜可贵的一步。

二

谈到信息的电脑检索与交流，自然不能不提到电脑网络。分散的不同的电脑一旦联结起来，形成网络，就可实现信息交换和资源共享。目前风行全球的国际互联网（internet）在这方面做出了巨大的贡献。互联网原是美国国防部在 20 世纪 70 年代初开发的联结不同规格电脑的网络，原是适应战争的需要，后来许多科研、教育机构纷纷加入，网络亦延伸到其他国家，据有关统计，至 1996 年 3 月底全球用户数已超过 6000 万，而且用户数每月正以 15% 的速度增长，信息量则每月增长 10%。在中国，互联网同样以惊人的速度在发展，越来越多的城市、学校、科研机构已经与它接通。

对民俗学者来说，互联网是信息异地检索和交流的强大而便利的工具。具体有下列几个方面：

第一，利用各种检索工具和方式，在全球范围内寻获民俗学资料，特别是利用 WWW（万维网，或译为"环球网"）资源。它是互联网中发展最快的信息资源系统，正在成为互联网的主信息源。WWW 以超媒体技术为基础，使信息查询变得快速、高效、直观，并且可以完美地把世界各地不同数据库中的信息连接起来，使查询者可以举一反三，得到完整的相关信息。在 WWW 上有关民俗学的专业网点正在不断涌现，如"Folk Stuff"是一个有关民间乐器的栏目，专门介绍各类乐器的产地、有关专著和录音索引、电子信件地址等；① 而"Folk Book"栏目则收集了大量有关民间音乐家的资讯。② 当代都市传说（Urban Legends）研究在西方学界正是热门话题，WWW 上的相应网点便应运而生。③ 无数发生在"朋友的朋友"身上、常带有幽默或恐怖色彩的故事源源汇集在这里，为传说研究者提供了

---

① 其地址为：http：//www. lm. eoln：80/~dshu/folkstuff. html。

② 其地址为：http：//www. cgrg. ohio-state. edu/folkbook/。

③ 其地址为：http：//www. dsg. cs. tcd. ie/dsg-people/afcondon/AFU/AFU-FAQ. html。

大量的素材。"奇异世界：世界民间故事"网点，则从1853—1991年间的出版物中选录了世界各地具代表性的民间故事，如俄罗斯的"青蛙王子"，斯堪的纳维亚的"着魔的青蛙"，还有大量中亚、中国、日本、中东、美国等地的故事。①

第二，利用电子公告板（BBS）。通过远程登录进入相关的站点，获取信息。如美国民俗学会设立了专门的研究部，正在建立其专用电子公告板，包括（1）讨论栏，供民俗学家就各类题目切磋交流（通过BBS可以在板上张贴文章，亦可进行实时键盘交谈）；（2）资料库，包括会员名录、会议预告、软件评介等。在国内的一些BBS站点上，亦有不少资料可供民俗学家参考。

第三，利用网上讨论组（Discussion Group）。一旦登记加入某个专题组，你的观点意见或咨询便可通过电子邮件同时送达其他所有组员，而你亦可自动收到其他组员相互间的讨论或答复信。目前在网上已有近20个民俗学专题讨论组，如论题全面的"民俗学"（folklore）组，专门讨论古今故事讲述历史和地位的"故事讲述"（storytell）组，以及专门讨论幽默故事的"whim"组，等等。笔者自加入上述讨论组后，每天均可收到多种信息。此外，由美国国家人文学科基金资助的"H-NET"包含了社会科学领域58个讨论组，有59个国家24000名学者成为组员，他们每周均可收到15—60条信息。这些讨论组中，亦有许多可供民俗学者参考的资讯。

第四，进行网上采风。国际互联网不仅仅是一种通信工具和电子档案库，对许多人来说，它还是一个虚拟的空间（virtual home），人们在网中创造它，以容纳某种活生生的文化。民俗学家何尝不可创建一个网上的"虚拟民俗志"（virtuai ethnography），利用专用工具进行各类调研？事实上，有的民俗学家已经利用互联网进行采风。② 一般认为，民间文学的现场讲述与文本阅读之间存在很大的差异，但有的学者发现，阅读电脑上的

---

① 其地址为：http：//www. ece. ucdavis. edu/ ~ darsie/tales. html.
② 参见 B. L. Mason，"Moving toward Virtual Ethnography"，*AFS NEWS*，April 1996.

"超文本"（hypertext）与现场演述在某些方面其实有相似之处。① 当然网上采风不可能完全取代田野作业，但在某些民俗类型的调查上，不失为一种便捷的途径。

第五，网上刊物。"无纸出版"的电子刊物，其编排的时效性、传播的快捷性与成本的经济性都是传统的纸张印刷出版方式所无法比拟的。目前在网上至少已可看到《纽约时报》等数百种电子报刊，其中包括《人民日报》等20余种正式中文报纸及多种非正式中文刊物。在民俗学领域，澳大利亚塔斯马尼亚大学编辑出版的《国际谚语研究电子期刊》业已问世，同时该刊编辑部还出版了两部有关谚语研究的电子图书。网上电子刊物是出版业发展的必然趋势，民俗学的电子出版物也会越来越多。

互联网是一个无边无际的信息海洋，民俗学者应当很好地利用其不可胜数的资源。

三

电脑除了是一种无可替代的方便、快捷、准确和高效的信息检索和交流工具之外，还可望成为科研工作的直接助手。某些人文学科，如人口学、社会学、语言学等，常常需要做精确的计量统计和分析，电脑自然可以大显身手。国内已有学者用电脑统计作品本文中特定词汇的出现频率，认为它们在某种程度上反映和象征着作者的深层文化心理及倾向。有的大学已研制成汉语方言电脑处理系统，可以方便快捷地进行方言语音、词汇的横向或纵向比较，精确给出有关数据。

在民俗学领域，早在1963年，《美国民俗学刊》就发表了B. N. Colby等几位学者的文章《利用通用查询系统进行民间故事主题比较》，首次将电脑这一现代高科技的产物引入民间文学研究领域，对民间故事的主题进行编码、统计。这一探索性的研究，在习以为常地视民间文学为人文科

---

① 参见 K. Manley："Oral Narrative and Hypertext"，*AFS MEETING ABSTRACT*，1994.

学、社会科学并惯用相应之传统研究方法的学者中间，引发的震动自不待言。这一尝试自然尚有不完备之处，如著名民俗学家邓迪斯（Alan Dundes）就指出：研究者用电脑进行编码统计时似乎更多的是从语言学而非民俗学的角度出发；在采集选取样本的方法上、在注重文本的文化内涵上亦有值得商榷之处；等等。[①] 但邓迪斯同其他民俗学家们一样，认为电脑在民俗学研究领域的应用是大有潜力、意义重大的。

时至今日，国外一些民俗学者们仍在这方面不断进行探索，编制相应的电脑程序，来处理或研究民俗资料，如一些有关民间音乐的工具软件，已付诸应用。电脑的介入，必将导致民俗研究方法论上的一次革命。

另外，电脑在社会上的应用日趋普及，与电脑有关的新民俗本身亦引起了民俗学家的兴趣和关注，成为研究的对象。如有的学者呼吁：鉴于国际互联网业已成为民众日常生活的一个重要组成部分，某些相关的特殊新民俗已经产生，当代民俗学就不应漠视之。事实上国外有些民俗学者已开始加以研究，如格瑞思从网上 50 名实时闲聊者的个案入手，分析在网上的虚拟环境中，闲聊者性别、种族和社会地位的种种微妙表现;[②] 科泽尔则探讨了纽芬兰大学的中国留学生，在通过电脑网络互致节日问候时，是如何挪用西方节日（如圣诞节）的各类符号来重新表征中国传统节日的（如春节）。[③]

在电脑日渐普及的今天，使用电脑的人群，包括专业人士当中形成的新的职业民俗事象，确应引起我们的注意。例如，"网络虚拟社会"是一个与现实社会完全不同的时空，在这个社会中，人们在往来交际时大都是匿名的，可以有意隐藏自己的真实身份，面部表情、身体语言都失去效用，而代之以所谓的"键盘语言"。在内容上，这种语言直抒胸

[①] 参见 Alan Dundes，"On Computers and Folk Tales"，*Western Folklore*，California Folklore Society，July 1965.

[②] 参见 J. Grace，"The Virtual Self：Representations of Gender，Race，and Class in Cyberspace"，*AFS MEETING ABSTRACT*，1994.

[③] 参见 S. Kozar，"Folklore and Computers，A Traditional Chinese New Year，Brought to you courtesy of the VT100 Escape Sequences"，*AFS MEETING ABSTRACT*，1994.

臆，使用者因言论的匿名性而无任何顾忌，故有的国外学者就某些民间文学体裁进行"网上采风"，认为所得材料的真实度可能会高于面对面用录音机记下的材料。在形式上，这种语言亦独具特色，大量运用约定俗成的符号、缩略语等，如："：－Ｉ"表示无动于衷、漠不关心，"：－Ｏ"表示惊奇，"HHOK"意为"哈，只是在开玩笑"，"TIA"则是"预先表示感谢"，等等。在集录民间传说的网点中，传说迷们亦约定俗成地使用缩略语，来指称一些广为流传的传说，如"TVH"指著名的传说"消失的搭车客"等。国外有的语言学家甚至预言，随着互联网的迅速普及，21世纪的日常英语将会受其影响而嬗变，大量充斥这类"键盘语言"或"网络语言"成分。

在国内网络上，除了对上述语言符号的借用外，各地方言（包括港、台语习）乃至中英文的交流融汇，别具一格的自称（在网上的自我命名，如"风在发端""贫下中农""琴心侠胆无情客""蜕呀蜕呀蜕皮啦""迷途羔羊"等），意在其中又不失调侃的人名、词汇的改动（如在关于今年奥运会的电子公告板中，将出言不逊的美国游泳名将范戴肯称为"饭袋啃"，有服禁药之嫌的女飞人乔依娜是"撬衣拿"，嘴里"哟西"不止的小山智丽成了"小山势利"，美国奖牌领先一枝独秀被写成"霉国一枝毒锈"，等等），日渐风行，形成特定环境中的言语习俗，应当引起民俗语言学者的关注。

结语

国外学者的实践证明，电脑在民俗学领域大有可为、前途无量，正引起越来越多的民俗学家的重视。笔者1994年赴美国参加美国民俗学会的年会，会议的专题之一就是"电脑与民俗学"。建立电脑资料库、利用网络、借助电脑进行民间文学、民俗学的研究和教学，是会议期间的热门话题之一。美国民俗学会和许多大学、科研机构的民俗专业，都在致力于电脑及其网络的开发、应用工作。《美国民俗学会通讯》（*American Folklore Society News*）从1992年2月号起，开辟了一个名为"bytelore"的专栏，指导研究者们使用电脑，交流有关的心得体会和成果。许多设置在美国的网上讨论组，吸引了全球各地的民俗学家。相比之下，国内学界在这方面似乎仍是波澜不兴。究其原因，除了经费上的掣肘，恐怕也有观念上的滞后。借鉴国外的经验，让电脑应用在中国民俗学园地尽快开花结果，是摆在我们面前的一项重要课题。

（原载《民俗研究》1997 年第 1 期）

武安白府村"拉死鬼"傩俗探析

傩文化，作为中国最古老的文化形态之一，因其跨越人类多种社会制度的漫长历史、丰富深厚的社会文化内涵以及至今尚未完全破解的文化密码而被称为"人类文化的原生态""研究人类文明的活化石"。

傩的丰富内涵和它所折射出来的远古文化信息吸引了众多学者，人们希望通过这座桥梁探索原古社会的生命意识和几经流变的文化记忆。长期以来，人们对傩的研究主要集中在长江以南的贵州、云南等受巴蜀文化影响深刻的地区。也有一些专家学者在北方大地寻觅傩的踪迹，但都无所收获，以至于后来有人断言：傩已在中原绝迹。直到20世纪80年代，有关专家才注意到在燕赵故地，太行山下的小村庄中，千百年来世世代代流传着的"捉鬼"习俗竟然是典型的北方傩，这一发现引起了傩学界的极大轰动。有学者认为，河北武安傩的发现，一改河北及中原无傩的说法，使中原傩与西南、华东呈三足鼎立之势。①

武安傩的发现是从固义村开始的。在1995年演出时，中国傩戏学研究会会长曲六乙，联合国教科文组织驻北京办事处项目专员吉田治郎兵卫，以及韩国学者姜春爱等一行30多人组成的考察团，专程到固义村观看演出、进行实地考察，并召开了"武安大型傩戏《捉黄鬼》观摩研讨会"。考

---

① 王兴：《武安傩：黄河文明遗响再现》，《风景名胜》2007年第2期。

察结束后学者们对"捉黄鬼"进行了高度评价，从此固义傩戏便走进了人们的视野。后来也带动起人们对武安其他村子傩俗活动的关注，并陆续取得了一批研究成果。①

然而，研究者的目光多集中于固义村的"捉黄鬼"，对于武安傩的另一个代表——白府村的"拉死鬼"，则由于其规模较小、形式相对简单等原因仅仅只有几句概述，未见详述。笔者利用同乡同源的便利条件，对白府村"拉死鬼"的整个活动过程进行了初步的田野调查，并将固义村"捉黄鬼"和白府村"拉死鬼"这两个处于同一民俗背景下的傩俗活动进行对比分析，在异同比较中探索白府村"拉死鬼"傩俗的民俗特征以及所折射的武安傩的整体特点。

一 白府村概况

白府村位于河北省武安市东北部，隶属于武安市邑城镇，位于镇政府西侧2.5公里处。现有2200多人，均为汉族；耕地面积达5708亩，村民绝大多数务农，也有人外出打工。村里种植结构仍以传统作物谷子为主，最近几年被号称"中国小米之乡"的武安市设为谷子产业化基地及谷子新品种示范现场。

按当地村民们的说法，白府村原名为百佛，相传很久以前这里附近有座寺庙，里面供奉着100多尊佛像，故而起名为百佛。后来不知出于什么原因，寺庙被毁了，佛像也不见了，于是村名在流传的过程中发生了讹误，变成了现在的白府。

白府村是一个典型的家族村落。据现存的家谱轴账上记载，本村的祖先名叫朱玘，他带领一家人在此居住下来，其子孙后代逐渐兴旺昌盛，滋生诸多支脉，形成了一个村子。因为他有8个儿子，村中的人根据辈分划分为八大支系，俗称"八门"。所以白府村所有姓朱的人都是本家，

---

① 如：《燕赵傩文化初探》，甘肃人民出版社1998年版；《祭礼·傩俗与民间戏剧——98亚洲民间戏剧民俗艺术观摩与学术研讨会论文集》，中国戏剧出版社1999年版；以及杜学德、陶立璠、曲六乙等学者发表的相关论文等。

在家谱上有明确的辈分排行,属于同一"门"的人在关系上更为亲密一些。在逢年过节或是哪家有红白喜事之时,人们会以"自家人"身份相互帮忙。后来村里也陆续迁来一些外姓人家,有李、白、杨、卢、刘、石、裴等,但所占比例很小,不到总人口的5%。因村里朱姓都出于同一血脉,故而彼此之间不能相互通婚,朱姓人家只能和本村的他姓人家或外村人联姻。

据村中老人说,白府村朱姓是从沙河西边山里一个叫溅水洼的村子迁过来的,溅水洼又是从陕西省洪洞县老槐树底下迁移来的。刚迁来时在二道沟园附近建房子居住。但是在那个地方住了一段时间后,总是觉得很害怕,住不下去了,就又挪到了现在这个地方——朱家窑。

二 白府村"拉死鬼"由来的说法

关于"拉死鬼"的由来,根据笔者调查的资料,大概有三种说法:

说法一:先人们从陕西省洪洞县迁到白府时,居住在二道沟园,在居住的过程中总是觉得很害怕,不敢再住下去,就挪到了朱家窑,也就是现在村子的最中心。虽然从村西头到村东头的土地庙仅是很小的面积,可人们还是觉得害怕。于是认为村里有鬼祟出没,扰乱民众的生活,使人们感到不安,"拉死鬼"活动就是从那时开始的。就是为了驱赶鬼祟,保护村里的安宁,消除人们的恐惧感。

说法二:过大年的时候,村里人们会按照习俗把家亲①请到家里享受供奉。后继有人的亡灵被请到家里,好接好送,到正月十六家亲就按时送回阴间了,而那些后继无人的亡灵,就没有人请,没有人招待,结果导致了"鬼不聊生"。这些孤魂野鬼为了享受供奉,只得为非作歹,抢夺贡品,搅得村里不安宁,扰乱了人们的正常生活。为了驱走这些孤魂野鬼,保佑人们的生活太平安定,村里人想了一个办法——"拉死鬼":把死鬼驱逐

---

① 家亲:村里把已经去世的家里的亲人称为家亲,实际上是祖先的另一种称谓。按照习俗,一般是腊月二十八挂上家谱,把家亲请到家里来过节,享受供奉,在正月十六摘下家谱,送走家亲。

出去。"拉死鬼"就是指赶走那些孤魂野鬼，把没有着落的凶鬼恶鬼统统从村里赶出去，赶走他们之后村里的人和牲畜就安全了，人们就可以平安地度过一年。

说法三：拉死鬼的原因是为了人和牲畜的健康。白府村的人们过着典型的农耕生活，以种植庄稼为生。旧时不像现在机械这么发达，有拖拉机、收割机等先进的机械设备，主要依靠牲畜来拉车、耕种，所以家家户户只要有经济能力都会喂养牲口，如牛、驴、骡子等。由于这些牲畜是干农活的主要动力，是人们最重要的生产工具，并且其价格往往很贵，占日常开支的一大部分，故而人们常说这些牲口就是"半个日子"。如果牲畜出了什么问题，对农家来说是很大的事故。遇到某年有牲畜的疫病流传，村里会有大批的牲口死去，给人们的生产、生活带来极大的损失。村里人很无助，也很恐慌，只能求助于神灵，开始了"拉死鬼"的习俗，希望将代表着的瘟疫、疫病、灾难的恶鬼统统赶走，保佑人和牲畜一年的平安健康。

至于以上三种说法，哪种更加真正地接近"拉死鬼"的本源，已经无从考察，一来村里没有相应的文字记载，二来在村民们的记忆中也没有确切的说法。村中年纪最大的老人朱小寿已经九十岁了，采访他时，他也说不知道"拉死鬼"是从什么时候开始的，真正的目的是什么，只知道是祖先留下来的，一代一代往下传。上岁数的人去世了，就交给年轻人，年轻人都参加，只是不会仔细询问相关的历史。因为即使问了，人们也答不出来，村里没有人知道"拉死鬼"究竟源起何处。

虽然"拉死鬼"产生年代无从查起，但是有一点可以肯定的是："拉死鬼"在村里人的印象中从来没有间断过，一直拉到现在，即使再困难也要"拉死鬼"。听村里老人朱聚会说："什么时候开始'拉死鬼'的，别说我们不知道，就是前好几辈子的人也不知道。也可能我们老祖先一开始就有这种传统，在搬到白府之前就有了，我们都不是创始人。但我们知道的是不管新社会还是老社会，不管遇到怎么样的社会动荡，'拉死鬼'都没有停止过。……这个习俗代代相传，从来没有断过。"

可见白府村"拉死鬼"历史久远，更可贵的是这里的人们代代将之维系，延绵不绝。

三 白府村"拉死鬼"演出的组织及过程

同固义村的"捉黄鬼"相比，白府村的"拉死鬼"规模要小得多，组织也比较松散，没有那么严格的程序规范。

"拉死鬼"演出的组织机构不是完全固定的，主要由村里辈分大的长者主事，以村支部大院为策划地点，部分村民参与。由于"拉死鬼"是要年年进行的，所以一般到了正月十几时，主事者便会聚到一起开始商议"拉死鬼"的相关事宜。主要包括找当"死鬼"、小鬼、扁担官、路神的人，在"天地堂"摆桌子攒钱、请秧歌队、买烟花爆竹等。以前还会号召家家户户糊制灯笼，在村里"抢锅子"等，现在因为经费的问题，已经取消了。

"拉死鬼"演出所需要的经费来自本村村民的募捐。从正月十五开始，村里的主事者就会在村中的小庙（俗称"天地堂"，主要供奉天地众神）前摆上几张桌子，在村支部的喇叭里将要为"拉死鬼"攒钱的事广播几遍，家家户户就会自动去那里交钱了。交钱的数量，原则上是每个人至少一块钱，多则不限。也有村中比较富裕的人家，或是平时爱烧香拜佛的人家会多捐一些。名单的统计按照"大生产"时划分的农业生产队来写，基本格式为："×队朱某某××元。"以前村子周围有一些小煤窑、铁矿之类的私人企业，业主也会以集体的名义捐一笔钱，这往往是"拉死鬼"较大规模的募捐收入，但现在这些私人的煤窑、铁矿都被查封了，村里再没有其他企业，所以基本上没有大数目的捐款了。对于那些故意不交钱的人家，没有什么强制措施，只是正月十七"拉死鬼"时"鬼"不从他家门前跑过。人们觉得"鬼"没有跑过自家门前是很不吉利的，也会因此而被别人笑话，所以几乎村里的所有人家都会自觉交钱。不过近几年来，基督教开始在村民之间流传，有个别虔诚的教徒不再参与这种被认为是"迷信"的活动，便不交钱，也不在门前点篝火；还有一家人有信奉基督教的，也有传统的拜佛烧香的，信仰的不统一造成了家庭内部的矛盾，特别在为"拉死鬼"攒钱的时候，经常有因要不要交钱而赌气吵架的事情发生。

"拉死鬼"活动规模不大，支出也相应较小。募集来的经费主要用于支付"死鬼"、小鬼、扁担官、路神的"工资"，购买烟花炮竹，修缮或添置一些锣鼓套等。以前隆重操办的时候，还会请秧歌、杂耍、旱船等表演队，有时也会请戏班搭台唱戏。村里参加演出的人员和活动的主事者都是义务参加，没有工资报酬。由于"死鬼"在村民们心中是鬼祟的象征，代表着邪恶、晦气，所以村里不会有人愿意来扮演。一般都是外地来这边打工的为了挣钱来演，大概演出一次会得到三四百块的酬劳。其他角色由村里人或是雇用外村人担任。

整个"拉死鬼"活动可以分为正月十六上坟祭祀、十七白天表演酬神和晚上"拉死鬼"（包括请神、捉鬼、拉鬼、审鬼、点火几个环节）等几部分。

"拉死鬼"的前奏从正月十六就开始了，人们都会在正月十六这个特定的"鬼日"拜祭死去的亲人，特别是村里嫁出去的女儿都要回娘家上坟。晚上，家家户户在门前点燃篝火，放响鞭炮。村里的亲戚大都在十六上完坟后就住下了，等着第二天"闹十七"。

正月十七是村里最热闹的日子，甚至比大年初一还红火。从早上开始村里人就忙活开了，要接待外村来的客人，又要制作晚上用的灯笼。街道里会有扭秧歌、打扇鼓、杂耍等传统的娱乐项目。同时，相关负责人也开始搭建"蒿里山"了。"蒿里山"是用许多木头和柴火堆成的小山，是一种沟通人鬼的实物象征，而且搭建地点有严格的要求，村里人说要是"蒿里山"移了位置就会带来厄运。

到了下午，大家便开始着手做"钱叉子"了。"钱叉子"是一种给死人寄的"包裹"：用白纸，也可以用各色彩纸加以点缀，做成各种书包、钱包的形状，细心的人们还会做一些精巧的剪纸贴在外边，既表达了对死去亲人的问候，又美观别致。在糊好的"钱叉子"里面放入纸钱、金元宝、银元宝，封好口后在外皮写上死去亲人的姓名、住址，最后用木棍穿起来，等着天擦黑时插到"蒿里山"上。"蒿里山"的作用就像是面向阴间开放的"邮局"，人们把做好的"钱叉子"插在上面，就相当于把信送到了邮局。等到"蒿里山"点着的时候，这些"邮件"就被寄出去了，熊熊烈火会把这些包裹带去给另一个世界的人。

"闹十七"的最高潮是在晚上，"拉死鬼"正式开始。

参加"拉死鬼"演出的有灯笼队、锣鼓队、秧歌队、扁担官、鬼差、死鬼、路神等。灯笼队是由村里的孩子们组成的，每个人举着一个木头支架，上面挂着两个灯笼，排成两队，走在队伍的最前面。听老人们说，古时还有火把队，人们举着用棉絮做成的火把，浇上当地特产的用棉花籽榨成的油，气势雄威地走在队伍的最前方，但是现在已经取消了。锣鼓队是由村民组成的，四个人抬着一面大鼓，两个人敲，同时还有铜锣、大铙、钹等打击乐器，组成了乡村典型的锣鼓套。虽然简陋拙朴却豪放热烈，铿锵的节奏、震天的气势与此时此地的氛围汇成一体，自有一番韵味。秧歌队是由村里的妇女们自发组成的，她们自编自演，一路上配合锣鼓套边舞边行，但这不是传统必有的节目，有时不参加演出。扁担官，顾名思义，是坐在四个差役用两根扁担抬着的椅子上，打扮成七品芝麻官模样，头戴乌纱帽，身穿官袍，勾脸，鼻尖化成白色。旧时，扁担官的抬法还有一定讲究：扁担和椅子的结构利用杠杆原理来设计，轿夫们不时把扁担一翘，坐在椅子上的扁担官就会被掀起老高，引起观看人群的阵阵欢呼。扁担官的主要任务是负责审判死鬼。路神是人们请来探路、净街的神，是用竹篾扎架、纸糊、绘制而成的人形模架，有两三米高，演出时有人钻入其中，顶着模架行走。因为人在模架里面看不清道路，会有专门人员"领"着。路神脸戴面具，双眼里安有两只灯泡，熠熠发光。头戴相纱，穿墨衫，手持串铃和笙，一边走一边吹出声响，用他灼灼的目光照到村里的每个角落，搜寻隐藏在黑暗处的鬼祟，将其赶走。整个队伍声势浩荡，后面还跟着围看的人们，十分热闹。村里的人们认为游街的队伍越长，越显得人丁兴旺、红红火火。

当晚出现的"鬼"共有三个：一个大鬼，两个小鬼，大鬼就是被捉的主角——"死鬼"，两个小鬼是鬼差，负责拉着死鬼游街。"死鬼"身穿白色的孝衣，化恶鬼脸谱，头上戴又高又尖的纸帽子，类似于电视剧《新白娘子传奇》中黑白无常戴的那种帽子，上面绘有骷髅头图案，写有"死鬼"字样。这个帽子是死鬼身份的标志，具有很强的象征意义，"死鬼"在戴上后不到活动结束不能摘下来。两个小鬼则打扮成衙役的模样，手拿铁链，负责把"死鬼"缉拿归案。

　　"死鬼"和鬼差在村支部化好妆后，就先行离开，在村外的荒坟地里隐藏起来。整个队伍在安排好次序后，便起动开始"捉鬼"。队伍在"路神"的带领下来到村外荒坟地里找"鬼""捉鬼"。有的鬼比较老实，会待在一个地方不动让人们可以轻易捉到；也有的鬼很机灵，跑到一个坟头前"嗷"地叫一声，又跑到另一个坟头前叫一声，让人们只听得到鬼叫，捉不到鬼身，需要花费好长一段时间才能完成捉鬼的任务。鬼被捉到后，两个鬼差便用铁链把"死鬼"锁在中间，两个小鬼分站前后，以防止"死鬼"逃跑。同时他们身上还挂着大铃铛，一跑起来叮当作响，成为"拉鬼"的特殊音符。完成这些后，鬼差就拉着"死鬼"开始游街了。

　　此时村中家家户户张灯结彩，门前都点起了篝火，用长杆子挑起了鞭炮，等着"鬼"跑过自家门前。"鬼"被抓住后就得游街示众，绕着每一个篝火来"蹦火"。现在家家户户点篝火，用的大多是棉花秆，老人们说，以前全部用的是干草①，人们抱着干草一边走一边点。当时的鬼是真的要"蹦火"，尽管火着的很大，只要火势稍稍一落，鬼一使劲就蹦过去了。现在鬼不再"蹦火"了，只是绕着每个篝火转一圈。当鬼快跑到谁家的门口时，这家人就会赶紧加柴，让火旺旺的，火着的越大越旺越吉利越好。当鬼跑过来了，就要点爆炮竹，让鬼在震天的鞭炮声中跑过，俗称"炸鬼"，寓意可以赶走灾难疾病、驱除邪气，保佑来年人和牲畜的健康安全。

　　"死鬼"就这样挨家挨户奔跑，哪里有火光就得去哪里，一直到跑完整个村子，要花上四五个小时。接下来就是"判官审鬼"（关于扁担官和判官是否为同一角色，村民们的看法各异，暂时无法考证），把鬼拉到土

---

　　① 干草：就是谷子秸秆。在农村干草和死人、丧葬有密切的关系，刚死去还没有下葬的人必须躺在干草上。人死后有个送魂仪式，就是点燃干草沿着道路烧过去，为亡灵指引去往阴间的道路，送走其魂魄。

地庙进行审判。土地庙里擂着战鼓，死鬼在土地爷跟前双腿跪下，判官端坐在正堂，开始对鬼进行审判。

　　判官："哕！哪里来的孤魂野鬼，来到我村胡走乱行？今天在这里被捉住，是定斩不饶！"

　　死鬼乞求："饶命！饶命！以后再也不敢来白府村了！"

　　判官："既然不敢再来了，这次就饶你不死，下次再敢来白府村，决不轻饶！"

　　实际上这是假设了一个公堂，判官盘问死鬼的罪行，告诫他今后不准出来祸害人们。

　　"拉死鬼"的压轴仪式集中在村东头的"蒿里山"。死鬼在经过审判之后，被带到村东头，先绕着"东水坑"（以前修建的一个很大的蓄水池）转三圈，磕头跪拜坑中居住的神仙。这时，插满"钱叉子"的"蒿里山"被点着，死鬼绕着熊熊燃烧的"蒿里山"转三圈、磕三个头后，村里辈分最大的老人将死鬼那象征性的高帽子摘下来投入火中，以示对死鬼的惩罚。听老人们说，过去的时候，蒿里山一点着，村里辈分最高的家长就喊道："全村人都跪下"，这时所有人齐刷刷全跪下了，这是给祖先给各家去世的老人行礼，因为他们今天都回来拿"钱"了。现在人们已经没有那么虔诚了，不过在仪式高潮中庄严肃穆的气氛还是有凛然的震慑作用。

　　大火熊熊，映红了黑暗的天空，整个村东头挤满了观看的人们，虽然不再像以前那样磕头下跪，但每个人都神色凝重、不苟言笑。灼灼的火光中"钱叉子"燃尽人世形骸，传向了另一个世界，将人们寄去的钱物送去给了去世的亲人。同时各种礼花鞭炮也被点燃，一时间，烈火的焚烧声，鞭炮的轰鸣声，响彻天地；熊熊的火光，缤纷的烟花，绚烂成一片，将活动推到了最高潮。

　　等烟花燃放结束，大火渐渐转弱之后，挤在街道里的人们才渐渐散去。很多外村来观看的人没有亲戚可以留宿的，就各自往回赶了，此时已经接近午夜12点。至此"闹十七"的"拉死鬼"活动完全结束，白府村人们的年才算真正过完了。

四　与固义村"捉黄鬼"的对比分析

固义"捉黄鬼"和白府村"拉死鬼"是两个同一地域民俗背景下的傩俗活动，作为武安傩的典型代表，两者既有相似之处也有各自的不同特点。

两种活动均历史久远，诞生后即代代相传，流传至今。流传方式都是以家族血缘关系为基础，口耳相授，辈辈传承。

两个活动采取的表演方式都是沿街表演方式，并且表演持续的时间长，将在场的人们都带动了起来，整个村子沸沸扬扬。两者存在相同的驱邪免灾方式，如让"鬼"在街道来回走，清除邪祟；通过"蹦火"来避邪等。在两个活动中，敲锣打鼓、焚烧纸钱和磕头跪拜等贯穿整个过程，是必不可少的基础礼仪。"鬼"在两种活动中都有善恶之分，被捉的"黄鬼"和"死鬼"都是灾害、瘟疫等灾难性事物的代表，本村人都视此为忌讳，不会扮演。

在活动目的上，两者都是驱除邪恶、消灾纳吉，祈求风调雨顺、世道安宁。两个"捉鬼"的村子都有多神崇拜的宗教特点，都秉承着迎神祭祖的传统。在活动中，都通过形象化的表演对人们进行敬老爱幼、与人为善的道德教化教育，具有鲜明的伦理主张和情感倾向。两者都是通过"捉鬼"这一象征性行为来展开傩事活动。

"鬼"藏在村外的坟地里等待"被捉"，然后要游街示众，最后被审判、施以惩罚。

参加活动是完全自觉的行为，人们以参加表演为荣，认为不参加是不吉利的。活动所需要的经费均由本村村民募捐而来。

两种活动在当地都有广泛影响，对当地村民都是必不可少的过年项目。

至于两者的相异之处，可用下表说明：

表1

不 同 点	
固义村"捉黄鬼"	白府村"拉死鬼"
规模庞大，内容丰富多样，集迎神、祭祀、傩仪、队戏、赛戏和多种民间艺术形式为一炉，具有很强的综合性。	规模较小，内容简单，结构单一。
组织严密，有一整套完整的管理方法。	组织相对松散，没有专门的管理方法。
侧重于迎神、娱神、送神，酬神在整个活动中占很大的比重。	侧重于迎家亲、送家亲，在活动中更注重祭祖。
活动中的表演有台词、动作、剧本，是典型北方傩戏和社火仪式的结合。	活动中的台词及和动作很少，只是一个很隆重的"驱鬼"的"傩舞"。
活动中使用许多面具，将其作为通灵工具，对面具的保管很严格。	演员大都是化妆，只有路神头戴面具。
活动中有跳火仪式和点火驱邪的说法，但表演过程中没有过多涉及"火"。	当地人们有强烈的"火"崇拜意识，整个活动都有"火"的存在。
"黄鬼"在表演中虽没有语言，却注重利用夸张的表情和动作细节来表现内心活动，表演细腻、形象。	"死鬼"在表演中从被"捉"开始就一直处于奔跑的状态，没有表情和动作的刻画。
在历史的沿革中，曾停演过几次，最近的一次停演后在1987年恢复演出。	据村民口述，自产生之日起年年举办，从来没有间断过。

　　由以上的比较可以看出，固义村"捉黄鬼"和白府村"拉死鬼"具有同样久远的历史、古老的形式，以驱鬼逐疫、酬神纳吉为目的，祈求风调雨顺、五谷丰登、人畜兴旺。但固义村"捉黄鬼"活动是一个特点鲜明、组织庞大、结构严谨、复杂多样的傩祭表演体系，有一套完整的、行之有效的组织方法、管理手段和传承方式。而白府村"拉死鬼"则组织相对松散，没有那么恢宏的气势，内容单一，没有严格意义上的傩戏。对此邯郸市原民间文艺家协会主席杜学德先生说，由于在"拉死鬼"中，艺术台词及动作并不多，只是一个很隆重的"驱鬼"的仪式，因此他觉得应称"拉死鬼"为"傩仪"，而并非"傩戏"。

五 "拉死鬼"所反映出的武安傩的特点和民俗文化含义

（一）"拉死鬼"与尚火古俗

在白府村有很浓厚的"火"崇拜意识。人们认为火有神圣的力量，点篝火可以镇邪避祟、去病免灾，所以整个年节过程都伴随着篝火的存在。

除夕之夜，要请神祭祖，焚烧纸钱。这里的人们没有"守岁"的习俗，人们在做好大年初一的准备后就睡觉了，因为大年初一是要"起五更"。初一那天凌晨三四点钟人们就起来了，在各个神龛前摆供上香后，要在院中点燃篝火，用篝火引爆鞭炮，待鞭炮响完，篝火熄灭后才能开门迎客，相互磕头拜年。初一的篝火有燃尽过去一年的灾难，带来新一年红火的含义。

正月十六晚上，也有点篝火的习俗。家家户户在门前点燃篝火，放响鞭炮，这次点火的目的主要是祛除杂病。这晚还有许多相关的"说法"。首先，孩子们要"蹦火"。村里凡是十五岁以下的孩子，在十六晚上都得"蹦火"，就是从燃着的篝火上蹦过去，当然是在火势渐小的时候。并且"蹦火"的数量还有规定：与孩子的年龄相同，今年几岁了就"蹦"几个火。那些年龄太小还不会走路的儿童或婴儿，则由其父母抱着在火上"抢"一下，就算蹦过去了。所以在十六晚上，经常会看到孩子们成群结队，从这一家跑到另一家找火来"蹦"。老人们说，小孩子"蹦"了火，这一年就会健健康康的，没病没灾，还会长成高个子。

另外，十六晚上要烧"麻糖"。麻糖，方言的谐音，当地一种独特的过年食品，是农家为过年而炸制的面食小点心。有点类似油条的做法，不过体积要小得多，大概5厘米长，呈长方形，是当地家家必备的年货，与馒头、豆包等一起共同成为人们在春节期间的主要"干粮"，同时还可以用来上供或招待亲戚。当天晚上，篝火点燃以后，人们就用筷子或干净的铁丝，将麻糖串成一串儿，让小孩子拿着去烤"百家火"，就是把麻糖串儿在每个篝火上烤一烤，还说烤过的篝火的数量越多越好。烤过"百家火"回来后便将麻糖分给家里人吃，不论大人还是小孩每人都必须要吃，据说这烤过"百家火"的麻糖是难得的灵药，吃了可以祛除百病，这一年里都会健康强壮。

除此之外，十六晚上有"烧柏树枝"的习俗。在此之前，人们会到村子周围的山上摘些柏树枝来放在家里。等到十六那天，天黑了以后，女孩儿们便将柏树枝戴在头上。当篝火点燃了，再把柏树枝从头上取下投入火中，柏树枝在燃烧时发出"噼里啪啦"的响声，人们说这是火神将虱子都烧死了，戴过柏树枝的女孩儿们这一年都不会生虱子了，头发还可以乌黑发亮。

从以上与篝火有关的习俗中可以看出来，白府村的人们有一种植根于心里的"火"崇拜——燃烧的篝火可以给他们赶走鬼祟，祛除疾病，带来安宁和健康。在我国历史上，很早就有尚火的心理。《周易·说卦》第六章有"燥万物者莫焕乎火"之说，这可能与古代社会生产力低下、远古的自然崇拜有关，也可能与原始的农耕文明背景下火对人们生活的实际功用有关。火可以帮人们烤熟食物、驱赶寒冷和野兽，是人类生存和发展必不可少的条件，但同时又可以烧毁一切。远古的人们怀着对火既敬仰又畏惧的双重心理，将其视为具有特殊含义的神物加以崇拜，于是形成了尚火观念。人们认为火具有灵性，具有神秘的不可掌控的力量，崇火、尚火的潜层意识融入人们的思维观念和生活习惯中，代代传承了下来。

(二)"索室驱疫"的功能内涵

在《周礼·夏官·方相氏》中"方相士，掌蒙熊皮，黄金四目，玄衣朱裳，执戈扬盾，帅百隶而时难，以索室驱疫"。记载了古傩"索室驱疫"的传统，就是把室内潜藏的鬼怪、瘟疫搜出来后驱逐出去。

随着历史的演变，"驱疫"不仅仅是在室内，逐渐发展到在家门口举行驱逐仪式，也就是"沿门逐疫"。在这方面，白府村"拉死鬼"可能存有古傩的遗风。古傩是由方相士带领大队的侲子到各村户家中驱鬼逐疫，"拉死鬼"则是在路神的带领下，押着"死鬼"到家家户户门前进行驱逐之仪。按照民俗学的原理来分析，这应该是一种核心的民俗文化在与特定的风土人情相结合后，形成了独具特色的民俗事象。尽管在表现形式上有所差异，但仍有着不可分割的内在联系，体现了民俗现象的持续性。

白府村的"拉死鬼"在当地很有名，十里八乡的都知道正月十七白府村有"拉死鬼"习俗，会在这一天赶过来观看，也有的村子进行效仿。前几年，同属于邑城镇的另外几个村子，丰里、南沟等村就模仿白府也在自己村子里"拉死鬼"。不过他们不拉活人，而是拉"草人"，由于缺乏真正意义上的信仰，没有文化传统，只是单纯的模仿，这几个村子的"拉死鬼"断断续续，没能维持几年。

另外有个村子叫史石门，离白府村五里地。今年就在效仿白府"拉死鬼"。因为他们那里人觉得村里这几年特别的不平静，经常会有些意外事故造成村里的人员伤亡，可能是有些所谓的"东西"存在。他们看到白府村"拉死鬼"可以净净街，赶走村里的鬼祟，于是决定也拉拉鬼来驱赶在村中祸害的鬼祟。前两天他们村的书记来村里询问拉鬼的相关事宜，怎么个拉法，从哪里可以找到鬼等。村里的人详细地告诉了他们拉鬼的程序，并帮助他们找扮鬼的人。

由此可见白府村的"拉死鬼"在当地已然成了一种免灾祈福的"灵药"，无论其是不是能起到实质上的作用，但对人们的心理却是很好的"安慰剂"，在日常生活与精神家园间起到了很好的"润滑"作用。

（三）"人格化"的鬼神观念

当地人们的信仰中，有着很独特的鬼神观念，即鬼也和人一样，有善恶好坏之分，"好"鬼不但不会威胁到人类，还会协助人们抓获"坏"鬼，像固义"捉黄鬼"中的大鬼、二鬼和跳鬼，白府"拉死鬼"中的两个小鬼鬼差等；"坏"鬼才会在人间作恶，如"黄鬼""死鬼"。受佛教的影响，人们还将这种"好""坏""善""恶"的区分和因果报应紧密联系起来，"鬼"不一定就要受到人的驱赶，如果是"好鬼"，不但不会被驱赶，还能享受到人们的供奉；只有作恶的、带来疾病灾难的、破坏人们正常生活的"坏鬼"才会受到惩罚。并且往往"坏"鬼的"坏"是很彻底的，完全背离了天地正道，引起了神、人、鬼三界的共同仇恨，定要联手将其捉拿、铲除方能罢休。固义村"捉黄鬼"和白府村"拉死鬼"都是这种模式下的

“捉鬼”仪式，而这种“捉”就是伸张正义、扬善惩恶的正道。所以武安傩往往是按照请神、拘鬼、制鬼的一整套程序，在神灵的注视下上演“以鬼驱鬼”。实际上这种对“恶鬼”的惩罚，也是对现实人们行为的一种映射，用形象化夸张化的方式暗示了人们违背集体道德准则的后果，属于一种精神规范。

（四）家族性的传承

武安傩的传承主要建立在家族的基础之上，单一而集中。固义村民在社火傩戏中的表演与角色实行家族世袭制，不选不派，代代相传；白府村是以家族村落为平台，把这种“拉鬼”的“念头”一辈一辈传下去。村里老人朱解州说：“拉鬼到底好处在哪里，我们也说不清楚，其实也没有多大的实际好处，但就是扎根在人们心里，要是哪一年不拉鬼了，人们心里就不踏实，估计会念叨好几辈子。”也就是说，延续祖宗留下的“规矩”已然成为村民们求得心灵的解脱、宽慰、舒展的方式。所以进行“捉鬼”完全是村民的自觉行为，没有政府行为的参与，村民们凭借对于传统的记忆、对于福报的笃信和对于神圣的虔诚，自觉组织起来，筹备节目、募集资金、调配人员，让“捉鬼”定期上演，代代相传、生生不息。

（五）仪式中的村落集体凝聚力

武安傩不仅是肃穆的仪式，同时也是当地人们团聚娱乐的一次盛会，是村民们冬闲时自娱自乐的民间艺术。在年节时刻，人们一方面朝拜神灵、祭祀祖先，进行驱鬼逐疫，化灾纳吉，祈求新的一年人寿年丰的诸多福祉降临人间；另一方面也借此机会走亲访友，尽情玩乐，缓解一年来耕种劳作的辛苦。正是因为双重目的性的缘故，人们也把娱人的形式用来取悦于神，虽然减少了几分肃穆，却增添了不少亲和，让神的存在更接近人们的生活，表达了对神特有的崇敬。人神共娱，同享和谐、欢乐。所以武安傩的表演往往是人神共乐的盛事，朋友相聚、亲戚互访，十里八乡的人们都前来观看，人群熙攘，热闹非凡。

在武安傩的演出中，整个村庄都参与其中，人们或是直接参加，或是间接配合，整个村子就是一个大舞台，全村人都在这个舞台上表演。这使得演员和观众没有严格的界线，人人都是演出中的一员。由于傩俗表演都是世代沿袭而来的，所以对于从事傩表演的群体来说，傩活动的程序、内容及方式，都极具神圣意味，加入其中便无限光荣。这样一种无形的力量将村民凝聚成一个拥有共同信念的群体，并植根到人们心中，化为一股涌动不息的乡土意识，一种凝固化的心理轨迹。并且由全村参加的演出有一种聚合力量，唤起了人们的集体认同感和村落家族的荣誉感，人们在驱逐共同的敌人——"邪祟与疾病"中团结合作，一致对"鬼"，达到空前的和谐与融合。白府村的"拉鬼"沿门逐疫让每一个村民都能感到集体的温暖和家族的关怀，固义村参演人员一起吃"坐席饭"、吃供馈，也是让人们品尝集体胜利的果实。这些活动，对于村落集体的生存繁衍以及和谐有序的人际关系有非常重要的作用。

（原载《民俗研究》2009 年第 2 期，与朱少波合作）

都市民俗研究概念辨析

——以日本为例

一 研究背景及问题提起

都市民俗（Urban Folklore）自 20 世纪 60 年代首先从美国发展起来，主要起因于第二次世界大战后形成的移民潮引起了民俗文化与传统对新环境的适应和互动。社会政治、文化的变化，引起了美国民俗学者对民俗在文化认同和文化同化中重要作用的关注和思考①，也就是说都市民俗是伴随着经济的迅速发展而兴起的。

无独有偶，同时代的日本经济也进入高速成长阶段，同样导致了村落结构的解体，都市人口空前密集。着重于农、山、渔村的传统日本民俗研究已远远不能满足和适应民俗事象的迅速变化，都市民俗文化研究亦在日本应运而生。

不过，笔者认为日本都市民俗文化研究的发端还要追溯到更早的时期，早在柳田国男时代，在他的《都市和农村》一书中就对都市民俗学中的一些问题进行了探讨，如都市与农村的关系等，提出了"城乡连续论"，

---

① 如美国民俗学的创始人之一——多尔森就专赴芝加哥进行搜集、调查。

对后代都市民俗文化研究者影响深远。① 只不过柳田时代始终将都市与农村并列而提，即都市没有独立成为研究的主体，更没有将都市民俗列为民俗研究的一个分支。自 1971 年，日本都市民俗学的先驱——千叶德尔发表《都市内部的葬送习俗》始，仓石忠彦的《公寓住宅之民俗》，宫田登的《都市民俗论之课题》等 32 篇②论著相继发表，显示出彼时日本都市民俗学方兴未艾的势头。在这个过程中，日本学者对都市民俗文化的研究无论从研究队伍的完善，还是研究领域的广泛来说，都达到了一个高潮，成果甚丰。学者们对都市民俗文化研究过程中遇到的主要问题，给出了相对详尽明确的解答；理论与实例的研究并行发展，解决了研究过程中出现的都市与农村的关系、都市化民俗与近代化民俗的关系、都市民俗文化研究范围的界定等问题，从研究体系的角度来看，基本实现了研究对象的空间依托、研究对象的历时变化、研究对象本身三方面的清晰化，可以说极大促进了都市民俗文化研究的进程。

相比较而言，受经济发展水平等的限制，目前我国关于都市民俗文化的研究整体上还落后于欧美、日本等国。不过关于城市民俗的记录在我国呈现出历史悠久且数量繁多的特征，比如汉代的《西京杂记》、宋代的《东京梦华录》、清代的《京都风俗志》等，只不过其内容仅限于对城市风俗资料的搜集、记录，并未进入研究的层面。

进入近代，钟敬文先生在 1982 年提出："上海可以把都市民俗研究作为重点"的观点。1983 年 5 月，他还说："搞民俗重点当然在农村"，但是"我们也不排斥对现代都市民俗材料的搜集和研究"。1991 年 12 月《中国民间文化》③ 第三集出版了"上海民俗研究"专号。这距钟老先生提出倡议已近十年，可见当时中国都市民俗文化研究发展的不易。但就是这本具

---

① 参见［日］柳田国男《〈都市と農村〉自序》，《定本柳田国男集》第 16 卷，筑摩书房 1962 年版。

② 根据日本民俗学研究史年表和民俗学方法论文献目录统计，其中前者收录自 1868 年至 1983 年以来的所有民俗学论著及重要民俗学会议、活动等；后者按照作者姓名编排，共收录除柳田国男以外的 211 位日本民俗学家的作品，其中以 1945—1983 年为主，兼顾之前的部分研究。

③ 由上海民间文艺家协会主办，原名为《民间文艺季刊》，也于这一年（1991 年）改名为《民间文艺季刊》。

有重要意义的刊物，在内容上仍以上海的旧习俗为主。① 中国社会科学院研究员叶涛说："对于城市民俗的调查和研究是民俗学研究中的薄弱环节。实际上，随着我国经济的高速发展，城市建设在改造、扩建方面的速度比农村要快得多，因此，关于城市民俗的搜集整理、挖掘保护工作，应该与农村民俗具有同样的紧迫感，对于城市民俗的调查研究及其开发利用应该成为我国民俗学研究中一个不可缺少的重要组成部分。"②

近年来陆续出现了不少有关都市民俗的研究成果，如目前被认为最全面、最新研究成果的陶思炎等著的《中国都市民俗学》。不过这些研究成果也均以梳理历史上的都市民俗文化景象为主，理论性的探讨仍停留在提出问题和构想层面。

就经济发展水平而言，今天的中国大致可类比 20 世纪七八十年代的日本，但都市民俗文化研究的整体水平却相差许多。彼时，日本的都市民俗文化研究已建立起一整套与经济发展相同步的体系。在我国，虽然也受到部分民俗学者的热情关注，相继出现不少有关著作，但迟迟没有取得突破性进展。究其原因，主要在于缺少研究理论的指导，在研究过程中诸多学者提出了相关一系列的问题，但没有给出解答。如陶思炎在《论乡村民俗与城市民俗》一文中就曾指出："乡村民俗与都市民俗在存在明显差异的同时，还呈现出不断整合的趋势，尤其是在当代中国，伴随着改革开放的持久、深入……乡村民俗与都市民俗的互动整合加快，出现了不少亟待从理论上加以廓清的问题。"后来，他还多次提到诸如，在当代中国都市民俗与乡村民俗究竟孰为重点？都市民俗源于乡村民俗吗？城市中的风俗能不能被称作"民俗"或"泛民俗"？外来文化对现代都市民俗的影响到底有多大？等等。③ 这些都已经作为问题摆在我们面前，亟待予以明析。

针对目前我国都市民俗文化研究中面临的主要问题，本文从上文（第

---

① 当时关于上海民俗研究的论文共九篇，涉及的内容包括：上海的民俗形成史、特征论；上海原住居民的古俗；上海的择偶习俗、生日习俗、年节习俗；上海旧帮会习俗以及民间文艺、传统民间工艺等。

② 叶涛：《城市民俗旅游资源开发利用断想——以济南和青州为例》，《民俗研究》2002 年第 4 期，第 145 页。

③ 陶思炎：《中国都市民俗学》，东南大学出版社 2004 年版，第 14 页。

二段）所提到的日本都市民俗文化研究已明确的三大方面入手，反观我国在此各方面的研究水平，对比梳理日本的相关研究成果，以期获得些许启示。

二 关于都市及都市与乡村关系的认识

对于都市的风貌描述和理解，中日两国存在很大不同。从外观上来讲，日本的都市与农村基本没有明显界限，因此坐电车从都市向乡下驶去的时候，窗外的风景大致按照高楼群、住宅区、田野、山川的顺序依次掠过。站与站之间，基本都是这样的循环重复。因此在日本，看见一排排两层不连续的建筑，偶尔还有小块儿的菜地夹杂其间，那就是农村了。

在中国，则完全不同，城市与农村之间有着很明显的差异。历史上，都市都是有城墙的，以此与外面的田野相隔绝，设有城门，即使今天去西安、北京、南京等仍可看见这一景观。这在以前的日本是没有的。[①] 因此单纯从空间来理解，日本的都市与乡村的关系要密切的多，这为"城乡连续论"的提出提供了可理解的事实基础。

其次，中国也好，西方也好，都市的建立都经历了一个经济自然发展的过程。当经济发展到一定阶段，出现人口、商业、手工业密集地区时，就很可能自然出现都市。而日本不同，传统的大都市很多都不是自然形成，而是由人工造成，也就是我们常说的"城下町"[②]，这样日本的都市民俗文化中渐次改变的部分就会比较少。从时间变化发展的角度来看，都市又是一个相对独立的存在主体，也就促成了在认识都市与乡村关系中"城乡二元论"的出现。

当然日语中"都"还有另外一层含义——特指京都，柳田《都市与农村》一书中的"都"即指京都，这当与都市民俗文化中"都市"区分开

---

① 当然，这里面有历史地理的因素，日本是一个岛国，几乎只有一个民族，因此就没有必要防御异族入侵而在四周修建都市，柳田国男在《都市与农村》一文就说过"我认为，以前的日本是不需要大量都市的国家"，这里所指的"都市"，很显然是指如中国所建的"都市"。

② 指以诸侯、大名居住的城为中心建立起来的发达市镇，如名古屋、仙台、广岛等。

来使用。

对于城乡关系的认识将直接影响都市民俗文化研究的范围，因此有必要首先给予详细分析。

（一）城乡连续论

这一观点最初仍源于日本的"民俗学之父"——柳田国男，他提出"日本的都市，是由农民兄弟建造起来的"，这就意味着日本的都市和农村在物理空间和心理上都没有隔阂，"总之就像在外观上没有墙壁一样，人的内心在深处也是相通的"[①]。

之后，樱田胜德在论述"传承形态"时，一段时间内也主张"我国的都市生活在很大程度上是农民生活的延长和扩充"[②]，认为"两者的传承原本同出一源，但随着生活差异的扩大，传承的维持和管理状态都发生了不同，致使传承形式相异"[③]，从中可以看出，尽管樱田后来看到城乡的差异，这种差异的出现是外界因素被迫所致，而非本身性质使然。

真正从实质上来把握都市和农村关系的还是都市民俗学的先驱——千叶德尔。他在《日本民俗事典》（大塚民俗学会编）中给"都市"的定义为：

"一般比市镇大，在一地域内发挥着管理功能的核心市区。从社会角度来看，村落社会多是靠密切的血缘或地缘关系来结合的，都市则更多地依靠职能或趣味来组成。……都市居民的连带感相对缺乏，生活孤立化、与古老传承相断绝的人在社会中占多数。"可见，千叶根据是在形质还是在实质上的结合等社会性关系作为区分城乡的标准，也即社会性关系成为

---

① 选自『都市民俗論の展開——都市民俗論ノート』（《都市民俗论的展开——都市民俗论笔记》），国学院大学研究生院文学研究科编，1994 年版，第 3 页。

② ［日］北原泰邦：『村と町の差異——桜田勝德の都市概念』，『都市民俗論の展開——都市民俗論ノート』，国学院大学研究生院文学研究科编，1994 年版，第 8 页。原文说樱田的论述中，都市与市镇、都会等名词的使用并没有区分的十分清楚，因此为避免混乱，统一使用"都市"。

③ ［日］桜田勝德：『現代における民俗変貌について』（《现代社会中民俗的变化》），《日本民俗学大系》第 2 卷，平凡社 1958 年版。

他对都市和村落进行定义的指标之一。乍一看，他似乎是把二者对立起来分析。实际并非如此，他认为"将都市生活看作村落生活的外延上的扩大更为妥切"①。很显然，这与柳田国男的把农民看作"兄弟"的城乡连续论的观点是相通的，进一步辩证地丰富了"城乡连续论"。

甚至，宫田登主张城乡对立时，还认为现代都市本身并不是单独成立的，而由形成于城乡之间的部分文化、社会团体而逐渐发展起来的。以此来区别古代都市与乡村及现代都市与乡村之间的关系的不同。

（二）城乡二元论

"城乡二元论"在日本最早由樱田胜德作为一个专有名词提出。② 后来，宫田登论述都市时说："我们提到都市，首先会想象到都市里有官厅、政府，知识分子和分工精细的专业人才聚居，与农村不同，都市市民之间是独立的，人际关系是非人情的。"③ 这就将都市当成了乡村的对立存在物。他还认为：一般无论是谁都能感觉到，都市里有独自的都市景观。和农村的民家不同，市镇上的建筑格局多是神社佛阁、混杂在一起的繁华地带，高层建筑群和丛林城市的都市空间。④ 很显然，他首先在空间上把都市和乡村对立了起来。此后，仓石忠彦从内涵的角度提出城乡二分化的观点，他在《民俗领域的都市概念》中对都市作出了最具概括性的定义："正如地理学是记叙地上的空间状况，社会学不可能离开人际关系而成立一样，民俗学也离不开（都市）传承这一概念。"⑤ 他如此确定都市传承的重要性，是以"都市"与"农村"对立存在、二极分化为前提的。他认为民俗都市化的地域就是非村落化的地域，它失去了作为传承母体的村落的特征，而接近于城市。

当然城乡连续论与城乡二元论两种观点并不是截然分开的，前者指向

---

① ［日］千叶德尔：『ヒロシマに行く話』，《日本民俗学》，1985 年版，第 157 页。
② ［日］北原泰邦：『村と町の差異——桜田勝德の都市概念』，『都市民俗論の展開——都市民俗論ノート』，国学院大学研究生院文学研究科编，1994 年版，第 9 页。
③ ［日］宫田登：『都市民俗論の課題』，未来社 1982 年版，第 33—34 页。
④ 同上书，第 53 页。
⑤ 同上书，第 33—34 页。

的是都市民俗文化侧重于"乡村都市化"的那部分，后者则会让学者关注"都市自身的文化"。其实，这与高桑守史将都市分为传统小都市和近代产业城市在本质上是相通的。前者与柳田国男所指认的城乡连续论中的"城"相通，尽可能与村落社会保持联系的"都市"，如城下町、市场町等。后者指尽可能与村落社会断绝联系，并且人口的流动性很大，自身并不具有传统性的近代大都市，如东京、大阪等。

之所以在前期更倾向于"城乡连续论"，首先是因为民俗学者多少受到了柳田国男的影响。当时，柳田国男的《都市与农村》一书在很长一段时间内曾成为人们轻视都市自身研究的论据，认为都市不过是由"农民兄弟建造的"，"创造市镇即是过去农村的事业之一"，"城下町的建立多数是靠政策的力量创造的，它的存在依靠农民的帮助"等。再者一直以来无论日本还是中国都将乡村民俗文化作为民俗学的研究对象，一时还未完全从这强大的研究力量中挣脱出来，甚至将城市民俗完全看作乡村民俗的延续，这种学术惯性也是可以理解的。

目前我国在都市民俗文化研究的成果中，仍将都市民俗文化看作乡村民俗文化的都市化产物。而忽视了都市民俗文化独立性的那部分，自然会限制都市民俗学的发展和拓展。另外，如上文所说，中国的大多数都市都由农业都市脱胎而来。我国是一个农业大国，前工业时期其经济活动以农业生产为主，民俗文化的传承性决定了都市民俗中必然存在大量的乡村民俗，也就加深了城乡之间的联系。这种研究的局限性决定了我们有必要从"城乡二元论"中去发现都市民俗文化的另一个方面。

三　都市化和近代化

以上我们分析了都市民俗文化研究的空间依托，从而强调在城市内部自发生成的那部分民俗文化不可忽略的重要性，这是相对于乡村民俗而言的。但是在乡村民俗文化影响或转向都市民俗文化的过程中，还可能经历两个不同的过程，也就是我们所说的近代化和都市化。目前国内的研究，并没有将二者明确区分开来，而事实上二者是完全不同的两个过程，最终的结果所导致的都市民俗文化事象是不同的。

那么到底怎样的变化属于都市化，怎样的变化称为近代化？在日本，从千叶德尔到后来的有末贤都在讨论这个问题，其中千叶在《都市内部的葬送习俗》一文中给出了详细且较具说服力的说明，他以丧送习俗为例，从目的意义的变化来论述近代化和都市化的区别。后来东城敏毅还专门将其所举实例用简单的图示进行了概括。因千叶德尔所举的丧送习俗是发生于日本社会文化背景之下，因此为了理解上的方便，笔者按千叶的思路，以我国都市内部的婚礼习俗中的四个方面尝试分析都市化与近代化的区别。

A 都市里同行的消失。具有婚礼习俗相关功能的部分在都市里被专门化的职业组织——婚庆公司所代替。这可以看作婚庆礼仪的都市化。

B 最开始，邻居、朋友会积极提供劳动力、借给举行婚庆的人家餐具、桌椅等供来参加婚礼的人休息会餐。换而言之，就是在超越都市内部空间限制的婚礼上，邻居、亲朋好友是共同存在的。这就不能说是都市化。

B′后来这种习俗在都市消失，随着婚庆公司的出现，越来越多的人将举办婚礼的场所定在酒店，场所、一切用具等都由专门组织来筹备。此时亲朋好友等就从这其中撤离出去。按照千叶的理论这便是可以视为都市化。

C 不再必须穿红棉袄、棉裤。曾经，新娘出嫁必须要穿红色、喜庆的衣服，最好是红棉衣。随着西方文化的传入，加之经济的发展，现在，新娘结婚时服装越来越多样化：白色婚纱、旗袍等都亮相婚礼。在农村亦是如此，因此从这点上来说，并不是因为都市化而丧失原来的东西，而是近代化导致的风习变化。

D 关于婚礼上蛋糕的出现。曾经，在结婚时新人的床前会放一高凳，过门后，由新娘踩着上床。也有地方要准备年糕，均取"登高"之意。现在，都市中婚礼多在酒店中举行，这一礼俗难以保持。因此这一祝福被其他形式——蛋糕所取代。而蛋糕本身也预示着"香香甜甜"，因此越来越多的婚礼司仪在祝婚辞中取了这一含义。在这点上，蛋糕的"高"的含义虽然弱化了，但作为外在的形式在都市中还是被保存下来，并赋予了新的含义。因此可以说是都市化的过程。

同样，根据这四组例子，用图示可作如下分析：

A 同行（共同社）→ 暂时性衰退 → 婚庆公司（职业集团）→（都 市 化）

B 举办婚礼的家庭 → 邻居家宽敞的房间、用具等 →（近 代 化）

B′举办婚礼的家庭 → 邻居家宽敞的房间、用具等 → 暂时性衰退→酒店→（都 市 化）

C 红棉衣→ 白色婚纱、旗袍等 →（近 代 化）

D 高凳子、年糕等→ 暂时性衰退 → 香甜的蛋糕 →（都 市 化）

从以上四点来看，似乎可以这样理解，近代化只是一个过程，在目的意义不发生改变的前提下，为适应都市和经济发展这一环境而在形式上作了调整；都市化则是最终的结果，中间要经过一个衰退期，使得原本的目的意义丧失，为了实现新的意义，在形式上实现部分的复活、再生或置换。

理解了近代化和都市化，对于我们确定都市民俗文化研究的范围具有重要意义。长久以来我们在进行都市民俗文化研究的过程中，似乎陷入了一个怪圈，即总是执着于寻找都市的传统民俗，寻找其最原始的来源。这与认为民俗是乡村生活的产物，工业化发展的结果将会使得民俗面临消失的观点如出一辙。但实际上，只有承认工业化、现代化的都市中也在不断孕育着自己的民俗，才算真正地承认了都市民俗文化研究的价值和重要性，也才能更全面地把握都市民俗文化。

四 都市民俗文化研究的范畴

通过以上的空间分析和历时分析，我们大致可以确定日本都市民俗文化研究的范围。对此，日本的都市民俗研究学者给出了一个新的概念——

"都市性的民俗事象"（日语称为"都市のなるもの"）①

  其实，关于都市民俗文化范围的讨论，几乎贯穿日本都市民俗学发展的全过程。自樱田胜德开始，就从农村和都市的差异中提出了"都市的民俗"这一概念，意图明确在急剧的社会变动中，哪些发生了变化，哪些没有发生变化。无论是变化还是没有变化的部分是否都属于都市民俗文化研究的范围？随后，千叶又提出了"风土"的概念，这个概念的指示是相当广泛的，不仅包括传统意义上的外在环境特质，还包含居住在这一环境中的人类的内在心意现象。② 因此，千叶观点中的都市民俗文化，既包括从过去传承下来的民俗事象，还包含在现代都市中可见的、只要是被居住在都市中的人们所继承下来、适应都市环境的所有民俗事象。从心意现象的角度来分析的话，即使是形态上同样的民俗事象，在都市和农村、现在和过去，也存在着解释上和接受上的不同，因此在考察现代民俗事象时，排除都市是不可能的。

  发展到宫田登那里，都市民俗文化的范围已经逐渐明朗化。他明确提出两个方面：一是都市自身形成的民俗；二是都市化的民俗。尤其对于前者进行了明确的分析。因此，都市民俗文化研究不仅是追寻村落社会如何都市化，而更多地将目光投向都市空间本身所产生的民俗，即探求都市的民俗的学问。宫田在《都市民俗论的课题》一书中，集中论述的"都市的犯罪空间""江户的七大不可思议之事""闲聊的深层含义"等都与传统的乡村民俗没有任何关系。当然他对都市化的民俗也进行了说明，主要集中在信仰、神崇拜等方面。但这两类是否就将都市民俗文化研究的内容全部概括了呢？如果从前面我们所指出的都市化和近代化的区别来理解的话，理应还包括近代化的民俗文化。比如都市传说，很多都市传说不能说

---

  ① 高桑守史的解释是：在都市中生活的人们的心性及行为方式。对此，岩本通弥在《都市民俗学的备考察》一文中认为，都市民俗学不是"都市民俗学"，而应该是"现代民俗学"，即主张民俗学应该是研究当下的现代科学。再换句话说就是：岩本的观点是都市民俗学不是研究都市的民俗，而是研究现代的民俗。这就将一个空间的研究转化为一个时间的研究。

  ② 心意现象后来被很多学者多次提起和使用。举一个简单的例子，比如七夕节下雨，农村人会联想到牛郎织女的见面，从现实的角度来看还利于农作物的生长，因此人们认为下雨好，但都市中的人则可能认为不好，因为会淋湿挂在外面的商业装饰物。这就是所谓的心意现象。

是都市本身自发产生，但在精神实质上又与古代传说故事相通，这一类的传说同样可以纳入都市民俗文化研究中。

因此，到目前为止我们几乎可以这样界定都市民俗文化研究，即现在发生在都市中的所有民俗事象，也就是"都市性的民俗事象"。最先提出这一概念的是高桑守史。小林忠雄在研究金泽民俗文化时，也曾多次使用。那么，它到底指哪一部分民俗文化呢？在《都市民俗学》中，小林从三个方面给予了论述。即一是都市的空间把握；二是都市的传承母体；三在其中展开的具体的民俗诸事象。① 分别对应的是都市的民俗宇宙、民俗社会和民俗文化。民俗宇宙是指在整个大的宇宙世界中，都市的空间存在表现出了哪些民俗意义，比如某个城市的风水、与周缘地区的文化联系等。民俗社会是针对广义上的传承母体来说的，在传统民俗文化研究中，传承母体主要是血缘集团、地缘集团，而在都市民俗文化中，则包括血缘集团（亲族、同族的组织）、地缘集团（市镇内的组织）、生业集团（职业组织）、信仰集团（寺庙组织、讲堂组织）、文化集团（掌门人世袭文化）这五大集团。② 分析至此，都市民俗文化研究的范围才算有个较为全面明确的界定。

反观目前国内的研究成果，对都市民俗文化的研究范围虽也做过探讨，但局限性是很明显的，例如：最具代表性的是1992年由上海民间文艺家协会编写的《中国民间文化——都市民俗学发凡》一书，其中涉及西安、汉口、武汉、成都、广州、上海、山西、长春等城市的民俗文化研究。但有关的十二篇文章均是对城市古俗（西安民俗的历史发展、清末民初汉口民俗特征、成都茶馆的特点、旧上海饮食业的风俗等）的研究分析。至于西方民俗学研究者提出的工业化的城市民俗文化内容——"满足不同兴趣的杂志、各种报纸、周末刊物、戏剧、电视、收音机、动画片、贺卡、录音带、流行音乐、民间音乐、古典音乐、摇滚音乐、书刊和磁带包装上的插图、招贴、电影小说、地区节日和风俗、儿童读物和彩色书

① ［日］小林忠雄：《都市民俗学——都市のフォークソサエティー》，名著出版社1990年版，第254页。

② 同上书，第95—102页。

本、广告、商标地名"① 等的研究可谓凤毛麟角。但现实情况是工业化、现代化与民俗并不是对立的，它们一方面利用、改变着传统民俗；另一方面也在生成自己的民俗。这部分新民俗同样应该引起都市民俗文化研究者的注意。

可喜的是，近几年也有学者开始认识到这个问题。许华龙就曾认为都市的民俗文化由两种基本的形态组成，一个是传统的城市文化形态，即原民俗；一个是时尚的城市文化形态，也可称之为泛民俗。不过这里所指的"泛民俗""是一种不仅打上了原民俗的文化色彩，而且还具有鲜明都市民俗特点的新的文化形态。"② 例如作者所举出的：年轻人喜欢在自己的脸上穿洞，戴一些饰品上去，这首先有着强烈的时尚文化特点，但同时又来源于古老的妆饰艺术，与原始人在耳朵、鼻子上打洞有关系，这就是泛民俗的表现。但可以看出原民俗和泛民俗与上面我们提到的"都市性的民俗事象"的范围还是有区别的。

相比较而言，朱爱东在《城市民俗的多元化特征》中的观点就显得更清楚一些，他认为，狭义的城市民俗主要指的是城市特有的民俗。包括产生于城市、关于城市自身、城市历史、城市风物、城市建筑和市民生活等的民俗，还包括经过改变的、被赋予城市色彩的乡村民俗。这里已经初步具备了对都市特有民俗文化进行研究的意识，只不过尚未用一个完整的概念来定义而已。

综上所述，我们可以发现，虽然是在讨论的三个问题，实质上都指向了一个问题所在，即都市民俗文化的范畴。都市与乡村关系的认识，都市化与近代化的明晰，都是在一步步完善和丰富着都市民俗文化研究的内容。都市民俗文化研究是一个传统与开放、传承与创新、保守与新兴并存的与时迁化的系统，已经并将继续随着社会尤其是都市生活的发展而不断演进、丰富和发展。其中必然还会出现更多的问题，需要我们在不断地借

---

① 高丙中：《民俗文化与民俗生活》，中国社会科学出版社 1994 年版，第 21—22 页。
② 徐华龙：《都市泛民俗文化的时尚化倾向》，民族艺术出版社 2004 年版，第 103 页。

鉴学习、探索调查中发现和解决。

（原载《东方论坛》2009 年第 4 期，原标题为《中日两国都市民俗文化研究刍论》与王新艳合作）

从民间萨满到海上女神:妈祖之旅

妈祖,也被称为天后,她的美德传说和成仙历程的叙述,历经了一些代表性的转变。这种叙述与政治、经济、社会条件一起,共同反映了宗教信仰在中国和非中国信徒中的实践和发展。妈祖本来是中国民间信仰的一部分,但今天她已成为世界上最受崇拜的女神之一。

一

根据资料记载,妈祖信仰起源于对一个据说从 960—987 年生活在北宋,名叫林默娘的年轻女子的崇拜。她居住在福建省沿海的兴化州闽南莆田县湄洲岛。相传,林默娘生于 960 年农历三月二十三日。关于她的家世,广为流传的说法是出身于普通渔家或是当地的名门望族。据说默娘有一到四个兄弟,有些还说她有五个姐妹。在她出生之前,父母已生过五个女儿和一个儿子,他们盼望再生一个儿子,因而朝夕焚香祝天,祈求菩萨赐给他们一个儿子。观音菩萨回应了他们的祈祷,于是便有了默娘。

从默娘出生的那天起,她就显示了自己的异禀。因为她出生至弥月间都不啼哭,便取名为"默"。据说她 5 岁时就受到了观音的启发,并能够背诵观音经,8 岁精通儒家经典,到 10 岁的时候默娘就一心向佛,开始花时间学习佛经,练佛禅;她 11 岁就以知晓主要佛教经典而闻名于世。总的来说，她被认为完美无瑕，举止优雅。到 13 岁那年，作为一个端庄、公正、善良的人，她得到了村中教徒们的爱戴。

根据民间传说，默娘被一位经常去她家拜访的道士收为徒弟。几年之后，林默娘以坚忍不拔的精神和全心全意的努力付出，习得了难以置信的神奇力量和洞察力，并在同情心的驱使下，以此来帮助他人。

她十几岁的所有经历都与两个核心事件有关。第一个是在她 16 岁的时候，当她和一群朋友在井边玩耍时，遇到了一位圣人。她的伙伴们看到后都吓跑了，只有默娘跪了下来，虔诚地迎接他。这位圣人给了她一件青铜护身符，她便用护身符进行驱鬼治病之类的萨满仪式，尽力帮助别人。这个护身符使她的灵魂可以脱离肉身行动，在成仙之前作为凡人的时候默娘也多次用过这一特殊的能力。但这时候她却被简单地看作当地村庄的萨满，抑或一位多次灵验的占卜者。第二个核心事件解释了她对挽救他人的承诺——这也是她作为"保护者"和"海上女神"的吸引力和代表性的一个重要维度。当她在织布的时候，看起来有些恍惚，似乎是睡着了，但在这种状态下，她漂流到海上，救了在风暴中倾覆的船上的父亲和哥哥。关于风暴受害者的叙述有所不同：在一个版本中，是她的哥哥遇难；在另一个版本中，遇难的则成了她的父亲。不过有一点是一致的：是她的母亲导致她没能成功救下所有人。她没意识到默娘的灵魂正在海上救人，叫醒了默娘。在当时的情况下，默娘一手抓着一个人，用牙齿紧咬着第三个人，当她张嘴回应母亲的呼喊时，嘴里咬住的人掉进了海里。为此，默娘悲痛不已，十分伤心。后来，幸存者回忆起他们在暴风雨中的所见所闻后，默娘的声誉便传至福建沿海的邻近村庄里了。

她制服了许多能够引发洪水的怪物和恶龙，以及能够毁坏桥梁和船只的恶毒水魔。这其中有两个恶魔是兄弟——"顺风耳"和"千里眼"——他们两个都贪恋美色，垂涎新鲜的人肉。千里眼的代表色是红色，而顺风耳是绿色。至于他们是如何成为天后的随从的，则是一个多彩而有趣的故事。

兄弟俩被认为是周代在战场上死去的大将军。哥哥高明变为千里眼，

弟弟高觉成了顺风耳。他们死后，灵魂栖息在梅州西侧的桃花山上。这两
兄弟终生未娶，所以没有活着的亲属以祖先的名义祭祀他们。灵魂得不到
妥善照顾的他们成为不祥的孤魂野鬼，变成了两个恶魔和掠夺者，不断地
寻找人肉与美丽的姑娘。有一天，林默娘来到桃花山，两个恶魔兄弟看见
了她，瞬间被她的美貌打动，他们冲过去试图抓住她，但是她开始背诵观
音经后，他们突然平静了下来。默娘说服他们停止食用人肉，不要伤害别
人。从那时候开始，这三人成了朋友，后来兄弟俩都希望娶她为妻。默娘
没有直接答应他们，而是让他们与她决斗，如果他们赢了，她会和他们结
婚；但如果她赢了，兄弟俩必须服从她的每一句话。两兄弟都试图打败
她，但默娘赢得了最后的胜利。她轻轻地坐下冥想，用一根手指触摸他们
的膝盖。兄弟俩立刻痛不欲生，哭着要她解除他们的痛苦。默娘要他们承
诺从此向善，随后便解救了两兄弟。于是，这两个恶魔兄弟就成了她的随
从和将领。在世界各地的妈祖庙中，年长的恶魔千里眼和年纪较小的顺风
耳也就经常被安放在妈祖身旁。

　　林默娘会派他们出海查看天气和即将到来的风暴。如果她无暇顾及，
他们也会去救那些遇险的海员。兄弟俩一直保持警惕，警觉地观察着，听
着周围的动静。他们被看作富有同情心的强大的三人组，也正是他们，帮
助人们摆脱危险的境地，确保信徒的平安。在自然灾害时期，比如季节性
干旱时期，也流传着有关她帮助人们的传说。但默娘的乐善好施并没有就
此结束，与此相反，现代故事中也描绘了她在第二次世界大战期间保护信
徒免受美国炸弹伤害的情境。

　　至于默娘为什么终生未婚，有各种各样的解释。根据一些传说，她因
为不能救她的父亲而悲痛万分，发誓要终身不嫁，忠实地为她母亲和其余
的兄弟姐妹以及其他人服务。另一种说法是她要代替死于海上的兄长继续
为父母尽孝，因此没有结婚。根据这个说法，林默娘应该在20出头的时候
就已"得道成仙"。在这一点上，她的名声超过了当地的萨满。她不再是
凡人，而是一个神。据说，在农历九月初九重阳节的吉日，她从泰山之巅
进入天宫，地上的人们突然听到了从天而降的美妙音乐。他们抬头看见了
玉皇大帝的宝座、朝廷仪仗队的旗帜和一些武器。无数的神仙、星宿、圣

人和僧佛聚集，林默娘朝着天宫大门的方向升起，一大群天王迎面而来。在这之后，云将她层层包围，星象随之消失。

在她成为神之后，无数水手出来作证说，他们在海上遭遇风暴或是被海盗袭击的时候，曾被她救过。钦差也作证说，是默娘保护他们免受海盗袭击，而海盗则作证说，她保护他们免受钦差的打击。这就巩固了她保护以水为生的人们的守护者形象。在天后/妈祖的圣徒言行录中，存在大量可供选择的标准。尼特蕾（Vivian-Lee Nyitray）认为这反映了中国宗教融合模式的局限性和僵化，这也导致了不可避免的宗教冲突，从而建立起一种在紧张关系之下的特殊和谐状态。

根据尼特蕾的说法，这种差异或模棱两可的事实证实了当地居民正努力塑造未来女神的形象，也就是说，把天后视为他们中的一员。林家的官职使他们的女儿可以接近当地权贵阶层，而渔夫的女儿奇迹般变成萨满的故事将被广泛流传，具有吸引力。除了对社会地位的考虑，官方儒学、民间佛教和道教对众神的诠释都想在大众的想象中抢占主导地位。这种竞争在妈祖的死亡和神化叙述中可以被观察到。一方面最常见的是林默娘以虔诚的道教徒形式出现——要么消失在山上，要么上天做了神仙；一个反佛教的版本则把责任归咎于过分严格的斋戒；另一方面，由于传统极端孝道的存在，在饥荒的时候她在大腿上割肉喂养她的父母后，消失在群山之中。再一方面，香港新界也有一个口头传说，认为她是因为不同意与年长男人的婚姻而选择自杀——这是一个了不起的行为，它强调了天后对未婚女性的特殊亲和力，并解释了为什么她会偶尔穿一件红色的（婚礼）礼服。天后/妈祖传说就在不断的调适之中出现了具有广泛基础的信徒群体。宗教模式的地方化（采用乡土化宗教模式），在女神的多元竞争中举足轻重，分析女神作为本土宗教的多元性，正是将宗教生活体验与过去和现在崇拜女神的多重主体正确地结合起来。①

---

① A. Sharma & K. K. Young eds., *The Annual Review of Women in World Religions*, Volume Ⅳ, Albany: State University of New York Press, 1996, pp. 164 – 176.

二

林默娘是如何变成全国知名天神的？为什么天后成为当地人民和国家的关注焦点？沃森（James Watson）对此作出令人信服的解释：天后的官职与中国南部沿海华人的宗教标准化模式相关，天后代表了"文明"，因而受到帝国政府的推崇，成为"官方许可的中国文化"，并被视为社会秩序的监督者和维护者。"她起初只是福建沿海的一个模糊而小众的神灵，但后来却成为封建帝国推崇的神明之一。很显然，没有国家干预，这样的转变不可能发生。但是帝国官员没有权力或办法来把一个不受欢迎的神明强加在群众身上。"①

根据沃森的说法，国家之所以干预这个礼俗的发展，是因为在国家的支持下，把天后作为"海岸和平的象征"似乎是权宜之计。因此，这在中国官方正统文化的编纂和标准化过程中发挥了很大的作用。在更细致的研究中，他认为对天后的支持来源于地方层面实行的统一机制，也来源于地方自治与中央集权中需要解决的相关问题。从 960—1893 年，国家的支持使她从当地的水神上升为天后。总体来说，这位女神在 12 世纪到 19 世纪末获得了 39 个封号和晋封。

第一次赐予天后封号的是宋徽宗，1123 年，为了感谢天后在海上对路允迪率领的中国使团的保护，特册封她为顺济夫人。

下一个显示她有奇迹般治愈力量的重大事件发生在莆田的一个村庄，就连皇帝都宣称她有无所不能的天神之力：一场致命的瘟疫悄无声息地袭击了整个村庄，引发了大规模的疾病。更糟的是，没有已知的治疗方法。这时女神走到井边，站在井前，念着咒语，把普通的水变成了治病的水，治愈了所有生病的村民。另一种说法是她掉进井里，却发现了无数死老鼠，于是用咒语把它们驱赶走了。关于这些奇迹的传闻传到了宋高宗身

① J. L. Watson, Standardizing the Gods: The Promotion of Tien Hou Along the South China Coast 960 – 1960, *Popular Culture in Late Imperial China*, Berkeley: University of California Press, 1985, pp. 292 – 324.

边。高宗皇帝听到后，为感谢她，在 1155 年颁布诏命封她为崇福夫人。1156 年左右，宋朝使者宣称女神曾指引朝廷船队平安渡过一连串的惊涛骇浪，高宗皇帝便赐予了女神"灵惠夫人"的封号，以回应宋朝使者的请求。1157 年，为了感谢女神在俘获海寇中发挥的重要作用，高宗皇帝在她原有的头衔上加了"昭应"二字，把她晋升为灵惠昭应夫人，这是对女神等级和封号的第三次晋升。女神的每一次晋升都伴随着一场瘟疫，在这个过程中也都会对事件进行纪念性的描述，着重强调女神对国家的服务和对国民的捍卫。封建帝国政府通过这种干涉有意地想要把自己和女神直接联系起来，使两者都成为人民的保护者。女神成为代表国家的女神，这意味着封建帝国和女神都有一个共同的目标：保护自己的人民不受叛乱、犯罪、自然灾害和海盗的袭击。

在成功祈求到女神在干旱和饥荒中的援助后，宋孝宗于 1183 年又对她加以"善利"的荣称，称其为"灵惠昭应崇福善利夫人"。1190 年，宋光宗又将称号晋升一级，称其为"灵惠妃"（简称帝王妃）。1198 年初，宋宁宗即位三年之后，他授予了女神三个封号。1205 年，又给予她两个称号："显卫"和"助顺"称她为"显卫助顺灵惠妃"。1208 年，宁宗赐予她另外三个尊称，以表现她从自身的孝特征到为国服务职能上的转变：护国、嘉应和英烈，册封其为"护国助顺嘉应英烈妃"感谢她助擒海盗和降雨救旱。

宋代最后一位授予她荣称的皇帝是宋理宗，他在统治期间的头七年赐予她四次晋升。1253 年，宋理宗以"协正"的称号进一步称赞她为"灵惠助顺嘉应英烈协正妃"。1255 年，宋理宗再次赐予女神"慈济"的称号，即"灵惠助顺嘉应慈济妃"。次年，宋理宗又加上了"善庆"的称号，称她为"灵惠协正嘉应善庆妃"。宋理宗最后一次晋升女神是在 1259 年，他结合了她先前的五项尊称，认定其为"显济灵惠协正嘉应善庆妃"。

在宋代，女神在大约 136 年的时间里获得了十几个封号的晋升，从而将她从一个地方之神变成了国家神灵。在这段时间里，宋朝究竟发生了什么事情，使朝廷把这么多的注意力集中在女神身上呢？沃森用他的标准化理论解释了这个问题：这是一种试图阐明封建帝国是有意将天后作为"官方"代表的做法。在沃森对宗教标准化的分析中，封建帝国的观点胜过了其他的观点，但这并不意味着其他观点就没有立足之地了。

沃森的宗教标准化模式在一定程度上依赖于中国的宗教融合概念，而中国宗教领域的历史学家认为中国宗教的最好代表是宋代。宋代文化是中国文化史上的一个高峰，尤其体现在佛教、道教、理学和民间宗教的相互交融。这也是继唐朝后长达半个世纪的分裂以来，中国终于能够重新统一南北方的朝代。由于社会政治环境的不稳定，人民与封建帝国之间的关系变得脆弱起来，而封建帝国找到了将统治权力合法化的方法——利用宗教来进行合法统治，这种方法最早可以追溯到商朝，它与以海上贸易为中心的经济发展相结合，与自身主权的合法化密切相关。因此，在南宋时期，长江以南的沿岸都发现了女神的庙宇。

因此，根据博尔茨的观点，天后作为已经被广大群众所熟知信赖的守护神，似乎成了政府团结民众的一个象征。通过给这些地方神祇和女神授予封号，国家可以增强其统治的合法性。当然，在前几十年中，这也是南宋政权为巩固皇位、巩固对新迁帝都的支持而不得不做的事情。这种社会/政治/宗教的实践一直持续到随后的三个朝代，使他们能够确立自己的统治，从而也产生了替代和新女神的出现。

继宋之后，元朝在中国实现了90年的统一，此时的中国是一个从日本海延伸到波兰和匈牙利边界的封建帝国。作为占统治地位的国家，元代皇帝需要适应中国社会已经存在的政治生态，即利用宗教维护统治——在这种情况下，对天后影响力的继续推动，能够促进经济的发展和政治合法化进程。海洋技术的发展，与日益依赖水运的经济活动增加息息相关，这表现在天后身上则是她开始被称作"海上女神"——国家打造的女神形象对文化和政治统治至关重要，这也是为了满足朝廷"沿海运输漕粮，为燕京新都城供养"的需要。因此，在任何朝廷船舶起航之前，都要举行大规模的仪式祭奠女神。

成功建立元代的蒙古人继续把天后作为中华文明的象征。忽必烈亲自挑选出女神庇佑蒙古国，把妈祖由"妃"升格为"天妃"（又称"仙妃"），并于1281年又加了一个封号"明著"，称她是"护国明著天妃"

（为保护国家做出卓越贡献的天妃）。1289 年，因天后在保护国家和人民上的杰出贡献，忽必烈再次赐予她"显济"的称号。延续前朝的传统惯例，其他两朝元代皇帝也都将天后作为国家公认的神。

1299 年，忽必烈汗的孙子成宗授予了两个尊号："辅圣"（保护圣人）和"庇民"（保佑人民）。这是为了赞美女神在保护粮食运输中发挥的作用。15 年过去了，1314 年，在听到了一群满怀感激的渔民讲述天后在海上救助他们的经过后，仁宗皇帝再次晋升了她的等级和头衔。她被尊称为"护国庇民广济明著天妃"。

元朝最后一位尊崇天后的皇帝是文宗皇帝，他在 1329 年赐予天后一个令人印象深刻的 20 字头衔，来彰显天后地位的显赫："护国辅圣庇民显佑广济灵感助顺福惠徽烈明著天妃。"明朝的海关关税增加，中国的对外贸易和外交往来，尤其和东南亚国家的贸易和外交有所增加。倭寇猖獗，这给中国船员增加了潜在的危险，他们不得不加强防范。因此，海神成为他们的守护神。也是在这个时期，天后信仰移植到了台湾地区。1373 年，在中国的统治被重新确立后，因妈祖在保护海上旅者——钦差、当地中国渔民和越来越多的进出口商人方面发挥越来越大的作用（有护海运之功），明太祖授予了天后几个尊号"孝顺""纯天"和"孚济"，宣告她为"孝顺纯天孚济感应圣妃"。

1409 年，永乐皇帝将天后作为他的守护神。他委派大将军郑和率领船队开展了七次海上考察，探索了东南亚海域，穿越印度洋到达东非，红海和波斯湾。永乐皇帝想在世界范围内确立中国的统治，并对日益壮大的跨国贸易网络施加帝国控制，一直延伸至印度洋领域。永乐皇帝敬拜了天后，并在朝廷海军船上供奉着天后画像。七次探险都取得了成功，永乐皇帝将这一切都归功于天后对朝廷海军舰队的保护。1409 年，在第三次成功远征之后，永乐皇帝提升了天后的地位，大加赞扬她在三名特使出访——郑和下西洋、张跃访问文莱和尹昌投资孟加拉中所扮演的角色和发挥的保护作用。因此，女神又多了三个封号："妙灵""宏仁"和"普济"。

在明清王朝的过渡期间，清朝皇帝试图加强对南方沿海地区的控制，这也使女神变得更为重要。正是在这个时期，女神的代表性被叠加在民间宗教的结构之上。这一时期也出现了东南亚旅游的增加，主要是为了贸易，这也使得后来把天后崇拜移植到了东南亚的散居地区。

1680 年，康熙皇帝恢复天妃仙妃的称号，宣称她为"护国庇民妙灵昭应宏仁普济天妃"。1662 年，台湾最伟大的英雄郑成功罢黜了最后一批外国殖民主义者，将他的成功归于妈祖的援助。随后，台南附近的港口对她的寺庙进行了翻修。据记载，这场冲突摧毁了凤山县的一个村庄。人们决定投掷竹护身符来确定哪里是重建村庄的最好地点。神奇的是，第 31 根符签掉了下来，指示村民们在开始改造村庄之前，建造一座专门供奉妈祖的庙宇，以此保证她对该地区及其居民的保佑。

1684 年，康熙皇帝把女神的等级晋升为天后，称其为"护国庇民妙灵昭应仁慈天后"。此后，1737 年，乾隆皇帝扩大了她的代表性，以 18 字的封号晋升为"护国庇民妙灵昭应宏仁普济福佑群生天后"。

1757 年，由于她对国家和人民从未间断的服务，以及对她的模范孝道的认可，宋仁宗皇帝授予了尊称"诚感"。1800 年，仁宗皇帝给了天后最令人印象深刻的晋升，用 30 个字来称呼："护国庇民妙灵昭应宏仁普济福佑群生诚感咸孚显神赞顺垂慈笃祜（佑）天后。"这些荣称在 1893 年达到顶峰，当道光皇帝把自己在风暴中脱险归功于天后以后，赐封她天上圣母，封号为"护国庇民妙灵昭应宏仁普济天上圣母"。

博尔茨指出，几个世纪以来，天后/妈祖的整体多样化，尤其是女神的多重表现，促成了她的永续性。因此，对她力量认知的不断扩大，也是民众信仰崇拜她的基础。她被认为拥有一种无所不能的力量，任何人，无论任何阶级，都可以寻求救济。在《天妃经》中对她能力的多样性有着准确的阐述。对妇女来说，她在分娩时提供庇佑。对农民和牧民来说，她守卫着田野、家畜和桑树林。她向那些谋求公职的人表示鼓励，向所有遭受疾病或其他苦难（包括暴政和压迫）的人提供援助。最重要的是，她对海员的守护作用是不会被忘记的。这个身份似乎主要是由商人阶层的关注而形成的。《天妃经》反映的是他们的福祉。任何从事商业活动的人，尤其是那些在水路上冒险的人，似乎都受到了女神的高度重视。也似乎正是她这种对劳动阶级的吸引力，使她在中国的宗教体验中处于最前沿。①

今天，在世界上许多国家和地区，如中国台湾地区，以及澳大利亚、马来西亚、日本、缅甸、菲律宾、新加坡、越南、泰国和美国，妈祖都受到人们的膜拜。天后/妈祖的多重性反映了她的信徒在生活中的各种经验和社会实践，并最终体现在女神身上。列斐伏尔（Lefebvre）将其定义为"宗教是生活的"，感知女神的方式是多种多样的。因此将女神设想为祖母、皇后、天皇、道教、佛教、儒家、民间神仙、美国人，跨国女神和全球女神都不足为奇，因为，生活的经验"需要服从一致性或凝聚力的规则"（Lefebvre，1991）。从社会、经济和政治进程展开改变生活经验，例如，全球化不可避免地促进新的实践空间形成，对世界认知的进步，或许也会推动对天后/妈祖产生新的认识。因此，天后所代表的未来也并非不可预知，正如历史表明，她将会经历转变，这种转变也会反映她的信奉者们的生活经历。

（原载《神州民俗》2018 年第 3 期，与 Raisa Rasheeka 合作，英译中：刘琨）

---

① J. M. Boltz, In Homage of Tien-fei, *Journal of American Oriental Society*, 106/1986, pp. 211 – 232.

电影·小说·戏曲

《暴雨将至》的叙事结构论析

　　单元式（断片式）的叙事结构，在近年的电影作品中屡见不鲜，它打破了传统的整体贯一、首尾完整的叙事结构，将现实时空的事件顺序加以分解、重组和整合，或者将不同时空中的人物事件拼接成关联关系各异的叙事链。与传统的插叙、倒叙不同，也与格里菲斯在《党同伐异》中将四个故事杂糅在一起、交替出现的叙事结构相异，单元式结构电影中的各个断片是相对独立成篇的，可以是单个自足独立的事件叙述（如安东尼奥尼的《云上的日子》），可以是同一演员饰演的角色在大跨度时空中对不同事件的演绎（如罗宾·威廉斯主演的《丰盛人生》），可以是同一空间环境中不同人物事件的展开（如美国影片《你的生命，我的决定》），可以是同一主题在不同人物事件叙述中的散点透视（如基于婚姻爱情主题的国产片《爱情麻辣烫》）等，不一而足。而本文欲讨论的影片《暴雨将至》（Before the Rain），更是在叙事上匠心独具、单元结构精巧出奇的经典之作。

一

　　《暴雨将至》是马其顿导演麦克·曼彻夫斯基（Milcho Manchevski）1994 年的力作，同年即荣获威尼斯影展金狮奖，此后又获得第 67 届奥斯卡最佳外语片提名等三十余个国际奖项。这部影片之所以在国际影坛引人瞩目，轰动一时，自然与其现实意义突出的反战、博爱主题有关，而其别具一格的叙事结构，更是可圈可点。

影片以前南斯拉夫内战为背景，叙述了国家分裂、民族矛盾激化、战乱动荡之下的一个爱恨情仇的故事。影片分为三个不同标题的单元结构。

第一单元，"言语"（Words）。年轻的东正教修士科瑞为修行而许了哑愿，平日缄默不语。一日，阿尔巴尼亚穆斯林女孩萨米拉，因被怀疑杀了邻村东正教教徒而被追杀，逃亡到科瑞所在的修道院，藏匿在科瑞的居室里。不能用言语沟通的两个年轻人，却心心相印，一见钟情。科瑞因此违反了教规，被逐出山门，与萨米拉踏上逃亡路，欲投奔科瑞在伦敦做摄影师的叔叔。半途中萨米拉的家人追至，他们不能容忍相互仇视异族间的爱情，射杀了萨米拉。

第二单元，"面孔"（Faces）。在伦敦，刚刚获得普利策大奖的马其顿籍摄影师亚历山大从内战前线回来，欲带自己的情人、图片社编辑安妮一起返回马其顿家乡，而安妮的丈夫尼克想和她和好如初，犹疑中安妮拒绝了亚历山大，后者只好独自踏上归途。安妮与尼克在餐厅共进晚餐，尼克被无端滋事的暴徒乱枪击中面部而死。

第三单元，"照片"（Pictures）。摄影师亚历山大回到马其顿，发现故乡弥漫着民族仇恨的紧张气氛，他好不容易才见到了昔日的阿族情人、已守寡的汉娜。后来汉娜的女儿萨米拉因被怀疑杀了亚历山大的族人而被抓，在汉娜的请求下，亚历山大救出萨米拉，让其逃走，自己却死在表弟的卡宾枪下。

影片开始时，年迈的修道院院长与年轻的修士科瑞在山坡上侍弄菜园，彼时天际乌云滚滚，暴雨将至。影片结束时，回放开始时的情景，院长和科瑞准备下山，远处，惊慌失措的萨米拉正向修道院跑来。至此，被分解打乱的事件时空顺序才得以厘清，按照现实事件的实际流程，几个单元断片结构的正常排列顺序应是："面孔"—"照片"—开场（亦即结尾）—"言语"。

二

由上节可知，《暴雨将至》的叙事结构与前述几种单元结构有所不同。其特点可以归纳为以下几个方面：

第一，导演提取了一个场景（科瑞修士与修道院长在山坡上，天际乌云蔽日，暴雨将至未至），作为影片的开场和结尾。结尾部分实际是开场的重放，但增加了被追捕的萨米拉从远处向修道院跑来的镜头。这一场景中嵌入了时空顺序倒错的三个单元，开场是"照片"单元的倒叙，结尾回放开场，又是"照片"的延续，共同构成了一种循环往复、跳点链接式的结构。

第二，作者将一个事件的叙述拆分成三个单元并进行倒置拼接，使得每个单元成为相对独立的叙事，同时又用内在的人物关系维系之。在第一单元"言语"中主角是科瑞和萨米拉，但出现亚历山大的葬礼和目睹葬礼的安妮，科瑞向萨米拉提起自己在伦敦当摄影师的叔叔（他尚不知道亚历山大已死）；在第二单元"面孔"中亚历山大和安妮是主要出场人物，但出现萨米拉被枪杀的照片；到了最后的单元"照片"，所有人物均已出场，人物关系逐渐明朗：原来亚历山大的侄子是科瑞，科瑞和萨米拉相恋，萨米拉是汉娜的女儿，而汉娜是亚历山大的昔日情人。随着人物关系的清晰化，被打乱的叙事链条得以重新拼接，一个完整事件的来龙去脉渐露端倪。除了人物关系之外，影片欲揭示的哲理意蕴"时间不逝，圆圈不圆"（Time never dies，the circle is not round）贯穿全片，即由开场时修道院长的口中说出，也喷涂在伦敦的街墙上，吸引了亚历山大的目光。这一颇具深意的细节即是影片主题的点睛之笔，又为各个单元连珠串玉，让人感受到不同单元情节之下暗伏跳动着的共同血脉。

第三，影片的叙事虽已被重置拼接，但各个单元结构间并没有呈现杂乱随意之感，相反，实际已被打乱重置的单元，表面上似乎仍然是合乎事件原本时空顺序的叙事组合：开场时科瑞和修道院长因暴雨将至而下山，接下来第一单元"言语"科瑞和众修士在修道院祈祷（这是事件的原本顺序），这一单元中虽然出现亚历山大的葬礼，但只是亚历山大侧面一闪而过的瞬间镜头，观众难以留下深刻印象，所以对第二单元亚历山大在伦敦的出场不会有"死而复生"的突兀感。第一单元的结尾，是来到马其顿寻找亚历山大却只赶上其葬礼的安妮，在浴室里掩面悲泣，镜头切换，片刻黑幕后打出第二单元标题"面孔"，接着是安妮在办公室忙碌的场景，给人以安妮返回伦敦工作的错觉，其中又有安妮拉开抽屉看到萨米拉被枪杀、科瑞在旁边悲愤垂首的照片的镜头（这是第一单元的结局），从而强化了事件的逻辑顺序。这一单元中叙述亚历山大欲带安妮回马其顿，被婉拒后只好自己孤身回乡。第三单元"照片"随即讲述亚历山大回乡后的见闻遭遇。这种机巧的结构组接，将断裂叙事链之间的错位缝隙加以弥合修补，直到本单元的最后，亚历山大不顾族人的误解，毅然救出萨米拉并牺牲了自己的生命，紧接着的结尾部分，大雨倾盆中获救的萨米拉逃向修道院，整个事件的前因后果才破雾而出，叙事之链才得以复位咬合。

表面独立而又内在关联的故事，看似零散却又环环相扣的情节，在这种错位复位的往还结构中分解重组，不经意处玄机暗伏，蓦然回首柳暗花明，给影片平添了独特的魅力。

三

这种精巧而独特的结构，当然不是曼彻夫斯基故弄玄虚或率尔为之，"结构之所以能够被携带着作者灵性的内容进行活性处理，全然在于结构本身就是一个具有巨大文化意义可容量和隐喻功能的构成，任何一个深刻的叙述者都不会轻易地放过结构或忽视结构的这种容量和功能的……（结构）内在地包含着作者对世界意义的理解"[①]。通过结构的剖析，解读创作者的意图，挖掘其中的深意，体味它产生的效果，将有助于我们进一步理解和欣赏作品。

如前所述，《暴雨将至》开场和结尾的布局遥相呼应，故事的结束又

---

① 杨义：《中国叙事学》，人民文学出版社 1997 年版，第 114 页。

成为故事的开始，形成一个外表循环往复的结构。亚历山大与汉娜，科瑞与萨米拉，异族间的爱情悲剧在两代人身上重复上演；萨米拉和亚历山大，同样倒在自己亲人的枪下。民族间的积怨仇恨，陈陈相因，冤冤相报，代代延续，流转往复，成为似乎无法走出的历史怪圈。"伴着尖鸣，鸟儿飞过漆黑的长空，人们沉默无语，我的血已因等待而疼痛"（片头语），曼彻夫斯基对民族悲剧命运的深切关注、无奈和焦虑，在结构的暗喻中灼灼闪现。但他并没有绝望，期冀着"时间不逝，圆圈不圆"，所以人们在仔细串联各个单元时，就会发现它们实际上并不能构成完整的循环，事件应该在第一单元"言语"末尾结束，"圆圈"出现了缺口。在第二单元"面孔"中，安妮看到抽屉里被杀的萨米拉的照片，之后亚历山大坐出租车去机场回马其顿，安妮走在街上抬头看见飞机远去——这里出现了一个不合乎逻辑顺序的时空错乱，因为萨米拉是在亚历山大回乡后被他所救，亚历山大死后逃到修道院，再与科瑞逃亡时被杀，她不可能死在亚历山大回乡之前。曼彻夫斯基也许是故意地制造了这样一个"漏洞"，让不完整的结构圆圈上增加更多的缺口，已达到破毁消解这一循环的意旨。

影片所述事件被分解成三个单元，这样的叙事结构有利于清晰集中而均匀连续地刻画人物性格，展示事件过程。三个单元分别以萨米拉、尼克和亚历山大的死亡作结局，在这三个死亡事件中，忧国忧民、大彻大悟的亚历山大，为了消弭民族仇恨导致的罪恶（另外两个死亡事件直接或间接的起因），毅然用自己宽厚的胸膛，挡住了射向异族姑娘萨米拉的子弹，这一最为悲壮的牺牲是影片的高潮，所以把这一单元放到最后而不是按照事件实际发生的顺序放在第二，恰如影片中积蓄已久的暴雨，由远而近，雨点由疏而密，最终倾泻而下；萨米拉、尼克之死引发的郁愤，随着亚历山大那双深邃而宁静的眼睛渐渐闭合而得以升华。曼彻夫斯基对亚历山大这一人物身上体现出来的人道主义和博爱精神的推崇，也在这种合乎情感逻辑的结构安排中流露无遗。

随着各个单元的渐次展开，人物陆续登场，习惯于传统叙事结构的观众先是会陷入曼彻夫斯基的叙事策略圈套，到最后才水落石出，峰回路转，豁然开朗，不由得在影片结尾扣人心弦的源自拜占庭圣咏的音乐声中，重新组合拼接各个单元，理清人物之间的关系，还原整个事件的实际时空顺序，同时在叙事结构的建立和消解互动中细细体味由此导致的独特审美感受。情感的不自觉投入沉浸，被理性的思考所替代，要看懂理解影片，观众就不能置身事外，必须参与叙事结构的重建。或许这正是曼彻夫斯基苦心孤诣之所在。

在《暴雨将至》面世的同年，美国新锐导演昆丁·塔伦提诺（Quentin Tarantino）导演的影片《黑色追缉令》（Pulp Fiction，又译为《低俗小说》）公映，亦一举夺得戛纳影展金棕榈大奖等多个国际奖项。无独有偶，两部同年电影在结构上颇为相似，有异曲同工之妙，在国际影坛一时双璧。但相似结构下《黑色追缉令》所渗传的幽默反讽和暴力美学，却与《暴雨将至》大异其趣，应另当别论。

（原载《青岛海洋大学学报》2001 年第 3 期）

外聚焦和情调模式

——浅析电影《大象》的叙事策略

2003 年，由美国导演格斯·范·桑特拍摄的影片《大象》一举斩获了第五十六届戛纳电影节的金棕榈奖和最佳导演奖，取得了非凡的艺术成就和巨大的社会反响。这部影片取材于 1999 年在科罗拉多州的科伦拜恩中学发生的校园枪杀案，它以沉默的镜头记录了一宗校园惨案发生前的生活常态和两个高二男生对同校师生疯狂的杀戮。导演在叙事上的着意经营使影片获得了独特而持久的艺术魅力，下面将从外聚焦和情调模式两方面来探究《大象》的叙事策略。

一　外聚焦

观察的角度不同，同一事件会呈现出不同的结构，表达出不同的情趣。杨义在《中国叙事学》中高度评价了叙事视角在整个艺术作品的形成、接受和传播中所起的重大作用，他认为："叙事角度是一个综合的指数，一个叙事谋略的枢纽，它错综复杂地联结着谁在看，看到何人何事何物，看者和被看者的态度如何，要给读者何种'召唤视野'。"①

叙事角度问题自 19 世纪末由作家亨利·詹姆斯用"观察点"这一概念明确提出后，受到了西方文学理论家的广泛关注，他们提出了多种观点和术语。为了避免"视角""视野""视点"这些"过于专门的视觉术语"所造成的局限感，法国叙事学家热拉尔·热奈特采用了较为抽象的"聚焦"一词，将叙事分为零聚焦、内聚焦和外聚焦三种模式：零聚焦模式中，叙事者是全知全能的；内聚焦模式中，叙事者只能提供某个人物所知道的；外聚焦模式中，叙事者则比较无知，他只能停留于表面现象而无法深入内心，② 正如胡亚敏在《叙事学》中所解释的，"叙事者严格地从外部呈现每一件事，只提供人物的行动、外表及客观环境，而不告诉人物的动机、目的、思维和情感"。

《大象》的故事情节十分简单，如果按照传统的零聚焦的叙事模式，基本上可以这样概括：前一天下午上物理课的时候，艾利克斯被运动员同学丢食物戏弄，他心有怨恨但无言承受，下课后他将身上的脏物擦净后去餐厅观察记录。下午五点（据钟响判断）回到家后他去了自己的小屋，在那里弹奏了钢琴曲《致爱丽丝》，然后和后来赶来的埃里克一起上网订购了军火武器，天空被阴云遮盖并开始打雷，两人在小屋睡着。

第二天早上艾利克斯和埃里克两人在家吃完早餐后一起看关于德国纳粹党的纪录片，这时候快递公司将他们订购的军火送到，他们在废弃的小屋试用完枪支后回到家里洗澡并装备好自己，设计好路线图后开车前往学校。这天早上，约翰载混混沌沌的老爸去学校，因逃课被老师"请"进办公室，出来后独自走进一间空旷的教室里掩面隐忍哭泣，被阿卡迪亚发现。在这段时间里同时发生的还有：伊莱亚斯为一对情侣拍完一组照片后走进教学楼冲洗，沿途与同学打招呼并简短交谈；米歇尔在上体育课，热身跑的时候她听到优美的钢琴曲还特意停下欣赏，下课时老师再次要求她下次要穿短裤上课，她无奈答应后去澡堂换衣服，听到同学们对她的成绩

---

① 杨义：《中国叙事学》，人民出版社 1997 年版，第 191 页。

② ［法］热拉尔·热奈特：《叙事话语新叙事话语》，王文融译，中国社会科学出版社 1990 年版，第 129—130 页。

优异和不穿短裤的事冷嘲热讽；内森在操场上玩了一会儿橄榄球后回到教学楼，与女友到办公室签字离开；布莱特妮、乔丹、尼科尔"三人行"在走廊碰到内森称赞其长相帅气，并对他的恋情八卦了一番。

阿卡迪亚安慰了约翰几句后去参加在另一个教室举行的同性恋异性恋联盟会议；约翰也调整好心情走出教室，在走廊里遇见了伊莱亚斯并让其为自己拍了一张充满孩子气的照片，听到上课铃响的米歇尔从他们身边跑过去；"三人行"对家长的监视管制抱怨一番后来到自助餐厅；内森和其女友亲密聊天。

米歇尔匆忙赶到图书馆帮忙整理图书，给约翰拍完照后的伊莱亚斯也来到图书馆拿起摄影刊物阅读，约翰沿走廊走出教学楼和校园里的黑狗亲热打招呼，正在自助餐厅吃饭的"三人行"看到了这一幕。"三人行"就朋友与爱人的平衡问题争论不休，没吃多少东西就离开餐厅。约翰在教学楼门口遇见了背着军火前来的艾利克斯和埃里克，意识到危险的他奔跑着疏散师生。

艾利克斯和埃里克首先来到图书馆，射击了正在整理图书的米歇尔和阅读摄影刊物的伊莱亚斯并展开大屠杀；分开行动后艾利克斯在女洗手间射杀了刚呕吐完的"三人行"；埃里克射杀了黑人学生本尼和路斯老师，最后在尸体遍地的餐厅里艾利克斯射杀了埃里克后又将枪口对准了内森及其女朋友。

如果真的采用这种"全知"叙事模式，那么影片不仅要不断采用剪辑交叉的方式交代多个人物在同一时段进行着的活动，而且必须试图回答下列问题：艾利克斯和埃里克是什么样的人？哪些条件和背景促使他们做出如此极端的行为，导致惨案发生的关键在谁身上，老师、同学、家长、社会还是凶手自己？不回答这些问题，叙事者肯定要被怀疑为不可靠；而如果回答了上述问题，又会显得过于平实无华，从而减少影片的艺术魅力。另外，采用这种叙事模式，观众的眼光会过多地缠绕在艾利克斯和埃里克的阴谋设计上，也会分散观众的注意力，削弱影片的悲剧效果。导演格斯·范·桑特在这一点上表现得极为高明，他放弃了传统的叙事模式，而选择了外聚焦模式，"叙述者从不用自己的声音说话，而仅仅记录事件，从而给读者这样的印象，即形成这一正被讲述的故事的不是任何主观判断或具体个人"①。叙事者不掌握来龙去脉，不进行分析引导，只是客观地记录。这样，本来应该叙事者回答的那些问题便责无旁贷地摆在观众的面前：哪些因素诱导了这一惨案的发生，谁该为这些年轻的生命负责，拿什么去拯救年轻的生命和灵魂？回答这些问题的角度和深度，就决定了对这个故事的悲剧内涵所理解的程度，《大象》之所以具有难以穷尽的艺术魅力，其主要原因就在这里。

笔者曾反复观看这部影片，力图从生活片段中找到两个少年制造滔天血案的原因和心理，下面依这些片段对两人的作案心理做出推测：

1. 艾利克斯上课被运动员同学丢食物戏弄——受到同学欺侮，尤其是比较强势的同学。

2. 艾利克斯下课去做记录时被一个黑人同学撞到，但是那人并未做道歉等任何表示，他无奈摇头——不受尊重，在这里也表现为力量较大的同学。

3. 艾利克斯和埃里克在家吃饭的时候，母亲说他们完全可以在外面的餐馆吃饭，做完饭后便匆忙离开，和餐桌前的二人没有其他交流——缺乏来自家庭的关注和关心。

4. 艾利克斯和埃里克在家里吃饭的时候，父亲提到某某考了第一，埃里克表情中有明显的不屑，并向艾利克斯做出无所谓、无可奈何的动作表情——对成绩优秀同学的反感情绪，对提这个话题的父亲的不赞同。

5. 埃里克枪杀路斯先生之前，曾说过这位教师没有像对待其他同学一样对待他俩——老师的不公平对待。

6. 两人谋划路线计划时，艾利克斯曾称枪杀"笨蛋运动员"为"最佳路线"——对运动员的愤恨。

7. 两人热衷枪战游戏——网络暴力文化对他们的影响。

8. 两人崇拜纳粹党——性格中本身就具有暴力毁坏意识。

综上所述，两人的社交关系是这样的：强势的同学无所谓地欺负他

---

① ［美］华莱士·马丁：《当代叙事学》，伍晓明译，北京大学出版社 2005 年版，第 67 页。

们，老师忽视他们，家长对他们也不够关心和了解。但这些又是一个处于青春期的男孩子常有的烦恼，平淡的矛盾似乎并不足以促使他们用如此极端的方式解决问题。

实际上，他们对强势的愤恨不仅仅表现在力量上，他们对那个第一名的蔑视，更多的是来源于那个同学在学习上的强势。影片中，两人射杀的第一个人就是数学能考 98 分的米歇尔，不知是巧合还是暗示。总之，两人对以所有形式表现出来的强势都是不满的，他们需要被尊重、被重视。纳粹党靠暴力实现对人的绝对统治，使人们对其绝对服从，这迎合了他们骨子里深刻的暴力意识和统治欲望，于是他们将纳粹党奉为偶像，他们是绝对势力的追求者。但是，这种心理在现实生活中并没有得到满足，于是他们沉溺于虚拟世界所带来的征服感，这征服感又反过来刺激着他们体内的暴力因子。但现实生活打破了他们的幻梦，不断提醒着他们的弱势，这是不被他们的征服欲所允许的，于是一旦他们发现自己不能表现出强势时，就会感到异常的屈辱和愤怒，积累的怒火使他们产生了毁灭念头，于是悲剧就发生了。

应该注意的是，在整个案件中，艾利克斯起主导作用。从一开始因受辱不平去调查、在网站上订购军火，到后来精密地安排行动路线，都是艾利克斯一手操办。观看纳粹纪录片时，埃里克并不清楚纳粹党，还就一些简单的问题向艾利克斯发问，艾利克斯表现出了熟悉的模样，并在枪杀过程中说"永远不要妄想跟纳粹作对"，以纳粹自居；在艾利克斯向埃里克叙述他们的杀人路线时，埃里克露出略带担忧不忍的表情，与艾利克斯脸上充满享受的表情截然不同；后来在他们开车去的路上，埃里克多次转头看向艾利克斯，似是征询，是犹豫不决之态。在两人的关系中，埃里克一直处于被动受支配的地位。直到最后，埃里克毫无设防地叙述"战果"时，被他的同伴无情地射杀，谁是真正的凶手，谁只是被利用的工具，就更加明朗化起来。

外聚焦模式下的世界，看似对生活日常状态片段无目的的记录，实则暗含叙事者的匠心。睿智的叙事者在保证影片足够客观可信之余，也隐现着事件缘由的蛛丝马迹，让观众再三回味琢磨，穿过外聚焦的透镜，重新审视寻常世界。

二　情调模式

徐岱认为，"凡具有某种结构的系统莫不导向于一定的功能"，于是他将功能模式列为叙事的基本模式之一，并将叙事的功能模式分为三种：情节模式、情态模式和情调模式。

情节模式注重设置曲折回环、引人入胜的故事情节，情态模式取胜于人物形象的塑造和透视，这两种模式迎合了普通接受群体对精彩情节和美好人物的期待心理，为受众所钟爱。

情调模式不同于以上两种模式，在采用情调模式的艺术作品中，"故事虽然存在但并不构成为情节，人物也得以保留但已退居二线，小说家讲述一些事件、介绍几位人物的目的，在于营造一种意境，渲染一种气氛，最终捕捉住一种特殊的情调感。所以，故事在文本中不仅显得散淡，人物的肖像往往十分模糊，作家对其心理活动以及行为特征的描写既不为刻画性格也不为突出情节，只是赖以抒发某种人生体验"[1]。总之，情调模式是一种具有先锋性的叙事模式，稍微处理不当，就会失之于平淡无味。

导演格斯·范·桑特关注年轻人的精神生活状态，也善于大胆地尝试后现代主义的叙事技巧，具体到叙事的功能模式上，他就采用了特有的情调模式。下面从五个方面略加分析。

第一，淡化的情节。

在我国传统文论中，"故事"与"情节"常常混为一谈，"故事情节"几乎成为固定搭配，仿佛有故事就必然有情节，有情节才能构成故事。何谓故事，何谓情节，詹姆斯·莫纳科在《电影术语汇编》中说："故事，即被叙述出来的事件……表明着叙事讲'什么'，情节则关系到'怎样讲'和讲'哪些'。"[2] 传统的影片往往善于靠曲折回环、跌宕起伏的情节设置

---

① 徐岱：《小说叙事学》，商务印书馆 2010 年版，第 263—265 页。
② ［美］詹姆斯·莫纳科：《电影术语汇编》，转引自《96 电影大百科》，微软公司 1996 年英文（光盘）版。

来吸引观众的注意力，悬疑惊悚片尤其注重情节的引人入胜。

而在《大象》的情节设置上，导演格斯·范·桑特非但没有修饰，反而刻意淡化，"反情节""反逻辑"特征明显。他将本来比较紧凑的情节肢解分离反复播放，情节的连贯性被一步步冲淡。约翰、伊莱亚斯、米歇尔三人相遇在走廊的一幕历来为评论家津津乐道。第一次镜头跟随约翰，约翰走出教学楼后遇见了背着军火的艾利克斯和埃里克，这时候事件露出马脚，却又接着切换到之前艾利克斯上课的一幕；第二次镜头跟随伊莱亚斯，伊莱亚斯走进图书馆后悲剧命运即将开始，而镜头却又快速地切换到"三人行"在走廊里八卦的一幕；第三次镜头跟随米歇尔，米歇尔整理图书时枪上膛的声音传来，镜头却又敏锐地转换到艾利克斯和埃里克出发前的场景，本来紧凑的情节就这样被稀释打散了。

影片共持续了81分钟，在前66分钟里，观众看到的是一个个没有前后关系的生活片段被强行粘贴在一起。最后15分钟的杀戮过程是整部影片中最紧张的时刻，影片在这里达到高潮，就在这最令人胆战心惊的杀戮过程中，人物的动作也没有进行类似于慢动作或者放大的镜头等效果处理，电影中的杀戮过程持续了15分钟，科伦拜恩中学发生的枪击案持续了11分钟，能指时间与所指时间相差无几，导演始终保持实录手法，并未对此给予额外的"照顾"。

阿伯拉姆认为："戏剧作品或叙述作品的情节是作品的事情发展变化的结构。对这些事情的安排和处理是为了获得某种特定的情感和艺术效果。"[1] 换言之，情节就是为了表达"特定的感情和艺术效果"而对故事片段的重新"安排和处理"。"情节性强的文本结构固然给我们讲述了一个故事；情节淡化，甚至以反情节为主体结构的文本同样是在给我们讲述故事，只不过它们讲述的故事具有不同的取向、不同的重心和不同的趣味罢了。"[2]《大象》故事片段极度简单，总体步调拖沓散淡，毫无修饰的懒散既反映了片中人物的心态，又构成了影片的总体风格，也使观众丧失了警

① 阿伯拉姆：《简明外国文学词典》，湖南人民出版社1987年版，第256页。
② 李显杰：《电影叙事学：理论和实例》，中国电影出版社2000年版，第31页。

惕性，获得了客观性。

第二，"外部"人物。

为了更广泛地描述和概括人物类型，尤恩在《叙事文中的人物》一书中提出了用三根轴线区分人物类型的主张，分别是：单一至复杂轴，静态至发展轴，外部至内部轴。"在外部这一极上，人物只有纯粹的形体动作，不敞开内心世界。……人物的内心完全不透明，我们只看到人物的对话动作，无法了解人物的意识活动。"①《大象》塑造的人物形象都是外部这一极的。整部影片以黑幕的形式先后标注了八组人物的名字：约翰—伊莱亚斯—内森、卡丽—阿卡迪亚—埃里克/艾利克斯—阿卡迪亚—米歇尔—布莱特妮、乔丹和尼科尔，所以影片实际上是以多个人物为线索串联起来的。影片记录的人物众多，但并谈不上哪个是中心，展现的始终是十分客观的人物行为，没有任何心理活动的刻画，所做的描写仅仅止步于此时此刻的人与事，观众永远无法得知这表象背后的复杂关系。虽然观众可以透过行为大体猜测人物的性格，但镜头与剧中人物始终维持的距离，让我们无法走进人物的内心，也就永远无法印证自己心中的猜测是否正确，于是这就只能是一个没有谜底的谜。

约翰是影片中相对重要的一个角色，他在片中首先出现而且也是第一个发现危险来临的人。影片一开始，约翰的父亲开车送他去学校，约翰耐心地把车开得七扭八歪的父亲劝到副驾驶座上，来到学校后还反复叮嘱父亲待在车上不要乱跑，俨然一副超出了自己实际年龄的成熟模样。他虽然并没有向任何人诉苦，但是观众能够注意到：他时常地低头、仰头、深呼吸，他来到老师办公室毫无顾忌地仰躺在沙发上一言不发，他在无人的教室里隐忍地哭泣，这些肢体语言时时传达着"我很累"的信息。但是观众也看到，他在拍照时摆了一个非常调皮的动作，他逗狗玩的时候笑得那么开心，他分明就是一个富有童心的大孩子。那么，问题就摆在了观众面前：这样一个大孩子，他沉重的心事来源于哪里，他那浑浑噩噩的父亲显然是一个线索，但是电影镜头却严格地绝不逾越一步，因此观众对他的了

---

① 胡亚敏：《叙事学》，华中师范大学出版社 1994 年版，第 144 页。

解就只能在此止步，他的形象也不得不停留在这些片面的生活片段中，永远得不到进一步的丰满。

这些如街边行人般交错闪过的群体人物，进一步渲染了情调模式的角色基调。

第三，模糊的时间。

时间是叙事学中一个十分重要的概念，计划、控制乃至重构时间是电影叙事中至关重要的环节。情调模式作品的一个特征就是空间感、时间序列常常被忽略淡化。

在《大象》中，通过一些场景的反复播放，我们基本上可以理清每一片段发生的先后顺序，譬如通过约翰、伊莱亚斯、米歇尔三人在同一时间出现在同一地点，我们就能确定，之前约翰从开车去学校到会议室中掩面哭泣的时段，正是伊莱亚斯为一对情侣拍摄了一组照片并冲洗出来的时段，也是米歇尔从上体育课到洗完澡赶往图书馆的时段。我们可以通过场景、空间来判断事件发生的先后关系。

同样地，具体时间也是本部电影一直以来存在的争议话题之一。争议的关键就在于，艾利克斯和埃里克订购军火与血洗校园是不是在同一天发生的，这个问题可以进一步转化为两人订购完军火后睡着的时候是中午还是晚上。有的研究者认为，影片所记录的一切活动都发生在同一天内，他们认为，枪杀案当天上午，米歇尔等人在操场上听到的钢琴曲《致爱丽丝》就是艾利克斯在他的小屋里弹奏的。但是，这种说法有一个很明显的漏洞：艾利克斯在课上被戏弄那天下课以后，他回到家中，石英钟刚好敲响了五声，这似乎又在暗示他们订购军火的时间是在下午放学以后，这是笔者认定这两件事情是发生在两天里的主要事实依据。另外，当艾利克斯在物理课上受到欺侮时，内森穿红色带拉链运动衣，而枪杀案当天，内森穿红色套头上衣，不应当是同一天发生的事情。

无论如何，这只是作为观众的我们对影片的一种猜测，影片本身并没有给予明示，而导演似乎也在有意地模糊时间概念，弱化观众对时间这种客观事物的注意力，从而加强观众对宏观场景的关注力，使观众捕捉到一种情调感。

第四，具有象征意义的景物镜头。

西方的诗电影注重诗意的隐喻、象征、暗示等手法的运用，《大象》中也不乏此手法。影片中有一段天空的场景出现了三次：第一次，影片一开始，在一片浩瀚无云的天空下回响着孩子们欢快的运动游戏声，渐渐地，天空转暗直到完全被黑幕笼罩，这时候唯有一盏路灯屹立在高空。第二次，艾利克斯和埃里克在网上订购了军火以后，本就阴沉的天空飘来大片墨黑色的浓云，远方隐隐传来雷声滚滚。第三次，影片结尾的时候，青色的天空中飘荡着几缕阴云，太阳时隐时现。这一场景反复出现但又略有不同：第一次，路灯是一个象征意味深厚的意象，它在高空俯视世间，冷静地见证着人世间所发生的一切，即便在黑暗中，它仍然具有雪亮的眼睛。第二次，乌云密布，雷声滚滚，暴雨将至，在下面的这片土地上，也即将迎来一场血雨腥风。第三次，天空依然安静，鸟儿依旧欢悦，太阳的眼睛却被乌云迷惑，现实恍恍惚惚，真相到底是什么，谁又能看清，云的镜头给情调模式的基调，涂上了重重的一笔。

第五，安静祥和的总体氛围。

电影叙事与小说叙事不同的是，电影集视听于一身，因此它还可以靠动态的声音来承载特定的信息。声音，包括人声话语、音响、音乐等多种，这里着重从音响角度来分析。

这是普通的一天，整个校园都是安静祥和的。为了向观众呈现一种足够安静的氛围，导演煞费苦心。当环境本来就比较静时，他不厌其烦地用画内音响突出那些细砰的响动：伊莱亚斯走在走廊中鞋子与地板"咔嗒"的摩擦声，他反复翻转装胶卷的小铁盒时发出的冲撞声，天空中叽叽喳喳的鸟叫声和轻悠的口哨声，用细碎声音的清晰化来衬托周围环境的沉寂。当环境变得喧闹时，他又利用音效来表现人物内心的平静：当伊莱亚斯走进喧闹的教学楼时，逆行而来的一大群同学的说笑声几乎将其淹没，这时候片中出现了一段旋转着的音调，这股音调一直跟随着他，感觉就像伊莱亚斯陷入了一个漩涡。这漩涡将他与周围陌生的同学相隔绝，于是周围那些同学的面孔都是模糊的。但是一旦有熟悉的同学向他打招呼，这漩涡便会触电一般立刻弱下去，待他们的交谈结束，漩涡又恢复。也就是说，这

"漩涡"是有选择性地忽略掉主人公的感官世界中所不关注的一切，接纳主人公所关注的事物，实际是主人公在自我内心设置的一道屏障。伊莱亚斯并没有东张西望，习以为常地匆匆而过，因为这实在是他们心中十分平常的一天而已。

值得一提的是，影片中由重物撞击声、鼓噪擂鼓声和长号声掺杂在一起而形成的一种诡异的音响，这种声音如幽灵一般分别跟随在去往图书馆的伊莱亚斯、米歇尔和试图寻找凶手的本尼身后，仿佛在为他们的不归命运鸣响警钟。这诡异的音响让人察觉到危险的靠近，营造出一种令人躁动不安的氛围，潜藏的血腥感令人毛骨悚然。

就总体氛围而言，影片是安静的。就连最后的杀戮过程中，导演也极力维护一种相对的安静：持枪者不紧不慢，就连身为"鱼肉"的受害者居然也是安静地逃跑，安静地死去。黑人学生本尼在发现危险来临时非但不逃走反而去探寻危险源头，看到危险就在前方并不躲藏反而将自己送到枪口底下，平静到不真实。科伦拜恩中学枪击案被学校里的摄像头记录了下来，在那段真实的视频中，观众能够看到杀戮现场持枪者几近变态的嚣张气焰，他们疯狂地喊叫、咒骂、捉弄，俨然恶魔的化身；能够看到手无寸铁的年轻生灵面对突如其来的死亡信号时无边的恐惧，他们不受控制地颤抖，声嘶力竭地尖叫，令人心胆俱裂，不忍再看。如果说这部影片对情节做过处理，那就是让激烈的情节平缓，让惊惧的情绪平静。

格斯·范·桑特在评价《大象》时说道："对这样的恐怖事件我们不做什么特别的解释。我们只想写意地表达，给观众留下几分思考的空间。"[1] 写意传神是我国古代重要的美学思想，重在营造一种意境，传达言外之意、弦外之音。情调模式为影片营造了一种超乎常态的安静氛围，这种丧失感性的寂静使观众不沉溺于具体人物或情节，只微弱地捕捉到一种情调，获得属于自己的情绪体验和思考。格斯·范·桑特正是通过这种叙事手段完成了"写意地表达"。

综上所述，外聚焦向观众呈现了一个客观的影像世界又隐伏着线索，

---

① http://ent.sina.com.cn/v/2003-05-27/0856151628.html.

情调模式在观众与故事之间建立了一道无形的屏障又悄悄将一种情绪体验植入观众心中，双管齐下，使观众处在事件的边缘苦苦思索，从而更加深刻而广泛地去理解影片的悲剧性和现实意义。

（原载《电影评介》2011 年第 14 期，与万燕燕合作）

《人工智能》叙事形态略析

美国电影大师库布里克构思酝酿近 20 年、最终由著名导演斯皮尔伯格编剧并执导的影片《人工智能》（Artificial Intelligence，华纳、梦工厂和库布里克制片公司合作出品，2001 年）上映后轰动一时，评论褒贬不一，但这部意蕴深具、不同凡响的科幻片注定会成为电影史上久远的话题，许多评论家已经从科学、文学、哲学、宗教、伦理、人性等不同角度对影片主题进行分析。本文拟依据俄国结构主义大师普罗普（V. Propp）创立的故事形态（Morphology）分析理论①，对影片的叙事形态结构进行简要剖析。

一

尽管普罗普的叙事形态理论是建立在对俄国民间童话故事分析归纳基础之上的，但童话是所有叙事的重要原型，普氏的方法当可运用于作家文学各类文体的叙事结构探讨中。②

---

① 普罗普理论的评价，可参见《结构主义与文学》（春风文艺出版社 1988 年版）、《二十世纪文学理论》（生活·读书·新知三联书店 1988 年版）、《结构主义和符号学》（上海译文出版社 1987 年版）、《结构主义神话学》（陕西师范大学出版社 1988 年版）、《故事学纲要》（华中师范大学出版社 1988 年版）、《中国民间故事形态研究》（汕头大学出版社 1996 年版）等著作中的相关介绍。

② 香港学者陈炳良教授在《〈倾城之恋〉的形态学分析》一文中，就曾运用普罗普的分析法，探讨张爱玲《倾城之恋》的叙事形态结构，认为这部小说可算是一个魔法故事。

影片的主角（hero）大卫是 Cybertronics 公司制造的一个机器人儿童，出于测试目的，公司从员工中挑选了一对夫妇——亨利和莫妮卡领养他（这对夫妇自己的孩子因患不治之症被冷冻）。大卫离开了真正的"父母亲"——制造者哈比教授和他领导的研发组，来到陌生的新家庭。这种状况，正是普罗普形态理论功能列表的第一项："外出：某个家庭成员不在家。"新"母亲"莫妮卡希望大卫能像自己真正儿子一样交流感情，便按照使用说明读出密码，启动了大卫的感情程序。不久，莫妮卡的亲生儿子马丁竟被医生妙手回春，治好绝症返回家中。马丁自然嫉妒大卫与自己分享母爱，便设计捉弄他。按照普罗普理论体系中的"角色"理论，此时马丁充当了"反角"（villain），执行了普罗普功能（Function）列表中的"欺骗"功能。在马丁鼓动下，大卫大口吃菜，导致体内电路板损坏；半夜去剪莫妮卡的头发，以致莫妮卡误认为他要行凶（共谋：受害者落入圈套）。后来大卫更把马丁拉入游泳池中，马丁险些溺毙。这些举动，实际上违反了人类对机器人设置的禁令（违禁：禁令被破坏，大卫在吃菜时曾不理会亨利夫妇的喝止）。违禁必然导致惩罚，莫妮卡决定将大卫退回给制造公司，后将其遗弃在森林里。这一行为可以看作伤害家庭成员的功能"恶行"，莫妮卡因此进入"反角"之列。

大卫被仇视机器人的人类抓进"机器人屠宰场"，与另一个机器人阿乔一同被押至台上受毁灭之刑。关键时刻大卫大声呼救，引致看台观众同情而倒戈，得以趁乱逃出生天。大卫告诉阿乔，只有找到匹诺曹童话中的蓝仙女，将自己变成真人，才能够回到"母亲"莫妮卡身边。蓝仙女正是童话故事中经常出现的"魔物"（Magic Agent，又译"神奇物""魔法媒体"等），此处"缺乏：缺少某物或希望得到某物"功能成为叙事进展的关键一环。阿乔告知在"艳都"城内可以找到"万事通博士"询问有关蓝仙女的线索，因而成为"助手"（Helper）角色。两人赶路奔赴"艳都"（功能："出发"），在城中找到万事通博士并获知蓝仙女所在地点。出门后阿乔被人类抓捕，大卫救出阿乔，抢得水陆航行器飞往目的地曼哈顿（功能："空间移动"）。在一幢大楼里，见到哈比教授，他告诉大卫：为了测试大卫这个机器人产品的性能，他故意不出面帮助，以进行考验。由此我们得知：大卫被遗弃后所遇到的艰难险阻，都是为获得"魔物"所必须经受的"考验"，而大卫通过了这些考验（功能："反应"）。在水下，大卫终于见到了朝思暮想的蓝仙女（功能："缺乏消除"）。在外星人的帮助下，大卫回到了自己家中（功能："返回"）。但是，此时人类已灭绝两千年，要使"母亲"莫妮卡死而复生，必须有她的身体残骸，外星人才能提取基因复制（功能："难题"）。一直跟随大卫的玩具熊泰迪，取出当年大卫剪下的一缕莫妮卡的发丝，交给外星人（功能："解题"），多次帮助大卫的泰迪，亦充当了"助手"的角色。莫妮卡复活了，与大卫度过了无忧无虑、快乐幸福的一天，但当夜幕降临，莫妮卡沉沉入睡，永不能苏醒（功能："惩处"）。大卫握着莫妮卡的手，生平第一次同"母亲"一起，酣然进入梦乡。这一结局，在童话故事中多是功能"主角成婚或登上王座"，但下列的功能项中，有"重逢"一项，正可作为影片叙事结束的功能。

由此，我们可以归纳出影片 18 个功能（有 2 个重复出现）构成叙事序列：外出—欺骗—共谋—违禁—恶行—考验—反应—缺乏—出发—考验—反应—空间移动—缺乏消除—返回—难题—解题—惩处—重逢。普罗普总共归纳出 31 种功能，但在单个故事中，这些功能并不一定全部出现，在中国童话故事中，最少只要 6 个功能就能构成一个完整的故事叙事，功能的多少，与叙事的繁复或简略形态成正比，18 个功能的线性组合，已足以构成一个曲折有致的故事叙事了。

二

基于对故事材料的经验观察和事件时间、逻辑顺序的分析，普罗普认为：在民间故事中功能出现的顺序总是相同的。据学者们的研究比较，各国的童话故事的功能排列并不能完全契合这一结论，原因是文化、传播、讲述等因素导致的不同或变异，但大致而言普氏的这一定律有一定的普遍意义。相比而言，在创作过程中个人因素主导的作家文学作品中，"故事"（Fábula）和"布局"（Sjuzét）之间人为的乖离，使功能顺序更为变化多端，不可捉摸。而《人工智能》所呈现的功能顺序，除了两处之外（普罗普亦承认"倒置顺序"的存在），竟大致与普氏顺序一致，使得这部影片与传统的童话故事，在叙事形态层面呈现高度的相似性。个中原因，或许是童话与科幻作品所共有的同质性，此外，如前所述，影片原本就负载了太多的意蕴，在各种主题、哲思、象征繁密交织、纷至沓来，使人应接不暇的情况下，再在情节布局上别出心裁、另辟蹊径，影片恐怕会变得扑朔迷离、晦涩难懂。喜欢顺应大多数观众口味、拍电影"叫好又叫座"的斯皮尔伯格，自然不会像库布里克那样动辄惊世骇俗，而是在深刻的内涵和平实的叙事间，成功地进行了融合和平衡。

按照叙事形态学理论，并非所有的功能都具有同样的重要性，有些功能构成了叙事的真正"铰链"。美国学者邓迪斯将他在北美印第安人中发现的几组重要功能称为"核心母题素顺序"（Nuclear Motifeme Sequence）①，亦即核心功能对。按照邓迪斯的看法，故事的叙事是由不平衡性（disequilibrium，在影片中由"缺乏""恶行"标志）向平衡性（equilibrium，由"缺乏消除""惩处"标志）的发展，而核心功能对正是两者的标志，它们构成了叙事进展的势能和结构主干，在其他功能的过渡、催化、链接下，"推动着结构线索、单元和要素向某种不得不然的方向运转、展开和律动"②，组成完整的叙事形态。在《人工智能》中，显而易见，"缺乏—缺乏消除"和"恶行—惩处"是两组起到核心作用的功能对，影片的叙事正是围绕它们而展开。要掌握叙事形态的命脉所在，须从核心功能对及其执行/负载者入手。

值得注意的是，这两组核心功能对的负载者分别是主角大卫和反角莫妮卡。按照普罗普的角色理论，主角、反角、捐助者、助手、差遣者、假主角、被寻求者七种角色，大致都有自己的行动场，在定义某些功能时，他亦指出了特定的执行者。例如，主角是这样一种角色：他是反角的受害者（感到缺乏），他得到魔物等。而反角的确立，是由功能"恶行"和"惩处"的负载者标示的。因而，大卫作为主角自无疑义，但莫妮卡因实

① 参见阿兰·邓迪斯《北美印第安民间故事形态学》，《民俗学同人通讯》赫尔辛基1980年第195期，第61页。

② 杨义：《中国叙事学》，人民出版社1997年版，第76页。

施"恶行"并最终受到"惩处"而成为反角,这种叙事形态学上的内在定位与我们观看影片时对莫妮卡美丽善良的印象颇为抵牾。其实,因为启动了感情程序,大卫克服千难万险去寻求魔物,根本目的是将自己变成真人,以便重新得到母爱,回到莫妮卡身边。从这个意义上而言,莫妮卡同时涉足了"被寻求者"(Sought-for Person)的行动场,因为"被寻求者"的主要行动场之一,就是最后一项功能("重逢")。同一角色涉及这样两个呈对立性质的行动场,必然给角色抹上一层斑斓迷离的色彩,与童话故事中黑白分明、善恶对立的角色设置大异其趣。

"缺乏—缺乏消除"和"恶行—惩处"两组核心作用功能对的负载角色,分别代表了机器人和人类,构成鲜明的二元对立。大卫是个机器人,但开启了感情程序后,他有了梦想,有了情感,有了渴望,完全有资格负载童话故事中人类感知、承载的"缺乏"功能,进而释放叙事进展的势能,影片中出现的两个"助手"阿乔和泰迪熊亦是"非我族类"的机器;而反角马丁和莫妮卡都是人类,斯皮尔伯格对机器人(特别是有了情感的机器人)的认同,对自诩"万物之灵长"的人类所作所为的反讽,对未来高科技世界和人类终极命运归途的探寻、疑问、焦虑,都在这两组核心功能对和相应角色的对立矛盾中表露无遗。同时,正是这种异乎寻常、极不和谐的功能/角色对位,使观众在观看表面上是一个典型、常见、线性发展、传统的"寻求型"故事(在神话中亦多见,如神话学家约瑟夫·坎贝尔在《千面英雄》一书中归纳的"英雄冒险型")、轻车熟路地跟进故事叙事的发展时,却会因这种异相对位而产生愕异、茫然、不安乃至震惊的反应,尽管斯皮尔伯格可能对人类毕竟惺惺相惜,特意使莫妮卡涉足善恶两面,在互不相容的行动场中出现,以一个母子重逢、相伴永恒的大团圆式结尾,来试图冲淡、调和这种对立两极——也许这种对立显示了库布里克的黑色基调与斯皮尔伯格"好玩好看"电影理念折中调和的必然结果。

三

电影与其他文类作品有诸多差异。但投资1亿美元、动用"实时3D

电脑游戏引擎"和"现场视觉特效"等最新尖端电影科技打造出来的《人工智能》，在令人目眩神迷的特技、身临其境的音效、回肠荡气的音乐、曲折动人的情节背后，仍然可以清晰地辨认出隐伏着的、普罗普70多年前就为我们勾勒出的民间童话故事的叙事形态结构。叙事是人类的一种普遍精神现象，"人类的心理意识中，存在着叙事的动机"，① 有的学者甚至愿意把它提升为人的一种本质构成，在不同时代、不同文化的不同文类中，寻找叙事形态结构的通约性模式，并非无的放矢，异想天开。在各类文体的创作过程中，作者如何既取此类通约性定式之长，又克服陈陈相因的俗套之短，进一步探索罗兰·巴尔特所期望的"控制生产意义的规律"②，利用叙事形态中某些构成因素的移置、错位、异相使之产生或容纳更丰厚深刻的意涵，通过以上对《人工智能》叙事形态的简略分析，或许可以得到些许有益的启迪。

（原载《中国海洋大学学报》2003年第6期）

---

① 参见［英］芭芭拉·哈代《关于小说的诗学》第3章，耶鲁大学出版社1976年版。
② ［法］罗兰·巴尔特：《批评论文》，转引自孟悦等编著《本文的策略》，花城出版社1988年版，第10页。

隐伏的二元对峙与消解

——《杀人回忆》叙事机杼略析

　　法国著名叙事学家布雷蒙（Claude Bremond）在论及叙事的基本序列时，归纳其形态为"情况形成—采取行动—达到目的（或未达到目的）"。① 也就是说，一个故事在某种条件下形成某种状况后，就有了两种发展的可能，或是逐渐改善，或是逐渐恶化。美国学者邓迪斯（Alan Dundes）更加简要地指出，故事的发展是从"失衡"（disequilibrium）到"平衡"（equilibrium）的进行过程。②

　　按照相关的理论框架探讨具体的文学作品或影视作品，必须深入剖析故事隐伏的深层结构，电影《杀人回忆》（Memories of Murder）或许可以作为我们解析的尝试。2003 年，韩国导演奉俊昊的这部电影上映之后，获得多项大奖，被誉为"史上最好看的韩国电影""毫无破绽的完美电影"。有论者认为，《杀人回忆》最为重要的意义，在于这部表面看来是类型叙事（侦破变态杀人狂的悬疑片）的作品，实则借助防空演习、镇压示威等历史标志符号，隐含了一种严肃地对韩国军政府事情的社会悲剧的反思，

---

① 参见高辛勇《形名学与叙事理论》，联经事业出版公司 1987 年版，第 144—148 页。

② Alan Dundes, "Structural Typology in North American Indian Folktales", *Southwestern Journal of Anthropology*, 19, 1963, pp. 120 – 130.

重新唤起民族的共同记忆。笔者认为，除了这些意义指涉的解读，影片的叙事结构亦有阐发分析的价值，因为任何意义，都要通过叙事的结构呈现出来。

这部电影是根据真实案例改编而成，韩国京畿道地方早年发生了一系列女子被害案，迄今仍未破案，凶手依然逍遥法外。在影片中，办案警官们费尽周折，殚精竭虑，眼见被害人一个接一个倒下，最终还是无法确定真正的凶犯。在面对状况采取行动后，事件逐渐恶化（未达到目的），没有从"失衡"（案发）进入"平衡"（破案）的形态。警方与罪犯的对峙，未能以罪犯的落网而化解。这种与观众常规期待不同的结局，或者说未能恢复惯常的"平衡"，其实只是叙事的表层，在它之下，还隐伏着更深层次的叙事机杼。

很明显，影片中真正罪犯从头到尾的出场缺席，揭示了叙事进程的延展，并非是以正方/反方、警方/罪犯之间的较量作为内在的推动力。导演的镜头，实际是聚焦在两位主人公——负责办案的警官身上。这两位主角，一位是汉城派来协助破案的徐太胤警官，一位是当地乡镇警署主责此案的朴斗万警官。影片通过人物的对白、细节、行动等，展示了两个角色的反差和对比（例如，朴警官记录审讯使用打字机时，不会用退后键；不能识别假冒的名牌运动鞋，言语直率粗俗等）。汉城来的徐警官，外表俊朗，性格文静内敛，受过正规良好的教育（四年制大学毕业）；乡镇的朴警官，长相平平，性格粗犷外向，相比之下教育程度低（高中毕业）。都市/乡村、沉稳/鲁莽、型男/凡夫、知识/实践、文化水平高/文化水平低。这种显而易见的二元对立，是人物角色背景性的、具有"指标"（indices）意义的构成。而在叙事关联"行动"的意义上，两位角色在破案过程中，呈现出更深层次的对峙：理性/感性、证据/直觉、实证/伪证、科学/巫术、档案/口传、心理分析/刑讯逼供等。两人初次碰面，朴警官误将帮助女性路人的徐警官当作现行案犯，不问青红皂白把徐踢翻在地拳脚相加。后来弄清身份，朴说："你的拳脚功夫怎么这么差。"徐反唇相讥："你识别罪犯的能力怎么这么差。"这句对白，大致隐喻了两人之间的对峙业已形成。这种南辕北辙的差异区别，造成叙事序列在"采取行动"的关键点，因为人物意向的不同而产生矛盾纠葛，并随后导致不同的发展走向和结局。角色的尖锐对峙和优势位差，亦可看作是叙事结构诸元中的一种"失衡"。

参照普罗普（Vladimir Jakovlevic Propp）[①]、托多罗夫（Tzvetan Todorov）、巴尔特（Roland Barthes）等学者的理论观点，笔者把叙事的"序列"理解为由一系列功能按照某种关系链接的、本身自足的情节段落，是整体故事的一个下位结构层次。《杀人回忆》前后涉及三个嫌疑犯的发现—怀疑—确认过程，故可以大致将故事整体划分为相应的三个基本序列。在第一个序列中，乡镇朴警官听信街坊传言，将喜欢跟踪女性受害人的傻小子白光浩认定为嫌犯，在原始证据被破坏的情况下，不惜采用自制伪证（运动鞋脚印）和刑讯逼供、诱供取证的方法，甚至以极刑恐吓，以求破案。而汉城徐警官，则冷眼旁观，按照自己所受训练的破案思路和方式，通过对失踪者名单的缜密资料分析，得出另有一名尚未被发现被害者的结论，并且果然依靠推论找到了被害者的尸体。自认土生土长、经验丰富、"用脚破案"的朴警官，在这个回合中败给了"不了解本地情况"、书生气十足、坚信"档案不会骗人""用脑破案"的徐警官。角色间的对峙在这一序列中形成并加剧（酒吧里爆发的第二次肢体冲突即可表明），各自的属性得到强化，徐警官的优长凸显无疑。

第二个序列中的嫌疑人，是朴、徐二人在偶然的场合，不约而同发现的。徐警官是来到犯罪现场进一步勘察，而朴警官则是请教了巫婆之后，来到现场打卦问神。这时嫌犯来到现场，逃跑后混入工人人群中。自认为之所以有当警察的本钱，就在于自己有一双"巫师般"火眼金睛的朴警官，果然靠了锐利的双眼，从人群中揪出了嫌犯。原本看不起朴办案方式的徐警官，此刻亦不免对朴有了几分佩服。这多少表明了两个角色的对峙关系，因此而有所松动，理性/感性、证据/直觉、知识/实践的对立中，后者似乎首次占据了上风。然而，在接下来的破案过程中，朴警官依旧是

---

① 参见 Vladimir Jakovlevic Propp, *Morphology of the Folktale*, 4th Printing, Austin & London：University of Texas Press, 1975, 以及笔者有关故事序列的论述，《中国民间故事形态研究》, 汕头大学出版社 1996 年版，第 237—252 页。

刑讯逼供、屈打成招的老套路，或者采用笨拙可笑的途径（在公共澡堂观察），去搜寻想当然的具有某种体征的凶犯——这个行动细节虽然带有幽默的成分，却暗示了朴警官很重要的一个转变：开始注重并有意识地主动采集证据。而仍然强调"档案不会骗人"的徐警官，从雨夜电台节目表中，顺着蛛丝马迹，寻觅另一个嫌犯。值得注意的是，尽管在第一个序列中，街坊传言最终被证明是无稽之谈，错指无辜，不足为凭，但在线索渺茫、境况迫逼的紧要关头，奉"档案不会骗人"为圭臬的徐警官，亦不得不再蹈朴警官之覆辙，从资料档案堆中走出，采撷民间口头资源，而且结果证明，口头资源并非都是空穴来风、无本之木，事实上第一个序列中的民间口传流言，亦有切合真相的一面（傻小子白光浩虽非凶手，却是现场的唯一目击者），在本序列中，据此更找到了一位幸存的受害者，获悉了真凶的身体特征（柔软光滑的手）。在这一序列中，虽然结尾处两个警官发生了第三次，也是程度最为剧烈的肢体冲突，但实际上，两个角色之间的对峙，已经因为互相向对方属性的靠拢移渡，而得到一定程度的消解。此序列仍以徐警官的推断为胜，其角色意向决定了事件的发展方向，不过需注意前述的有关对立诸元间的微妙变异，在冲突交锋中，实际暗中影响，潜默互渗。

第三个序列是影片叙事的华彩段落。随着第三个嫌疑犯浮出水面，故事的发展逼近高潮。所有的间接证据（电台雨夜点播歌曲的明信片、身体特征、作案时间、心理分析等）都确凿无误地指向嫌犯朴贤奎。观众以为真相即将大白、凶手落入法网，故事开端的失衡即将恢复平衡。如果故事果然如此发展，或许这部电影就成了一部落入俗套的悬疑类型作品。然而出乎意料的是，负责在汽车里跟踪盯梢的徐警官，因为不堪疲惫的一个瞌睡，使嫌犯朴贤奎从咖啡馆得以脱身，这一致命的失误，或许暗喻着"用脑破案"之不足，如果换了体能强壮"用腿破案"的朴警官，嫌犯就无隙遁逃了。凶杀果然再度发生，极度自责内疚的徐警官，赫然发现这次的受害者，竟然是自己认识接触不久、天真清纯的中学生女孩（曾给他提供传言线索），面对雨中泥地上死不瞑目的女孩，理性的闸门终于轰然崩溃，他开始失去理智，发疯般凶猛地踢打嫌犯，在仍然缺乏直接证据的情况下，就要拔枪打死嫌犯朴贤奎。甚至当美国 FBI 出具的 DNA 检测报告及时到达，证实嫌犯朴贤奎并非真凶后，他所有的自信、智慧、努力以及由此带来的在二元对峙中的优势位差，即他在前两个序列中因为正确的判断结论所取得的高位顷刻间荡然无存，他终于无法自控地扣动扳机，向这时已证清白的朴贤奎射出了子弹——罔顾证据、鲁莽冲动、拳脚相加、情绪失控、私自执法，徐警官已同前两序列中判若两人；而朴警官在此关键时候，反倒头脑清醒、沉着冷静，出手阻止了徐警官的疯狂举动，他最终对嫌犯眼神的判断，与 DNA 鉴定的结果不谋而合。对峙的二元诸项，在第一序列中针锋相对，在第二序列中陈仓暗度，在第三序列中，则部分完成了向对方的位移倒置，从而也达成了对峙的平抑消解。

如前所述，在影片叙事的表层上，因为未能最终破案，在经历了叙事的跌宕起伏之后，最初的失衡未能恢复平衡，然而，导演的着力点，并非仅仅停留在一个悬案侦破的故事层面，他更愿意用镜头展现的，是两个正面人物角色之间的冲突纠葛关系。他们之间二元对峙、互渗、移渡乃至最终转换消解的形态，构成了表层叙事下序列的核心，三个序列接连续合，挥发出节奏鲜明而指向强劲的叙事张力，对峙诸元由最初的高下立现、位差分明的失衡，最终达致后者居上以致伯仲难分的平衡形态，从结构意义而言，这正是叙事得以"逐渐改善"的结局。一表一里，暗藏着如此巧设、用意深远的叙事机杼，或许这正是导演叙事策略的匠心所在和作为别具一格的类型电影的成功之处。

（原载《山东文学》2009 年第 1 期）

从"道"字看金庸小说语言的特征

　　我们要讨论的"道"指的是金庸小说中人物说话前的"道"字，其用法多种多样，有单用，也有组词用的。例如：道，说道，叫道，叹道，惊道，问道，答道，急道，喝道，怒道，笑道，唱道，歌道，柔声道，悄声道，厉声道，冷笑道，低声道，温言道，凄然道……在金庸的小说的每一页上，只要是人物说话，几乎都用"道"字，出现频率极其高，几乎通篇用"道"字。"道"字在《古汉语常用字字典》中的解释有：（1）路；（2）规律，道理；（3）道家唯心主义哲学体系的核心，指先于物质而存在的精神性的东西，产生万物的总根源；（4）主张，思想，学说；（5）从，由；（6）说，讲；（7）同导，引导；（8）同导，通；（7）（8）后来写作"导"。①　其中第（6）个解释符合金庸小说中"道"的意思。在《现代汉语词典》中有三个"道"字，其中只有第三个"道"字与说话有关，解释有：（1）说；（2）用语言表示（情意）；（3）说（跟文言'曰'相当，多见于早期白话）；（4）以为、认为。其中第（1）、（3）义项符合金庸小说中"道"的意思。②

---

　　①　《古汉语常用字字典》编写组：《古汉语常用字字典》，商务印书馆 1983 年版，第 50 页。
　　②　中国社会科学院语言研究所词典编辑室：《现代汉语词典》，商务印书馆 1979 年版，第 217 页。

一

从小说的发展史来看，最早的小说志人、志怪中，当人物说话时，多用"曰"字来引出对话。例如《世说新语》《笑林》《语林》《搜神记》《述异记》等。唐传奇仍然多用"曰"字，如《柳毅传》《李娃传》《霍小玉传》中都用"曰"字。例如《霍小玉传》中：

> 鲍既去，生便备行计。遂令家僮秋鸿，放纵兄京兆参军尚公处假青骊驹，黄金勒。其夕，生浣衣沐浴，修饰容仪，喜跃交并，通夕不寐。迟明，巾帻，引镜自照，惟惧不谐也。徘徊之间，至放亭午。遂命驾疾驱，直抵胜业。至约之所，果见青衣立候，迎问曰：莫是李十郎否钾即下马，令牵入屋底，急急所门。见鲍果从内出来，遥笑曰："何等儿郎，造次入此。"生调消未毕，引入中门。庭间有四樱桃树；西北悬一鹦鹉笼，见生入来，即语曰："有人入来，急下帘者"生本性雅淡，心犹疑惧，忽见鸟语，愕然不敢进。遗巡，鲍引净持下阶相迎，延入对坐。年可四十余，绰约多姿，谈笑甚媚。因谓生曰："素闻十郎才调风流，今又见仪容雅秀，名下固无虚士。某有一女子，虽拙教训，颜色不至丑陋，得配君子，颇为相宜。频见鲍十一娘说意旨，今亦便令永奉箕帚。"生谢曰："鄙拙庸愚，不意故盼，倘垂采录，生死为荣。"遂命酒撰，即命小玉自堂东阁子中而出。生即拜迎。但觉一室之中，若琼林玉树，互相照耀，转盼精彩射人。

而从宋代以后的话本小说开始，多用"道"字，有的几乎通篇用"道"。例如《错斩崔宁》中：

> 却说一日闲坐家中，只见丈人家里的老王，年近七旬，走来对刘官人说道："家间老员外生日，特令老汉接取官人娘子，去走一遭。"刘官人便道："便是我日逐愁闷过日子，连那泰山的寿诞也都忘了。"

便同浑家王氏，收拾随身衣服，打叠个包儿，交与老王背了，分付二姐："看守家中，今日晚了，不能转回，明晚顺索来家。"说了就去。离城二十余里，到了丈人王员外家，叙了寒温。当日坐间客众，丈人女婿，不好十分叙述许多穷相。到得客散，留在客房里宿歇。直至天明，丈人却来与女婿攀话，说道："姐夫，你须不是这般算计，坐吃山空，立吃地陷，咽喉深似海，日月快如梭。你须计较一个常便。我女儿嫁了你，一生也指望丰衣足食，不成只是这等就罢了。"刘官人叹了一口气道："是。泰山在上，道不得个上山擒老虎易，开口告人难。如今的时势，再有谁似泰山这般怜念我的。只索守困，若去求人便是劳而无功。"丈人便道："这也难怪你说。老汉却是看你们不过，今日贵助你些少本钱，胡乱去开个柴米店，撰得些利息来过日子，却不好么？"刘官人道："感蒙泰山恩顾，可知是好。"

又如《碾玉观音》中几乎句句都用"道"字，例如：

秀秀道："你记得也不记得？"崔宁又着手，只应得诺。秀秀道："当日众人都替你喝采：'好对夫妻'你怎地到（倒）忘了？"崔宁又应得诺。秀秀道："比似只管等待，何不今夜我和你先做夫妻？不知你意下如何？"崔宁道："岂敢。"秀秀道："你知道不……"

到了明代，其拟话本也多用"道"字，而且通篇用"道"字。如冯梦龙的《警世通言》《喻世明言》和凌蒙初的《初刻拍案惊奇》《二刻拍案惊奇》等。例如《杜十娘怒沉百宝箱》中通篇用"道"：

十娘大惊道："郎君意将如何？"公子道："仆事内之人，当局者迷。孙友为我画一计颇善，但恐恩卿不从而。"十娘道："孙友者何人？计如果善，何以不从？"公子道："孙友名富，新安盐商，少年风流者也。夜间闻子情歌，因而问及。仆告以来历，并谈及难归之故，渠意欲以千金婚汝。我得千金，可藉口见我父母，而恩卿亦得所归。

但情不能舍，是以悲泣。"说罢，泪如雨下。

又如《蒋兴哥重会珍珠衫》中：

内有珍珠衫一件。兴哥认得了，大惊问道："此衫从何而来？"平氏道："这衫儿来得蹊跷。"便把前夫如此张致，夫妻如此争嚷，如此赌气分别，述了一遍。又道："前日艰难时，几番欲把他典卖。只愁来历不明，怕惹出是非，不敢露人眼目。连奴家至今，不知这物事那里来的。"兴哥道："你前夫陈大郎名字，可叫做陈商？可是白淳面皮，没有须，左手长指甲的么？"平氏道："正是。"蒋兴哥把舌头一伸，合掌对天道："如此说来，天理昭彰，好怕人也。"平氏问其缘故，蒋兴哥道："这件珍珠衫，原是我家旧物。你丈夫奸骗了我的妻子，得此衫为表记。我在苏州相会，见了此衫，始知其情，回来把王氏休了。谁知你丈夫客死。我今续弦，但闻是徽州陈客之妻，谁知就是陈商！却不是一报还一报？"平氏听罢，毛骨悚然。从此恩情愈笃。这才是"蒋兴哥重会珍珠衫"的正话。

明清长篇章回小说中通篇用一个"道"字的小说有《水浒传》《西游记》，由于《水浒传》《西游记》主要从话本发展演变而来，因此保留了用"道"的传统。如《西游记》第五十一回"心猿空用千般计水火无功难练魔"中：

孙悟空在旁闻讲，喜得他抓耳挠腮，眉花眼笑，忍不住手之舞之，足之蹈之。忽被祖师看见，叫孙悟空道："你在班中，怎么颠狂跃舞，不听我讲？"悟空道："弟子诚心听讲，听到老师父妙音处，喜不自胜，故不觉作此踊跃之状。望师父恕罪。"祖师道："你既识妙音，我且问你，你到洞中多少时了？"悟空道："弟子本来懵懂，不知多少时节，只记得灶下无火，常去山后打柴，见一山好桃树，我在那里吃了七次饱桃矣。"祖师道："那山唤名烂桃山。你既吃七次，想是七年了。你今要从我学些什么道?"悟空道:"但凭尊师教诲,只是有些道气儿,弟子便就学了。"

可以看出"道"字显然已独立承担"说"的功能。从"道"字看,基本上可以判断,金庸小说实际上是继承了宋代以来话本小说语言的一些特点和元素。因为"道"字的用法实际上折射了叙事方式的特点,而"曰"—"道"—"说"的演变,也折射了古代小说叙事方式近代化的演变。因此,我们认为金庸小说在语言上继承了宋元以来话本小说的一些特点和元素,如宋代《错斩崔宁》《碾玉观音》、明代"三言二拍"以及《水浒传》《西游记》等。

二

金庸小说语言的非现代性还表现在与五四新文学语言的不同上。五四新文学语言是"五四新体白话",其特点是以现代口语为基础,话怎么说便怎么讲,几乎是所谓的以四万万中国人的平常生活用语为基础。新文学的语言探索以鲁迅等为先导,代表性的名家如巴金、老舍、沈从文、老舍、冰心等,其小说语言主要都是五四新体白话。而金庸小说则有很多浅近的文言词句和语法,语言风格明显不同。尽管新体白话开始时仍有一部分用"道"字的,但用法已与宋元以来话本小说中根本不同。"道"字在宋元以来话本小说中单字的用法多如现在的"说"字。而新体白话小说很少单用"道"字,即便用也是多出现在词语中如:"问道""答道""说道""叫道""嚷道"等。以鲁迅先生的《孔乙己》为例:

孔乙己喝过半碗酒,涨红的脸色渐渐复了原,旁人便又问道,"孔乙己,你当真认识字么?"孔乙己看着问他的人,显出不屑置辩的神气。他们便接着说道,"你怎的连半个秀才也捞不到呢?"……在这些时候,我可以附和着笑,掌柜是决不责备的。而且掌柜见了孔乙己,也每每这样问他,引人发笑。孔乙己自己知道不能和他们谈天,便只好向孩子说话。有一回对我说道，"你读过书么？"我略略点一点头。他说，"读过书……我便考你一考。茴香豆的茴字，怎样写的？"我想，讨饭一样的人，也配考我么？便回过脸去，不再理会。孔乙己等了许久，很恳切的说道，"不能写罢……我教给你，记着！这些字应该记着。将来做掌柜的时候，写账要用。"我暗想我和掌柜的等级还很远呢，而且我们掌柜也从不将茴香豆上账；又好笑，又不耐烦，懒懒的答他道，"谁要你教，不是草头底下一个来回的回字么？"孔乙己显出极高兴的样子，将两个指头的长指甲敲着柜台，点头说，"对呀对呀！……回字有四样写法，你知道么？"我愈不耐烦了，努着嘴走远。孔乙己刚用指甲蘸了酒，想在柜上写字，见我毫不热心，便又叹一口气，显出极惋惜的样子。有几回，邻舍孩子听得笑声，也赶热闹，围住了孔乙己。他便给他们茴香豆吃，一人一颗。孩子吃完豆，仍然不散，眼睛都望着碟子。孔乙己着了慌，伸开五指将碟子罩住，弯腰下去说道，"不多了，我已经不多了。"直起身又看一看豆，自己摇头说，"不多不多！多乎哉！不多也。"于是这一群孩子都在笑声里走散了。

再看金庸《倚天屠龙记》第十一章"有女长舌利如枪"：

张三丰带了张无忌下得少室山来，料想他已然命不长久，索性便也绝了医治的念头，只是跟他说些笑话，互解愁闷。这日行到汉水之畔，两人坐了渡船过江。船到中流，汉水波浪滔滔，小小的渡船摇晃不已，张三丰心中，也是思如浪涛。张无忌忽道："太师父，你不用难过，孩儿死了之后，便可见到爹爹妈妈了，那也好得很。"张三丰道："你别这么说，太师父无论如何要想法救你。"张无忌道："我本来想，如能学到少林派的九阳神功，去说给俞三伯听，那便好了。"张三丰道："为什么？"张无忌道："盼望俞三伯能修练武当、少林两派神功，治好手足残疾。"

其中用的都是"道"字，而且单用多如现代小说的"说"字。通过比较还可以看出，鲁迅的小说几乎没有文言的痕迹。此外金庸的语言虽然以白话居多，但在白话文中带有极多的文言词句，常出现的如："其时""这般""那""过不多时""二人""次日""登时"等。而且在语法及用词上都与新体白话有明显区别。因此，我们可以说金庸小说的语言与新体白话还是有差异的。金庸先生在外国大学演讲讨论中国小说的时候，认为："中国五四以后的小说实际有很多非常好的作品。可是我个人觉得，有一个缺点就是他们用外国的文化来中国化，来写中国的生活、中国人的小说，我就不是很赞成，最好用真正的中国汉语来写中国的文学作品。"可见他对五四新体白话小说语言的态度是有所保留的。金庸所说的"中国汉语"既非古代汉语也非现代汉语，而是古代白话，可以更确切地指为宋元以来的话本小说语言。当然，在金庸武侠小说和五四新文学之间的关系上，我们可以说金庸小说思想上的现代性和五四新文学的现代性是一脉相通的。如其对历史和传统历史观的质疑与思考，体现了作者的价值判断能力；而在刻画人物上，则渗透了个性解放、人格独立的现代精神。

三

金庸小说语言继承宋元以来话本小说的特点和元素，还体现在：金庸小说语言带有浓厚的说书语言的色彩，在读者的阅读体验中，金庸大致像一个说书人那样在讲述生动的故事。具体特点为语言动作性强、重视听觉效果的震撼性。可比较单田芳的评书语言与金庸小说的语言。试从单田芳的《风尘三侠》① 七回选取一段文字如下：

> 说罢挥手如电，一剑刺入冷飞雪的腹中。只见冷飞雪一动不动，她那美丽的双眸中含着晶莹的泪水，眼角上有着殷红的血丝，俏丽的面孔已如白纸，无尽的幽怨和痛苦已流落在欲落未落的泪珠中。李靖

---

① 单田芳：《风尘三侠》，群众出版社 1999 年版，第 117 页。

长剑拔出，冷飞雪那轻盈的身体，好像骤然遭到雷击似的，猛然地抖瑟了一下，已麻木的身体缓缓地转过来，面对着李靖，樱口微张道："靖弟，你会后悔的，你太狠心了。"这时就听见一个阴冷的声音说道："他应该狠！他不狠怎么能够解我的心头之恨呢？"

而金庸的《越女剑》：

只听得锦衫剑士一声大喝，声若雷震，大剑横扫过去。青衣剑士避无可避，提长剑奋力挡格。当的一声响，双剑相交，半截大剑飞了出去，原来青衣剑士手中长剑锋利无比，竟将大剑斩为两截，那利剑跟着直划而下，将锦衫剑士自咽喉而至小腹，划了一道两尺来长的口子。锦衫剑士连声狂吼，扑倒在地。青衣剑士向地下魁梧的身形凝视片刻，这才还剑入鞘，屈膝向王者行礼，脸上掩不住得意之色。

再如金庸《侠客行》：

这一日己是傍晚时分，四处前来赶集的乡民正自挑担的挑担、提篮的提篮，纷纷归去，突然间东北角上隐隐响起了马蹄声。蹄声渐近，竟然是大队人马，少说也有二百来骑，蹄声奔腾，乘者纵马疾驰。众人相顾说道："多半是官军到了。"有的说道："让开些，官兵马匹冲来，踢翻担子，那也罢了，便踩死了你，也是活该。"猛听得蹄声之中夹杂着阵阵惚哨。过不多时，惚哨声东呼西应、南作北和，竟然四面八方都是哨声，似乎将侯监集团团围住了。

又如金庸《笑傲江湖》第三十三回《比剑》：

眼见岳灵珊脚步微一迟疑，知她一时之间拿不定主意，到底要追呢还是不追，莫大先生暗叫："惭愧！毕竟年轻人没见识。"岳灵珊以这招"天柱云气"逼得莫大先生转身而逃，他虽然掩饰得高明，似乎未呈败象，但武功高明之士……

从中我们都不难看出，二者语言风格接近，都有语言动作性强、听觉效果震撼力强等特点。还有一点值得注意，以上引文中的"只见""眼见""只听""猛听得""这时就听见"也与一般小说不同。这一点反映出金庸小说在叙述方式上也有着深刻的"说话"烙印。虽然他的小说没有说话表演程式性的语言，但在叙述方式上仍不自觉地遵循"说给人听"的法则。话本小说文体来源是"说话"，其文体特征有着深刻的"说话"烙印，在叙述方式上遵循"说给人听"的法则。"只见……""只听……"是诉诸听觉和视觉来描绘事物，重在凸显讲故事行为的现场感。《脂砚斋重评石头记》把"只见……"称为"水浒文法"，虽然有失准确性，因为"只见……"当然不是《水浒传》的专用语言，更非起源于《水浒传》，至少可以追溯到宋元话本小说。但作者想以此说明《水浒传》叙述方式上与《石头记》之明显区别的用心，却应该被体察。而其从"只见……"等句式考察作品"文法"（乃至叙事方式）的思路，更足以给今天的研究者以启发。①

如上所述，金庸小说中的"只见……""只听……"等，也与其"道"一样，体现了叙事语言的非现代性。即言金庸小说不仅在语言上继承了宋元话本的传统，而且在叙述方式上也有所继承。故金庸小说不仅在语言上具有非现代性，在叙述方式上亦是如此。这也从另一个角度补证了我们的观点，即看上去微不足道的"道"字，其用法则折射了叙事方式的特点，"曰"—"道"—"说"的演变，所传达的是古代小说叙事方式近代化演变的信息。而金庸的"道"字则体现了演变过程中一种非现代性的回归。

（原载《中国海洋大学学报》2007 年第 1 期，与慕俊杰合作，略有改动）

---

① 石昌渝：《中国古代文体丛书——小说》，人民文学出版社 1994 年版，第 199 页。

略论古典戏曲"戏中戏"自清末至当代的发展

所谓戏中戏，即在戏剧中演出戏剧的现象，其特点是：戏中所演为较成型的有情节的戏；确实有表演之行为；剧中演出者既是正戏的人物，又是所演戏中戏的人物，具有双重身份。我国古典戏曲中真正意义的戏中戏出现在明朝初期，伴随着戏曲在明清时期的繁荣，戏中戏大量出现。清末，戏曲不断受到社会剧烈动荡变革的冲击影响，戏中戏也进入了变革时期，展现着迥异于前的多种多样的形态；中华人民共和国成立后，戏中戏的发展又进入了崭新的发展时期。

一 戏中戏变革期：清末至民国时期

道光年间，京剧形成并最终取代了昆腔的剧坛盟主地位，中国戏曲从传奇时代进入了地方戏时代。19 世纪 60 年代后清政府处于政治经济全面崩溃边缘，中国戏曲也日渐衰落颓败，一方面唱腔和表演艺术高度发达；另一方面又充斥着封建伦理道德的说教，文学性和思想内容极大地贫困化。新文化运动中，中国戏曲遭到了新文化派的彻底摒弃；社会激烈动荡中西方戏剧样式的传入也影响着中国戏曲，促使中国戏剧改良运动被时代推上了历史的舞台。在新的历史条件下中国戏曲进行了诸多变革，戏曲工作者做了许多试验和探索，既改良传统戏曲，又上演文明新戏，不断从话剧、电影、流行歌曲等新兴艺术形式里吸收养分，戏曲及戏中戏有了新鲜的艺术手段和风格面貌，其中最有代表性的当属以《戏迷传》为代表的戏中串戏的能派戏系列。

1. 能派戏

能派戏在 1937—1949 年间尤为盛行。《花子拾金》《戏迷传》之后又有《新十八扯》《新纺棉花》《戏迷县官》等，都是以戏中戏构成戏剧的主体。能派戏，有人亦称为"杂唱戏"，是戏中串演多部戏的唱段的一种戏曲类型。其特点是：皆为小戏①，角色少，如《花子拾金》②为独角戏，《盗魂铃》《十八扯》皆为小丑小旦的"二小戏（对子戏）"，还有再加上一生或一旦的三人的"三小戏"或"三脚戏"；情节结构演法无定，以反串为主体，以简单的情节串连起若干戏曲唱段，各就主演所擅长路数随意表演。如较早创演的《戏迷传》，戏迷伍音所有举动言行皆是戏：给路人念信念了段《定军山》里黄忠的道白，见妻子唱起《朱砂痣》，见父亲唱《秦琼卖马》，上公堂又与县官演起《清官册》……各戏率性随意搭配，须生、大面、青衫、小生各行当信手拈来；再如纯是独角戏的《花子拾金》，范陶雪中拾金喜极入魔，先唱昆腔再回京调，忽而演《双龙会》的杨延德、《丁甲山》的李逵、《盗宗卷》的张苍，一会儿又唱《辕门射戟》的吕布、《三娘教子》的王春娥、《虹霓关》的东方氏、《百花亭》的杨贵妃，自娱自乐后，这出戏也结束了，根本就是一场个人才艺展示会。能派戏全凭个人才艺吸引观众，对主要演员功力要求极高，能演出这种形式的剧目的无一不是名家，像谭鑫培、周信芳、言慧珠等，这种一人独挑大梁独当一面的剧目的大量涌现实际也是当时京剧"角儿制"的体现。

能派戏剧目虽名称相同，却因人、因时而异。演员各就自己所擅长的唱段，还要迎合当时的流行趋势和观众的喜好来选择表演方式。如《十八扯》原即昆曲中梆腔杂剧类中之《磨房》《串戏》两折，系乱弹腔翻为京

---

① 小戏：是指演出时间较短（相对本戏而言），所演故事情节又较简单而完整的一种剧本形式。

② 《花子拾金》乾隆时期已有，但主要在近现代上演。

戏,从前尚京昆杂串,20世纪初昆戏渐渐删汰略尽,单串京戏。明清传奇中的戏中戏绝大部分是剧中人在各种场合演出的折子戏,而能派戏的产生也与折子戏有一定关系。折子戏演出方式的一种是将数本传奇各选一两出组成一台戏,生旦净丑、文武冷热往往搭配均匀,相当讲究。① 从中不难看出折子戏与能派戏的内在联系,折子戏是每本戏摘选一两出,能派戏更精简为经典唱段的集合;折子戏是多人组合搭配演出,能派戏则变为了一二人独挑大梁。此时的观众主体已是广大的市民,务精不务多、"看熟戏"是他们对戏曲的审美需求。在同一出戏里,能同时欣赏到不同行当和派别甚至不同剧种的精彩表演,"看此一剧,胜如听了数十套留声戏片,又如叫了数十个堂唱,真可谓之无美不备"②,观众觉得物超所值,同时演出中大部分演员以时装登台,坤角更是"高跟皮鞋、浓妆艳抹",再加上表演技艺精湛又生动诙谐,迎合了观众的猎奇心理,因而成为当时常演的形式。

能派戏丰富多彩的舞台组合形式,远接古代的"过锦"③,下启当今如什锦拼盘的晚会或演唱会,大胆发展了横向借鉴,刺激了戏曲表演艺术的发展,也吸引了无数的新观众;而且一大批女演员通过出演《纺棉花》等能派戏脱颖而出,结束了男旦称霸的历史。但也应当看到,该类剧目笑闹有余,思想性不高,演出水平高下不等,有的服装道具完全脱离剧情、有的艺术上也较粗劣,甚至堕入低俗,颇为有识之士诟病;同时,能派戏忽视了戏曲的文学性,整合性有余,却在某种程度上丧失了原创精神,与时代疏离脱节。好在能派戏并未以此态势发展下去成为剧坛主流,而偶一为之,确不乏精彩可观。

2. 其他改良剧目中的戏中戏

除大量能派戏外,其他一些剧目也存在各有千秋的戏中戏。

---

① 郭英德:《明清传奇史》,上海古籍出版社1999年版,第506页。

② 《戏考大全3》,上海书店出版社1990年版,第443页。

③ 狭义的"过锦"可视为中国戏剧史上以滑稽诙谐取胜的一组同类小戏,广义的"过锦"则可视为所有由简短节目构成的前后相继的连场演出。引自解玉峰《"过锦"纵横》,《戏史辨》第2辑,中国戏剧出版社2001年版。

1916 年，齐如山为梅兰芳所写《黛玉葬花》与清仲振奎的《红楼梦传奇》皆取材《红楼梦》，其中都有梨香院女伶练唱昆曲《牡丹亭》的情节，而《黛玉葬花》的这段戏中戏却不是仅如后者"内唱'如花美眷'一曲介"一般简单，实际演出时是由昆曲老艺人乔蕙兰幕后隔帘而唱，且每唱一句，便插入一段黛玉的内心独白，边听边想，如此逐层递进，将其愁绪伤感推向高潮。这种细致的构思是文人介入戏曲创作的结果。

20 世纪三四十年代的时装京剧还出现过"连环戏"的形式——将戏一分为二，舞台上不易演的外景戏在荧幕上映，另一半室内戏在舞台上实演，"每一部戏，总有五六次交替"①。此种"连环戏"可说是绝无仅有的"戏中电影"，仅在上海新舞台出现过，演过《凌波仙子》和《红玫瑰》后便销声匿迹了。这是京剧发展中一次极特殊却不成功的尝试，却并未影响戏曲积极从电影中学习借鉴、将电影故事改编为戏曲。《海棠红》就是为白玉霜度身写作的电影剧本，讲评剧艺人海棠红婚姻家庭的不幸遭遇，后亦成为评剧剧目，多年来盛演不衰。

20 世纪初后，传奇杂剧创作在戏剧改良运动的推动下出现了新的繁荣局面，它们多载于报刊，且大都不很适合上演，成为这一特定时期的报刊戏。一折杂剧《血手印》②就是其中之一，该剧根据同名小说改编，叙杨夏演新剧募款赈灾时被误杀，剧中演出的戏中戏——"文明戏（即话剧）"《血手印》写银行职员刺死经理的故事，已是用真刀真枪地打斗，可看出讲究写实的话剧对戏曲的影响。这种戏中戏（话剧）的剧作属个别，以后也极少见。

二 戏中戏综合发展新时期：当代

20 世纪以来尤其是 1949 年后，中国文人更加主动地介入戏曲创作，从先前的"旧瓶装新酒"到对戏曲的形式与意象进行重铸，显示出更多的

---

① 徐半梅：《话剧创始期回忆录》，中国戏剧出版社 1957 年版，第 120 页。
② 发表于 1911 年 4 月第 2 卷第 4 期《小说月报》。

批判和革新精神，对戏曲文化的现代转型起到了积极的推动作用。[①]

这一时期戏中戏的出现集中在 20 世纪 80 年代后。具体种类包括：第一类是整理、重排传统剧目。在戏曲改革建设时期，各剧种主要是对传统戏的整理重排。《双贵图》《串戏定亲》等有戏中戏的剧目位列其中，基本保存了原貌。潮剧《串戏定亲》里桂花和黄良丰在串演的多出戏的唱词中借古说今，定下姻缘，整体类似一种古装折子戏；《双贵图》是传统剧目，其中就有《磨房串戏》的情节，与近代能派戏《磨房串戏》当有一定渊源。第二类是移植剧目（话剧、电影）。移植其他艺术样式的作品在近现代戏曲改良活动中已然出现，20 世纪 30 年代陆续大量出现的取材电影故事的剧目，如沪剧《孤儿救祖记》《姐妹花》、评剧《海棠红》都改编自电影。当代文艺活动繁荣兴盛，各种文艺形式互相学习借鉴，将"话剧中戏"或"电影中戏"改变为"戏曲中戏"的移植剧目不断涌现。田汉著名话剧《关汉卿》先后被改编为粤剧、评剧、河北梆子；吴祖光话剧《风雪夜归人》改编成粤剧后已成为粤剧的经典保留剧目；描写越剧演员生活的经典电影《舞台姐妹》重排为越剧；川剧《变脸》是由魏明伦本人编剧的同名电影文学剧本改编，而号称川剧振兴第一剧目的《易胆大》经魏明伦和南国改编又拍成了电影《梨园传奇》。第三类是新编剧目。当代尤其是"文化大革命"后的新时期剧坛更注重创作过程的主体性和选择探索的多元化，将个体风格与地域风格结合。当代戏中戏的新编剧目一大特点就是它们大部分是叙写戏曲作者或演员的创作和生活的作品，这种作品中理所当然地会有戏中戏情节。如同是描写川剧艺人生活的《易胆大》《变脸》、描写评剧作家和名角的《成兆才》与《评剧皇后》、描写广西调子戏艺人遭遇的《哪嗬咿嗬嗨》等。除此之外，能派戏在 1949 年后几乎绝迹于舞台，近些年开始逐渐复苏，对这种戏曲形式的新编，时隔多年以后再次受到了观众的追捧，数年前上海演出新编《盘丝洞》，女主角学唱四大名旦，一句一彩。能派戏以简单剧情串连各种唱腔唱段的形式直至当今仍有余绪，如近几年多次重新编排演出的《戏迷家庭》以及 2009 年的

---

① 施旭升：《中国戏曲审美文化论》，北京广播学院出版社 2002 年版，第 319 页。

《穿越"后梅兰芳时代"》。

这一时期戏中戏的特点，突出表现为下列几个方面：一是戏曲创作和戏曲演员的故事题材大量出现，体现了新时期剧作家们对戏曲本质的思考和对戏曲史的重新审视。如同李渔传奇《比目鱼》以伶人演伶人一样，由戏曲演员们自己来演自己的生活，感同身受。比如《评剧皇后》《成兆才》和《程长庚》《京剧鼻祖》（徐小香），还有写社会底层戏曲艺人的《易胆大》《风雪夜归人》等。魏明伦的《易胆大》写1949年前川剧艺人们生活的坎坷与抗争。剧本无处不与戏相关，不仅真实地演出了《秋江》《八阵图》的舞台剧片断，还创造了"花想容吊孝思春""九龄童死后显灵"的没有舞台的戏，前者是社会生活的剪影；后者就是艺人智慧的缩影。再如越剧《舞台姐妹》根据同名电影改编，由越剧人自己演自己，在越剧的历史上属首次。该戏紧紧抓住台上做戏、台下做人的特殊生活，又把握住了时代、环境、人物、场景乃至剧种的特征。《宦门浪子》是张思聪将宋周密在《癸辛杂识》别集中祖杰一事与《宦门子弟错立身》两相套嵌创作出的新编剧，剧中人马倚天编剧本再现祖杰打死路岐艺人的罪行，凭一曲戏文昭雪冤情，使得故事更加曲折和丰满。在舞台演出时主戏与戏中戏时空自由灵动地转换，引起了观众强烈兴趣，剧场效果非常热烈。

戏曲创作和戏曲演员生活的这类题材用戏曲作品的形式来表现是再合适不过的，相比而言，话剧形式就稍逊一筹了。近代话剧进入中国后，就有许多剧作家写了有关戏曲艺人生活的话剧，如田汉的《关汉卿》《名优之死》《狂飙》、刘锦云的《风月无边》，这类内容的话剧都有戏中戏。演出中由于条件限制，许多应以音乐来表现情绪与加强戏剧效果的地方并未得到充分发挥，例如话剧《关汉卿》中《窦娥冤》的"梁州""耍孩儿"等唱词，要话剧演员实际唱出来是有困难的，所以只能"半朗诵、半歌唱"，但在其改编成的粤剧中改成戏曲本应有的演唱，解决得比较圆满。

特点之二是综合采用了多种文艺形式。如昆曲《偶人记》2002年由李六乙导演时，融入了诸多现代戏剧元素，不仅在昆腔的基础上融入了京剧、豫剧、越剧等剧种元素，还有西洋音乐、古曲与传统戏曲民乐的巧妙融合，戏曲舞台上出现了小提琴和钢琴，给观众极为新鲜前卫的感觉。越剧《宦门浪子》戏中戏里，王君芳扮演的女伶冤魂唱的就是温州瓯剧，此外剧中还穿插有温州鼓词、乐清民歌。

当今戏曲作品里多种现代艺术元素的综合已不仅限于含戏中戏的剧目，像"荒诞川剧"《潘金莲》中潘金莲本事用的是纯正川剧，评论者的戏外戏则使用了川剧的高腔、昆腔和灯调、越剧、豫剧，甚至俄罗斯民歌、当代流行歌曲、迪斯科等多种音乐元素。① 2006 年开始上演的新话剧《秀才与刽子手》采用话剧与戏曲相结合的表现方式，人偶同台，并加入昆曲改编创作的 RAP——当代戏剧中可说是已能无所不包了。

其实，早在清末的京剧改良中就已有了在京剧演出加入新元素的成功或不成功的尝试。进入 21 世纪以后，人们以现代意识观照审美对象，在戏曲传统手法中糅入现代思维和表现手段，使戏曲艺术呈现出古今融汇、新旧碰撞的文化景观。戏曲中各种文化形式相互渗透、综合还是戏剧的主要特点，而且这种综合更加大胆灵活和多变，形成了一种新的大综合戏曲。

三　总结与展望

中国清末至现当代古典戏曲的戏中戏的发展与清中期以前呈现出不同的特点：近现代的戏曲改良改变了传统戏曲封闭僵化、沉闷的局面，建立了开放的、丰富多彩的新的戏剧范式，在各种尝试中也用到了戏中戏，最突出的仍是大量的能派戏。能派戏固然有其低俗、缺乏创造性的一面，但它毕竟也体现并迎合了那个年代观众们"娱乐游戏"的看戏心理，而市场性和观众的审美需求也是当今戏曲工作者们所不得不加以重视的。1949 年后，尤其是"文化大革命"后，中国社会现实发生了深刻变化，戏中戏作品以描写与戏曲有关的人和事为多，这是戏中戏手法最适宜表现的主题，也体现了当代剧作家对演员的重视和对戏曲创作本身的反思。实际上，古代戏中戏的经验传统一直都存在于当代戏曲创作和舞台实践中。当代中国戏剧对戏中戏手法的应用已相当娴熟、形式变化多端，同时受西方现当代

---

① 傅谨：《新中国戏剧史：1949—2000》，湖南美术出版社 2002 年版，第 180 页。

戏剧理论影响，广泛吸取各剧种、文学体裁和其他文艺形式之长，花样翻新、剧目丰富，呈现出百花齐放的盛况。中国戏曲从形成之初的百戏技艺之中的一种，发展到可将其他技艺形式尽数包容，甚至可以将另一戏曲作品包含在内，已从不成熟的百艺杂陈变为了如今成熟壮大之后的海纳百川。

历史上的戏中戏作品的共同点是它们大都是熟悉舞台的作家的作品，富有剧场性，大部分经得起舞台检验。中国戏曲的生命就在不断的变革中延续，中国每一时期戏曲作品中的戏中戏无不带有其所处的那个时代的鲜明的烙印，戏中戏的研究从戏曲的一个角度、一个侧面使我们看到了戏曲潮流的变迁和戏曲创作手法的渐次发展和成熟。

从理论的角度看，古代直至近代，在中国古代戏曲中的戏中戏从未作为一种理论或是定式而有意识的用于剧本创作，而是作为一种"集体无意识"形式前后传承使用，所以从这些作品中可以看出戏中戏的运用千差万别，与当代戏剧的成熟的戏中戏还有很大差距。至现代戏中戏手法的运用从之前的无意到有意，再到发展到理论的高度，戏中戏从一种较为随意的观赏性的存在，逐渐成为一种独特的戏剧创作技巧和编剧手法为剧作家所用，而且今日之戏中戏达到了古代作品难以企及的精巧和复杂。

当今文化走向融合，价值取向日益多元化，戏曲日渐成为一种边缘化的艺术形态。这种形势下，戏曲就更要在保持自身鲜明的民族特色与个性品格的基础上与其他艺术形式和西方戏剧交流。多元化、多风格、多角度的演出样式是目前京剧乃至各种地方戏曲的发展趋势。在未来中国戏曲的发展中，综合各种艺术形式要注意各艺术成分的统一和协调工作，在继承古代戏曲经验的同时，要把握住时代、环境、人物乃至剧种的特征，方能获得更好的艺术效果，创作出更多的艺术精品。

（与齐晓晨合作）

书评·教学·交流

简评《中国民俗学》

1983 年 5 月，上海文艺出版社出版了乌丙安教授的《民俗学丛话》。由于它是中华人民共和国成立以来民俗学方面的第一本理论著作，因而立刻引起了国内外学界的注目和热烈反响。孙传钊先生在评价这本书时很准确地概况了其特点："这是一本兼具知识性与学术性的漫画。此书虽然从通俗入手，但有些话题从学术角度看也不乏见地……'化深奥为浅显而不舍其本，变乏味为有趣而不见其俗'，此语《丛书》是可以当之的。"①《民俗学丛话》发行后不久，作者便收到数百封读者来信，在高度评价这部书的同时，对《民俗学丛话》前言中提到的正在撰写之中的《民俗学概论》一书表示了极大的关注和兴趣，纷纷询问、催促，盼望着它的问世。现在，这部名为《中国民俗学》（原定名为《民俗学概论》）的著作终于由辽宁大学出版社出版了。笔者有幸先睹为快，拜读了这部力作的付印稿。应《民俗研究》编辑之约，不揣浅陋，在这里概括地谈一下读后的印象和感想。

一

相对来说，民俗学是一门历史并不久远的年轻的边缘学科。正因为如

---

① 孙传钊：《雅俗共赏》，《读书》1984 年第 3 期，第 75 页。

此，对于它的性质、概念和范围，学术界历来众说纷纭。例如仅是关于民俗学的定义，美国的一部民俗学辞典就举出了二十余条有代表性的说法，以至一位幽默的民俗学家不得不下了这样一条定义："民俗学就是民俗学家研究的学问。"我国早期的民俗学研究者，对民俗学的定义、范围的理解，也都存在着偏狭、零散等局限性，或照搬国外理论而忽略了本国国情。社会、历史的动荡，使我国民俗学研究刚刚进入发展期便中断了，关于民俗学的概念、范围问题，许多年来未能得到深入的探讨，未能形成一个较为完整准确的结论。

然而，任何一门学科，如果不对其质的规定性做出准确的回答，就无法系统地把握它，更谈不上进行深入的研究了。因此，在《中国民俗学》的前四章里，乌先生所着重论述的，正是关于民俗学的种种基本问题。如第一章"民俗学的定义和范围"。作者指出："民俗学是研究各民族最广泛的人民传承文化事象的科学，它具有以下一些概念的因素：一、民俗学研究的事象是世代传袭下来的、同时继续在现实生活中有影响的事象；二、民俗学研究的事象是形成了诸多类型的事象；三、民俗学研究的事象是有比较相对稳定形式的事象；四、民俗学研究的事象是表现在人们的行为上、口头上、心理上的事象；五、它研究的是反复出现的深层文化事象。"作者在对民俗学下定义时，用五个本质的概念因素的组合，全面而又科学地阐明了民俗学的准确内涵。从而为确定民俗学的范围和体系奠定了基础。

进而，作者回顾了历史上国内外学者对民俗学范围的论述并对之加以分析批评，根据历史唯物主义和辩证唯物主义的基本观点和理论，参考近半个世纪以来国际民俗科学的发展成果，将民俗学的基本范围确立为四大方面，即经济的民俗；社会的民俗；信仰的民俗；游艺的民俗。

经济的民俗部分，分五章专论，即物质生产的习俗；交易和运输的民俗；服饰习俗（消费生活民俗传承之一）；饮食习俗（消费生活民俗传承之二）；居住习俗（消费生活民俗传承之三）。社会的民俗部分，分四章专论，即家族、亲族的民俗；乡里社会的民俗；个人生活仪礼的习俗；婚姻的民俗传承。信仰的民俗部分辟四章专论：信仰民俗及特征；信仰的原始形态；迷信的主要类型及手段；岁时节日与信仰习俗。游艺的民俗部分共分两章：游艺民俗的概念和范围；游艺民俗的主要类别及其活动。

这十五章专论，清晰地展示了民俗学研究的界域。同时，它们与概论部分的前四章一起，构成了一个系统完整、结构谨严、层次分明的中国民俗学的宏伟体系。如果把这个体系比做是一座大厦的话，可以说，它的框架是国际民俗科学长期以来的发展成果，其楼基深固于中国坚实的土地之上，其蓝图则是以辩证唯物主义和历史唯物主义为指导思想，站在历史和科学的高度设计、描绘而成就的。这部中华人民共和国成立以来民俗学研究的最重要的贡献，应该说是它建立了这门学科具有中国特色的新的科学体系。

二

丰富翔实的民俗资料，构成了《中国民俗学》的另一显著特色。书中的民俗事象资料来源途径，有以下几个方面：其一，从浩如烟海的古代典籍记载中，钩沉发微，研究民俗事象的历史发展脉络。例如，作者引《史记》中"太皞庖牺氏母曰女胥，履大人迹于雷泽，而生疱牺于成纪，蛇身人首"和"炎帝神农氏母曰女登，为少典妃，感神龙而生炎帝，人身牛首""周后稷名弃，其母有邰氏女曰姜原，姜原为帝喾元妃，姜原出野，见巨人迹，心忻然悦，欲践之，践之而身动如孕者，居期而生子……曰弃"，以及《诗经》《竹书纪年》《论衡》等有关古籍中的记载，指出这些叙述和描绘神奇的诞生和异类婚配繁衍后代的故事，曲折地反映了人类杂婚的景象。其二，作者没有把眼光只停留在汉族上，而是大量撷取了我国其他少数民族民俗事象的材料。例如在"物质生产习俗"一章里作者便搜集了大量有关东北少数民族狩猎俗制的材料，展现了一幅幅林海雪原中的生动形象的狩猎习俗图景。对中国各少数民族民俗的分析研究，使《中国民俗学》书名的内涵得到了充分全面的体现。同时作者有选择地使用了世界其他国家和民族的民俗材料，加以比较研究，突出了这门学科的国际性和科学性。其三，作者引用分析了一些书面文学和口头文学中的民俗事象材料。如《红楼梦》中有关人物的服饰习俗材料；关于《家》《祝福》《水浒传》中民俗事象的分析等。作者更多地选取和分析了口头文学的民俗材料，如神话、史诗、故事、歌谣等口头文学题材中大量民俗事象的描绘，展示了作者多年来从民俗学角度研究民间文学的成功探索。

这些多渠道搜集的民俗事象材料，被作者有条不紊地组织统一起来，从而多侧面地、立体地为阐明作者的观点提供了丰厚有力的证据。

此外，这部著作的其他一些特点，如对以前学者们很少涉及的物质民俗的重点研究（作者用了五章的篇幅全面细致地研究讨论了从物质生产、交换到消费的一系列民俗）、对民俗事象的许多独到新颖的见解、对民俗学研究方法（如结构主义）的意见等，篇幅所限，只好略而不谈。总之，《中国民俗学》严整的体系，精辟的见解和分析，丰富的资料，使它不仅是一部系统严密的科学论著，而且是一部民俗事象的小百科全书。它的问世，在新中国民俗学的发展史上占有重要的地位，同时它对民俗学研究的深入，一定会起到应有的推动作用。

乌先生的这部重要著作，是他多年来在民俗学这片未曾得到充分开发的土地上辛勤耕耘的珍贵收获。我们希冀乌先生在这片土地上获得更为丰硕的果实。

（原载《民俗研究》1985 年第 1 期）

当代五部民俗学教材的分析与比较

我国出现的民俗学教材可追溯到 1934 年北大教授方纪生的《民俗学概论》讲义（此讲义于 20 世纪 80 年代初由北京师范大学出版社重印）。改革开放以后，民俗学迎来了一个快速发展的时期，可作为教材的民俗学专著不断涌现，呈现出繁荣的景象。有论者总结："中国民俗学发展至今天，特别是在近年中国抢救民间文化遗产、非物质文化遗产保护等思潮的影响下，与此相关的民俗学科受到空前的重视。经过二十多年的重新发展，中国出现了一批优秀的民俗学人才……也产生了大量民俗学基本理论和民俗概说、民俗学史等概说性的研究成果，如钟敬文的《民俗学概论》、乌丙安的《民俗学丛话》《中国民俗学》、张紫晨的《中国民俗与民俗学》、陶立璠的《民俗学概论》、王文宝的《中国民俗学史》等。"①

据不完全统计，目前可作为不同层次相关课程教材的民俗学著述主要如下：

钟敬文：《民俗文化学——梗概与兴起》，中华书局 1996 年版。

钟敬文主编：《民俗学概论》，上海文艺出版社 1998 年版。

张紫晨：《中国民俗与民俗学》，浙江人民出版社 1985 年版。

---

① 李锋亮：《中国民俗学史略》，东莞民俗文化学会网站：http://zwx. dgut. edu. cn/dgfolk-lore/Article_ Show. asp？ ArticleID =71。

陶立璠：《民俗学概论》，中央民族学院出版社 1987 年版。

陶立璠：《民俗学》，学苑出版社 2003 年版。

姚二龙：《民俗论》，大众文艺出版社 1998 年版。

仲富兰：《中国民俗文化学导论》，浙江人民出版社 1998 年版。

乌丙安：《中国民俗学》，辽宁大学出版社 1985 年版。

乌丙安：《民俗学原理》，辽宁教育出版社 2001 年版。

苑利、顾军：《中国民俗学教程》，光明日报出版社 2005 年版。

叶涛、吴存浩：《民俗学导论》，山东教育出版社 2002 年版。

秦永洲：《中国社会风俗史》，山东人民出版社 2000 年版。

仲富兰：《中国民俗文化导论》，浙江人民出版社 1998 年版。

陈勤建：《中国民俗》，中国民间文艺出版社 1989 年版。

武文：《中国民俗学古典文献辑论》，民族出版社 2006 年版。

赵杏根、陆湘怀：《实用中国民俗学》，东南大学出版社 2005 年版。

王娟：《民俗学概论（北京大学素质教育通选课教材）》，北京大学出版社 2002 年版。

田晓岫：《中国民俗学概论》，华夏出版社 2003 年版。

扬·哈罗德·布鲁范德：《美国民俗学》，李扬译，汕头大学出版社 1993 年版。

以上所收集的民俗学著作都为概论、综述、原理类专著，大致都可作为高校的教材使用，而且有一部分事实上已经作为民俗学教材在广泛使用。然而，鉴于民俗学教材数量众多（从所列书目可以看出），难以一一尽述。因此，基于以下四个方面的考虑，本文以钟敬文的《民俗学概论》、乌丙安的《民俗学原理》、陶立璠的《民俗学》、王娟的《民俗学概论》和扬·哈罗德·布鲁范德先生的《美国民俗学》（李扬译）这五部具有代表性的民俗学教材为例，对民俗学教材略做分析与比较。

首先，基于时间方面的考虑，这五部教材体现了不同时期民俗学教材的特色和成就。一般认为，虽然我国现代民俗学自 1918 年北京大学成立歌谣征集会就宣告诞生，1949 年后也一度比较广泛地开设了"人民口头创作"（即"民间文学"）课程，但我国在"文化大革命"以前并没有完整意义上的民俗学教材。钟先生的《民俗学概论》是最早酝酿的民俗学教材，虽然该教材正式出版是在1998年，但其开始策划酝酿则始于1978—1979年间。该教材调动了当时几十名专家学者，体现了改革初期民俗学教材所能达到的高度。乌先生的《民俗学原理》出版于2001年，然而其在20世纪90年代初便已基本定型，据乌先生介绍，当时"《民俗学原理》课成了辽宁大学民俗学专业方向硕士学位课程中最受欢迎的主课"①。因此，其与1987年出版的陶先生的《民俗学概论》和1993年翻译出版的《美国民俗学》共同展示了改革中期民俗学教材的成就。王娟的《民俗学概论》出版于2002年9月，体现了21世纪初民俗学教材的新发展。

其次，基于空间方面的考虑，这五部教材涵盖了中外两个领域的民俗学教材。其中钟先生的《民俗学概论》、乌先生的《民俗学原理》、陶先生的《民俗学》和王娟的《民俗学概论》是我国高校广泛采用的民俗学教材，布鲁范德先生的《美国民俗学》则是美国高校广泛采用的民俗学教材。

再次，基于作者方面的考虑，这五部教材是来自不同时代背景的民俗学者的代表性著作。其中，钟先生是老一辈民俗学者的代表，乌丙安、陶立璠和布鲁范德先生代表了民俗学界的中坚力量，而王娟则是民俗学界新生力量。

最后，基于层次方面的考虑，这五部教材能够涵盖大学本科和研究生教育两个层次的成就。其中，钟本、陶本、王本是国内大学本科阶段的教材，乌本为针对硕士研究生教学的教材。至于布鲁范德的《美国民俗学》，据李扬先生介绍，在美国是作为大学本科生教材使用的，在中国有的院校作为本科和研究生的参考书使用。

就教材本身来说，钟敬文先生主编的《民俗学概论》由上海文艺出版社于1998年12月出版，在1999年获第四届国家图书奖提名奖。钟敬文先

---

① 乌丙安：《民俗学原理》，辽宁教育出版社2001年版，前言第4页。

生自己评论道："《民俗学概论》是一部向高校文科学生系统介绍民俗学研究对象及其历史、方法和理论成果的教材。其主要内容，一是全面介绍中国丰富多彩的民俗事象，增强学生对中国历史文化和基本国情的认识；二是系统讲授民俗学的基本理论、发展历史及其调查研究的基本理论和方法。这次编纂《民俗学概论》，采取了集体项目的办法，请来了各方面的专家合作撰写。全书34万字，33位作者，包括了中国民俗学界的主要学术力量和相关学科的重要学者，他们的成果，能够体现目前我国民俗学的发展所能达到的水平。"①

乌丙安的《民俗学原理》是一部理论性的民俗学教材，是辽宁大学民俗学硕士研究生培养的专业教材。据乌先生自称："《民俗学原理》虽然是我为本校民俗学专业教学的需要撰写的专著，但我想对目前全国仅有的八个民俗学专业硕士培养单位的教学和民俗学专业研究人员的科学研究，均有参考价值。"② 可见该书立足于为民俗学的教学提供一部高水平的基础性专业教材。王文宝先生对该书评论道："作者站在总体文化的高度，从宏观的视角对民俗学基础理论进行深层次的思考，从微观的具体问题的分析研究入手，以多年的辛劳，丰富的学识和聪明才智，以一位卓越的民俗学家的闪光的心灵，完成了这一部跨世纪的里程碑式的专著"，"《民俗学原理》和它的作者乌丙安，将在中国民俗学史和世界民俗学史上占有极为光辉的一页"，③ 给予了这部民俗学理论教材极高的评价。

陶立璠的《民俗学》，在1987年出版的《民俗学概论》的基础上修订再版，是高等院校人文学科教材。当年的《民俗学概论》是国内继张紫晨先生的《中国民俗与民俗学》、乌丙安先生的《中国民俗学》之后出版的第三部民俗学著作，该书一经出版即取得了巨大的成功，初版印刷三万册很快销售一空，多年来一直是很多高校研究生招生的参考书目，同时该书

---

① 钟敬文：《民俗学，登上大学殿堂——谈中国高教史上第一本民俗学教科书〈民俗学概论〉》，《中国教育报》2000年5月16日，第6版。
② 乌丙安：《民俗学原理》，辽宁教育出版社2001年版，前言第7页。
③ 同上书，序第7页。

还是唯一被日本、韩国翻译出版的中国民俗学基础理论著作，被用作两国高等院校中国民俗学的教学参考用书，在学界具有很大影响。马学良先生评价初版的《民俗学概论》时说："中央民族学院汉语言文学系陶立璠教授把他撰写的《民俗学概论》初稿交给我阅读。展读书中内容，时有新意，深获我心，若非实地调查研究者曷能出此？"[①]

王娟的《民俗学概论》是北京大学素质教育的通选课教材。与国内出版的其他《民俗学概论》不同，该书是按美国的分类体系架构的，而且具有新的内容，值得重视。据作者自述，该书是在其近十年讲授"民俗学概论"课程的基础上编写而成的，因此在内容及叙述上很适合教学。

布鲁范德是国际著名的民俗学家，曾任美国民俗学会会长、《美国民俗学刊》主编。这部《美国民俗学》是其代表作，被美国各高校作为专业教材广泛使用。据布鲁范德介绍："《美国民俗学》是为美国大学本科民俗学概论课程所撰写的教科书，因此，它主要基于学生们熟悉的民俗事象，如日常谚语、儿童游戏、家庭习俗和故事、笑话、都市传说、典型的美国食物、节假日等等，学生们亦可搜集现存民俗（以及俗民生活）的事例来完成其课堂作业和论文。"[②]

一　五部教材的主要相同之处

（一）五部教材都论述了民俗学中"民""俗""民俗"的含义及阐释

民俗学中"民""俗""民俗"的含义问题是民俗学中一个极其重要的问题。有论者认为民俗学中"最关键的还是民俗学理论体系的问题。首先是民俗之'民'和民俗之'俗'的问题"。[③]

五部教材在最初的章节中都详细论述了民俗学中"民""俗"各自的含义及对"民俗"概念的多种理解。其中，钟先生的《民俗学概论》首先

---

① 陶立璠：《民俗学》，学苑出版社2003年版，序第6页。
② ［美］布鲁范德：《美国民俗学》，李扬译，汕头大学出版社1993年版，中译本序言第2页。
③ 高丙中：《民俗文化与民俗生活》，中国社会科学出版社1994年版，第1页。

分析了"民""俗"的各自含义，谈到"民"时他认为："现在这种情况已有所变化。对民俗的研究已扩展到所有人群。无论是农民，还是工人、士兵、学生、商人、职员等，只要是'官方'之外的有着某种共同社会关系的群体，都可看作'民间'（Folk）。"① 谈到"俗"时他认为："'风俗'（Lore）一词指人民群众在社会生活中世代传承、相沿成习的生活模式，它是一个社会群体在语言、行为和心理上的集体习惯。"② 其次，钟先生将历史上人们对民俗学的理解归纳为四种：文化遗物说、精神文化说、民间文学说、传统文化说。最后，钟先生将民俗事象分为物质民俗、社会民俗、精神民俗和语言民俗四部分。

乌丙安的《民俗学原理》由于是阐释原理的硕士研究生教材，因此更加细致地阐释了"Folk-lore"的流变，尤其是详细地介绍了法、德、意、葡、西等国对民俗学的不同翻译，这是其他几部教材所没有的。

陶立璠的《民俗学》在第一章第一节"民俗和民俗学"中从中外两个方面论述了民俗的含义。一方面，他从中国历史文化的角度论述了"民俗"的含义与流变，认为："'民俗'一词，在中国学术界的使用，是较为晚近的事。从文献资料考察，'民俗'一词在中国大致经历了由'俗'—'风俗'（习俗、民风）—'民俗'这样一个发展过程。"③ 另一方面，他认为"folklore"一词兼具民俗和民俗学两种含义，并分别从这两个方面论述了西方"民俗"的含义。

王娟的《民俗学概论》在第一章第一节分两部分论述了什么是民俗学。一方面，她具体论述了两个世纪以来"民"的不同含义，包括"民"是"民族"、"民"是一个"社会团体"、"民"是"古人"、"民"是"农民"或者说是"文盲"、"民"可以是任何一个人、"民"为全民这六种观点。作者将"民"的概念又向前推进了一步，她认为"民就是全民，中国民俗应该就是全体中国人的民俗，校园民俗就应该是流传在校园当中的民俗，'鬼'故事应该是以'鬼'为主题的故事类型"，"民的概念发展到现

---

① 钟敬文主编：《民俗学概论》，上海文艺出版社 1998 年版，第2—3 页。
② 同上书，第3 页。
③ 陶立璠：《民俗学》，学苑出版社 2003 年版，第3 页。

代，应该定义为全民或全人类"。① 另一方面，关于"俗"，她认为既然民已经定位为全民，那么俗是知识和学问的说法也应该重新定义，因此她认为："这里的'俗'应该是以口头、物质、风俗或行为等非正式和非官方的形式创造和传播的文化现象，是一种约定俗成的东西，它不是什么人宣扬和倡导的内容，也不是人们自我标榜的东西，而是人们在日常生活中自觉和无意地遵循和维护的一种行为规范、道德伦理、认知方式和思维模式。"②

布鲁范德先生的《美国民俗学》则在第一部分"绪论"中用第一章"民俗学的领域"、第二章"民俗学的研究"、第三章"民众类型：美国民俗文化传统的传承"来论述"民俗"及"俗""民"内涵。他把民俗定义为"它是文化中以不同的、传统的形式流传于任何民众类型中的事象，不论它是以口头的形式，以习俗范例的形式，还是以传统行为和交流的形式"③。对于"俗"，布鲁范德认为其包含了五方面的内容，即"它的内容是口传的""它的形式是传统的和传播的""它以不同形式存在""它通常是匿名的"和"它有程式化的倾向"。关于"民"，他认为"似乎没有对'民众'的定义较'任何拥有民俗的人'这一定义更为必需的了"④。

（二）五部教材中都大量涉及了本国民俗的相关内容

四部国内教材虽然都是以"民俗学概论""民俗学"或"民俗学原理"命名，但是在书中都大量涉及了我国民俗的内容。其中，钟先生的《民俗学概论》作为概述性的教材，除"绪论"中用专节论述了中国民俗的起源与发展，第十四章专章论述了中国民俗事略外，在其他章节中也大量涉及了中国民俗的内容与事例。从全书来看，除第十五章专门论述了外国民俗学现状外，该书甚至可当作一部中国民俗学的著作来看待。

---

① 王娟：《民俗学概论（北京大学素质教育通选课教材）》，北京大学出版社 2002 年版，第 11 页。

② 同上。

③ ［美］布鲁范德：《美国民俗学》，李扬译，汕头大学出版社 1993 年版，第 8 页。

④ 同上书，第 21 页。

乌本《民俗学原理》虽然是一部理论性教材，也大量涉及了中国民俗的相关事例，其中在民俗符号论中用专节来论述中国古典民俗"符号"。

陶本《民俗学》虽然没有有关中国民俗的专章专节，但在各章节大量引用了中国的民俗事例。而且值得注意的是，作者在书中侧重引用中国少数民族的民俗事例，他说："历朝历代的民俗文化，都是在各民族的共同参与中形成和发展的。忽视这一特点，将中国民俗学看做是汉民族民俗学，且主要以研究汉民族民俗为主是不对的，这也是中国民俗学研究的一大弊端。"[①]

王本《民俗学概论》在第一章概论中第七节专门论述中国民俗与传统文化、第八节专门论述中国古代民俗调查与记录，第九节专门论述民俗与中国传统的儒释道思想，十分详细地论述了中国民俗的有关内容。除此之外，王本《民俗学概论》绝大部分引用的也是中国的民俗事例。

布鲁范德的《美国民俗学》作为一部美国大学本科教材，引用的主要是美国的日常谚语、儿童游戏、家庭习俗和故事、笑话、都市传说等事例。不过，值得注意的是，作者所采用的事例主要是有关"英裔美国人"的民俗，美国黑人和印第安人的民俗事例则涉及很少。对此，布鲁范德承认，对于这本书"事实上，我的范围较'美国民俗'还要集中——集中于这个国家英语传播的'英裔美国人'的民俗。这一类民俗较系统、有条理，可望加以定义和整理。一旦掌握之，它就成为进一步研究其他国家或美国其他民族群体的逻辑基础"[②]。

（三）五部教材都表达了对民俗学前景的积极态度

这五部民俗学教材除了都在内容上对民俗学的基本知识做一个概要性的阐述外，无一例外地都在行文中表现了对民俗学前景的积极态度，展现了作者作为民俗学者的学术信心。

当前，随着民俗学的发展，民俗学面临着越来越多的争议和挑战，

---

① 陶立璠：《民俗学》，学苑出版社 2003 年版，再版序言第 6—7 页。
② ［美］布鲁范德：《美国民俗学》，李扬译，汕头大学出版社 1993 年版，第 21 页。

甚至概念、范围的界定都成了问题。在这种情况下，钟先生、乌先生等五位学者却以深远的眼光、良好的心态展现了对民俗学发展前景的积极态度。其中，钟先生的《民俗学概论》认为民俗学不仅具有别的学科所不能代替的认识作用，而且具有多种实用价值。具体来说，其认为民俗学首先可以帮助我们加深对祖国历史文化的认识，提高国民文化素质，增强民族向心力和凝聚力；其次，可以指导和辅助我们改造现实社会生活，既发扬中华民族的优秀民俗传统，又吸收其他民族的良好习俗，不断提高人民的生活水平；最后，民俗学还具有多种实用价值，例如开展民俗旅游活动，开发民间工艺、烹饪、服饰、医药、民间文学等方面的产品。据此，钟先生的《民俗学概论》对民俗学发展前景充满乐观，认为："民俗学不是古董，也不是少数人心血来潮的个人爱好，它是一门'现在的'学问。民俗学应认识和改造社会的需要而产生，也必须为这种目的服务。可以预期，民俗学在学术研究与改造社会两个方面，都将发挥越来越重要的作用。"①

乌本《民俗学原理》虽然对民俗学自身发展的许多局限和存在的问题表示了担忧，但也对未来民俗学的发展表现出了殷殷期望。他说道："希望读者，特别是同行学者中的读者，能积极参与到民俗学理论的建树中来，对那些令人感兴趣的课题进行有益的探讨与议论，共同携手为发展民俗学理论做出应有的贡献！"②

陶立璠在《民俗学》的"再版序言"中指出："目前，中国民俗学逐渐走向成熟，走向世界，政府主管部门，各级官员也已懂得民俗文化在民族形成发展中的重要作用，懂得用科学的方法去指导、组织、保护民俗文化。和以往相比，民众也懂得了正确认识自己所创造的民俗文化，懂得维护他们正当享受这种文化的权利，同那种任意破坏民俗文化的行为作斗争"，③ 表现了对民俗学前景的积极态度。

王本《民俗学概论》在"后记"中将民俗学称为"一个广阔而又可

---

① 钟敬文主编：《民俗学概论》，上海文艺出版社1998年版，第10—11页。
② 乌丙安：《民俗学原理》，辽宁教育出版社2001年版，第332页。
③ 陶立璠：《民俗学》，学苑出版社2003年版，再版序言第13页。

以大有作为的天地",① 也表现了对民俗前景的热切希望和信心。

布鲁范德通过对人文学科、社会学与民俗学交叉这一现状的思考,在《美国民俗学》中明确指出了民俗学发展的广阔前景。他认为在这个时代,人们进行民俗研究的兴趣更多地集中于民间传统在当代的功能和意义上,因而认为对民俗进行人文学科和人类学相结合的研究将成为民俗学研究的一个新的发展方向。对此,他举出民俗学对人文学者、艺术研究者、历史学家、心理学家和社会学家的重要价值来表明民俗学未来发展的广阔空间。他说:"随着民俗学者继续进行和推广他们的研究,也许任何涉及民众和他们行为的研究领域最后都要通过某种途径运用民俗学的资料。最近进行的民俗学综合研究,为它在其他领域的运用展现了广阔的前景。"② 这是布鲁范德先生多年前做出的判断,当前民俗学的发展也证实了他的预言。

(四) 五部教材都具有各自的创新性

钟本《民俗学概论》的创新性在于顺应了改革开放之初民俗学范围扩大、涉及学科知识广泛的现实,采用集体写作,内容丰富,涉及了民俗学的多个领域。具体来说,该教材涵盖了民俗学的五大部分:第一,民俗学原理,例如第一章"绪论"。第二,民俗史,例如第五章第一节"岁时节日的由来和发展"。第三,民俗学史,例如第十四章"中国民俗学史略"。第四,民俗学方法论,例如第十六章第三节"民俗研究的一般方法"。第五,资料学,例如第十六章第三节"民俗研究的一般方法"。由此可见,《民俗学概论》几乎涉及了当时民俗学所取得的所有成果。

乌本《民俗学原理》最明显的创新在于理论框架鲜明简练,理论阐释脉络清新。全书分为民俗主体论、民俗控制论、民俗符号论、民俗传承论四部分。每一部分又包含独立的小部分,例如民俗主体论包含了"民俗的构成"和"民俗的养成"两个小部分,从而使各部分内容相互呼应又自成

---

① 王娟:《民俗学概论(北京大学素质教育通选课教材)》,北京大学出版社 2002 年版,第303 页。

② [美] 布鲁范德:《美国民俗学》,李扬译,汕头大学出版社 1993 年版,第 11 页。

系统，给人留下了深刻的印象。

陶本《民俗学》则大量采用了田野作业中获得的民俗事例和生动贴切的民俗图片、表格；另外又为图表做了目录、为人名及名词术语做了索引，以方便读者查找，这在同类著作中是很少见的。

王本《民俗学概论》首先在体系上有很大创新。与国内出版的其他几本《民俗学概论》不同，是根据美国的分类体系架构的。另外，具体内容上也有不同。例如，与钟本《民俗学概论》的专章介绍相比，王本《民俗学概论》不单独介绍外国民俗学理论，而是以中国民俗事象为基础，将民俗学的理论融合在行文叙述之中，同时在介绍民俗学理论发展时，与钟本《民俗学概论》单纯按学派论述不同，而是按照民俗学理论的发展脉络，将其分为起源研究、功能学派、心理分析学派和结构主义四部分来论述，条理更为清晰。

布鲁范德的《美国民俗学》具有三个创新之处：第一，系统地介绍了美国发现的民俗类型。而此前的美国民俗学教材有的仅是理论与方法的著作，例如尼思·S. 戈尔茨坦（Kenneth S. Goldstein）的《民俗学田野工作者指南》；有的则忽略了美国民俗，例如肖恩·奥沙利文（Sean O'Sullivan）的《爱尔兰民俗手册》仅局限于爱尔兰民俗，亚历山大·H. 克拉普（Alexander H. Krappe）的《民俗科学》则只强调了欧洲的民间文学而忽视了美国民俗；还有的虽然倾向于研究美国民俗，内容却难遂人意。与之相较，布鲁范德的《美国民俗学》按照口头民俗、习惯民俗、物质民间传统三个类别系统地介绍了美国发现的民俗类型，例如在口头民俗中介绍了美国犹太人方言故事、美国黑人方言故事，以及美国民众独创的关于移民的方言故事。第二，简要介绍了相关研究成果，并予以综合归纳，因此该书对于专业民俗学者亦具参考价值。例如在物质民间传统中谈到民间食物时他介绍了凯·科丝伦（Kay Cothran）关于食物分类的研究成果，即将食物分为四类：随时可吃的食物、须遵守"食用规则"的食物、特定情况下禁食的食物和从来不吃的食物。第三，揭示了美国民俗与其传承传统间的联系，为深入研究铺平道路。例如谈到英国的神奇故事与美国童话故事的关系时，他指出："所有在美国的欧洲移民群体，从某种程度上说，都带来了他们的童话故事，但极少由民众们译成英语，因此作为口头故事，在第二代已通常不再保存了。然而英国的神奇故事因为没有语言障碍而在这个国家特别是在南阿巴拉契亚山区和奥扎克山区得以保存流传。"① 接着他举了313型故事"姑娘帮助主人公飞翔"变成了奥扎克人的"魔鬼的漂亮女儿"故事等事例来做详细的介绍。基于这样的特点，"这部书虽是学术教科书，但每一个不管因何缘故而对美国民俗感兴趣的人都会发现它是有用的"②。

二　五部教材的主要不同之处

（一）五部教材的体系框架不同

乌本《民俗学原理》是一部理论性教材，因此体系简洁，条理清晰。全书分为民俗主体论、民俗控制论、民俗符号论、民俗传承论四部分。民俗主体论由"民俗的构成"和"民俗的养成"构成；民俗控制论由"民俗控制的提出"和"民俗控制的类型"构成；民俗符号论由"民俗符号的提出""民俗符号的结构""言语系统的民俗指符""非言语系统的民俗指符""关于民俗符号的民俗所指""中国古典民俗'符号'"构成；民俗传承论由"民俗传承的再认识""民俗传承的相关理论""民俗传承的应用研究"构成。每一部分各成系统，但各部分的内容又相互呼应，体系严密。该教材后来再版时，增加了"生态民俗""都市民俗"的章节，体现了作者对民俗新事象的敏锐观察和学术思考。

钟本和王本虽同为《民俗学概论》，体系框架却各有特点。钟本《民俗学概论》体系庞大，分为十六章，分别是：绪论、物质生产民俗、物质生活民俗、社会组织民俗、岁时节日民俗、人生仪礼、民俗信仰、民间科学技术、民间口头文学（上）、民间口头文学（下）、民间语言、民间艺术、民间游戏娱乐、中国民俗学史略、外国民俗学概况、民俗学研究方

---

① ［美］布鲁范德：《美国民俗学》，李扬译，汕头大学出版社1993年版，第100页。
② 同上书，原版序言第5页。

法。内容涵盖全面，体现了中国本土民俗学教材的特色。王本《民俗学概论》却体系简洁、条理清晰，全书分为：概论、口头民俗学、风俗民俗学、物质民俗学、民俗学研究五章。从其章节布局可以看出，其采用了美国的分类体系来进行架构，特色鲜明。段宝林先生对此评论道："本书的体系亦是根据美国的分类体系架构的，与现在国内出版的几本《民俗学概论》都不一样，是值得我们关注的。"①

陶本《民俗学》是在《民俗学概论》的基础上修订的，据作者介绍"在这次修订中，概论的基本框架未做多大的改动。因为经过十多年的教学实践，这一框架适用于普及民俗学的知识和理论，所以除了文字上的润色加工之外，只是在个别章节做了内容的充实和补充，增加了许多教学实践中的思考和田野作业中获得的新资料，增加了许多民俗图片，这在理论著作中是少见的。"② 由此可见，该书仍大体沿用了1987年版的框架，这一框架为了适合教学，分类简洁清晰，理论构架严谨。再版后的《民俗学》还特意增加了"民俗学与现代化"一章，以突出修订时的时代特点。总之，该书在体系构架上代表了20世纪80年代民俗学教材的特色。

布鲁范德先生的《美国民俗学》则将全书简单地分为"绪论""口头民俗""习惯民俗""物质民间传统"四部分，其中第一部分"绪论"是对民俗学的概要性论述，其他三部分则按照民俗的典型类型来划分，即按照民俗的三个类型"口头民俗""习惯民俗""物质民间传统"来划分。就各部分而言，各章的划分也是按照典型类型来划分。例如第四部分"物质民间传统"按照其典型类型"民间建筑""民间手艺和艺术""民间服饰"和"民间食物"划分为四章。总体上看，这样的框架体系划分，使全书看起来简洁清晰，一目了然。

（二）五部教材的侧重不同

乌本《民俗学原理》侧重于对一百多年来国际民俗学的历程进行认真

---

① 王娟：《民俗学概论（北京大学素质教育通选课教材）》，北京大学出版社2002年版，序第1页。

② 陶立璠：《民俗学》，学苑出版社2003年版，再版序言第14页。

反思与探索，对民俗学的基本理论进行重新建构。例如，针对国际上一百多年来民俗学理论研究重"俗"轻"民"的状况，紧紧抓住这一关键问题，具体论述了俗民群体和俗民个体的民俗养成规律、民俗主体——人的习俗化过程。总体上看，该书侧重于站在整体文化的高度，既从宏观的视角对民俗学基础理论进行深层次的思考，又从微观的具体问题的分析研究入手，来打造一部民俗学里程碑式的专著。

钟本《民俗学概论》作为一本主流的《民俗学概论》，体现了改革开放初期我国民俗学研究的水平和实力，至今仍是许多高校民俗学研究生招生的指定参考书。该书侧重于对改革开放初期的民俗学成果进行总结和梳理，以便于大规模、迅速地推广民俗学的教学工作。正如钟先生所说："当时，教育部责成北京师范大学培养这方面的师资。我觉得，光有新培养的一些教师，还不能更大规模地、迅速地、推广这门科目的教学工作，于是就请求教育部，让我们在培训专业教师的同时，师生共同编写这方面的教材。"① 由此可见，该书力图将自身打造为一部涵盖全面、包容广泛的民俗学教材，因此侧重于对民俗学成果进行总结和梳理。

陶本《民俗学》作为 20 世纪 80 年代具有代表性的民俗学教材，最初是为了适应当时在全国形成的"民俗文化热"和适应教学而写作的，因此叙述详细生动，体现了许多教学实践中的思考，在内容上该书侧重于使用中国少数民族的民俗资料，总体上侧重于传播民俗学的基本知识。

王本《民俗学概论》是北京大学素质教育通选课教材。作为 2002 年 9 月第一版新出的民俗学教材，该书除对民俗调查资料进行全面的研究外，还全方位地继承和发展民俗学的现有理论成果。段宝林先生对该书评论道："王娟女士的《民俗学概论》正因为后出，更有新的内容和体系，值得我们重视。其中许多理论观点对我们理解民俗学的发展规律是有帮助的，有的已涉及民俗的本质特点，虽然有些观点和论述不一定符合我们的

---

① 钟敬文主编：《民俗学概论》，上海文艺出版社 1998 年版，前言第 7 页。

要求，但仍应了解而加以分析，这对我们民俗学的理论建树是绝对必要的。"① 总之，该书的论述侧重于对当前的民俗学进行纵深开掘、总结创新，力图成为体现民俗学研究新成果的教材。

布鲁范德的《美国民俗学》作为一部面向美国大学本科阶段的民俗学教材，其侧重点是在于传播基础性的民俗知识，使美国大学生对民俗学有一个基本的认识，正如作者中译本序言中所说，该书是一部"自 1968 年初版以来已被无数美国学生使用的基础教材"②。因此，在论述的侧重上，该书大量选用学生熟悉的日常谚语、儿童游戏、家庭习俗和故事、笑话、都市传说、典型的美国食物、节假日等来论述民俗学的基础知识。

（三）五部教材的语言风格不同

乌本《民俗学原理》旁征博引，深入浅出，广泛引用国内外相关论述，多侧面阐释自己的观点，使理论清晰生动，具有很强的说服力和雄辩力。例如他在符号论中谈到民俗符号的提出时说："如果人们在广阔而生动的文化环境中观察并体验俗民生活中的日常民俗的话，便立即发现那些民俗的象征代码在不停地传送着民俗特有的知识、经验、概念等多种信息。红双喜、红对联、大红毡、大红轿、新红礼服、红盖头、大红花、大红灯笼、大红请帖都在传送着中国传统婚俗的喜庆信息；白孝衫、白头绳、白挽联、白胸花以及近代出现的黑袖标都在传送着中国传统丧礼的哀悼信息。用松、鹤、桃子传长寿，用牡丹传富贵，用荷花传清廉，用龙凤、鸳鸯传婚姻幸福，用桔、鸡传吉祥，用乌鸦、枭鸟传晦气，甚至用爆竹传春节，灯会与汤圆传元宵，五彩丝、雄黄酒、米粽传端午，月饼传中秋等等。这都是中国民俗事象的表现体，也就都形成了中国特有的民俗象征符号。"③

---

① 王娟：《民俗学概论（北京大学素质教育通选课教材）》，北京大学出版社 2002 年版，序第 2 页。

② ［美］布鲁范德：《美国民俗学》，李扬译，汕头大学出版社 1993 年版，中译本序言第 1 页。

③ 乌丙安：《民俗学原理》，辽宁教育出版社 2001 年版，第 320 页。

钟本《民俗学概论》是一本合著。它是由各地的三十多位专家共同执笔，因此全书风格并不统一，行文的体例彼此互有参差。钟先生甚至因此只把该书称作"教学参考书"。他说道："作为一本有体系的著作，这不能不说是一种遗憾。在它初创时，我们曾想编一部可供大学教师、学生使用的教本，但是，现在显然没有达到原来的要求。实事求是，我们只能把它称作'教学参考书'。"①

陶本《民俗学》是其多年教学成果的总结，因此在写作上体现严谨翔实的写作风格，理论框架严谨，论述深入浅出，平易近人。同时，为了配合内容叙述，书中引用了大量相关图片图表（共99幅图，4张表），使理论变得直观，阅读变得有趣，极大地增加了该书的生动性。另外，该书还编制了人物及名词术语索引，图表也有目可查，便于教与学的使用。

王本《民俗学概论》作为北京大学素质教育通选课教材，语言风格流畅平易，举例生动，具有很强的课堂性。例如她在风俗民俗学中谈到民俗与传统文化时说："数字8在当代中国社会中，成为人们生活的热点。人们喜欢尾数为8字的电话号码、汽车牌照、楼房、房号等等，甚至不惜重金认购尾数为8、88、168等数字的各种标号。商店里的商品喜欢以带8的数字来标价，就连一些罪犯进行犯罪活动，也常常选择带8的月和日。所有的这一切，仅仅只是因为数字8在发音上与'发'相近。"② 诸如此类，显得意趣盎然。

布鲁范德的《美国民俗学》是一部译著，翻译者尽可能地保留了原书的风貌。论述部分严谨平实，举例部分生动传神。书中大量引用了美国各个领域的民俗事例，鲜活生动，令人兴致盎然。例如书中引用的一则美国民间歌谣这样写道："春天到，草儿长，我不知道鸟儿在何方。松鼠，松鼠在地上，一声也不响。怎么变成这模样，原来被车撞。"③ 令人哑然失笑，不禁莞尔。这样鲜活的、散发着生活气息的民俗事例遍布全书。

---

① 钟敬文主编：《民俗学概论》，上海文艺出版社1998年版，前言第10页。
② 王娟：《民俗学概论（北京大学素质教育通选课教材）》，北京大学出版社2002年版，第155页。
③ ［美］布鲁范德：《美国民俗学》，李扬译，汕头大学出版社1993年版，第66页。

结语

以上简要评述了五部民俗学教材的异同优长，这些教材，同其他许多种教材一起，为我国民俗学教育、培养人才做出了突出的贡献，为民俗学事业的发展奠定了坚实的基础。我们相信，在借鉴前人著作的基础上，会有更多质量更高、特色各具的民俗学教材出现，对民俗学人才的培养和民俗学自身的发展起到更大的促进作用。

（原载《采风论坛》中国文联出版社 2008 年版，与尚光一合作）

《美国民俗学概论》与《中国民俗学》比较分析

  民俗学虽是一门国际性学科，但是由于各国学科背景、发展、历史和国情的不同，其民俗学研究呈现一定的国别差异。本文拟从比较两部具有权威性的概论入手，管窥中美民俗研究体系的异同。美国著名民俗学家布鲁范德（J. H. Brunvand）的《美国民俗学概论》民俗内容丰富，系统完整而清晰，而乌丙安的《中国民俗学》也是我国民俗学领域的权威性著作，有着相同的优点，并且两者都经历了再版修订的过程。《美国民俗学概论》自 1968 年首版以来，三次再版修订，内容、形式多次修订改进；乌丙安的《中国民俗学》自 1985 年首版以来，也经历了 1999 年的再版修订。这两部概论都随着学科的发展而发展，不断补充新内容，可谓是千锤百炼在学界产生广泛影响的经典作品。

一 "民俗"及其承担者"民"的定义的比较

  自从民俗学诞生以来，关于民俗的定义就众说纷纭。陶立璠先生在《中国民俗大系》"序言"中提道："什么是民俗？关于这个问题，长期以来一直存在着概念上的争议。学者之间的界定分歧往往很大，真是聚讼纷纭，莫衷一是。国内外许多学者总想给民俗一个确切的定义，但往往是勉为其难，理论的表述捉襟见肘。实际上，民俗的定义是很难用一句话来概括和描述的。"① 尽管如此，各种民俗学著作还是要给民俗下一个定义，因为这是进行其他民俗研究的前提。《美国民俗学概论》对民俗的定义是："它是文化中以不同的、传统的形式流传于任何民众类型中的事象，不论它是以口头的形式，是以习俗范例的形式，还是以传统行为和交流的形式。"② 这个定义中包含了四个要素：第一个是"不同的形式"，即同一个民俗事象会以不同的形式存在，也就是在传播过程中会出现变体；第二个是"传统的形式"，即民俗的重复传承是以相对固定和标准的形式；第三个是"流传于任何民众类型中"即强调民俗是流传于所有民众之中的；第四个是"不论它是以口头的形式，是以习俗范例的形式，还是以传统行为和交流的形式"这里指出了民俗的传播方式。另外，布鲁范德还提出，匿名性和程式化对于一个传统民俗事象的完整描述而言也是不可或缺的。

《中国民俗学》对民俗的定义是包含在民俗学的定义之中的。民俗学是研究各民族最广泛的人民传承文化事象的科学，它具有以下一些概念的因素：第一，民俗学研究的事象是世代传袭下来的，同时继续在现实生活中有影响的事象。"世代传袭"中包含了流传于民众的意思，与上述美国民俗定义的第三个要素类似，但是这里更进一步强调了从古到今的时间上的流传。第二，民俗学研究的事象是形成了许多类型的事象。各国的民俗学研究都十分注重分类，并且民俗也是以许多类型的形式存在的，这点是美国民俗定义中所没有提到的。第三，民俗学研究的事象是有比较相对稳定形式的事象。这个与上述美国民俗定义的第二个因素相类似。第四，民俗学研究的事象是表现在人们的行为上、口头上、心理上的事象。这点反映了民俗的三种传播方式或者说是存在方式，与上述美国民俗定义的第四个要素类似，但是美国民俗定义中未提"心理"这点。虽然如此，但是"心理"只是民俗的一种存在方式，有关心理的民俗依然要依靠口头或者

---

① 陶立璠：《中国民俗大系》序言，《民间文化论坛》2004 年第 6 期。

② ［美］扬·哈罗德·布鲁范德：《美国民俗学概论》，李扬译，上海文艺出版社 2011 年版，第 12 页。

是行为的方式来传播。第五，民俗学研究的事象是反复出现的深层文化事象。① 这是与偶然发生的事象相对的，只有那种反复出现、具有深层影响的习俗才有可能是民俗。这是可用于排除伪民俗的非常重要的一点，但美国民俗定义并未提到。另外，美国民俗定义的第一个因素——有关变体的论述——虽然在这五个概念因素中没有出现，但是乌丙安在分析民俗特征的时候也提到了变异性的特征。至于布鲁范德补充的"匿名性"和"程式化"是乌丙安所没有提及的。

"民"即"民俗"的承担者，乌丙安称之为俗民，布鲁范德称之为民众。

对于民众，布氏是这样界定的，民众是主要传统的承担者，不仅是古朴的、乡村的民众，而且任何拥有独特的口头传统的民众都应该看作传统的承担者。总之，"民众"定义中最必需的题中之意即任何拥有民俗的人。② 乌丙安没有对"民"的定义加以强调，只在有关民俗学的章节中提到了人民大众这个词。但他在另一著作《民俗学原理》中对"民"进行了专门的论述，在这里他将民俗的承担者称为俗民，排除了"人民""民众""民族""劳动人民""全民"等他认为概念模糊不清的专有名词，并特意对为何选择"俗民"作为民俗承担者的名称进行了详细的说明。他认为俗民存在于全民之中，又负载了所有的民俗文化，并且除了普通人之外，那些表现了民俗文化特色的典型人物同样也是俗民的个体。③ 这里强调了两点，一个是俗民是以文化代表性界定的文化群体；另一个是俗民概念既包括俗民的个体，也包括俗民群体。布鲁范德和乌丙安的表述方法虽然不同，但二者的落脚点是相同的，即所有负载着民俗文化的人。因此关于"民"的定义，二者的看法实际上是一致的。

在论述"民"的定义时，两位作者都考虑到了"群体"这一概念。布氏提到民众研究中往往涉及用"民众群体"对他们进行分类研究。他将民

---

① 乌丙安：《中国民俗学》，辽宁大学出版社1999年版，第7页。

② ［美］扬·哈罗德·布鲁范德：《美国民俗学概论》，李扬译，上海文艺出版社2011年版，第11、27页。

③ 乌丙安：《民俗学原理》，辽宁教育出版社2001年版，第35页。

众群体划分为"职业群体""年龄群体""家庭群体""性别群体""地区群体""民族、外裔和宗教群体"几大类别，粗略的勾画了各个群体的轮廓，并对每个群体的民俗传统进行了举例说明。因为乌丙安在《中国民俗学》中并未提到有关"民"的概念，因而也不涉及"群体"概念。他对"群体"概念的论述集中在《民俗学原理》中，这本书是一本纯理论性质的著作，所以在书中他并没有对俗民群体进行划分，而是对群体的概念、特征等进行了详细的解析，并且结合了社会学的群体理论。

二　民俗学研究方法的比较

布鲁范德在《美国民俗学概论》中提到，民俗研究的三个典型阶段是：收集、分类、分析。在资料收集方面，《美国民俗学概论》和《中国民俗学》异同互见。其相同点主要体现在以下几个方面。首先，重视第一手资料。《美国民俗学概论》写到，口头民俗研究的原材料是原文，原文必须从口头源泉中忠实的记录下来。虽然他只提到了口头民俗，但在后面章节的分析研究中可见，在各种民俗资料的收集中，从源头中忠实记录都是被强调的重点。《中国民俗学》则直接指出，民俗采集法的科学性必须用实地调查的第一手资料来保证；实地采录、直接采录是采集法的主要形式。民俗变异性的特征决定了民俗资料的可靠性必须通过一手资料来保证。其次，录音、摄像等现代化工具的使用。这是在当代民俗研究中广泛使用的手段，也是为了更加精确的记录到可靠的民俗资料。再次，向前辈学习调查技巧。布氏指出，民俗收集的新手可以通过阅读这方面行家有关野外工作的描述而学会许多野外工作的难题和技巧，他还列举了这方面的许多可供参考的著作。乌本也提到，我国及国外许多先驱者的民俗调查的成功范例为民俗调查方法积累了十分丰富的经验。最后，采用多民族材料。这点体现在书里的具体内容中。中国是一个多民族国家，乌丙安在《中国民俗学》中常常使用各民族的民俗材料，例如他在分析歌谣时，举了蒙古族、侗族、壮族、布依族、藏族等多个民族的歌谣资料。作为移民国家的美国，民族种类也很多，因此布氏在《美国民俗学概论》中也引用到了不同民族的民俗资料，例如在岁时民俗中，布氏列举了墨西哥裔、法裔、穆斯林、华裔、犹太人等的岁时节日习俗。①

这两部著作的不同点则体现在这样几个方面。第一，关于资料收集方法的具体论述。《中国民俗学》没有进行具体论述，只是点到了几个重点。而《美国民俗学概论》则对此进行了非常详尽的论述，涉及了很多具体的资料收集方法：一是采访的气氛应当是轻松自如的；二是关于资料的提供者，无论是积极的提供者还是消极的提供者都是民俗调查者应当关注的对象，从他们身上可以采录到不同的东西；三是记录的要点：讲述者的背景，讲述时的表情手势，讲述者对自己所讲述内容的评论解释，表演的时间、地点、环境，参与者的反应等都是要忠实记录的；四是询问法的运用，这是一种效果非常好的资料采集方法，采录者在自己的地区可直接询问居民，而调查范围更广时则可使用信函询问；五是非正统的收集方法，例如通过亵渎禁忌品引起有关坏运气的讲述；六是除了实地收集的其他收集方法，例如从手写的东西、出版物中收集。第二，道德尺度问题。这是《中国民俗学》未涉及的，但已是如今越来越受重视的部分。《美国民俗学概论》指出，民俗野外作业的一个重要的、但常常被忽视的方面，就是道德的尺度。道德尺度涉及两个问题：一个是材料提供者的姓名应用假名或编码，以防涉及毒品使用、非法酿酒等触犯法律的问题；另一个是材料使用应征得提供者的许可，提供者有权修改、要求得到报酬等。② 第三，与其他学科的结合。关于这一点，《美国民俗学概论》应用于民俗的分析研究中，详见下节。而《中国民俗学》则应用于资料收集中，它要求在资料采集中，要相应地采用民族学的、地理学的，甚至经济学的、心理学的、伦理学的方法，因为它们与民俗的联系都十分紧密，而且，有时精密的科学数据有十分重要的意义。③ 虽然二者把与其他学科的结合应用到了不同

---

① 参见［美］扬·哈罗德·布鲁范德《美国民俗学概论》，李扬译，上海文艺出版社 2011 年版，第 16、256 页；乌丙安《中国民俗学》，辽宁大学出版社 1999 年版，第 19—23、355 页。

② 参见［美］扬·哈罗德·布鲁范德《美国民俗学概论》，李扬译，上海文艺出版社 2011 年版，第 16—21 页。

③ 乌丙安：《中国民俗学》，辽宁大学出版社 1999 年版，第 27 页。

的点上，但是它们都十分重视这种结合，这说明学科间的相互借鉴、相互结合对于学科发展是很有必要的。

比较研究是在民俗学研究中广泛使用的一种方法，两部概论都主要介绍了这种研究法。两本书各自强调了两点，其中有一点是相同的，即对同一研究对象不同变体的比较研究。布氏指出，比较法常用于同一研究对象的不同变体。乌丙安指出，某种民俗事象的广泛传播和流变，是引起比较研究的重要因素。另一点则各自强调了不同的比较研究法的应用。《美国民俗学概论》说，比较法的另一途径是将民俗的观点应用于其他密切相关的领域。作者在后面举例解释，比如一栋家庭建的房子，民俗学者注重其传统样式的保留与变化，地理学家注重其分布及原因，建筑学家注重其建筑风格与高级的学术的设计之间的关系，而我们可以综合各领域的观点对这一民俗事象进行综合解释及比较研究。这种与其他学科结合的观点还包含了另一个意思，比如在谚语、故事、民歌中可以发现地理、商业、政治等其他领域的观念。关于比较研究法的第二点，《中国民俗学》则强调了不同时代、不同民族、不同地区的民俗的比较。虽然他也提到了民俗与其他领域的结合，比如，自然神话学派对各种神名的语言学比较，人类学派对现代原始部落与古文明民族神话的比较，① 但可以看出，这些比较仍然含有不同时代、民族、地区相比较的意思。虽然不同时代、民族、地区的民俗的比较看起来与变体比较看起来相似，实际不同。举例来说，中国的中秋节流传到韩国产生了某些变化来适应韩国的习惯，这样两国中秋节的比较就属于变体比较；每年开始，世界各地都要庆祝新年，中国人欢庆春节过元旦，美国人参加新年派对，这两种新年庆祝方式的比较则属于不同地区民俗的比较。

除了比较研究，布氏也对其他理论流派和研究方法进行了简介。例如文学或美学研究、功能或人类学研究、心理学派、形式或结构研究等。这些理论分别应用于不同的民俗事象的研究，例如，文学或美学研究多应用

---

① 参见［美］扬·哈罗德·布鲁范德《美国民俗学概论》，李扬译，上海文艺出版社 2011年版，第 22、23 页；乌丙安《中国民俗学》，辽宁大学出版社 1999 年版，第 23 页。

于口头传统的研究，心理学派则多是探讨民间信仰中的心理定式。除了绪论中对各种民俗理论的简介外，布氏在各类民俗事象的介绍后面都附有该事象的理论研究，例如"神话"一章最后有"理论研究和神话的起源"一节，其中提到了传播说、多元发生说、太阳神话学（或语义学派）、英国人类学派、神话即历史论、神话—仪礼学派等有关神话起源的理论；再如"民间故事"一章最后有"民间故事的研究分析"一节，其中提到了历史—地理学派、结构语言学方法等用于研究民间故事的理论。

乌丙安在《中国民俗学》的"绪论"中也提到了比较法以外的民俗研究理论，比如结构主义理论及其方法、社会学方法。不同于布氏的是，他只在绪论中对民俗学理论进行了简介，并未在后面的章节中对各种理论的应用加以详述。或许为了补充这方面的不足，在后来出版的另一部理论性更强著作《民俗学原理》中，乌丙安详细梳理了整个民俗学有关理论，涉及了社会学中的控制论，语言学中的符号学，人类学中的维也纳学派、曼彻斯特学派、历史学派等理论流派。他还将这些理论与民俗相结合，提出了适合于民俗学科的相关理论。

三　民俗分类的比较

细观两本书的分类体系，《美国民俗学概论》分了三大部分：一是口头民俗，包括民间语言（方言和称呼命名、谚语、寓言、谜语），民间诗歌和其他传统诗歌，民间故事，民间歌谣及其相应的音乐；二是习惯民俗（通常涉及口传和非口传因素），包括民间信仰和迷信，民间习俗和节日，民间舞蹈和戏剧，手势和民间游戏；三是物质民间传统，包括民间建筑、工艺、艺术、服饰、食物。《中国民俗学》则分了四大部分：一是经济的民俗，以生态民俗、民间传统的经济生产习俗、交易习俗及消费生活习俗为主要内容；二是社会的民俗，以家族、亲族、乡里村镇的传承关系、习俗惯制为主要内容，其中社会往来、组织、生活仪礼等习俗都是重点，近来都市社会民俗也被扩展为对象；三是信仰的民俗，以传统的迷信与俗信诸事象为主要内容；四是游艺的民俗，以民间传统文化娱乐活动（包括口头文艺活动）的习俗为主要内容，也包括竞技等事象在内。

从以上分类可见，二者的分类标准并不相同，因此类别也完全不同，但是根据各类所包含的主要内容来看，仍有可比之处。

（一）口头民俗

《美国民俗学概论》设口头民俗一大类，这是民俗研究中非常重要的一个部类。布氏单列了这样一大类，而乌丙安未单列。布氏认为将"口头传说"与文化的其他方面分开来是十分必要的。我国的口头民俗资源异常丰富，而乌丙安却没有单列口头民俗一大类，甚是可惜，但这种状况并非无因可寻。首先，可能是作者考虑到我国的研究现状，即我国长期以来一直存在民间文学这样一个有关口头民俗的专业研究方向，作者在说到没有单列民间戏剧一类时就说到了类似的理由。其次，乌丙安另有一本民间文学专著《民间文学概论》，此书对口头文学进行了十分详细的研究。再次，乌丙安编写《中国民俗学》有一个重要原因就是用来作为民俗学专业的教材，而我国高校中通常同时设置民俗学和民间文学两门课程，乌丙安可能是为了避免教材内容的重复，便做了这样的设置。

另外需要注意，作者虽然没单列口头民俗一类，但是并没有忽略该类民俗，这一类的民俗都结合在其他类别的民俗中散落在各章节里。其中对口头民俗较集中的研究即"游艺民俗"中"民间口头文学活动类"一节。这里乌丙安明确指出：讲故事、讲笑话、唱歌谣、猜谜语是口头文学的四项常见的表演活动。其中"讲故事"涵盖了传说、轶闻和民间故事，"唱歌谣"涵盖了民谣和民歌。另外，乌丙安在其他非口头文学的类别中也涉及了一些有关口头民俗的研究，例如在信仰民俗中涉及了神话、魔法故事等，在经济民俗中涉及了农事谚语、工匠传说等。所以乌丙安的研究已经涉及了布氏口头民俗类别中提及的大部分小类，二者都对口头民俗有全面的关注。

在对口头民俗进行具体的分析研究时，二者各自选择了不同的偏重点。布氏偏重于口头文学作品本身的研究，根据作品的内容和形式分类研究，例如将民间故事分为动物故事、吹牛故事、程式故事等。乌丙安则偏重于口头文学传承活动的研究：一是作者将口头文学这一类称为口头文学活动类；二是从各小类的名称看，作者选用了讲故事、讲笑话、唱歌谣、猜谜语为类别名称，更加强调了"讲""唱""猜"等动作；三是从口头文学活动类的具体分析来看，作者并没有对故事、歌谣等进行分析，而是分析了各种活动的讲述时间、地点、环境、气氛，讲述者的情况，听众的反应等。虽然二者选择了不同的偏重点，但并没有完全忽视另一点，布氏提到过对民间故事讲述人、讲述风格、讲述时间地点等的研究，乌丙安也提到了按照内容划分民间歌谣等。

（二）习惯民俗

习惯民俗是《美国民俗学概论》中设置的一大类别，其中包括了习俗和节日、民间舞蹈和戏剧、民间手势动作、民间游戏几小类。内容看起来比较杂乱，其实这其中包含了一个统一的归类标准，即行为传承，区别于口头民俗的口头传承。所有这些类别尽管综合了各种传承方式，但最主要的仍然是行为传承。例如迷信类，虽然看起来是有关精神、心理的民俗，但它却是以行为方式表现、存在和传承的。如西方人认为"13"是不吉利的数字，于是便有推迟13号的旅行、商务，建楼没有第13层等行为。关于这部分内容，乌丙安进行了不同的划分。习俗节日主要是个人融入社会、社会集体共同参与的一类民俗，乌丙安将其归于社会民俗类；舞蹈、戏剧、游戏主要适用于娱乐，乌丙安将其归于游艺民俗类；信仰民俗不同于其他民俗，是人类精神、心理世界的一类民俗，乌丙安将其单列一大类。乌丙安的这种划分更加条理清晰，而布氏的归类由于未明确指出归类标准，更显杂乱。

（三）经济民俗

经济民俗是《中国民俗学》中的一大类别，其中包括自然生态民俗、物质生产民俗、交易和运输民俗、消费生活民俗（包含服饰习俗、饮食习俗、居住习俗）几小类。其中消费生活习俗，《美国民俗学概论》也进行了详细的分析，即民间服饰、民间食物、民间建筑等章节，与消费习俗类别一样，但自然生态民俗和物质生产民俗是其未涉及的。乌丙安在经济民俗的"导言"部分已经点出了这种只关注消费民俗而忽略自然生态民俗和物质生产民俗的现象："有些民俗学理论虽然把物质消费生活的习俗作为探讨的内容，但是却排斥那些生产活动中的习俗惯制，这样便使所探究的许许多多的民俗事象失去了根据，脱离了物质基础，找不到这些习俗产生的渊源。"① 此外，乌丙安在经济民俗中提及的几大类民俗存在着因果和时间上的联系，一环扣一环，缺一不可。首先，自然生态民俗为物质生产民俗提供对象，是前提条件，物质生产离不开自然生态；其次，物质生产继续发展就会产生交易，交易范围扩大就需要运输，而生产出来的产品最终就是用于消费。如此，乌丙安既全面又立体地展示了物质民俗的方方面面，不仅扩大了范围，而且理清了线索。但乌丙安在"再版说明"中明确点出的新增内容"自然生态民俗"部分存在一个缺陷，即与后一章"物质生产民俗"存在大量的内容重复，比如依赖自然生态进行的一些生产，以及在生产过程中出现的神话、信仰等在物质生产民俗部分都有提及。

（四）社会民俗

社会民俗是《中国民俗学》中设置的一个大的类别，包括家族亲族民俗、乡里社会民俗及都市社会民俗三小类。其中都市社会民俗是新增内容，将在下一部分"新增民俗类别"中详述。

《中国民俗学》中的家族、亲族民俗主要以传统家族为对象进行研究，进而涉及旁系亲族，这一类别是《美国民俗学概论》中没有的。原因可能在于两国文化传统的不同，我国传统文化一向注重祖先崇拜，理清家族关系是祖先崇拜的基础之一。随着时代的发展，我国的传统家族也已大多分解为现代小家庭，祖先崇拜的观念和行为也逐渐淡化，但仍未消亡。美国是一个移民国家，历史短暂，传统文化都是伴随着移民而来，不像我国传统文化这样连贯完整；加上基督教等宗教因素影响，因此缺乏祖先崇拜，家族观念较我国更加淡薄。

---

① 乌丙安：《中国民俗学》，辽宁大学出版社1999年版，第42页。

《中国民俗学》中的乡里社会民俗以村落为研究对象。我国一直是以农业为主的国家，农民以各种方式聚居在一个村落中生活。如今，虽然农村青年人都外出打工，但仍未完全改变这种乡里社会的生活方式，因此对村落中社会民俗的研究十分必要。农村是各种民俗的主要来源，对传统民俗的保存也更加完整，乡里社会民俗是民间集体生活的主要表现。《美国民俗学概论》中没有关于乡里社会的民俗，推求其原因，无论是村落结构，还是农民生活方式，两国都存在极大的差别。美国地广人稀，多为大型农场，农户散居，相隔较远，农村社会往来交际也就没有我国农村那样紧密频繁，乡里社会民俗被忽略不足为怪。

（五）新增民俗类别

《美国民俗学概论》和《中国民俗学》都经历了多次修订，都在不断完善的过程中增加了新的类别，扩大了民俗研究的范围。起初民俗学家们对民俗的研究主要侧重于传统方面，他们的目光大多关注文化比较落后的人群，尤其是所谓的野蛮民族、农民和边民。① 所以在很长一段时间内，村落中的民俗事象成为民俗学主要关注的对象。随着民俗学科的发展，民俗研究的范围有所扩大，都市民俗也列入民俗研究范围。乌丙安在书中增加了"都市社会民俗"。他指出了中国都市民俗城乡融合的典型特色；分析了都市民俗与传统村落民俗之间的联系与区别，对民俗之间的相互影响和过渡进行了研究，着重民俗的变迁，是一种动态研究。《美国民俗学概论》新增"都市传说"——布氏都市传说研究在美国学界和社会中影响极大，在这方面难免着墨甚多，他通过大量的实例对都市传说的特色、源流、意义等进行了分析研究。在新增的都市民俗方面，乌丙安和布鲁范德着力点不同，乌丙安研究的是都市社会民俗，布氏研究的是都市口头民俗中的都市传说。

在分类上，虽然两位作者各自采用了这样的分类方法，但是他们对于分类的观点并不是绝对的，对于其他合理的分类方法亦持开通的观点。布

---

① 钟敬文：《民俗学概论》，上海文艺出版社 1998 年版，第 2 页。

鲁范德在《美国民俗学概论》中举了其他分类法的例子：将民俗分为娱乐传统（游戏、舞蹈等）、教育民俗（如富有教育意义的故事、歌谣、俗语等）、实践技艺（工艺、烹饪等）、艺术创造（民间艺术、音乐等）四类。他认为民俗的分类主要取决于两点，一个是研究者的兴趣和需要，一个是资料提供者对自己的民俗材料分类的看法。① 乌丙安在《民俗学原理》中也提到了多种合理的分类方法。按民俗符号代码的构成可分为言语系统和非言语系统两种，按俗民对民俗信息的感知和收受可分为听觉系统接收到的民俗、视觉系统接收到的民俗、触觉系统接收到的民俗、嗅觉系统接收到的民俗、味觉系统接收到的民俗及其他知觉系统接收到的民俗，按人如何表现民俗可分为口头语言系统的民俗、行为习惯系统的民俗、心理感受系统的民俗；另外，法国山狄夫的分类也得到乌丙安的认可，即从俗民实际生活出发分为物质生活、精神生活、社会生活三类。②

此外，这两部概论在形式上也各有特点。《美国民俗学概论》是一本专门用于本科教学的教科书，为适应教学的需要，在最新的第四版中加入了贯穿全书的"焦点（Focus）"，对应前面的讲解列举一些现实中的美国民俗材料例子及阐释，又配合这些例子引发出讨论题附在后面供学生讨论。《中国民俗学》最初不是作为专门的教科书来编写的，但此书出版后也被近二十所大学的民俗学专业或相关专业选用为教材，因此布氏这些形式上的创新，是有借鉴参考价值的。

在注释方面，布氏原著中每部分都附有大量的注释，详细标明了材料的来源出处，有时候注释的篇幅甚至大于原文。而乌本完全没有注释和参考文献，略显缺憾。布氏的这种注释形式一方面更加符合现代学术规范；另一方面也为想进一步深入研究的学生和研究者提供了便捷的参考途径。另外，在照片和图示方面，两书各有千秋。《美国民俗学概论》原著中有大量资料性照片，可惜中译本因为版权原因未能收入。布氏使用了很多插图，例如在"民间建筑"一章中，不仅有民居的外观图，还有房子内部构

----

① ［美］扬·哈罗德·布鲁范德：《美国民俗学概论》，李扬译，上海文艺出版社2011年版，第22页。

② 乌丙安：《民俗学原理》，辽宁教育出版社2001年版，第30页。

造的平面图。插图形式十分直观，使抽象的描述变得具体，更容易理解。《中国民俗学》中则缺乏对照片和插图的使用。示意图区别于插图，不是对实物的再现，而是作者对自己讲述内容的总结。示意图以简单的箭头圆圈等符号配以文字，形成类似于图表的东西对讲述内容加以表现，重在表意。《美国民俗学概论》和《中国民俗学》在论述过程中都使用了示意图的方式，例如乌丙安在"人生仪礼"部分中使用了"人生仪礼示意图"，布鲁范德在"民间游戏"部分中也使用了示意图的方式。布鲁范德的示意图使用只见一例，乌丙安则使用的较多，这有利于学生更好地理解章节内容。示意图能够将复杂的表述内容简化，一目了然，非常直观，能使读者从整体上把握作者要表述的内容。

从以上粗略的比较中，可以大略窥见中美民俗学研究的特点和异同。但仅以这两部著作为例进行比较，还只是冰山一角，若欲全面了解两国民俗学领域的研究，尚有待于结合两国其他民俗学家的研究著述，进一步深入地多方位进行考察比较。

（原载《神州民俗》2013 年第 10 期，与乔英斐合作）

走向田野:本科民俗课程教学中的
实践环节设计

　　民俗课程（包括民间文学、民俗学）是汉语言文学专业本科学生学习民间文化的重要课程，内容丰富，涵盖面广。就学科而言，民俗学包括了民间文学，但在我校中文系实际教学体系中，将之分成两门课程：民间文学作为核心限选专业课，主要研究民间创作流传的神话、传说、故事、笑话、寓言、歌谣、谚语等口头文学；民俗学则是专业选修课，主要涉及与人们日常生活息息相关的居住交通、饮食服饰、岁时节庆、婚丧嫁娶、工匠技艺、社交礼仪、信仰宗教、娱乐游戏、竞技杂艺等。民俗课程是一门理论与实践相结合的学科，诚如江帆教授所言是一门"需要用双脚来书写的学问"，而课堂只是一个相对封闭的教学空间，是主要传播理论知识和方法的场所，纯粹单一的课堂教学，缺乏民俗田野调查的实践环节，显然不能达到使学生真正掌握和体会民俗文化全貌的教学目的。田野调查（Fieldwork）是一种直接进入生活文化环境采集调查的方法，学生在田野调查中对民俗语境的直观感受是课堂中体会不到的。如何在教学中合理安排田野调查，将课堂理论知识与实践相结合，让学生切身感受到民俗文化的魅力，是需要不断探索的一个有意义的教研课题。

一　民俗田野调查实践的目的与可行性

　　民俗类课程的"理想模式"是课堂教学与课外田野调查相结合。正如华中师范大学黄永林教授所言："根据民俗文化和民间文学的特点，一方面采用教唱民间歌谣、学讲民间故事、临摹民俗图画、演练民俗游戏、观看民俗音像资料等等形式，让学生在参与中认识、理解、接受民俗文化和民间文学传统。另一方面，由于民俗文化和民间文学产生于民间生活中，因而开展民俗学和民间文学课外教学活动，参与民俗文化和民间文学'田野作业'的实际活动，比课本的讲授更具有生命力和趣味性，而且更为重要。"[①] 但是在本科课程的教学过程中，将"课堂"与"田野"结合起来尚存一定问题，主要是受到客观条件和学期课时的限制。在有限的条件下，应制定适当可行的田野实践方案，让学生有机会真正走进田野，走向民间，投身社会生活，从而更深刻地感受和认识民俗事象在具体语境中的真实样态。

　　探索民俗类课程田野调查实践的可行性有以下几方面。

　　第一，国内外的民俗学者在民俗田野调查方面已经做出了许多突出成就，为本科田野调查提供了理论支持和经验参考。大部分本科学生是第一次接触田野调查，对调查方法不熟悉，调查经验欠缺，但是民俗学者的田野研究，如江帆的《民俗学田野作业研究》，以及近年来译介渐多的国外学者有关民俗学、人类学、社会学田野调查的相关著述，均为田野调查提供了经验支持和方法指导。

　　第二，本科学生来自全国各地，拥有丰富的家乡民俗文化资源。除汉族外，还有土家族、白族、壮族、蒙古族、苗族、藏族、布依族等少数民族学生，民俗资源的丰富性和广阔性对田野调查实践提供了可行性支持。

　　第三，近年来，学校认识到实践教学在本科教学中的重要作用，大力

---

　　① 黄永林：《文化传承与文化创新探析　黄永林自选集》，华中师范大学出版社 2013 年版，第 253—254 页。

支持开展相关实践教学活动，要求在新教学计划中固化相当比例的实践课程，同时设置了多种课外实践的活动项目，相关实践成果纳入学分计算，在政策、经费上予以支持，为民俗课程的田野实践调查提供了良好的外部支撑条件。

二　民俗田野调查实践的方法实施及效果

在以往的民俗课程教学过程中，限于客观条件，多采用"请进来"的方式，即请民间艺人、故事传承人等到课堂进行展演。这种方式虽然使学生直观地接触到民俗传承人，但毕竟是脱离实际生活语境（decontextualization）的一种片段化的"表演"，学生参与度有限，也难以认识理解民俗事象的完整面貌。

结合新教学计划的制定，我们开始尝试"走出去"的新方式。具体的做法是，在课堂理论教学大半完成、学生已初步了解本课程所涉的基本民俗事象类别及其特征后，进行两课时的田野调查理论讲授，主要介绍田野调查的重要性和基本步骤，用实例说明"参与观察法"等方法，介绍费孝通瑶山调查，马林诺夫斯基海岛调查，顾颉刚妙峰山调查等民族学、人类学、民俗学史上著名的田野调查案例，强调调查的规范和伦理原则，以及介绍设备使用、搜集资料的整理等。同时进行方案设计、分组分工、成果要求等前期布置。在接下来的1—2周内，或者统一组织前往预定的实践基地，或者学生自行确定调查场所地点展开田野调查实践活动。调查结束后，学生需提交相关调研报告以及多媒体记录材料，由教师评定成绩，作为课程考核最终成绩的构成部分。例如，在2015年秋季学期的民俗学课程教学中，我们组织学生赴即墨胶东民俗博物馆进行体验型考察。同学们考察了即墨老酒制作过程，观看了即墨柳腔表演、田横祭海视频，观摩了葫芦雕刻和即墨花边制作，分小组亲自动手制作了脸谱、软陶和即墨榼子花馍，尝试了花边钩绣。同学们与非物质文化遗产的民间传承艺人近距离接触，对地方区域民俗有了较为全面的体验和认知，在欣赏表演、参观展览、参与手工制作的同时，同学们对非遗的保护和传承产生了反思。怎么让古老的艺术在继承的基础上创新，政府和民众应如何做，许多同学在调查报告中提出了自己的想法。又如，2016年春季学期民间文学课程中，全班105名学生自由组合，分成17个小组进行田野调查，小组预先制定合理的调查方案，成员分工合作，完成对某一民间文学讲述人的采访和记录，并录制讲述的音频或视频，最后完成调查报告的写作。同学们的调查涉及多地区多民族的民间故事、民间歌谣、民间传说等。其中张钰娇组调查的民间歌谣涵盖了山东歌谣、常德歌谣、闽南歌谣、湖北歌谣、四川歌谣、湘西童谣、长沙童谣等许多中国传统歌谣。虽然由于时间与地域的限制，他们只能调查到中国民间歌谣的一小部分，但与歌谣的亲身接触加深了同学们对各地区歌谣的认识。卞文馨组对民间故事的调查展现了中国少数民族民间故事的瑰丽多彩。通过对回族、藏族、柯尔克孜族、朝鲜族的同学进行面对面的访谈，搜集到"斑竹姑娘的故事""暴君的故事""穆罕默德的劝告""柯尔克孜族史诗"等多民族民间文学材料。

当然，由于客观条件和时间的限制，上述调查只是非常初步的，比照严格意义的民俗学田野调查标准，还有相当大的差距。对于部分有志于进一步学习、探索民俗文化的学生，我们积极鼓励和指导他们申报参与其他学校设置的调研项目，调研时限扩展到寒暑假或者整年，调查空间也得以拓展。如学校设置的旨在培养本科生的创新精神、提高本科生的创新实践能力的SRDP本科生研究发展计划。壮族学生陆慧玲主持了"壮族天琴之仪式与表演研究"项目，在近两年的时间里，她和项目组成员克服了交通、气候、语言、生活等方面的困难，先后三次深入壮族聚居的村寨进行田野调查。他们与当地民众一同生活，取得了村民的信任，拍摄录制了大量第一手音视频资料。他们探讨了天琴作为民族宗教"法器"在当地文化传承中的作用，并以天琴的形制、弹奏方式等为切入点，比较民间宗教仪式中的天琴与作为艺术表演的天琴的异同，以及天琴艺术在现代社会下的转变过程。再如学校团委设置的寒暑假"三下乡"项目，奔赴农村地区的大学生，一方面把相关的科技、文化和卫生知识带到当地；一方面可以进行民俗文化的田野实地调查。2012级中文系学生张可心与她的小组所做的关于"天津杨柳青地区民俗文化的现实意义"的"三下乡"项目取得了良好成果。杨柳青木版年画作为一种历史悠久的传统汉民族民间艺术在全国闻名，但在现代工业社会中却受到了很大冲击。张可心与其他八位小组成员制定了合理的实践计划，从参观杨柳青民俗博物馆，到在博物馆中做义工，再到举行宣传传统民俗文化的宣讲会，一步步加深对天津杨柳青年画的认识，与民俗传承人的交流激发了同学们保护民俗文化的意识和责任感。2014 年，张可心的项目荣获"省优"。

在任课教师的重视、鼓励和认真指导下，更多的同学开始积极申报相关项目。2015—2016 两年间，民俗学、民间文学方向共完成 5 项"三下乡"项目，3 项"国创"（"国家大学生创新创业训练"）项目，8 项 SRDP 项目，搜集了大量的多媒体和文本资料，在公开刊物发表学术论文 3 篇，取得了丰硕的成果；2016 年新申报立项成功"三下乡"项目 6 项，SRDP 项目 4 项。同学们纷纷奔赴天南海北、侗乡苗寨、田间地头，深入开展不同课题的民俗文化田野调查。这些项目的调研活动，是教学课时完成后的延伸，大大延展接续了课时内受限的时空，同时也为学生的毕业论文和考研深造打下了良好的基础。在 2015 年、2016 年的民俗、民间文学方向的 20 篇本科毕业论文中，至少有 16 篇是在田野实地调查、搜集第一手资料的基础上撰写的。课堂教学与田野调查的有机结合，取得良好效果，激发了学生对民俗学科的持续兴趣，每年毕业年级选报毕业论文选题时，民俗学都是最热门的学科之一。

三　成功实施民俗田野调查实践环节的要素

如何在固定的教学计划框架内，在有限的教学课时中，将课堂理论教学与田野调查实践合理分配、有机结合，有针对性地制定可行的调查方案和计划，调动学生的兴趣和积极性，取得有效度的调查结果，是需要认真探索和总结的课题。通过近年的教学实践，笔者认为有以下值得重视的要素：

第一，根据学生的具体情况设计田野调查方案。首先，在教学计划中，民间文学、民俗学分别安排在一年级和三年级开课，学生对大学学习方式的适应和掌握相关学科基础知识的程度有较大差异，与中文系的其他课程相比，民俗类课程有其特殊性。民俗和民间文学根植民间，但是大部分学生对此学科缺乏了解；其次，来自少数民族地区或者农村山区的学生与城市生活的学生、中国学生与外国留学生等在对相关民俗事象的经历和了解上有显著差异；最后，与汉语言文学专业相近的民间文学和与专业差异较大、具跨学科性质的民俗学在所涉研究对象方面有明显区别，等等。因此，学科基本理论、民俗民间文学基本类型的概念及其特征、民间文学与作家文学的区别等，以及上述田野调查的理论与方法，都是需要在田野调查之前，通过课堂理论讲授，使学生掌握学科基本知识，并将之运用到调查实践中，因此将田野调查实践环节安排在学期后段是合适的。同时，根据学生的年级和来源差异，有针对性地进行方案设计，如大一的学生以团队分组为宜，合作交流，发挥集体智慧，个体优势互补；大三的学生则以独立选题、独立完成为主。选题具开放性，使学生可以根据自身情况自主选择，以便更顺利地完成调查。

第二，激发学生进行田野调查的兴趣和主动性。在课堂理论讲授部分，可以通过多媒体等手段，让学生对丰富多彩的民俗事象有初步感性的认识，同时有意识挑选部分学生，结合应时应景的时间节点（如端午节、中秋节等），在课堂上展示讲述家乡民俗文化，一幅幅鲜活的民俗画卷在同学们眼前打开，讲述者对家乡民俗的依恋和热爱调动了课堂气氛，引发了大家进一步通过田野作业调查了解自己家乡民俗文化的兴趣。在调查方案制定阶段，充分发挥学生的主动性、积极性，锻炼同学们制定计划的能力和团队合作能力。小组成员自行组队，分工合作，起草调查计划。如进行"民间传说、民间故事搜集"的田野调查时，如何确定选题，如何寻找采访对象，小组成员中谁录音、谁记录、谁整理调查报告，都由学生提前制定好调查方案，在调查过程中小组成员各司其职，合作交流，齐心协力完成了调查项目。

第三，注重培养学生的交流能力和应变能力。在调查过程中，学生必须在有限的时间内搜集到第一手材料，这就需要学生以真诚、平等的心态，尽快取得对方信任，有效进行与信息提供者的沟通交流。如陆慧玲团队三赴壮乡，努力融入当地居民的生活中去，建立起友好信任的感情之后，才逐渐进入田野调查的主题，获得了只有当地才流传的民间故事等珍贵资料，就是比较成功的交流范例。肖艳同学在调查家乡贵州山神祭拜时，努力消除当地传统的性别禁忌限制，终于成功搜集到了第一手资料。很多同学在调查过程中，遇到了语言、交通、生活条件等诸多困难，都能够想方设法一一克服。参与田野调查实践，一方面提高了学生人际交往能力；另一方面为学生以后从事学术研究或步入社会工作打下了良好的基础。

第四，建立田野调查成果的评估激励机制。田野调查实践是民俗课程教学的有机构成部分，也是检验学生学科知识掌握与运用程度的途径之一。在调查结束后，应对学生提交的成果报告进行成绩评定，作为平时成绩的重要构成，计入学期期末最终成绩。在期末考试时，试卷中亦有与田野调查相关的考题，可以有效度地测试出学生的参与程度。选择优秀团队在课堂上介绍经验，并将他们的文章推荐到有关报刊和专业网站。2015年11月，青岛高校首届民俗文化青年论坛召开，多名在田野调查中收获颇丰的学生，在会议上宣读了相关论文，获得专家好评。

第五，提供及时有效、多渠道的支持指导方式。除了课堂讲授外，教师与学生课下多方交流，主动提供指导。在学生申报有关调研项目时，认真审改学生申报书，帮助学生确定合适选题，提高立项成功率，为学生提供相关资源。在学生异地田野调查时，及时通过网络等方式提供远程指导。在校报开设了田野采风专栏，刊登各地民俗学者的经验心得，供学生参考。另设有专门的课程微信公众号，为学生提供及时的信息和指导。在本地建立了两处教学实践实习基地，提供了相对固定的民俗事象体验场所。多种方式的指导支持，为学生顺利开展田野调查活动提供了有力的支持保障。

徐杰舜在《田野上的教室》一文中指出："田野调查方法作为人类学基本的研究方法，已经在人文社会科学研究当中发挥了巨大的作用；将它引入高校课堂，作为文科实验教学方法，将得到更广泛的推广和应用，对学生综合素质的提高能起到很好的促进作用。"① 与人类学的情况相同，引导学生在民俗课堂内外开展多种田野调查实践活动，既能让学生真正了解民俗民间文学的传承语境和现实样态，又在实践过程中提升了学生的调研、交流和组织能力，开阔了学生的视野，加深了学生对民族民间传统文化的了解和热爱。

（原载《切问与笃行：中国海洋大学本科教育教学研究文集》，中国海洋大学出版社 2018 年版，与牛璐合作）

---

① 徐杰舜：《田野上的教室》，黑龙江人民出版社 2009 年版，第 57 页。

亚民俗：与美国民俗学界的
交流与译事

1982 年，我考入辽宁大学中文系，在乌丙安先生门下修读民俗学硕士课程。入学不久，就开始接触到美国民俗学的研究成果。那时在乌先生的主持下，董晓萍、孟慧英两位同门师姐，已经大致完成了著名美籍华人学者丁乃通教授的大作《中国民间故事类型索引》的翻译，我接着补译了部分篇例并校核了译稿。此书于 1983 年由春风文艺出版社出版，虽是简本，其工具书的重要作用未能充分体现，但毕竟让国内学界对丁先生以国际通行的 AT 体系对中国民间故事类型进行分类的研究有了进一步的认识和了解。后来，丁乃通先生访华时，我有幸在北京西苑饭店同丁先生晤面长谈，亲聆教诲，这位学识渊博、和蔼温良的老者微笑道别、拄杖缓行而去的身影从此深深印刻在我的记忆中。丁先生回国后，我们还保持通信往来，我至今保存着他的一封手书，密密麻麻写满 5 页信纸，介绍美国民俗学界和大学相关专业设置的情况，鼓励我学好英语，追求学业进步。我陆续又翻译了他惠寄的《答艾伯华先生》《中国和印度支那的灰姑娘故事》等论文，将他的研究成果介绍给国内学界。翻开丁乃通先生当年寄给我的大作，为了省去我翻译时查阅资料的麻烦，他在英文原稿中的人名、书名、地名旁仔细地一一标注中文。冬去春来，数十载转瞬而过，手迹犹在，丁先生已仙逝多年，忆及他的谆谆叮嘱，依然感念万端。

在辽宁大学读书期间，我们的英语课教师是来自美国的白开英（Kaye Bragg）女士。学了多年的哑巴英语，白开英女士是我碰到的第一个开始用英语交流的外国人。在她的帮助指导下，我的英语口语和听力有了明显的进步，为今后的学术交流打下了基础。更为重要的是，她是我与美国民俗学界发生联系的搭桥者。说来也巧，她的丈夫虽然在美国当律师，但硕士阶段也是修读的民俗学专业。白开英女士特意让他从美国寄来一本书，赠送给我，就是精装本的 *The Study of American Folklore：An Introduction*。在我的学术生涯中，这本书是至关重要的。它不仅让我比较全面地了解了美国民俗研究的体系，而且由此建立了与作者——曾任美国民俗学会主席的著名民俗学家布鲁范德（J. H. Brunvand）教授的长期交往和友谊。

当时国内民俗学界，与西方学界的交流尚不多见，对于美国民俗学界的研究状况亦所知甚少，有鉴于此，我决定将此书翻译出来，介绍给国内同行。然而译事殊不易，学力不逮，加上毕业工作后冗务缠身，断断续续拖了数年，直到调到汕头大学任教后，稍有闲暇，得以倾力完稿。几经周折，1993年，中译本以《美国民俗学》之书名由汕头大学出版社出版，成为当时第一部较为系统全面地介绍当代美国民俗学研究的译著。中译本出版后，在学界引起了一定的反响，有不少学者荐介引用，钟敬文先生也曾予以关注，提出中肯的建议。

也是因了此书的翻译出版，我与作者布鲁范德教授建立了联系，书鸿往来频繁，他不但给予了译事和出版诸多指导和支持，还主动举荐我加入美国民俗学会（AFS），被学会批准接纳为终身会员（迄今似乎仍是中国唯一的终身会员）。从那时至今，我得以免费定期收到跨海过洋寄来的《美国民俗学刊》（JAF），这份国际民俗学界的重要刊物，使我能够及时了解国外学界的最新研究成果和动态。1994年，布鲁范德教授提供了美国民俗学会召开年会的信息，我尝试给年会组委会寄去一篇英文论文，被年会录用。金秋十月，我第一次飞赴美国，和神交已久的布鲁范德教授终于在威斯康星州密尔沃基市会面，相谈甚欢。此次美国之行，既见到了民俗音乐学家洛马克斯（A. Lomax）这样世界闻名的老一辈大师级人物，也见到了利·哈林（Lee Haring）等正值盛年的学术中坚，以及印第安纳大学民俗学助教苏独玉（Sue M. C. Tuohy）等年轻一代学者。来自美国各地的数百位民俗学者们，按不同专题分组发言、热烈讨论，场下亦进行各种交流、书展活动，整个年会规模可观却组织有序，学术信息丰富，确实不虚此行，获益良多。旅途中在纽约机场转机时，在一家旧书店偶然购得一本厚厚的《人与兽：一部视觉的历史》，回国后将这部图文并茂、包含不少动物民俗资料的大部头译成中文，承蒙刘瑞琳女士支持，先后由山东画报出版社和台湾大地出版社出版，这也是此次美国之行的一个额外的收获。

回国后，仍然不定期收到布鲁范德教授的新著。他的另一本重要著作、堪称美国都市传说开山之作的《消失的搭车客——美国都市传说及其意义》由我和王珏纯译出，同样是在刘瑞琳女士的支持下（此时她已转任广西师范大学出版社主编），2006 年由广西师范大学出版社出版，这是国内第一部较为系统介绍研究美国都市传说的著作（后来此书修订版由三联书店再版，在合作方北京魔宙文化传媒公司的推介下，成为学术畅销书，曾跃居京东、当当网文学类图书销量榜首，多次加印，在社会上产生了较大的影响）。2011 年我去美国洛杉矶访学，布鲁范德教授听说后，立即联络他在洛杉矶的一位读者朋友弗莱德，帮助我联系租房等事宜。弗莱德是一位民间文学的爱好者，他尝试将民间故事传说运用于写作教学中，同时对中国民间故事传说也有着浓厚的兴趣，我们因布鲁范德教授而相识，结下了深厚的友谊。在洛杉矶期间，布鲁范德教授又专门寄赠了扩展版新著《都市传说百科全书》（*Encyclopedia of Urban Legend*），煌煌精装两大卷，而且没有定价、市面无售，大概是专供各图书馆收藏之用，对于都市传说研究者来说，可谓是"无价之宝"，极具参考价值。后来，我和学生译出其中的重要章节《都市传说类型索引》，发表在《民间文化论坛》上，随后又全书译出，即将由三联书店付梓。2011 年，我根据布鲁范德教授寄赠的第四版，对 1993 年版《美国民俗学》（原著第二版）重新进行了补译，以《新编美国民俗学概论》之书名，由上海文艺出版社出版。新版在内容、体例等方面增补修订甚多，反映了美国民俗学界的研究新进展，新加入的"焦点"等环节也进一步增强了可读性和课堂教学的实用性。这部概论亦将由三联书店三版。

　　今年已是 83 岁高龄的布鲁范德先生，已从犹他大学退休多年，目前正在享受孙辈绕膝的天伦之乐，享受滑雪、钓鱼的丰富多彩的退休生活，但他始终关心我这个万里之外的异国后学。就在写作本文时，布鲁范德教授又寄来新出的增订版都市传说集（*Too Good To Be True*）和它的有声读物版。

　　在与美国民俗学界学者的交流中，我与布鲁范德教授交往时间最长，成为忘年交的朋友，他给予我的帮助支持最多，对他著作文章的译介，也增进了国内学界对美国民俗学研究的了解。

　　另外一位我常常感念的美国学者，是世界著名的民俗学家、加州大学伯克利分校的阿兰·邓迪斯（AlanDundes）教授。20 世纪 80 年代末到 90 年代初，我在香港大学修读博士学位，博士论文选题是运用普罗普的形态学理论研究中国民间故事。在研究过程中，发现有学者提及，邓迪斯教授的一篇研究北美印第安人民间故事形态的论文 "The Morphology of North American Indian Folktales"，对普氏理论有所修正，提出了一些新的概念，但当时在香港找不到其原文全文。无奈之下，我冒昧给邓迪斯教授写信求助，原本只想试一试，并没有抱太大希望。出乎意料的是，我很快收到了邓迪斯教授寄来的包裹，里面不仅有我需要的那篇论文，还有其他十多篇他发表的运用结构主义方法进行研究的论文复印件，这些材料对我的博士论文写作起到了重要的参考借鉴作用。在附信中，他对我的研究予以鼓励，并提到他和夫人卡洛琳即将访华的行程安排，希望在香港停留时，可以和我见面。非常遗憾的是，由于行程紧张，最终和邓迪斯教授缘悭一面，未能当面向他致谢和请教。邓迪斯教授于 2005 年遽然离世，他对我的慷慨相助，我会永铭五内。后来，我和王珏纯撰写发表了《略论邓迪斯源于语言学的"母题素"说》一文，评述了他有关母题素理论概念的阐释和意义。

　　此外，我还零星翻译了其他几位美国民俗学家的论文，如巴瑞·托尔肯（BarreToelken）关于民俗学科性质的论述、瑞吉娜·本迪克丝（Regina Bendix，后来她转赴德国任教）关于本真性的论述、丹·本－阿莫斯（Dan Ben-Amos）为《科技世界中的民间文化》所写的序言，等等，这些文章都收录在《西方民俗学译论集》（中国海洋大学出版社 2003 年版）。在此过程中，也与上述学者建立了学术交流联系。今年与学生合作，翻译了约翰·洛顿（John Laudun）和乔纳森·古德温（Jonathan Goodwin）的论文《计算机民俗学研究：百年学术论文主题地图绘制》，发表于《文化遗产》2016 年第 5 期，旨在向国内同行介绍美国学者运用计算机进行民俗学研究的最新进展成果；还有几篇有关计算机研究故事形态、灰姑娘型故事的亚洲起源、广西壮族史诗研究的论文，也都翻译完成，即将发表。

2011—2012 年，我有幸被遴选为富布赖特学者，承蒙加州大学洛杉矶分校人类学系阎云翔教授接待，在美国进行了为期一年的交流和考察。期间，结识了一些新的学者朋友，搜集了不少研究资料，更重要的是，得以亲身体验美国民众的日常生活，并自驾万里，考察美国各地的民风习俗，收获了许多书本上学不到的知识。特别值得庆幸的是，在美期间偶然发现，当年赠书引领我走进美国民俗学界的白开英女士，竟然也在洛杉矶的加州州立大学工作！阔别近 30 年，师生重相逢，虽然都已双鬓斑白，但真挚的友情没有丝毫改变。在她的邀请下，我专程赴加州州立大学，做了一场有关中国民间服饰习俗的讲座。

小儿李顿，目前正在美国密苏里大学新闻学院读本科。有一年感恩节，其文学课老师安玛莉教授，邀请他去她位于郊外的家中一起过节、共进晚餐。安玛莉在书房里拿出一本中文书，是朝戈金翻译的《口头诗学：帕里—洛德理论》——原来，她丈夫就是已故的国际著名的史诗学者、口头传统研究专家约翰·迈尔斯·弗里（John Miles Foley）！早在 1995 年 1 月，李顿尚未出生时，我便接到过弗里教授亲笔签名的信件，邀请我订阅他主编的《口头传统》。世界真大，世界真小。希望中美民俗学者之间的交流对话，能在下一代继续传承进行下去。

因了各种机缘际会和师长相助，我在中美民俗学的交流和译介方面，略尽了微薄之力，但成绩确实微不足道。今遵张举文教授之嘱，草就此文，追溯回忆自己与美国民俗学者的交流和相关译事，感觉在这个方面，今后自己还应继续努力为之。我和举文亦是三十余年的老友，当年我在辽宁大学读研，他毕业留校任教，对民俗的共同兴趣使我们相识相知。现在他在美国大学任教，对中美两国民俗学界的交流往来多有贡献，主编此书，意义独具，殊应嘉赞。

（原载《亚民俗：中美民俗学者交流的故事》，中山大学出版社 2017年版，略有补充）

后　记

　　这本集子里选录了自己在学术探索过程中的一些粗浅心得。时光荏苒，距离拙文第一次刊发于公开学术刊物，今已逾35年；回首检视这些文字，顿觉惭怍：早年虽有初生之犊意气，但学养浅陋，不知天地高厚，多井蛙之见；后涉猎稍广，然东鳞西爪，浅尝辄止，未能于一二学术畦田深耕力作，常流于泛泛。今不揣谫陋付梓，算是自己学习生涯中的一个阶段性小结，聊博方家同仁一哂云尔。

　　所辑拙文，大致保持发表时原状，个别篇目文字略有订正。全书标点格式等，亦按相关出版规范统一校正。部分论文系与弟子合作，他们在搜集资料、田野调查乃至初稿写作上出力甚多。弟子们求问切磋，疑论辩议，激发新见，也时常提振策刺我不敢懈怠。

　　恩师乌丙安先生，欣然为本书题词。未料去年七月，先生遽然辞世，悲念莫名。师恩厚重，山高水长，永记五内。余生自当勉力前行，承继先生之学问事业，不负先生殷望！

　　我任教的中国海洋大学文学与新闻传播学院领导，对本书的出版提供了大力的支持。中国社会科学出版社安芳编辑，在书稿编辑方面付出了艰辛劳动，她耐心宽容又严谨负责，使我深受感动。我的研究生牛璐，认真细心地核实了书稿引文并修订了格式。

谨向上述人士，一并致以衷心的感谢！

是为记。

李　扬